U0039021

洪順隆教授全家福

洪順隆教授與夫人假日登山合影

洪順隆教授搭乘交通車至陽明山授課

洪順隆教授上課情形

洪順隆教授
於學生謝師宴上致辭

洪順隆教授與學生於文化大學六朝研究室前合影

洪順隆教授與師範大學49級國文系同學合影

六朝茶會成員合影

洪順隆教授帶領學生參加第四屆國際辭賦學學術會議

洪順隆教授於研討會上發表論文，擔任講評

洪順隆教授埋首寫作

他一面強調佛法是「不變之宗」，著《沙門不敬王者論》；一面又設法調和與儒學名教的矛盾，提出「雖曰道殊，所歸一也」的主張，在佛學與玄學的關係上，援玄學「本无說」比附佛學「空无」說，並在道安「本无義」基礎上運用于宗教實踐，與佛教因果報應、輪回轉生結合起來。其著有以佛學為主，以使印度佛教適應中

洪順隆教授手稿

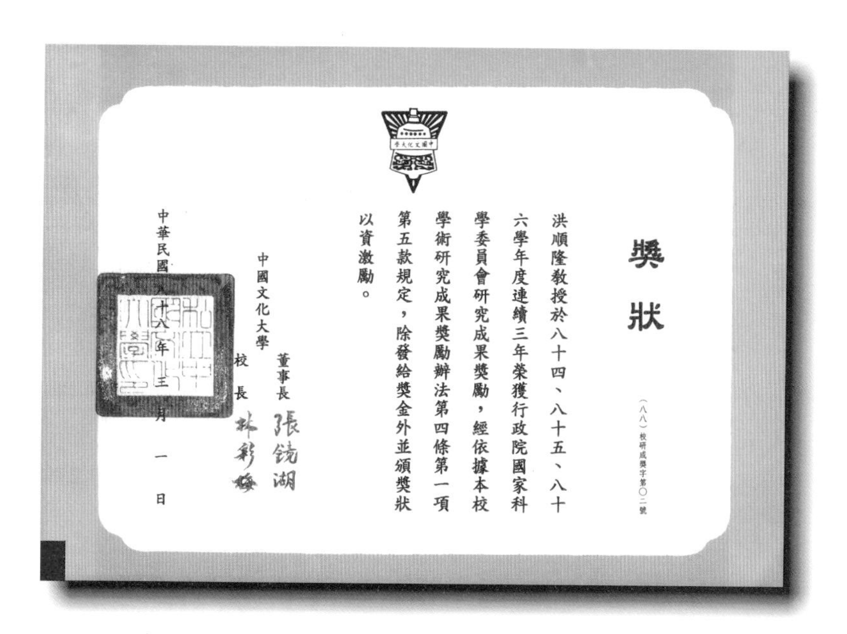

獎狀

（八八）校研成獎字第〇二號

洪順隆教授於八十四、八十五、八十六學年度連續三年榮獲行政院國家科學委員會研究成果獎勵，經依據本校學術研究成果獎勵辦法第四條第一項第五款規定，除發給獎金外並頒獎狀以資激勵。

中國文化大學
董事長 張鏡湖
校長 林彩梅

中華民國八十八年三月一日

洪順隆教授84.85.86 年連續獲國科會研究成果獎勵
文化大學頒發獎狀鼓勵

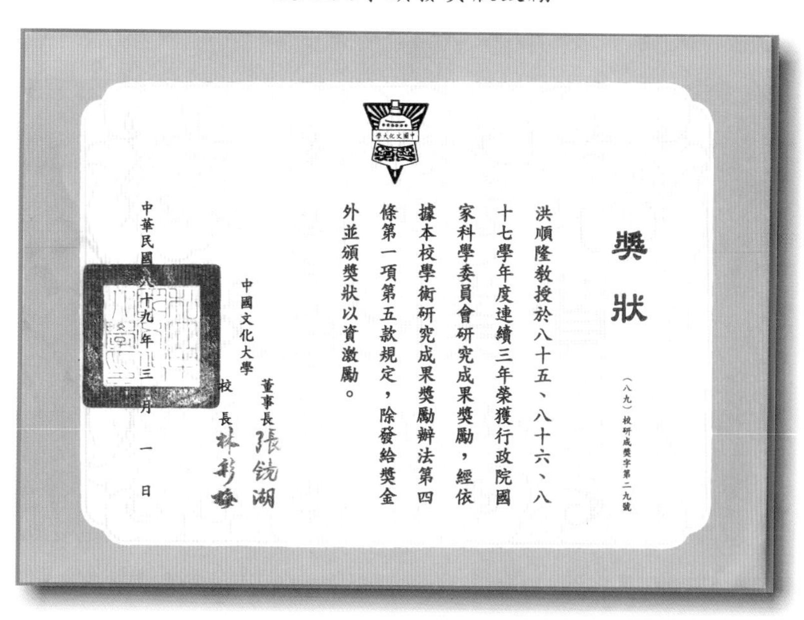

獎狀

（八九）校研成獎字第二九號

洪順隆教授於八十五、八十六、八十七學年度連續三年榮獲行政院國家科學委員會研究成果獎勵，經依據本校學術研究成果獎勵辦法第四條第一項第五款規定，除發給獎金外並頒獎狀以資激勵。

中國文化大學
董事長 張鏡湖
校長 林彩梅

中華民國八十九年三月一日

洪順隆教授85.86.87年連續獲國科會研究成果獎勵
文化大學特頒獎狀鼓勵

（註：洪順隆教授八九年度亦獲得國科會研究成果獎勵）

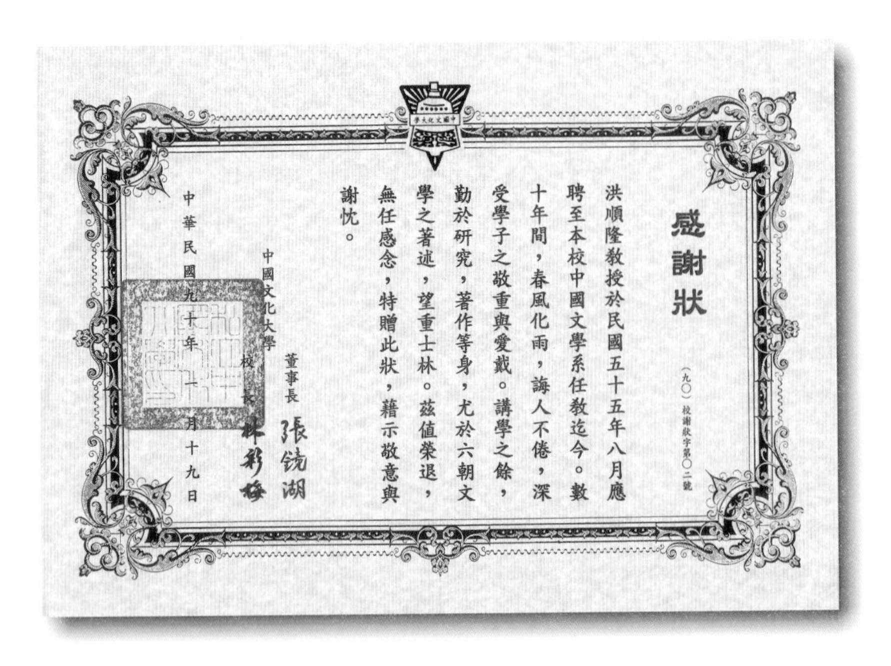

感謝狀

（九〇）校謝狀字第〇二號

洪順隆教授於民國五十五年八月應聘至本校中國文學系任教迄今。數十年間，春風化雨，誨人不倦，深受學子之敬重與愛戴。講學之餘，勤於研究，著作等身，尤於六朝文學之著述，望重士林。茲值榮退，無任感念，特贈此狀，藉示敬意與謝忱。

中國文化大學

董事長 張鏡湖

校長 林彩梅

中華民國九十年一月十九日

文化大學感謝狀

洪順隆教授著作

編委會◎編

目　　錄

感懷文

論文

附錄

感懷文

此恨綿綿無絕期

蔡芬

先夫過世一年以來的這些日子，當我一個人在家時，彷彿之中，仍無法相信生活上起了這麼大的變化。覺得他只是出國開會，或者去上班。

住院那天，白天他還上陽明山上課。直到晚上睡覺時，感覺發燒不舒服。在孩子要求下，我陪著他坐車到醫院掛急診。怎麼也沒想到，他這次離開家，竟再也不回來了。

這段時間，親戚、朋友或是學生來訪，都不禁引我想起以前的種種。他是一家之主，如今怎麼少了他一起招呼客人。即使百般壓抑，仍悲從中來，甚至失態的放聲哭泣。

欣慰的是，他給了我四個好兒女，個個都孝順。順隆的離開，我雖終日以淚洗面。但是我也深深瞭解，孩子們失去最疼愛他們的父親，已經傷痛不已。如我再顯現哀傷，不但增添他們的痛苦，也會讓他們爲我擔憂。況且，順隆離開前，一再要我堅強。我一定要打起精神，好好照顧孩子們的生活起居。

順隆照顧家庭、疼愛子女，眾所皆知。到日本留學，長達八年。當時，孩子年紀都小。他除了認真念書，對家庭仍時時掛心，從未疏忽對孩子們的關心與照顧。藉由頻繁的書信往返，他隨時了解家裡的生活，也讓我們知道他的情形。當時，家書是他最大的快樂泉源。我想，這也是後來，他一直喜歡接到信的原因。每年寒暑假，課業壓力稍稍紓緩，可以喘口氣，他一定盡快回到台灣，把握每一個可以跟家人相聚的時光。

民國六十四年，他終於回國。孩子也陸續在國小、國中就讀，他們的表現都很不錯，常獲得模範生的獎勵。因爲拿到的獎狀多，到後來也不太留意保管。直到有一天，順隆從外面回來，手上拿著一本裝訂精美的冊子。原來他把孩子歷年得到的獎狀，送去裝訂成冊，以便好好保管。他比孩子還珍惜這些成果，孩子們的表現，一直是他最大的安慰和驕傲。

順隆平日生活極爲簡單，我的廚藝不佳，但他是從不挑食的好先生。以前，他常告訴孩子，媽媽又要上班，又要忙家務，很辛苦，孩子們要多幫忙。當我退休後，專心理家，他還是要我不要太辛苦。

他喜歡孩子裝扮得適當好看，自己則不修邊幅。他是個喜歡家居生活的人。以前，工作累了，還會到電影院看看武俠片。後來，最大的消遣，就只是到公園散散步，到書店買書。學校、家庭是他的活動空間。家人、書本、學生，則是他關心的重點。

順隆個性忠厚、老實，做事認真、負責。一生中，除了家庭、孩子，教書與研究，是他最大的快樂與成就。

對於教書，他認真盡責。把學生看成自己的孩子，熱切求好，恨鐵不成鋼。當面常是疾聲厲辭，背後則是期許與肯定。有時，我忍不住要他別對學生那麼嚴厲。他說，做學問不可以隨便，往後學生一定會瞭解他的用心。不這麼要求，將來人家會怪洪順隆沒把學生教好。

對於研究，他更是全心全力，孜孜不倦。因為從事研究，他很愛買書，認為那是事業的重要部分。孩子長大後，家裡的空間本已狹小。而他的書，佔滿客廳、房間、走道大部分的空間。所以，每次買書回來，我總要數落幾句。偶爾買書過於頻繁，帶書回來時，或佯稱是與朋友交換的，或說是人家的贈書。其實，那一整天嘴角所露出的笑容，早就洩漏秘密。讓我既好氣，又好笑。

做起研究，他可以不眠不休。吃飯時間到了，他堅持做到一段落才停筆。白天上課已經夠累了，晚上還埋頭寫作。思考起問題，常到忘情，非得追根究底，不肯罷休。他認為，這是做學問應有的堅持與自許。偶爾夜深人靜，聽到他仍和人在電話中討論。經過提醒，才驚覺已是夜半時分。做學問雖然辛苦，他卻樂此不疲。認為研究出東西來，即得到最大的快樂。他不只如此要求自己，更常常勉勵孩子，不要求工作上有名、有利，做個有學問、有用的人，比名利雙收更有意義。

我不懂他研究的領域，但每當參與了國內外研討會、發表了作品、得到獎勵、指導的學生受到肯定，或是完成某一項工作，他總會與我分享心情。會議或評審席上，如果提出了對別人研究上的建議，他總認為會對別人有所助益，滿意欣喜。他嗓門大，我常要他說話要委婉，免得被誤解。他則認為大家就學問談學問，沒什麼不能說的。大家都是朋友，應該不介意。

順隆的研究成果和研究計畫，連續好幾年，獲得行政院國家科學委員會的獎勵與肯定。以往，只要從學校得知消息，回到家來，他總會沾沾自喜，興奮地與我分享榮譽。今年四、五月間，女兒文婷告訴我，爸爸的研究成果，又連續獲得獎勵。聽到消息的刹那，百感交集，我替順隆高興，但想到他人已不在，此後我再也聽不到這樣的好消息了。

在孩子學業、工作穩定後，順隆更是投注所有心血在教學與研究上。甚至廢寢忘食，沒給自己一些時間，好好生養休息。而我也以為，只要他做得快樂，就讓他去做吧。他常叫孩子不要熬夜，作息要正常，要重視健康。他關心家裡每個人，就是忽略了自己。

我怨恨上天的不公平，雖然，生老病死，是再自然不過的事，但當親身經歷，仍叫人難以接受。當悲痛難抑時，甚至想著，理當讓我先他而去，免得如此痛苦煎熬。何況他比我堅強，可以有條理的安排好所有的事情。他真應該仍然健在，好去完成好多尚未完成的研究，好去實現好多尚未實現的理想。

順隆最大的遺憾，是不能看到孩子們完成終身大事。含飴弄孫，原是他所期待的退休生活。如今，這個期待已不及在他生前實現。現在，少了生活上與我相互扶持的他，我只期望全家健康在一起，孩子們早日成家，以慰他們的父親在天之靈。

茲值順隆紀念文集付梓之際，心緒煩亂。強抑傷痛，勉取長恨歌句爲題，聊表寸心於萬一。退之先生祭十二郎文云「言有窮而情不可終」，正是我此時心情最真切之寫照。

*本文作者為洪順隆教授夫人

從文學與醫學談父與女

洪禎雯

踏上醫學的路，曾經經過一番掙扎。自小，由於父親的緣故，家中盡是文學讀物。長久浸淫的結果，培養了對文學的喜好。或許從父親那兒，也有文學方面的遺傳。小時候求學，在國文方面的表現，常常得到老師的嘉許。在所有科目裡，國文也一直是我的最愛。

由於父母均任教職，從小我的志願，就是當老師。於是，追隨父親的腳步，考上師範大學，進入國文系就讀，成爲我求學時努力的目標。但是，這個目標在升高二前的分組測驗時轉了彎。

依學校規定，選擇數理組的同學，需先通過數學測試。我想，大多數同學都參加考試，跟著去湊湊熱鬧也無妨。等到知道通過數學測試後，我有些猶豫了。

如走進文學的路子，從此將與數理絕緣，實在不捨得，但是卻也無法放棄對文學的喜好。在面臨抉擇時，曾問父親的意見。父親無意影響我的決定，只是要我想清楚自己未來要走的路，不要人云亦云，也不要追逐潮流。最後還告訴我，不管做什麼決定，他一定全力支持。

我終於選擇數理組。我的想法是，雖選擇數理，因著父親的關係，我仍可在課餘重拾對文學的喜愛。但是，如選擇文組，必不能延續在數理方面的學習。當時很天真的以爲，如此魚與熊掌是得兼了。

到了高三再次分組，由於我對理工與生物醫學的性向差異極爲明顯，順理成章的選擇了醫農組。經過一番的奮戰，最後進入醫學系。大一新生入學，在選擇社團時，我毫不猶豫的進入刊物室，但在課業壓力下，刊物室只成爲課後休憩的場所。即使大五再接觸校刊的編輯，做的是醫學方面的採訪，無關文學。逐漸地，我覺得父親爲我奠下的文學根基，正慢慢流失。往昔的出筆成章，已不復見，甚至視寫作爲畏途。

常有父親的學生到家裏，看到父親口沫橫飛地向他們解說著六朝文學，由於與我所學相去甚遠，我只能向他們點點頭，就迅速鑽進自己的房間，無法一起體驗父親教學之熱忱與學識之淵博。不知何時開始，父親滿屋子的書，我便再也沒碰過。正式成爲醫師後，我與文學的關係就更加疏遠。

忙碌的工作裡，爲了達到服務、教學、研究的要求，即使不值班的日子，回到家裏，還是忙碌於與工作相關的事。至此，我已全然放棄對文學的喜愛，也終於了解魚與熊掌不可兼得。

倒是父親，除了致力於本身的研究，閒暇之餘他也喜歡翻閱中醫方面的書籍，偶爾跟我討論與中醫有關的知識。自己在求學過程，並未用心修習中醫。另一方面，覺得父親僅是閱讀得來的知識，不足採信。常常只是點點頭，敷衍了事，或竟澆他冷水。即便如此，父親仍常興致盎然地要與我討論，並不忘告誡我，醫療要兼容並蓄，不要忽略老祖宗所留下來的東西。中、西醫一定要互相學習合作，才是病人之福。

去年年底父親病了，初始並無明顯症狀。父親也一再表示他的狀況很好，堅持還要繼續到校上課，不要耽誤學生的課業。父親向我們保證，此後在家一定要多休息，不再半夜查資料、寫論文，或鎮日伏案工作。提出這些承諾，顯然在爭取我們不再反對他繼續教書。

開始接受治療，父親的病情的確有進步的跡象。我樂觀地以為，待急性期過去，父親將又恢復往常的健康。但這一次，老天爺並沒有繼續眷顧。因合併感染，父親入院了。

經過治療，控制住感染。由於在醫院父親較可獲得充分的休息，我們並不急著讓他出院。說好不透漏父親住院的消息，就是希望他能不受外界干擾，好好的休息。沒想到數日後，父親肝功能指數不降反升。由於西醫方面並無更有效的治療方法，父親希望能接受中醫的診治，甚至參考書籍，自己開了方子。禁不住他的要求，經人介紹，找來某醫院中醫部主任爲他看病。事後這位主任告訴我，父親對中醫有相當的瞭解，他所開的方子都對。我又是一陣訝異，原本以爲父親在醫學領域是門外漢，想不到他的處方，竟得到中醫部主任的認同。但是，所謂「藥石罔效」，即使中西藥並用，父親的身體卻仍如江河日下。

父親肝功能日漸惡化，甚至出現早期肝昏迷的現象。父親開始無法做簡單的計算，於是拉著妹妹拼命地練習。我雖清楚這是病情惡化的結果，卻不忍告訴他實情。未料，父親是個聰明的病人，在幾次計算練習失敗之後，突然問我，這是不是就是所謂的肝昏迷？ 我十分驚訝他對病情的了解與敏感，卻也開始擔心，他知道自己身體狀況後，會有不良的反應。於是，當下否定了他的想法。

父親提到，曾在電視上看到大陸有洗肝的機器，要我們打聽打聽。我知道腎功能不好可以洗腎，卻不曾聽說有洗肝的機器。沒想到弟弟表示，的確有這樣的機器，只不過，那是提供等待肝移植的病人，暫時維持肝功能，並無治療效用。後來，我們的確考慮肝移植的可能性。這一次我感到十分的羞慚，父親對醫學新知的注意，竟超過我這習醫的人。

不等我們作肝移植方面的努力，由於肝功能急遽惡化，父親撒手人寰，離我們而去。從父親發病到過世，這段陪在病榻的日子，讓我對自己選擇從醫這條路心灰意冷。

當初選擇習醫的另一個理由是，我覺得家裏應該有人從事這方面的工作，好照顧家人的健康。但是面對父親的病，我是如此的束手無策，只能眼睜睜地看著病情惡化。我遠離了文學的路，卻沒能在醫學的路上達到自己的目標。倒是父親，不僅在文學的領域，教學無數、著作等身，大放異彩。在醫學方面，憑藉著自習，便有相當的概念。文學與醫學，對父親而言，似乎是得兼了。

在病房陪伴父親的這段時間，和父親有著更親密的接觸。父親告訴我，他雖遺憾我未能繼承他的文學志業，卻也驕傲我能成爲濟世救人的醫生。只是在他眼中，我似乎還是個不懂得照顧自己的孩子。一個夜裡，我陪在病床旁睡覺，喉嚨不舒服地咳了幾聲，他馬上醒了過來，直問我是不是感冒了。並且堅持要把身上的一床被子蓋在我身上，直到我耐不住他，再去向護士小姐要了一床被子才罷休。

有一天，我們兄弟姐妹四人閒聊，不知如何，竟爭相討論起在外表、個性等方面，誰與父親像得最多，結果當然是不分軒輊。母親在旁下了結論，她說，我們是他們的子女，我們的綜合，就等於他們兩人。可不是嗎？對文學與醫學的喜好，同時存在父親身上。我與弟弟承傳了他對醫學的興趣，而妹妹則接續了他的文采。

對父親而言，文學與醫學是得兼的。身為他的子女，也許個人無法同時在這兩個領域發展。但是只要我們在各自的領域努力，結合起來，就代表著父親。父親的精神與才能，仍會被延續下去。

近日，當我在診間完成對一位歐巴桑的問診，正在做病歷的記錄。歐巴桑突然開口說道：醫師，你好厲害，一個女孩子家可以當醫生，你父母是怎樣教你的？這個問題很特別。

父母親並未刻意教我如何成為醫生，倒是父親的一些特質，可以很自然的扮演好醫生的角色。例如：父親對問題的解說十分詳盡，每當有學生到家裏求教，總見他傾其所能地加以解說。母親有時會調侃父親，說他是問一答十。面對病患或家屬的問題，清楚而詳盡的解釋絕對是醫生的本份。

父親十分樂於助人，有時父親幫忙別人，竟比當事人還積極。一位好醫師應是，病人若有其他的問題，也會代為詢問可提供協助的管道，或幫助他們獲得其他的照護。

此外，父親是急性子，一有問題就要馬上解決，而且必定要做到實事求是，絲毫不容含混。而每位醫生都要經過值班時夜半電話聲的淬煉，才能歷練成負責盡職的醫生。若耽於被窩的溫暖，不能馬上爲病患做處理，病患就會多受些苦，甚至造成不可彌補的遺憾。而醫療的處理更是要一絲不苟，病人才能得到適切的幫助。

父親研究的精神放之於醫學更覺可貴。醫學的進展，皆是像父親如此全心投入研究的人，其心血所匯集而成。

想來文學與醫學是相通的。我當效法父親的行誼，以此盡心照顧病人。以後如有人稱讚我是個好醫生，我會在心裏感謝父親，一切榮耀都來自父親。

＊作者現任高雄長庚紀念醫院復健科主治醫師，為洪順隆教授長女。

我爸爸是洪順隆教授

洪文婷

小時候，等信是一家人的大事。爸爸遠在日本念書，寫信是我們交談的方式。信裡，爸爸告訴我們，他接到我們的信，有多麼的高興。還有，對於我們信裡提到的事，他有什麼的想法與建議。雖然聚少離多，心裡並不覺得爸爸離我們遙遠。

現在科技進步，透過電話或 e-mail，再遠的距離，都能立即聯繫。但是，再先進的科技，也解決不了我們跟爸爸天人相隔的思念。從沒想過，會有見不到父親的一天。失去了父親，才發現我們是那麼需要有他在身邊，那麼習慣於有至少可以寫信聯繫的父親。

在家裡，由於朝夕相處，我看到的爸爸家居生活私下的一面，了解他真實的個性。又因爲學習中文，我比其他家人知道爸爸所研究的，清楚他的執著、他的觀念。在中文領域，我和大家一樣認識父親的努力與表現，而我卻更明白父親自信、背後的辛勤用心，與獨特的性情。在往日，能有這樣的身分，我是既幸福又幸運，因爲我知道父親更多的面。但是在此時，這樣的身分，所帶給我的卻是悲悽。因爲我深切了解父親壯志未酬，心願未了。

從我踏入中文領域，很多的選擇，與父親的想法出現距離。但是，在我的堅持下，父親總是尊重我的決定。走在中文的路上，我的備受護蔭，來自深研中文的父親。而我帶給父親的，卻只是讓他時時掛心。

許多人認爲我讀中文系，是受了爸爸的影響，或者我以繼承父親的志業自我期許。其實，從小念書，我就缺乏積極進取的個性。爸爸總在一旁替我著急，惟恐我成了不學無術的人。國文對我來說，雖然讀來輕鬆自在，卻從沒想到把它當作日後發展的方向。看到父親埋首於國學研究，那麼的辛苦，性好優遊自在的我，卻更視中文爲畏途。大學聯考的結果，我錄取中文系，這毋寧是我所害怕出現的意外。

家裡四個孩子，從小都看到父母持家的辛勞。不讓父母操心、從不讓自己的表現讓他們失望，成了我們的默契。進入中文系後，唯恐由於父親的光環，外人對我的表現有所期待，上課時，總是挑後面角落坐。平常，很少發出聲音。看到老師，能閃躲就閃躲。當時還暗自竊喜，好在沒人知道我是誰的女兒。有一次上課，老師點完名，問道：班上有兩個姓洪的同學，那一個是洪順隆老師的女兒？我硬著頭皮舉手。這才知道，父親因為掛心我住宿在外，早就逢人拜託，好好照顧他的女兒。

所謂知女莫若父，爸爸清楚知道我在想什麼。而我在學校也算循規蹈距，雖不認真，總是維持堪可告慰的成績。他從不問我讀得怎麼樣，也不要求我以後怎麼走。偶爾這麼念念我：讀中文系，應該多讀點書，做些學問。有一回系主任蔡信發老師告訴我：「你爸爸不放心你總是一副無所謂的樣子。」爸爸在我背後的掛心，不言可喻。

從中文系到中文研究所，同學無不到處找書、買書。每個月的獎助金省吃儉用，都是為了買書。我卻從來沒有這些煩惱或壓力。因為沒有什麼書，是家裡沒有的。我用的，有些就是父親讀過的書。看著上面，父親留下的字跡，我不只讀著古人的說法，也讀著父親的思緒，總有一種薪火相承的感覺。

念研究所，在選擇研究路線的時候，我決定走經學考據的路。除了受到老師的影響外，父親的成就，是我可望不可及的，選擇與父親不同的路線，較無壓力。

我開始多方閱讀詩經、訓詁學等領域書籍。有一天，家中一個書櫃被父親騰空了，慢慢的，詩經、訓詁學、經學等各類書籍，都上了這騰空了的櫃子，甚至堆到地上。一如小時候，父親從不等我開口，就默默為我準備好我需要的一切。此時，也到處幫我蒐集我需要的書籍、資料。

父親對於做學問，有他一定的要求。腳踏實地，紮實基礎，是他一貫的堅持。在我讀研究所前，他很少在功課上對我要求什麼。讀了中文研究所後，「老老實實做學問」、「用功一點」、「發表論文」的話語，常常在耳邊。面對父親，我無所遁形，就像個犯錯的學生撞見教官，心虛理虧，乖乖聽訓，是我唯一能做的。

念研究所時，偶爾會有同學或老師順口提起，父親在研討會上直言氣壯的表現，總讓我有不自在的感覺。回家，我氣急敗壞的怪父親，要他以後少發言。父親先是沈默不語，當我再將抱怨轉述給母親時，父親生氣的開口了，他說，別人不了解你爸爸，難道你也不了解嗎？當別人這麼說時，你爲什麼不替爸爸抗辯？難道連你也不了解爸爸做學問的態度？

他對子女極少如此疾顏厲色。當下，我反覆的想著爸爸的話。是呀，在家裡，我看到爸爸對學術研究的執著。當聽到別人用不適當的口氣或言詞來說爸爸時，我氣的不正是外人對父親的誤解。我沒有挺身護衛，已經是太不該了，居然還去傷父親的心。

父親在我幼時埋下的因子，使我早就優遊於文學的世界。後來又在意料之外，走進了中文領域。我曾照著父親，對從事研究的人，勾勒出理想的形象。但在我進入研究所就讀後，目睹號稱學術領域的一些情景，使我有一些遲疑。

雖然明知父親希望我朝研究的路子走，我仍是覓取專科教職。父親並不滿意，但因深知謀職不易，也就沒多說什麼。但是，「多讀點書，充實自己」、「寫寫論文或再去進修，爭取升等」的叮嚀，經常在耳邊出現。

工作了幾年，學校希望我能接受行政職務，好有些磨鍊。在父親的觀念裡，讀書人就是要專心做學問，往行政發展，算是不務正業。但他深知校長提攜的美意，也只得任憑我接下工作。叮嚀的話仍是：「做些對自己有意義、能進步的事。」

父親執著於學術研究，重視朋友。住院期間，適逢聖誕、新年，朋友、學生的卡片，絡繹不絕。我陸續從家裡帶到醫院，父親一封封仔仔細細的告訴我，這個人是誰，要怎麼回。住院久了，他覺得閒得發慌，要我們把對國科會所提的計畫資料帶到醫院。興高采烈地說明他的進度，告訴我等他出院後，要怎麼幫他整理。還不讓我把資料帶回去，直說那是他的寶貝，放在醫院，隨時可以看。談到研究時，父親是那麼的神采奕奕。

住院幾周，醫師說恢復得差不多，可以出院了。父親認爲既已請了假，乾脆在醫院好好休養，不要立即出院。我支持他的想法。誰知變化會那麼反常、那麼迅速，令人難於置信，也措手不及。我不禁深自質疑，當時支持父親在醫院繼續休養，到底是對，還是錯。

父親住院期間，我只在下班時，繞到醫院陪陪他，幫他按摩手腳。放寒假後，習醫的姊姊和弟弟，讓我開始輪夜班照顧。爸爸怕我不習慣照護的工作，一再的說，很辛苦喲，你真的要留下嗎？我笑著問他，是不是信不過我，怕我照顧不了你。當晚，弟弟還是留了下來。但爸爸堅持，時間晚了，一個女孩子，不能獨自回家。我在病榻旁睡了一晚。

在父親病情開始有了變化時，我只有慌張失措，完全無能爲力。醫學上的解釋，我不懂。我只是不了解，父親來醫院時，還是好好的，怎麼越住越壞？爸爸怎麼會再也回不了家？

父親熱愛教學工作與學術研究。原已屆退休之齡，儘管家人建議休息，他仍在學校的慰留下，辦理延退。住院期間，仍要我把他學校的工作、國科會的研究帶到醫院。學校通知辦理下學年度的延退，他也興致勃勃的答應了。直至臥在病榻上，家人輪番勸說，才不得已答應辦理退休。爲了怕他反悔，我立即整理資料，辦好手續。

辦好退休手續的前些天，從父親的神情，看出他對卸下教職的不捨與落寞。大家試圖轉移注意，父親還是興奮地說著研究的事情，念念不忘三月份要到成大發表論文。喜孜孜的說，最近將有好多篇論文陸續發表。國科會的專題研究計畫，也差不多完成了。

父親喜歡吃東西，身材胖，總被我們控制飲食。住院的時候，他是聽話的病人，安分吃醫院的伙食。好在家裡帶來的水果，多少可以解饞。後來，因爲糖份過高，連水果也被限制。大家安慰父親，沒關係，等病好了，就可以愛吃什麼就吃什麼。沒想到，這個機會不能再有。早知如此，他想吃什麼，就讓他吃個夠。

台北行，大不易，父親喜歡坐車，當時我要買車，家裡就只有他支持。只怪自己技術差，每次開車，彷彿就在表演一場「歷險記」，家人不放心我開車，以致於沒機會載父親出去走走。唯一的一次，是他要到大陸發表論文，載他到師大與朋友會合。

父親過世後，我坐在他的書桌前，整理他的著作，想想這就是他的世界。他在這個位置做研究、看書、寫稿子、準備教材、批閱作業。父親伏案作書的身影，是那麼的清晰，房內房外的桌上，都還有未完成的稿件，案頭還有他所規劃假期要做的事，他怎麼捨得就此從這世界消失？

整理父親的東西時，發現父親在生活上不拘小節，常是丟三忘四的。但對於研究的資料，可是收拾得整整齊齊，一絲不苟。每一張紙，都有父親的心血。對於友人的來函、贈書，歷年同學會、研討會、六朝茶會的照片，他也都珍藏保管。父親的念舊、重情，可見一斑。

曹丕謂「年壽有時而盡，榮樂止乎其身。二者必至之常期，未若文章之無窮。」父親竭盡心力於學術研究，堅持執著。六十幾年的生命短暫，但他留下的著作，足證其用心盡力。固然江山代有才人出，學術研究在眾多學者奮身努力下，必定日新月新。而父親數十年所投注的心血，必不隱沒。

幾篇父親在世來不及出刊的論文、尚未及提報結果的國科會研究計畫，我代爲校稿、整理。我雖不善與人交談，也不得不硬著頭皮，一一聯繫。這不只是責任，還是一份爲人子女的心意。由於有這機會，我遊走於父親的研究世界，在文學的路上與他重聚。因爲我的所習，與父親研究的路線不同，難免遭逢困難障礙。當年對研究方向的選擇，成了現在最大的痛。我將勤以補拙，勉力而行。深信父親在天之靈，對這遲來的傳承，雖有遺憾，仍會欣慰，給我指引。

我也擔任教職，課堂上，平時總告訴學生，要珍惜家人相聚的時光，關心年邁的父母。但是當自己面臨如此情境，才知道理論與實際的差距。往日看到周圍朋友親人離逝，不禁爲自己父母健在，感到滿足欣喜，覺得那是人生最大的幸福。而今竟成了無父之人！這份幸福不再。天乎痛哉！

父親一生，時時刻刻爲子女著想。我們只是承受父親所給的好，親恩浩大，竟無法回報。蒼天何忍，這麼早帶走父親，留給我們一生的憾恨。子欲養而親不待，成了終生的悵惘。

「無父何怙？無母何恃？」失怙之人，宜如何孝敬母親，完成遺願，以告慰天上的父親。

*本文作者現任長庚護專共同科教師兼主任，為洪順隆教授次女。

父親的愛

洪崇尹

小時候，住在嘉義。爸爸從日本進修回來，在文化大學任教，準備舉家從嘉義遷居台北。爲了尋覓住處、安排事務，爸爸常要南北奔波。趁著放假，有幾次爸爸帶我在身邊。張羅事務，已經忙得團團轉，還要照顧凡事好奇的我。白天，我們搭車，沿著陽明山山路，爸爸一路上指指點點告訴我，那是什麼地方，這又是什麼地方。他曾在某個地方，做過什麼。晚上，我們住在文大的狹小宿舍。我累得倒頭大睡，他忙了一天，仍舊埋首案桌，做他的研究工作。

爸爸爲我們買了許多古今中外讀物。我也只有在閱讀的時候，才會安靜下來。爸爸回到家，我便滔滔不絕對他說書上的故事。看著爸爸聚精會神，我說得更起勁。三國、水滸、七俠五義、亞森羅蘋，無不津津樂道。現在想想，當時也真是天真，爸爸怎麼會不知道那些故事，只不過是不掃我的興。他之所以愛聽，完全因爲說故事的是他的兒子。

小學三年級，我代表學校參加科學展覽。最後的決賽，是在科學館舉行。面對教授們的詢問，我根本不知道有什麼好緊張的，爸爸卻鄭重其事的對我耳提面命。當天除了參賽者，其餘的人，一律不得進場。爲了把珍貴的畫面拍攝下來，父親教我使用家裡那台昂貴的相機。他和媽媽則帶著姊姊、妹妹一起到科學館外等候。他們雖不能親臨現場，還是給我充分的鼓勵支持。與教授們談完話，我溜出會場，興高采烈地向他們描述當時情形。爸爸問，拍了嗎？相機呢？這下子我傻眼了，拍是拍了，相機卻不見了。當時爸爸忙著高興我的表現，弄丟相機，竟成了不重要的事。

爸媽一向重視對我們的教育。每個孩子參加聯考，他們一定全程陪考。那年高中聯考，每一場考出來，爸爸照例問著我，題目難不難？考得好不好？我的表情，讓他放不少心。考完數學，一向有把握的科目，竟全在掌握外。我垮著臉出來，氣急敗壞的要他別問。爸爸竟反而急著安慰我，直說沒關係，沒關係，不要難過。事後放榜，才知那年數學題目特別難，分數普遍降低，我順利上了建中。爸爸不忘說，你看嘛，我就說不用急嘛。

沒幾天，有人送一台電腦到家裡。在十多年前，電腦並不普及，沒聽過同學誰家有電腦的。爸爸爲了獎勵他的兒子，不惜花費，買了下來。這是我的第一台電腦，比起現在的進步快速，那台電腦當然不算什麼。但是當時對我卻有一份特殊的意義。

大學畢業，服兵役期間，跟著大家參加了高考，原本只是考著玩。成績公布，我居然上榜了。全家人無不爲我高興，但日後卻面臨工作的抉擇。考上高考，必須到公立醫院就職，資格始得生效。我雖然應徵錄取台北某市立醫院，但又猶豫市立醫院規模小，臨床磨鍊不多。如選擇私立醫院中心，卻得放棄高考資格。爸爸只說，自己考慮清楚，身爲醫師，什麼重要，就選擇什麼。

我選擇腎臟科爲發展的科別。在醫院曾聽人說，腎臟科醫師如果到洗腎室工作，工作輕鬆，收入也豐厚。回家轉述，爸爸聽了，不高興的說，做個醫生，不想怎麼做好研究，治癒病人，竟日只想賺錢，有什麼出息。

爸爸是個教授，領固定薪水。養家外，大部分的投資，就是堆滿家裡的書。家裡那有什麼錢買這麼多書？他總認爲，只有多念書充實自己，做個有實質內涵，有益他人，對社會有貢獻的人，生命才有意義。

爸爸一方面對我百般疼愛，又怕因我是家中唯一男孩，受到關愛太多，以致有所偏差放縱，因而平日對我的教誨，也比對姊姊妹妹們嚴格。小時候如此，長大後，耳提面命、糾正教訓，從沒有停過。

爸爸嚴格要求自己，也經常教誨我們，在自己的領域裡，不要做個賺錢的機器，或只追求地位權力，一定要在專業方面研究發展。他一向念舊，從他對服務數十年的文化大學的感情，就可清楚看出。

父親年屆退休，但他表示要辦理延退。雖然我們都認爲他年紀大了，家裏距文化大學遠，對工作又總是傾盡全力付出，不宜繼續奔波、操勞。但是看到他樂此不疲，大家也就沒積極反對。

直到去年年底入院，爲讓他安心靜養，除了婉拒親友前來探視，我們也開始向他提到退休的問題，父親卻執意要繼續再教下去。當時我十分不解，他爲何如此堅持。如果是爲名？父親早已是部定教授，在六朝文學研究，早就有一定地位，也指導博士班學生。如果是爲利？我和姊姊妹妹們，各有一份穩定的工作，奉養雙親絕不成問題。更何況他與母親均可領到退休金，而且父親生活一向簡樸，除了買書，平時幾乎沒有什麼花費。

大姐忍不住，向他提出這樣的疑惑。只聽到父親悠悠回答：我是部定教授，手上又有國科會計畫在進行，每年都有論文發表，這在大學評鑑時，可爲文化大學加些分數。故董事長其昀先生對我有知遇之恩，我自當戮力以報。

我和姐姐聽完，不禁啞然。我們都在醫院工作，每三年就要面對評鑑，在醫院高層的耳提面命下，早已熟知院內醫師的部定資格、研究計畫、研究論文對醫院評鑑的重要性。只是從沒想到，一位躺在病床上，已過退休年齡的老人，念念不忘爲他服務多年的學校盡一份心力。這使我猛然想起，父親有時提到在研討會上，與人爭論學術問題，遭母親規勸，要他不要得罪人。他除以學術研討不可鄉愿，爲自己辯駁外，也表示他代表著學校，不能丟文化大學的臉。再想起他幾年來，努力奔走，日夜聯繫，促成文大所舉辦的魏晉南北朝學術國際研討會議，爲的也是要提昇文大在國際上的學術地位。

相較於我們身處私立醫院，爲達醫學中心的目標，醫院提供許多獎勵措施，鼓勵類似父親上述的努力，我們還埋怨醫院要求過多，原有的工作已經夠忙了，實在無暇分心去做這些事。父親在沒有特別獎勵下，不僅爲了自己的學術精進，更爲了提昇並維護文化大學的學術地位而努力，豈不讓只顧維護自身權益的人汗顏。

雖然父親後來在我們親情包圍下，同意辦理退休。卻在退休生效前，就從人生的舞台退下。父親入院當天還從學校上課回來，入院後再也沒有回過家，竟同時告別了生命中最重要的兩個地方。

身爲他的子女，來談父親對文化大學之愛，似乎有些突兀。但以我們的了解，他不是會將這些事掛在嘴邊的人。正如延退的理由，若非我們質疑，過去從未聽他主動提及，外人就更難了解他的思緒了。對父親而言，家庭是他的第一個生活重心，文化大學排行第二。他對家庭的愛，我們銘感五內。他對文化的愛，恐怕也只有我們最清楚了。特別記上這一段，這是父親的另一份愛。

父親在病榻前，曾對我說，他不曉得小時候讓他傷透腦筋的兒子，當起醫生可以這麼仔細。父親只會做，不忙著說自己的用心。旁人只知他「大聲公」的嗓門、直來直往的個性，常會忽略他的真心。我是個醫生，秉持父親對我的教訓，一向竭盡心力，幫助別人，這一次竟救不回自己的父親。

照顧父親的那段時間，我正在準備腎臟專科醫師考試。父親一邊接受治療，一邊擔心影響我的準備。父親過世後九個月，成績放榜，我順利通過。當天，媽媽帶著我，到父親靈前，向父親報告這樁他生前念念不忘的事。

前幾個月，我的論文發表在醫學刊物，作品也被醫院評選爲優秀論文，將在今年二月，於會議中公開發表。這種成果，是父親最重視的，如今卻只能在他的靈前，向他稟告，再也看不到父親欣慰滿足的表情。樹欲靜而風不止，子欲養而親不待，其斯之謂歟。

父親於過世的次日，出現在我的夢裡。沒有太多的話，只是擔心在他身後，我們能否好好生活。我請父親安心，我們一定孝順母親，家裡一切我們會照顧。如果陰陽兩界有感應，父親會明白我們的不捨與想念，而在另一個世界關心著我們，爲我們的努力而欣慰。而做爲子女的我們，將在各自崗位，善盡職守，期許自己不辱父親的庭訓，努力做到父親希望我們達成的，以告慰老人家在天之靈。

往日情景，歷歷赴目。父親的愛，天高海深。真是「欲報之德，昊天罔極」。

*作者現任國泰醫院腎臟科主治醫師，為洪順隆教授長子。

愛書的父親

洪倩華

父親去世，已近一年。這一年來，在忙碌的工作中，父親的形影，仍經常浮現在腦海裡。

由於我是么女，爸媽和哥哥姊姊總讓著我，家裡任何事，很少要我插手。我也樂得輕鬆，享受這份優厚的疼愛。一年前，爸爸住院，由於哥哥姊姊是醫生，很多事都有妥善安排。我以爲爸爸只要治療、休養幾天，很快就會健康的回家。於是，照常上班，把心力與時間，都投注在工作上。只在放假時，才到醫院探視。

那一天，大姊把我叫到病房外，告訴我要有最壞的心理準備。當下，有如五雷轟頂，只覺得天地都變了色。我怪每個人，爲什麼不早些讓我知道。早知如此，我怎能放過每個與父親相處的時間。姊姊向我解釋，病情變化完全出乎意料之外。一切的努力，都已經挽回不了父親一分一秒走向生命盡頭的命運。

回想起以往生活中的點點滴滴：餐前叫爸爸吃飯，即使我們三催四請，沒把手邊工作做完，他是不會準時到餐桌用餐。電話響起，爸爸總會從房內喊著：「倩華，是不是我的。」十有八九，都是他的電話。當我將電話筒從客廳拿到房裡，交到戴老花眼鏡伏案寫作爸爸的手中；隨即聽到聲如洪鐘的爸爸，氣勢如虹地和對方討論學術上的議題，或是有說有笑的談天說地。爽朗的笑聲，高亢的聲調，已是家中不可少的氣氛。有時爸爸也會喜孜孜地告訴我們，他的論文又被刊載，國科會持續給他肯定的獎勵。一切生活中稀鬆平常，卻又鮮活靈動的情景，都已遙不可及。父親喜悅自信的神彩，如今，我都只能藉由回憶，勾勒爸爸的身影。

我出生的時候，父親在日本留學。直到上小學，爸爸回來了，全家北上才得以團聚。媽媽服務的學校離家遠，很早就出門上班。接著大姐也趕搭公車上學去了。爸爸把我們三個小的打點好，帶我們出門。送我們上學後，再搭車上陽明山上課。哥哥好奇、貪玩，我則是他的小跟班。我和哥哥常被路旁的事物吸引，而停下腳步。爸爸總得盯緊我們，深怕一不留神，小孩不見了。小學放學早，回家途中，只要哥哥的同學一吆喝，我們毫不思索地跟著跑到堤防邊玩耍。幾次之後，只要過了時間還沒回家，爸爸就會到堤防邊逮我們。

國中以後，忙著升學。偶爾我會摸摸爸爸書架上的書，有興趣的，就隨手拿來翻翻。不論求學或工作，當心情煩悶時，我常在書中，得到心情的舒解。雖然我並不是讀文學的，也不懂父親的研究，卻感受得到爸爸讀書的樂趣與滿足。由於從小字跡還算工整，爸爸常要我爲他謄稿。從國科會的申請計畫，到個人研究成果的記錄等等。我知道父親專研六朝文學，對左傳、辭賦等，也有深入的涉獵。他有許多研究成果，每年發表論文多篇，連年獲得肯定與獎勵。

爸爸沒有什麼特別的嗜好，十幾年前，偶爾還打打網球、羽毛球。後來，年事漸長，除了出去散步，就不太有什麼休閒活動。只不過，說是到公園散步，走著走著，就晃到書店去了。常常散步回來，手中又多了一袋書。因此，每當他告訴我們要出去走走，母親就會表示，別一直買書，家裡已經擺不下了。當然，這樣的叮嚀是無效的。

父親買書就像女人買衣服，永遠不嫌多，不怕累，更不在意瘦了荷包。平時在國內是小採買，到大陸開會，就是大採購。除了手上提的、皮箱裝的，回國後幾天，肯定還有包裹陸續報到。當然，他從不忘送給家中大大小小的禮物。因而，對於他給自己帶回的大禮，我們也就不好置喙，任由它們侵佔我們的生活空間。

最害怕的是，父親吆喝著要大家幫忙清理書上的灰塵。望著滿屋子的書，大夥不禁手軟。通常，父親會一邊清理，一邊告訴我們，這些書可是家裏最珍貴的東西，是他最大的財產，不要輕忽它們。偶爾也會聽到父親喃喃自語：這本書原來早已買了，這下子重複了。不過，他從不覺得自己太愛買書。他認爲，書籍是從事教學、研究應有的工具。

那麼多書，父親並不是買來擺著好看。除了到文化大學上課，其他的時間，就是做研究。有些人羨慕父親，不需天天到校，也不用過著朝九晚五的日子。殊不知，對父親而言，天天都是工作天。寒、暑假前，他總會爲自己訂定假期工作計畫。即使是星期六、日，父親也從不間斷他的研究。

在寒冬，三更半夜偶爾從夢中醒來，看到父親仍伏案工作。我問他，這麼晚了爲什麼還不睡覺？他告訴我，他在準備教材。他說：我每年都要編新的教材上課，不能總給學生舊東西。不做好功課，怎麼教學生？這番話一如那夜裡凜冽的空氣，在我心中留下深刻的印象。

我在證券公司擔任襄理，從事企業理財工作，工作性質雖與父親全然不同，但是在父親身上，我得到了學習的典範。人是不該停留原地，即使不再是學生，也應在自己的領域，持續充實自己。一個人要對別人負責、也要對自己的工作負責，不能老是賣些舊東西。

在工作上，我常要準備資料，分析整理，評估預測。

當要面對大家，提出意見時，即使對象不同，我也都尋找新的資料，讓每次的內容有所不同。父親以身作則，教導我們對自己、對別人、對工作，都要負責。我在工作上，如有任何可取，都是父親給的。

父親雖然離開了我們，但在我們身上，在我們的行爲、觀念中，卻一直有著父親的形影。我還清楚記得，在病房裡，父親看著一向瘦小的我，心疼的叫我多注意健康，不要常常加班。如今，我再也聽不到他的叮嚀。幼時放學途中，在堤防邊被父親帶回的情景，成了我生命中永難抹去的記憶。

父親與母親共同經營了一個堅固而溫暖的家，努力、奮鬥，讓我們衣食無虞。由於他們全力的支持，我才得以無憂無慮地經營我自己的人生，全力以赴地投入我的工作。父親一向是我的表率，如果要問，父親去世，我最大的遺憾是什麼？我想是來不及把最重要的話告訴他：「爸！我一直以您爲榜樣在經營我人生。我以身爲你的女兒爲榮。謝謝您，爸爸。」

家人一向不善於把關愛的話語掛在嘴邊，總覺得有些肉麻。父親去世將滿一年，我到和家人到父親靈前祭拜，手握馨香，我在心中告訴爸爸：「爸，不論你現在在那，都要記得最後相聚的日子裡，我常在你耳邊說的那句話：我愛你，爸爸。」

別人心目中這位酷愛書籍的老教授，正是我的父親，我以作爲酷愛書籍老教授的女兒爲榮。

＊作者現任台証證券公司業務襄理，為洪順隆教授參女。

緬懷洪順隆教授

竹田　晃

洪先生一九六八年以留學身份入東京大學研究生院人文科學研究科攻讀中國語言文學博士課程。師從前野直彬教授攻堅「六朝詩研究」課題。是時，洪先生業有「謝宣城集校注」（一九六九年臺灣中華書局）問世，於六朝研究分野卓成一家之言。而洪先生猶自虛懷若谷，砥礪其學不輟。同時埋頭搜羅整理日本所見六朝文學之研究文獻及論文目錄，其後該目錄既成付梓。

然則，洪先生於留日期間際逢日本學潮狂瀾洶湧，東京大學恰處風暴中心，教研機能幾殆癱瘓。東京大學提供洪先生之研究環境劣甚。余身爲當時東京大學一名成員抱憾良深。

洪先生旋里不久又遭前野教授罹病不起之變，而致痛失在日導師（前野教授一九八一年退休東京大學，榮獲名譽教授稱號，迎戰病魔廿載終於一九九八年作古）。洪先生於此逆境終始不渝拓展研究矢志。正值六朝詩綜合研究即趨大成，黃鐘大呂巨著指日可待之際，豈料洪先生竟一旦星隕而壯志未遂。哀哉此憾，雖幽明異境而與洪先生共感。

洪先生稟性平和溫良，重禮儀而忠信諾。精誠治學，信知鴻才，每與促談，時為折服。

一九八九年八月余應亞東關係協會之邀忝任「臺灣中國話教育事情視察教授團」團長造訪臺北，其間幸與洪先生久別重逢，時蒙洪先生伉儷盛情款待，感激之至。歸途又承相送中正國際空港，不想談笑一別竟成永訣。

謹以此文哀祭洪先生，緬生前厚與，祈在天冥福。

【後記】

年初驚聞洪順隆教授噩耗，不勝哀甚。頃接華翰，悉洪先生遺屬出版紀念文集之快舉，余亦亟欲撰文奠醊洪先生，無奈期限迫在眉睫，倉促難能承命。謹以小文權表緬懷。

*本文作者現任日本東京大學名譽教授・明海大學教授，為洪順隆教授老師。

您在我們心中活著

——懷念姑丈順隆教授

蔡明哲

每憶及黃昏故鄉布袋鎮，就想起許多親友和同學。凡是和值得紀念的人有關的事物，無論過多久，都鮮活在我們的記憶中。

至今我還無法理解，每次走在步雲橋上，爲何有種特別的感覺。六叔公蔡如生先生（第一任民選鎮長），建造步雲橋，我從小就把它和蔡襄造洛陽橋，聯想在一起，造福鄉里的情懷油然而生。當我走在光復里太平路上，就想到五叔公蔡如號先生(擔任數十年里長)，我心目中永遠剛正仁慈的「保正」。他們是我少年時期的偶像，我父親心目中的英雄。

五叔公的女兒阿芬姑，是我們六合成家族的美女，她嫁給順隆姑丈，是家族的大事。早年她在布袋國小教書，上下學的倩影，成爲我們懷念家鄉的一個美麗印象。如果深愛著故鄉，那一定因爲故鄉有令人深愛的人們，而產生恆久不忘的回憶。

在阿芬姑幫助下，姑丈建立了美滿的家庭，使他一生持志努力，堅定學術志業，在迷亂的世局中，守住士人的節操，做到了陶行知先生所說「人生爲一大事來，爲一大事去」的雄渾氣魄和重大貢獻。

由於順隆姑丈和阿芬姑的用心照拂、愛心培育，這個家庭成爲令人稱羨的模範。我的三個表妹、一個表弟，或承繼父志成爲學者，或成爲醫生，或是社會有貢獻的人。

記得有一次，父親蔡玉煌先生來台北，我跟他去拜訪士林橋附近的姑丈家。那時表弟妹很小，姑丈的書多得不得了，阿芬姑辛苦照料這個家庭，每個小孩都懂事，知道該努力上進，謙虛有禮。

我從小和父親無所不談，在聊天中知曉許多做人處事的道理。父親常帶著我到處拜訪親友，要我學習人家的長處。父親說：順隆姑丈是勤勉的學者，要跟他學習；在逆境中困知勉行，真是硬漢，令人欽佩。後來，我在求學歷程每遇困境，常以姑丈爲榜樣，不屈不撓，以致小成。

近來，擔任新營資訊暨管理學院籌備處主任，深知好的大學老師，必須是致力學術志業，不斷創作，並且勤於教學。最近，也常在網路上，瀏覽國內外師資與著作目錄，希望為故鄉創設一個好老師願意來教學和研究的環境，以使得學校成為好學生願意來就讀的大學。當我在搜尋引擎上，鍵入姑丈的姓名，映入眼簾可查到許多著作，而這些著作只是一小部份。在網路世界裡，順隆姑丈因他努力著述而永存。在現實世界裏，因我們的懷念而永遠存在。

洪順隆教授——阿芬姑丈，晚輩心目中勤奮向學、堅毅刻苦的典型偶像。姑丈讓我瞭解：學術界的人名，因著作才能產生永恆的意義。

他的編譯和著作，已成為研究教學的範本，影響較大的大多在中國思想、文學史、書道史、詩論史、詩賦、六朝文學、左傳等學術領域，深信後學的人，會以此標竿邁向前去。在網路上，瀏覽大學專業課程和通識課程時，姑丈的著述，也常被引為參考資料。

昨日，我又散步於福林橋下，沿著雙溪河濱走向東吳大學校門。途中偶見白鷺展翅，映日而視，何其皎潔；御風飄然，何其瀟灑；及其著地，亦復神采奕奕，傲岸孤高。

在白鷺的神韻中，懷想姑丈，這來自嘉南海濱鹽鄉的永遠的學術典範。我身爲晚輩的大學教授，自認爲很能瞭解，順隆姑丈做爲一個學者的高潔、勤勉和熱誠。這是他的侄兒——一個晚輩，想對親戚、師友和阿芬姑、表弟妹們敘說的懷念之情。我想向姑丈順隆教授說：您在我們心中活著。

＊本文作者原東吳大學教務長兼文學院院長，現任新營資訊暨管理學院籌備處主任。為洪順隆教授侄兒。

洪大哥

楊真砂

小時候不知道有多少次，當洪大哥及一群同學來看父、母親，離開以後，媽媽總會再說一次洪大哥小學時的情形。

爸爸是洪大哥小學五、六年級的級任老師，加上是祖母娘家的姻親，媽媽把他看成像自己的孩子一般。

新塭，台灣光復前後，是個貧窮的小漁村，村民以養魚（主要是虱目魚）維生，小孩不讀書，正好在家幫忙做事。

印象很深刻的是：媽媽總是有感而發的說：「真是不容易啊！」接著媽媽會邊做事，邊說著過往的點點滴滴。

媽媽說：「早自習，爸爸如果發現洪大哥遲到，就會騎上腳踏車，先到洪大哥家看看他是否去工作？爸爸會到漁塭去把他載回家拿書包來上學。」

有幾次，洪大哥並不是去工作，而是拎著書包去廟口打彈珠。那時，爸爸就會很兇的處罰他，幾次以後，他就不再去了。

要月考了，爸爸會把學生帶到家裡來，免費輔導。在新埕，我們住的是新埕國小的日式宿舍，當洪大哥他們來輔導時，晚上也住我家，媽媽會煮一大鍋的稀飯，大家一起吃。長大後碰面，洪大哥及他的同學，都會開我及大弟的玩笑說：「你和瑞鍾都是我們抱著長大的呢！」

媽媽說：「洪大哥上學以後，十分用功，加上他聰明，書背得很快，數學解題很迅速，說起道理來，更是井井有條，所以爸爸就會個別指導，越教越多，洪大哥他們，也越上越起勁。」

接著，爸爸鼓勵洪大哥升學，考初中去。在當時，交通十分不便，經濟也不寬裕，教育不普及的情形下，洪大哥的努力受到肯定，終於走出一條跟別的漁村小孩不同的路——求學。

＊本文作者係國小退休教師，為洪順隆小學老師女兒。

憶同窗好友洪順隆

黃玉河

回想進入師大，與順隆兄之所以很快地熟識，並具有引導互動的共同話題，可能與我們同屬師範系統（他讀屏師，而我則是南師），服務滿小學三年，再經歷一番考戰，才得以進入大學的背景有關（其實班上具有師範生身份的約有四、五位。像學業成績常據鰲頭的許錟輝，就是我南師的校友。以前只聞其名，未曾謀面，直到進入師大，成爲同窗方才認識）。當時，我有點消極，認爲不合志趣，但他很珍惜，所以讀起書來，也較積極。

在校期間，順隆兄和張健走得最近，兩人常在一起，自有一番砌磋砥礪。後來我與張健也越來越熟，大概也是因他而致。當年，張健寫散文、出詩集，順隆兄也有作品。曾送我一本他的處女作——《摩夫詩集》。後來又送我兩本書，一爲文字方面的書《讀字辨正》，另一則爲有關六朝文學研究的（這不過是他諸多論著的一小部分）。也曾在報刊雜誌上看過他的散文，具見其才華與見解。

畢業後，大家分散在各地任教。總要在幾年舉辦一次的同學會中，才有機會碰面。但不管睽違多久，我們總是一見如故。

記得是在民國五十四年，我家甫由高雄搬到台北，賃居於齊東街。有一天，很突然地，順隆兄與張健提了一籃水果到寒舍來訪。順隆兄好像從嘉義遠道而來。故人相逢，格外欣喜。

接著便有好長一段時日，沒有順隆兄的消息。後來方知他是負笈東瀛，繼續深造。若干年後的一次同學會，記得地點在墾丁。只見順隆兄攜家帶眷而來，小孩已有三、四個。大的看起來已有國小高年級的模樣。個個都顯得乖巧懂事。如今想來，當時順隆兄很可能是由日返鄉探親兼渡假的吧。因順隆兄忙著招呼家小，並未多談。

順隆兄在日本東京大學期間，沉潛於中國古典文學的研究，孜孜矻矻，夙夜匪懈，一待便是八年。其中甘苦，不言可喻。雖在東大當局授予外國學生學位的緊縮政策下，未能如願獲得博士學位，卻也奠定了他治學的深厚基礎，找到了他研究的方向與領域，並成就了日後在六朝文學方面罕有其匹的高深造詣，也作育了這方面不少的人才。而在這漫長的留學期間，嫂夫人在教職之餘，獨力養育子女，肩負家計，另方面尚需予在國外艱苦奮鬥的先生以精神支援，可謂備極辛勞，令人敬佩。

待順隆兄學成歸國，受聘文大中文系後，將家小從嘉義遷居台北。嫂夫人轉至北縣文化國小服務，全家暫時賃居士林，與我住得不遠，賢伉儷也曾來訪。似亦有意在此覓居。後來夫人調至三重碧華國小，爲了子女就學，在瑞安街找到了房子，移居至今。

順隆兄在治學方面的專精深博，教學方面的認真嚴格，以及指導學生的不餘遺力，莫不受到同事與晚輩的推重與愛戴。但他最令我感動的一點，則是對家庭子女的關懷照顧之無微不至，總想給他們最好的教育與生活。故不論是子女入學、轉學、升學……樣樣躬親陪伴。是十足的一位慈父。而四位子女也都不負他的期望，個個成器。無論學業或工作，都表現得非常突出。唯一美中不足的是，這麼優秀的子女，也都早已成年，卻遲遲未有婚訊。尤其較長的兩位女兒，最令他牽掛。曾有幾次，在喝完同學子女喜酒後，他有感而發地透露，這樁縈懷良久的心事，希望我能幫忙介紹合適的對象。不巧的是，我恰恰也有類似的煩惱。故除了感嘆他們的姻緣太晚，實在愛莫能助。

又過了幾年，一次在公園路與順隆兄不期而遇。因好久不見，又時值中午，就在旁邊一家麥當勞簡單用餐，以便聊天。那天他心情不錯，談興甚濃。果然，席間他訴說了這些年在文大執教的甘苦談。也欣慰近年來的論文，大多獲得國科會及教育部的肯定與獎勵。辛苦耕耘，終有代價，也更增自信。但也因長期伏案工作，偶因神經衰弱而影響睡眠。當他得知我也有這方面的困擾，立即向我推薦一種叫「酸棗仁」的中藥。說是他從中國醫典裡發現，認為頗具成效的一味治失眠藥方。可見他的閱讀範圍之廣，並不限於文學一類。也就因他涉獵廣泛，我也曾幾次向他請益有關文字的筆劃及音義方面的疑難。聽說他把一本《說文解字》都「快翻爛了」，真覺得不可思議。對他用功之深，佩服不已。而我自從離開學校，便將《說文》之類束之高閣。塵封至今，還保持著八成新呢。相較之下，不免汗顏。

大約前年，在余培林兒子的婚宴上，剛好鄰坐，閒話中，他告訴我，他的小女兒也已研究所畢業，並已自行找到工作。每一個孩子都很獨立……言談之間，充分流露著滿足與欣慰之情，有如一股暖流淌漾在周遭。我除了羨慕，也著實分享了他的喜悅。說到順隆兄的幾個孩子，我雖僅在他們小時候見過一兩面，卻一點也不陌生。從順隆兄的描繪中，他們那乖巧聰慧的模樣，一直給我鮮明的印象。

又過不久，他忽然來電話託我在士林幫他找較大的房子。我覺得有點稀奇。因聽他說過房子太擠不自今始，而他們需要較大的房子亦可理解。只是他們離開士林已二十幾年了，而今子女就業也都在東區市內，怎麼會突然想重歸郊區「山林」？不過我還是依他所提條件如價位、坪數、環境等，就我所知轉知他兩、三個電話號碼。他也依址去看過。卻因房價過高而暫時擱置。後來，就沒有下文了。可能他想通了吧。兒女既皆已成年，可能將陸續婚嫁，自立門戶。剩下夫婦倆，房子照說還可縮小，又何須擴大？

最後一次見面，該是在去年秋天（八月中）的慶祝畢業四十周年餐會中。我又遲到了，也未與順隆兄同桌。此次因擴大辦理而廣邀海外同學回國參加。席間觥籌交錯，暢敘別後。當餐會接近尾聲，大家競相拍照，所有帶有相機的人，都留下合影。離席前大夥互祝珍重，依依不捨，顯得越老越見真情。我們幾位女同學（計有盧淑美、黃明珠、陳乃瑩、周世娟。而楊佩玉及唐亦璋則因故先走一步）在樓下等車之際，又抓緊時間，東扯西扯，稚不願「虛度」這難得的相聚時刻。這時順隆兄也走了過來，我見他氣色欠佳，有點倦容，還當面問了他。

今年初突接順隆兄噩耗，實在難以置信。直到如今，我仍時爾產生錯覺，以為一切仍如往常（因為一直以來，一、兩年不通訊息是常事），只不過彼此都懶得寒喧問候罷了。但當我弄清事實，確定以後再也聽不到順隆兄那鏗鏘的聲音，自信的語調，也將永遠失去一位可以自由談論、諮詢請益的同窗好友，不禁為之悵然不已。回憶過去點點滴滴，往事歷歷，不勝唏噓。對順隆兄的遽然而逝，嘗與同學談起，都認為與他長期用功，過於勞累，缺少運動而忽略健康有關。

雖然順隆兄辭世略早，但綜觀其一生，堅忍刻苦，奮鬥不懈。其心血所灌溉，在家庭方面，培育出才學品貌皆頗爲出眾的下一代（計有兩位醫師，一位從商，一位則克紹箕裘，爲乃父之衣缽傳人，是專校的國文教師），個個都是社會的棟材，且極富孝心。在事業方面，造就了極爲深厚豐沛的學術生命及教育文化事功。二者俱爲成功典範，可謂「人生美好的戰已經打過」，實已無憾。相信嫂夫人及其子女都以有此先生與父親爲榮爲傲。然此遽而永訣，不捨之情實何以堪！但逝者已矣！惟望嫂夫人能善自珍愊，侄（姪）們能在創業之餘，早日完成終身大事，俾順隆兄在天之靈更安心，更喜樂。

*本文作者為成功中學退休國文教師，與洪順隆教授為大學同學。

懷念洪順隆教授

羅敬之

時光快速，不知不覺間洪教授順隆兄辭世將屆周年了。初見洪教授，大約是在民國五十三年秋季以後。那時陽明山華岡的中國文化學院校園，大學部第二屆、碩士班研究生第三屆，註冊報到以後，校園人口忽然多了起來。因校園不大，而當時教室也僅限於大成館與大仁館（只建到二層）之間，所以在人群熙來攘往中，曾看到過一個較爲矮胖，年屆而立的人，和另外一位年齡相若而我以後才熟悉邱鎮京教授，雙進雙出，走在一起。民國五十六年我大學部畢業後，留校服務；而洪先生也在這年研究所畢業留校任教。

畢業後頭幾年，我在行政單位服務，先後在校本部及城區部（時在師大附中上課）負責註冊組。六十年調任華岡中學，綜理校務。直至六十四年八月，才卸下行政，在系專任授課。因此這幾年偶爾在華岡校園走動，也沒看到那熟悉的身影。也就是六十四年九月，學校開學，才又見到洪先生。原來他在五十七年赴日留學，迄今方歸，這就無怪乎這些年來他遠在東瀛而我隱秘行政單位所以難得一見的原因了。

那幾年中文系的課程總是緊張，受聘專任而開課鐘點不夠，就要改成兼任；否則就要自己設法找課，系上並不負責妥善安排。洪教授留日甫歸，除在中文系開設專書《左傳》外，還上了幾班共同科國文。某日共同科曹助教找我和洪先生商量，是否可以互換一班；我說：「怎麼妥當就怎麼安排罷」。後來課程並沒調換。但在這次的面對中，洪先生似乎還是那幅模樣。

洪先生幼失怙恃，仰舅父撫養長大，從小學以至大學，生活經歷艱苦，但好學不倦；復以稟性穎異，多能自裁中國文學的研究方向。故自師大國文系畢業後，中學執教鞭數年，然教不足而後知困，再考入中國文化大學中國文學研究所深造，以「謝宣城集校注」獲碩士學位。又不足，再赴東京大學以交換教授身分並藉機攻苦七年，對於日籍漢學家的學術指向及思想型態，研得甚深，也融成了他對中國文學的深厚涵養。因此當返校任教，先以《左傳》、《國語》的編年與國別史料，盱衡先秦文學；又自荒亂的魏晉以後，而研磨三百餘年的六朝文學。前者關涉到子、史與楚騷，後者則包羅了詩、賦、小說與散文等，洋洋灑灑，允爲奇觀。洪先生一肩任之。所以其裁成的研究生眾多，欲從其遊者尤多。

余與洪先生共事多年，二人始終是「淡如水」的君子之交。他不言，我不語，碰到點點頭而已。偶而牽涉到一點學術問題的辯解時，他聲大，我聲小；我聲大，他大笑。他的哈哈大笑，常會被對方覺我的理屈，他佔上風。有一次——大約二十年了。在校車開往校園的仰德大道上，忘記了當時我們在車上談論一個甚麼問題，由於他的聲調高亢宏亮，坐在後座的森林系主任誤會了，就大聲嚷著：「要吵架，你們下車再吵」！還有一次在教授休息室討論什麼問題，他聲如洪鐘，突被系上女助教闖見，幾天後竟有老師笑問我：「聽說你們吵架？」

洪先生稟性耿介，又對學術執著，堅持己見。民國八十年他送我一篇剛發表的〈曹植與洛神賦〉一文，讀後直覺論文主旨歸於「愛情」的不同，以〈洛神賦・序〉的「黃初三年」而堅持爲「黃初三年」的不妥。八十一年六月，我承邀出席東長春學院舉辦的第二屆《文選學》國際學術研討會，余提讀論文〈洛神賦的創作及其寄託〉，旨在辨正〈洛神賦〉是作於「黃初四年」及洛神曹植的所自託，並非戀愛。論集刊行後影一份送順隆兄指教。他又撰〈論洛神賦中洛神形象的象徵指向〉一文於《林尹教授逝世十週年學術論文集》。於是我又撰〈再論洛神賦〉，發表於文大《中文學報》。他本告訴我，他還要再寫，意思是非辯個清楚不可。〈再論洛神賦〉後來獲得國科會甲種獎助。洪兄的堅持與執著，是他對學術的信仰，也是他最爲可敬可愛的地方。

民國八十六年八月予承乏系所行政，首爲博士生遴聘校外口試委員爲苦，他一一提名各項學術專長凡十餘人，要我參考；另以博、碩士研究生每年提出論文口試者，平均約十數人。洪兄以學術淵廣，常請其出任召集委員；雖不爲辭，但有一次他說：「累啊！苦啊！」半年後，他竟與世長辭，這個「累啊！苦啊！」常在我心徘徊！

洪順教授手不釋卷，研究不輟，著述甚豐。譯注的不計，凡問世專著二十五種，發表論文一百三十餘篇，榮獲國科會甲種獎助九次，四次獲准國科會研究計劃的申請。惜以〈六朝述德、勸勵、獻疇、公宴、百一、遊宴、行施、軍戎、郊廟、樂府、挽歌諸體的文類研究〉的二年研究計畫僅完成一半，餘業誰由繼之？惜哉！憾哉！

*本文作者現任中國文化大學中文系主任、中文研究所所長，與洪順隆教授為多年同事。

懷念洪順隆教授

皮述民

洪順隆教授是我的學弟。四十多年前，我念師大國文研究所的時候，就聽到師長們說，大學部有好幾位小伙子，好學不倦，是可造之材。其中就有洪順隆的名字。

我畢業後，到政大任教六年，又去新加坡教了二十五年的書。民國八十年，六十歲時回來，到了文大。上班第一天，在所辦公室碰到，所裡助教給我們介紹：

「所長，這位是洪順隆教授。」
「啊，你就是洪順隆。」我指著他說。
「你知道我？」他是男低音。
「早就知道。」我是男中音。
「我也早就知道你呢。」

低音和中音的笑聲，持續了好一陣。

以後，我們在台北車站到文大往返的交通車上，每週均有一、兩次同行。這五十分鐘的途程，不論晴雨，都只見到順隆永遠愛惜寸陰，手捧一本厚厚的大書，專心閱讀，旁若無人。

有時湊巧坐到一塊，不免聊上兩句。但給我印象深刻的是，無論當時國內外有什麼大新聞，或者選戰如何激烈，都不是他的話題。他永遠只談學術：某人最近出了什麼書、國內外有什麼學術研討會、他最近考了幾場碩博士、他正在指導的一些碩博士生……這使我了解到，中年以後的順隆，不僅仍然好學不倦，更關心、重視他誨人不厭的職志。

記得有一次朋友聚會，聊到了他。有一個他的老朋友笑著說，想給他取個外號叫「學癡」。當時在座的人都笑著點頭。今天想來，天下滔滔，有些人略有學名，即思「學優則仕」。但到底是爲國爲民，還是爲名爲利，只有天知道了。可是，像順隆這樣，堅守學術崗位，畢生以傳道、授業、解惑爲己任的「學癡」，實在已不多見了。

順隆教授離開我們已經一年了，但學術界的朋友何以總感到他仍常在我們身邊呢？那是因爲他留下了許多可貴的著作。他研究的主要範圍在魏晉六朝，五種以上的專著，數十篇紮實的論文。其高見就常被舉世學術論著和碩博士論文所稱道、所徵引。由此一角度來說，順隆實可謂已然學術不朽，此生應無遺憾。

*本文作者現任中國文化大學中文系教授，與洪順隆教授為多年同事。

洪順隆教授像贊

區靜飛

便便洪公　　腹笥甚豐

皋比上庠　　士林之雄

滿門桃李　　絳帳功隆

春風化雨　　澤被無窮

精研駢儷　　魏晉文宗

倚馬萬言　　揮灑從容

雷霆下擊　　鷹搏長空

立言立德　　儕輩所崇

*本文作者現任中國文化大學中文系教授，與洪順隆教授為多年同事。

憶洪順隆教授

——我的良師益友

廖一瑾

白色的帽子、黑色的公事包、綠色的雨傘、宏大的聲音、抖擻的精神、穩健的步履，……他曾是華岡鮮明的景色。

當他匆匆離去，不再回來，校園中失去如此特殊而生動的身影，我的心眼中常常掩不住一陣淒泫。人世的無奈，歲月的匆忙，給我當頭一棒！使我驚覺到：往後應隨時抱持著惜福的心情來面對眼前的人、事、物，以免將來感到遺憾。

※　　※　　※　　※　　※

已經很難明確的說是哪一年開始熟識洪教授的，記得十多年前的七月初，大夥兒都在台灣大學參加大專聯考的閱卷工作，洪教授知道我剛完成博士論文，是成惕軒教授所指導的學生。誼屬同門，所以他便邀約另一同門學長張仁青教授，在台大門口的一家餐廳共進午餐，並引我認識在駢文界已深有名氣的張仁青學長，次日蒙兩位學長贈與他們的大作。回想起來，這是他對後生晚輩的提攜與獎勵。或許這是他出身漁村的誠厚本性和在日本留學所影響對師門的一份敬謹之傳統吧？

民國八十四年三月，日本二松學社大學中國部主任石川忠久教授來華岡訪問，他是日本研究陶淵明的專家，在中文系發表〈江戶時代的漢詩〉演說，洪教授和我奉派全程接待，會中洪教授口占贈石川教授詩曰：

吟詩頌賦煥篇章，北海文風獨擅長。

此日華岡江戶論，櫻花盛放滿山旁。

我亦追隨作一首：

淵明研究君尤長，江戶詩風繼盛唐。

千載餘情堪再憶，扶桑雅士到華岡。

石川教授亦回贈云：

東海昨朝餘雪堆，一尋寶島已春回。

陽明山上停車處，滿朵櫻花迎我開。

這些贈答詩及合照曾刊於華岡的報紙及《漢詩之聲》第六期。

民國八十四年夏天洪教授推薦福州師範大學中文系主任陳慶元教授的著作——〈明代閩中詩派十才子的宗唐理論〉，希望刊在文大中文學報。因礙於學報不刊登外稿，我把它安排刊在《漢詩之聲》雜誌，經此一媒介，和洪教授便更爲熟悉起來，後來陳教授二度來台作學術交流，經洪教授之介紹，從此我便有幸常接獲陳教授贈與他所寫的新書。

民國八十五年十二月，全球漢詩學會在馬來西亞怡保召開，中華民國由馬鶴凌先生領隊，一行二十餘人，我校有洪順隆、區靜飛、李德超、陳兆珍和我參加。洪教授很重視團隊精神，每當我和學妹兆珍偶而脫隊，總會被他「盯」回來。回程時，在吉隆坡機場，他很細心的爲家人買禮物，不時的問我們兩個女生的意見，期望他買的珍珠鏈錶能合他的夫人和千金們的眼光和心意。

民國八十八年，有一回洪教授因身體微恙，希望我代他上「歷代文選」的課。事先他詳細的告訴我上課方式和進度，並贈我他寫的教科書《歷代文選—選讀、鑑賞、習作》雖然只有四堂課，對我而言，是一個很愉快的經驗。事後，他很慎重的要酬謝我（我不肯收他的代課費，害他花了不少心思和時間，陸陸續續幫我買了不少大陸出版的書籍給我）。

民國八十七年，文大文學院在國家圖書館召開第四屆魏晉南北朝國際學術研討會。與會學者延攬了全世界，尤其是日、韓、俄、大陸、港、澳、台灣此一領域的學者專家，會議空前的盛大，更大大的促進兩岸的學術交流。由於前幾屆在大陸及香港舉行，洪教授已曾參加。因此由我校主辦時，洪教授駕輕就熟，出力極多，使得這一大型的國際學術研討會圓融而成功，更加強兩岸及本地各大學此一領域的學者之間互相交流切磋的機緣。

民國八十九年初，北部幾所大學以研究南北朝文學爲範疇的教授們，在洪教授的號召下成立了「六朝文學茶會」，約定從此每年春、夏、秋、冬四季各舉辦一次文學雅聚，既是交換教研心得，以文會友，又是六朝文人風雅的再現。

民國八十九年七月底及八月初，「國際魏晉南北朝學術研討會」及「昭明文選國際研討會」在天津南開大學及吉林長春師範學院舉行。文大團隊在洪教授領導之下，不但陣容堅強（有他的師妹廖一瑾，學生黃水雲、簡逸光、林育翠，「徒孫」李鈞俊、呂雅雯），引起大會各國參與者羨慕和重視，且表現不錯。洪教授曾獲推爲開幕大會的主席團之一，不用麥克風就可以把聲音輕易而清楚的傳遍會場。在大會中，我們再次遇見一年半以前曾經受邀來台的大陸學者們，感到十分親切，而其中不少是洪教授多年來的好朋友。從南開到長春的空檔，我們一行人（文大團隊的七人，加上東吳王國良、王友蘭師生）住在北京大學勺園國際招待所，日夜到北京各大書局大肆搜購新書。三日後，從北京轉機到長春，在長春再度遇見日前在南開大學一起與會的學者們，南京大學的周勛初教授手上還抱著「天津泥人張」做的陶淵明塑像（在南開時，大會贈送給大家的紀念品），數日不見，大家在千里之外分別乘坐不同交通工具到達，再度重逢，真是一個很特別的經驗。

民國八十九年九月，六朝文學茶會在陽明山聯誼社雅聚，這一次又新加入的台大齊益壽、劉漢初、東華大學的王文進、文大的朱雅琪等教授，陣容越來越壯大了。由於小時候親歷八七水災，家園傾圮，不復舊觀，在我的心中留下無邊的悵憾，大學時我參加攝影社，親自洗照片，也養成了我常帶相機的習慣，每一回的六朝文學茶會我都爲它留影。九月的這一次聚會，風和日麗，大家在水池畔拍了不少合照，沒想到那是大家和洪教授的最後一次合影。十二月的冬季，茶會在新店相聚，我因指導的「鳳鳴吟社」要參加全國大專聯吟比賽而沒有前往，聽說洪教授也因住院而缺席，使得那一次的雅聚有些冷清。

民國九十年二月九日，在洪教授的告別式的會場門口，看見他的著作年表，洋洋灑灑，著作等身，使人肅然起敬。在告別式中，聽他的女兒文婷椎心瀝血般哀哀泣訴對父親的思念感恩，全會場爲之動容，沒有人不爲之落淚悲泣。他說，從小爸爸就買了一套又一套的書給她。留學時，刻苦自己，卻爲她們買漂亮的衣服回來，使我聯想他樂於買書贈人和在馬來機場爲妻兒買禮物的一幕。平時偶而聽他提起家人，知道他的子女非常爭氣，使他十分安慰，唯一記掛的是應該早日成家，總不忘托幾句：若有合適的，希望幫忙介紹……。讓我想起他那望之儼然，及之也溫的一面。

民國九十年五月，六朝文學茶會在北投禪園相聚，帶隊的龍頭永遠缺席了，可慰的是，新來了一位生力軍加入，她就是洪教授的女兒文婷。大家百感交集，共同期望爲最尊敬的老大哥做一些可以紀念的事。

回想這些年來，尤其是近幾年由於擔任「樂府詩研究」這一門課，我常向洪教授請益，他總是知無不言，竭力相授，並送我他的專著《樂府詩析評譯註》、《抒情與敘事》，有時又把它的藏書借我參考，並常爲我留意大陸的出版品，猶如我的良師。他個性耿直，有話直說，聲音宏亮，學生們對他又敬又畏，我仗著是同門師妹，較敢於和他抬槓，他亦不以爲忤。尤其是在六朝文學茶會中，他把我們這群後輩當作朋友，所以在我的心目中，他是良師也是益友。如今校園中他的身影不再，我在作學問時少了一位指點我的前輩，不由得感到步履有些踽踽蒼涼。翻開他送我的著作，我很想對他說：「洪師兄，真的很感謝您在治學的道路上爲我掌燈照明！」

＊本文作者現任中國文化大學中文系教授，與洪順隆教授為多年同事，亦為六朝茶會成員。

永逝

許端容

洪公是一位可敬又可愛的老師，永遠可以扯大喉嚨與他爭辯孰是孰非，笑談中總有一份認真與執意，往往會有永不消逝的錯覺。

最後一次遇見他，容顏有些憔悴，身體明顯消瘦，側身而過時，調侃老師說，減肥哦！他只笑笑，沒有回答，不像平日的作風。當時只有些許訝然，不想再見他時，已是棺木中平躺的遺容。

記憶裡，老師坦率直言，認真衝動，極具赤子之心。常常耳聞老師與某人討論學術問題，研討會上爭辯得厲害。但過後總是雨過天晴，從不記恨。有一次，正逢他惱怒時，我與他提及一件意見相左的事，突然間劈哩啪啦地被罵了一頓，我只說聲謝謝便走了。過了一會，他跑來向我道歉，說因爲他當時忍了些事情，剛好我來了，情緒便爆發了，要我不要介意。

雖說直言坦率是老師的本色，但有時也是含蓄包容的。有一次，他告訴我某位女士很漂亮，是因為她穿著合宜。我知他是另有所指，但我仍然可以說，不是！那女士是天生麗質，衣服穿著只能算是一板一眼而已。

老師一輩子是個用功的學者，逛書店是他的娛樂。他說偶而也會在公園裡看看別人下棋，或散散步。顧城說：「我知道永逝降臨并不悲傷/松林裡安放著我的願望」，我想，老師必也在某處安放著他的願望，只是「人時已盡，人世很長/我在中間應當休息」。

＊本文作者現任中國文化大學中文系教授，與洪順隆教授為多年同事。

敬悼益友　洪順隆教授

簡宗梧

《論語‧季氏》有所謂「益者三友，損者三友。」洪順隆教授當然是我的益友。

《三國志‧吳志‧呂岱傳》記載：徐原死，呂岱哭之甚哀，還說：「德淵(即徐原)，呂岱之益友，今不幸，岱復於何聞過！」如今我雖不至於聞過無人，但益友之逝，的確是令人感傷的。更何況這位益友，並不只是可讓我聞過而已。

所謂益者三友：「有直，友諒，友多聞。」我和洪順隆教授，或許談不上深交，但由於我們兩人同是以文學的角度研究《左傳》，又以辭賦為專業，在研究領域上有太多的交集，所以我們在學生學位論文口試和學術研討會上，經常有所接觸，以他坦直的個性以及篤實的資料掌握，總是讓人獲益良多。

他之所以讓人獲益良多，還在於他的古道熱腸。在學生學位論文口試時，他總是歷歷如數家珍引述論文在資料方面的疏漏。當大陸出版《王褒集考譯》，作注者敘說他遍尋不著我所作的〈王褒賦用韻考〉，洪教授便熱心打電話告訴我，要我寄一份給他。

洪教授的熱心不但表現在朋友之間，更表現在公眾事務上，一九九六年我之所以膽敢主辦第三屆辭賦學國際研討會，也可以說是他一再敦促的結果。而且在過程中我有所疏漏，他不但能體諒，也能伸出援手。

由以上點點滴滴可見：我雖然還談不上是他的摯友，但他確是我的益友。我相信洪教授原本就是很多人的良師益友，他的往生，真是文化大學的損失，是學術界的損失，更是我們大家的損失。

＊本文作者現任逢甲大學中文系教授

難忘的夜半電話鈴聲

——懷念洪順隆教授

齊益壽

中等的身高，約八九十公斤的體重，不論春夏秋冬，頭上似乎都離不開一頂帽子。這樣的特徵，要使人過目而忘，是不容易的。他不是別人，正是洪順隆教授。

雖然很早便從日本學者的漢學論著中，看到中譯本譯者順隆兄的名字，但開始對他有些認識，則是十六七年前，一起爲三民書局的《大辭典》，撰寫有關古典文學方面的詞條的時候。那時聽說編了多年的《大辭典》正準備出版，書局中數十位年輕編輯，負責將稿本與坊間其他典進行比對工作，結果發現不少問題。董事長劉振強先生決定另請一些學者，將這些詞條加以改正或重新撰寫。台大中文系裴溥言教授與劉先生是舊識，受他之託，邀請幾位中文系同事前來幫忙，我是其中之一。順隆兄則由於既是六朝文學專家，且精通日本，我遂自告奮勇，向劉先生推薦，請他來助一臂之力。在那一段共事的日子裡，我們多在週末前往書局撰稿，有時午飯時在一起，會聊上幾句。

某一天幾十位教授埋頭撰稿的時候，忽然有人驚叫起來，指著一本舊稿說：「哎呀！這個詞條怎麼會有這樣荒謬的寫法，簡直匪夷所思！」這位專注入神到忘了在場還有別人的，正是順隆兄。

《大辭典》後來獲得圖書金鼎獎。工作告一段落後，再見到順隆兄，好像多在有關六朝文學會議的場合。南部的成功大學，中部的中正大學、東海大學，北部的文化大學，都先後主辦過這類會議，而順隆兄都是積極參與者，每次都有論文發表。由於發表論文的次數多，被人講評的次數自然也多，有時講評人或由於觀點不同，或由於措辭不夠委婉，這時候便聽到順隆兄聲若洪鐘，大力反駁，場面熱烈，聽眾側目。若干年後回想當時爭論的內容，若非早已遺忘，便是十分模糊，然而爭論的氣氛，卻還清楚記得。

除了在會議場合見面之外，也接到過順隆兄的一些電話。若是半夜三更響起刺耳的電話鈴聲，便猜想是他打來的，竟數試不爽。家人雖未見過順隆兄，卻因此而知道他的大名。有一回我埋怨他不該在半夜才打電話，從此家裡的夜半鈴聲似乎也就成為絕響。有一次幾個同道在一起閒談，談著談著，竟談到順隆兄著名的夜半鈴聲，大家興奮起來，你一句我一句搶著說，看誰獲得的「殊榮」最多。

東吳大學的王國良教授說話了，他說他接過順隆兄凌晨三點半的電話，電話中說有一則資料的出處想不起來，問他是否記得。天哪！國良兄話一說完，頓時鴉雀無聲，大家都拱手讓賢，甘拜下風。這時在場的「殊榮獎」的製作人也開口了，他說我爲了夜半鈴聲的事說過他，但說話的聲調是平和的，並無火氣，誰說他不能察納「雅言」呢？

順隆兄不僅熱心參加南北各地的學術會議，對大陸或香港主辦的各種相關會議，如「賦學」、「《文選》學」、「《文心雕龍》學」、「魏晉南北朝文學」等國際會議，一旦受到邀請，無不「欣然規往」。民國八十九年一年，他便參加了三次：一次是四月在鎮江舉行的「《文心雕龍》國際學術研討會」；一次是七月末在天津南開大學舉行的「魏晉南北朝文學與文化國際學術研討會」；一次是八月初在吉林長春師範學院舉行的 「《文選》學國際學術研討會」。一年中參加三次會議，得提出三篇論文，在沉重的授課及指導論文的負擔之下，真是談何容易，非經常開夜車不可！因此他會在半夜或凌晨打電話給同道商量問題，也就不奇怪了。然而經常熬夜，不斷與睡眠搶時間，終至積勞成疾，住進醫院。

前年聖誕節前的一個禮拜天，大家約好舉行第四次六朝文學茶話會。這個會是順隆兄發起的，三個月舉行一次。就在會前一天，忽然接到他的電話，說有事不能前來參加。這倒是極少見的，因他一向不缺席，這次若非有極要緊的事，是不會不來的。但他不願說出原故，我也不便追問。事後方知他這時已進院，電話是從醫院打來的。他本以爲只需小住幾日，即可返校上課。萬沒料到這一住院，竟是有去無回！那通從醫院打出的電話，對我而言，竟成了他的最後遺音。

前三次茶話會，順隆兄皆準時參加；第四次因住院而不果，到第五次茶話會時，我們竟已爲他默哀了！得知他不治的消息，是農曆年後的事，距他從醫院打出電話的時間還不到兩個月。這期間我們對他住院既一無所知，還以爲他仍照常在上課。一旦獲知他已往生，當時的震驚，殊非晴天霹靂所能形容，幾位同道立即約好到他府上弔唁。從他的夫人口中，我才知道順隆兄有四位子女，兩位是醫生，一位是老師，一位從商。有如此優秀的子女，順隆兄竟從未提起。幾天後看到訃文，又是一驚！訃文上列名的親族，竟只有未亡人及子女寥寥幾個名字，別無他人！讀到他的事略時，再一次震驚：他竟是從十幾歲起，便成爲父母雙亡的孤兒！也沒有兄弟姊妹！當出殯之日，家祭開始時，由次女洪文婷小姐宣讀祭文，她聲淚俱下，卻字字清晰，足足放聲傾訴半個多小時對她父親的感恩不捨之情，全場爲之動容，許多女士眼睛都哭腫成桃子似的。這是一場令人畢生難忘的告別式。

從順隆兄的夫人及女兒口中，我們才知道他有非常體貼慈藹的一面。這與我們初識他時覺得不易相處的印象何其不同！如果我們對他成長的艱辛略有耳聞，那麼對他的脾氣當能有所體諒，而言語的衝突當能減少。認識順隆兄較久的人，過去很少不跟他發生一些言語的衝撞。然而衝撞歸衝撞，日子一久，見面的次數一多，這些衝撞非但不會造成溝通的障礙，反而成爲打趣他的材料。這時不易相處的印象早已散去，而他勤奮不懈的影子，則在我們心中日益鮮明碩大起來。

順隆兄的勤奮不懈是有目共睹的。他對六朝文學論文資料的搜集，從未間斷。先是憑個人的勞力，編成《中外六朝文學研究文獻目錄》（初版），於一九八七年由文津出版社出版。然後他領導文化大學六朝文學研究小組，以四年時間，將初版擴大爲增訂版，彌補了初版中短缺一九八三年以前大陸論文資料的遺憾，且擴大取材的範圍，共增加論著目錄二千餘條，於一九九二年交漢學研究中心編印。他爲學術界提供論文資訊的方便，功不可沒。

順隆兄的勤奮不懈，更表現於他著作的豐富上。早在六0年代負笈東瀛時，便擇定從題材的角度，作爲此後研究六朝詩的途徑。經過四十年的努力，除了發表有關「詠物」、「山水」、「遊仙」、「隱逸」、「田園」、「玄言」、「宮體」、「詠懷」、「建國史詩」、「家族史詩」等一系列題材詩的論文外，更建構出以題材爲依歸的一個新的分類系統，將全部六朝詩區分爲十六類，隸屬於「抒情」與「敘事」兩大系統。雖然以題材作爲唯一標準或視點將六朝詩加以分類，理論上似乎要比過去標準不一、視點過多的分類來得客觀嚴謹，然而個別詩篇中的題材往往並不單純，跨類的現象十分普遍；且所立的「山水」、「遊仙」、「隱逸」、「田園」、「玄言」這些類別本身，彼此相互交集的程度很高，因此要判定某一首詩應當歸屬何類，取捨之際往往甚爲困難，又如何能完全避免主觀判斷或自由心證呢？如此以題材爲唯一標準，是否一定就比傳統的標準不一，視點雜多的分類來得高明呢？此外，依靠題材分類來研究詩歌，需相當謹慎，因爲題材分類可大可小，若不斷細分下去，恐將無窮無盡。因此分類在於適當，不宜瑣細。順隆兄分成十六類已經不少，各類卻又再分支類，或分爲二，或分爲八，竟把十六類又細分成四十五類，實在過多！而適當的題材分類研究，就如以體製（樂府、古詩、四言、五言、七言等等）、時代（建安、正始、太康、永嘉、東晉、元嘉、永明等等）爲區分的依據去研究詩歌一樣，只是許多研究途徑中的一種，是莊子所說的「筌」，而不是「魚」。「筌者所以在魚，得魚而忘筌。」然而順隆兄頗自喜於其所建構的六朝詩分類系統，以至對六朝題材詩作品本身的研究，反而用思未深；對六朝詩歌獨特的生命風姿以及六朝詩歌的內在發展，體悟未切。其研究雖不至得「筌」忘「魚」，但不無「筌」大「魚」小之憾。這種感覺久在心中，本想當順隆兄問起時再跟他討論，但這樣的機會已永不可得了！

順隆兄又是熱心的人。幾年前他本想聯合各大學研究六朝文學的同道，共同發起成立六朝文學學會，向內政部提出申請。他幾次找我商量，我徵詢一些同道的意見後，轉告他說大家意願不高，不如先不必拘泥形式，從自由交談開始，看看能談出什麼名堂再說。他或許參考了這個意見，設想出三個月聚會一次的六朝文學茶會。現在這個會已辦過六次，第七次即將舉行，而熱心的順隆兄竟已不告而長別！我們在悵惘之餘，不禁加深了對順隆兄的種種感念。

＊本文作者現任台灣大學中文系教授，為六朝茶會成員。

懷念洪順隆教授

王國良

大約在民國六十五年五、六月，我前往臺灣大學文學院會議室參加中華民國比較文學會舉辦的例行性講演會，洪順隆教授也在座。該次邀請已故臺灣師範大學國文系王熙元教授主講，題目爲「陶淵明詩的和諧境界」。（該講稿經修訂後，以同篇題刊登於當年七月份《中外文學》五卷二期。）講完開放討論時，洪教授舉手發言，先簡單介紹自己留學日本，東京大學中國文學科博士課程修畢，專攻六朝文學，當時任教於中國文化學院中文系。然後即針對陶淵明作品中所見的和諧與不和諧景況提出一些看法，旁徵博引，言而有據，令人印象深刻。

兩年後，我的治學重心慢慢由唐代小說轉向六朝志怪，陸續發表一系列研究成果，正式成爲開墾六朝文學園地的忠誠園丁，於是跟洪教授漸漸接觸往來，對他的治學精神與爲人處世之作風稍有體會與瞭解。我們通常在兩種場合碰頭：書店或者會場。臺北市和平東路一帶專門印售文史哲學書刊的學生書局、文史哲出版社、國文天地雜誌社……等處，我們兩人是常客，總會不期而遇，偶而還發生爭先搶購新書的場面。另外，在很多與中國古典文學研究有關的研討會，特別是針對魏晉南北朝文學或思想主題所舉辦的會議，更有不少一起發表論文暨擔任講評的機會，大家賣力演出，爲學術發展打拼。還有，在我們指導的碩士、博士生學位論文答辯，以及他校論文口試等，也曾多次同台演出，彼此總是各盡所知，爲後進學子提供建言，嚴格把關。

洪教授有感於中、日、韓等國學術團體林立，五花八門，唯獨缺少一個屬於愛好研究六朝文學同仁的學會，十幾年來一直有意推動成立六朝研究會。曾在淡江大學城區部辦過幾次讀書會式的活動；近年，更聯合了北部數所大學中文系學者，組成不定期召集的「六朝文學茶會」，便於彼此聯誼兼交流學術資訊，也許哪天人氣凝聚，水到渠成，向內政部正式登記也是件美事。沒想到八十九年十二月，由齊益壽教授約集在新店「食養文化天地」的聚會，他竟然缺席，而且是永遠的缺席。對這些相識多年的好友及晚輩們來說，真是情何以堪。如今，很快一年過去了，我們仍然每季相聚一次。大家都很懷念他，希望能爲他做點什麼事。不過我相信，繼承他生前堅持的學術信念，專心研究六朝文學，每年大家能有具體的成果發表，才是最佳的紀念方式吧！

＊本文作者現任東吳大學中文系教授，與洪順隆教授同為六朝茶會成員。

懷念洪順隆教授

王文進

最早知道洪順隆教授的大名，應該有三十年左右的歷史吧。那時我還在讀大學，熱愛現代文學，好像有一本《現代詩研究》，作者應該是「西協順三郎」，譯者就是洪教授。

後來到師大國文研究所讀六朝文學，才知道洪教授是一位用功甚勤的六朝專精學者。其《六朝詩論》對「山水詩」及「遊仙詩」的起源均有特殊的見解。到台大中文研究所繼續研究六朝文學後，愈發覺得洪教授對國內「六朝學」研究的貢獻超乎想像。因爲他在艱難的環境之下，外無國科會的補助計劃，內無各項基金的資助，獨立召集了一些學生完成了《中外六朝文學研究文獻目錄》。我想這部目錄給了當時國內六朝學術界相當大的幫助和刺激。自從民國七十九年成功大學舉辦「魏晉南北朝文學與思想學術會議」之後，國內這方面的專題會議，簡直是蓬勃四起。成大一連辦了四期堪稱六朝重鎮，期間中正大學、彰化師範大學、東海大學、文化大學都曾以六朝爲主題舉辦過相關的會議。我一直認爲六朝學界有如此的凝聚力，和洪教授所編的目錄一定有密切的關係，尤其他最新的《中外六朝文學研究文獻目錄續編》更使得六朝學者一卷在握，掌控千里。

洪教授治學嚴謹，但是對出席學術會議的論文講評卻能嚴寬適中。對於大問題、大題旨的討論常能淋漓發揮，直指核心；但是對於作者傳抄錯誤的瑕疵，卻常常在會議之後，和和氣氣地代爲「校正」，實在是一位既嚴謹又寬厚的學者。

沒想到這麼一位多才多藝、風格雅正的學者居然這麼突然就離開了我們將近一年。回想昔日同車往返南方共襄蘭亭盛會的情景，真令人有無限的懷念與遙思。

＊本文作者現任東華大學中文系教授，與洪順隆教授同為六朝茶會成員。

哭順隆兄

李立信

辭賦專研魏晉間

詩歌更諳六朝篇

童心不識人寰事

篤學堪傳百萬言

＊本文作者現任東海大學中文系教授

記洪師順隆與六朝茶會及其龍學研究

劉渼

不記得多少年了，總在國家圖書館看到洪師順隆冒著暑熱指導學生一條一條抄錄有關六朝的文獻目錄。在國文天地雜誌社，也幾乎每周一次遇到洪師戴著厚厚鏡片在架前找書。在文化大學兼課時，下課最愛跑的地方就是系圖旁洪師典藏六朝研究資料的寶庫。而數算起因緣，尚不止於此……

壹、洪師與六朝茶會

六朝茶會，首次是在文化大學城區部舉行，猶有寒意的初春，熱騰騰的咖啡，幾張美麗的留影。這是由洪師順隆熱心的一一邀約，一群對六朝文學有深愛的師友們就這麼凝聚起來。

「六朝茶會」之名，也是洪師所取的。每三個月一次的雅集，有貓空喝茶、陽明山聯誼社大餐、新店養生食……一下子又逢歲暮了。記得無論由誰負責，我都會接到洪師的電話，常爲洪師的督促之心而感動不已。可是剛滿周年的六朝茶會，洪師就缺席了，永久的……。

茶會繼續舉行，北投禪園、淡水紅樓……，齊益壽、陳弘治、王文進、劉漢初、李錫鎮、高莉芬、廖一瑾、黃水雲、朱雅琪、劉渼等師生共聚一堂，雖然不再有電話的提醒，六朝茶會成爲約定的日子爲我期待著。

貳、洪師對龍學的貢獻

洪師於漢魏六朝文學研究的轉化與精深，可由其晚近對文學理論著墨較多得以窺知。在他的一系列龍學論文中，都是以六朝文學作品來印証《文心》理論，如〈文心雕龍文類系統新析〉與〈從分類視點論文心雕龍文體學〉二文，析論劉勰文體分類「形式、題材、用途」三大視點，就是以實際作品爲對象來加以檢核。

又如〈由文心雕龍宗經篇論經學與文學的關係〉，針對日本學者岡村繁〈文心雕龍中的五經和文章美〉一文，取賈誼、司馬相如、揚雄、古詩十九首、潘岳、鮑照、江淹、謝朓各家詩賦，與五經作字詞、句法上的比較，並製成「五經語言與漢魏六朝辭賦、五言詩關係表」，來說明劉勰宗經的本旨。

因此，與其說洪師對《文心雕龍》文體論特別有興趣，不如說這是洪師以其對六朝文學作品深厚的研究爲根基，進而取《文心》理論來相驗核，使理論與實際結合，成其研究上的圓融境界。

洪師對龍學的關注，一本其憨厚的性情，如台灣首次舉辦的《文心雕龍》國際學術研討會，以及北京、鎮江《文心雕龍》兩次國際性學術研討會，他都不辭辛勞恭親參加，並且撰寫論文、參與討論。

在學校裡，洪師亦默默耕耘。由於潘師重規等龍學前輩早年在文化大學播下龍學研究的風氣，使該校成爲台灣龍學重鎮之一，洪師在此方面亦深有貢獻，除講授「六朝文論－文心雕龍研究」課程外，並負有指導博、碩生的重責大任，如指導博士論文李相馥《文心雕龍修辭論研究》。

此外，洪師編纂的目錄如《中外六朝文學研究文獻目錄》及其增訂版，都收有大量龍學論著，對龍學研究亦有間接的貢獻。

記得在洪師書架上看到一疊疊手抄目錄，且許多的研究計劃、論文指導也都突然中斷，令人惋惜不已，但相信愛戴洪師、深受其精神所感佩的人，必然會傳承其研究之風，延續其道統之心。

＊本文作者現任師範大學國文系教授，與洪順隆教授同為六朝茶會成員。

一個形象

鄭毓瑜

不知道是不是巧合，我見到洪順隆教授的時間剛好都在冬季，所以我印象中的洪教授，總是一件短大衣，一頂英國紳士的呢帽。

洪教授的大名是早就知道的，他不但自己有豐碩的六朝文學方面的研究，同時也致力於蒐羅六朝研究的資料，後者尤其對於學術界有不可忽視的貢獻。與洪教授比較直接的接觸應該是在兩次學術研討會上。一次是由成功大學舉辦的魏晉南北朝學術討論會，我發表了關於建安文學的論文，希望藉由正視建安文學集團所創作的大量公宴詩，重新定義建安風骨的意蘊。當時大會安排的討論人就是素以直言批評聞名的洪教授。我心裡當然惴惴不安，沒想到除了一兩處文意理解上的意見，洪教授倒是蠻同意我所思索出來的新角度。對於我而言，這當然是一種肯定，也鼓舞了我繼續努力探索的志趣。

另外一次是九八年由南京大學主辦的辭賦學國際研討

會。當時我獲得國科會補助，正在西雅圖華大研究期間，也千里迢迢趕赴參加。到了會場，見到台灣學界的前輩，如吳宏一老師、簡宗梧老師及洪教授等，因爲遠離故鄉的關係，特別感到親切。洪教授還帶著多位學生一道參加，這讓我看到他作爲研究學者之外的另一面。他和學生之間有說有笑，就像是尋常生活中的慈藹長者，沒有教導的架勢，只有寬容的微笑。我想學生們一定也會懷念當日在夫子廟附近賞心的遊蹤與熱切的議題討論。

有時候，我們不太容易確切描述一個人，往往只是一個突然閃現的形象，盤繞腦海，無法忘卻。在洪教授的告別式中，呢帽下微笑的容顏，一直記憶到現在，也會到未來。

＊本文作者現任台灣大學中文系教授

一首六朝緣情言志的生命史詩

——懷念洪順隆教授

高莉芬

我是從洪老師的學術論文中認識老師的。

第一次讀洪老師的書，是我在寫碩士論文的時候，老師的《六朝詩論》給了我很多的啓發。

第二次讀洪老師的書，是我在政大修讀博士班的期間，老師的《由隱逸到宮體》，又讓我在六朝文學研究的道路上開啓另一扇知識之門，只是我仍未見過老師！

博士畢業後，我終於有機會與洪老師認識。第一次見到洪老師，是在一次魏晉南北朝國際學術會議中；第二次見到洪老師，也是在一次六朝文學的研討會中。第三次的見面仍然是在一次的學術會議裡。但那次，我已由聽講人變成了論文發表人，從台下坐到了台上。於是我才不再藉由學術文字去認識洪老師，而在那天，老師也認識了我。

記憶中，那天老師仍如往常般，以嚴謹、堅定的態度，清亮的嗓音，在台上講述著他的心得與發現。老師語調鏗鏘地分析著六朝詩歌的系統建構。那天他一襲藍色的短襖，灰黑色的長褲，但仍然襯得台上的老師神采奕奕。在會後的自由討論中，老師詢問我的博士論文，並要求寄贈。對於一個才踏出校門的後輩晚生而言，像洪老師這樣的一位長輩學者的親切相詢，令我受寵若驚，那天我就如同青少年拿到了偶像明星簽名照片般地興奮了老半天。於是我戰戰兢兢地寄出了論文，沒想到很快得到老師的回音，他肯定我的研究，並要介紹出版社給我；除此以外，還另外寄贈了一本與我論文相關的論著。那時的我才開始在學術道路上起步，老師的鼓勵是十分珍貴且有力量的。洪老師就是這樣一位可愛又可敬的師長，他對於一個非親非故的後輩，不吝伸出援助之手，不吝指點未來方向，從此，我在六朝文學研究的道路上，又多了一位良師的提攜與指引。

回政大任教後，與老師的見面機會也多了，或是在論文口試中，或是在學術會議中，或是在聯招閱卷等場合，老師面對著繁忙的教學與研究，總能氣定神閒地，一步步開展他的研究與寫作計劃，他的堅毅、他的執著常令我們自嘆不如！只是在老師長期的寫作、披覽書冊的努力下，老師的健康也一點一滴地耗損了！

書架上仍然擺放著老師的學術論著，思人展

書，冰冷的文字中，卻承載著老師的生命熱情，他是用生命去投入研究；用熱情去擁抱學術的。在老師去世的前幾年，在他的身影上，已刻寫出歲月的痕跡，但老師生命力、意志力之強，對文學與人生的熱愛，卻讓人忽視了歲月的提醒。猶記得去年，老師仍向我提及他新的年度研究計劃，並邀我到大陸發表論文，我因事未能成行，老師則仍是帶著厚重的論文前往，只是沒想到，去年暑假的大陸東北之行，竟然是老師最後一趟的學術之旅。老師直到生命之火燃燒到最後一刻時，仍是堅毅的、文學的，兀自散發著光亮，炯炯照人！

六朝文學是老師一生研究的重點，而六朝人也是最重情的，雖然我認識老師的時間不長，對老師的認識也不深，但我卻認識老師所寫的每篇論文；認識老師所研究的每一個對象；我想我是認識老師的。對我而言，在老師的生命上，似乎也映照著六朝文人的重情重文的儒雅風采，他的爲人、他的研究，就是一首六朝緣情言志的生命史詩，雖然斯人已逝，但詩歌仍然會被傳唱下去，代代不絕！

＊本文作者現任政治大學中文系副教授，與洪順隆教授同為六朝茶會成員。

懷念洪順隆教授

何沛雄

余與洪順隆教授相稔十有餘年，常良晤於中、港、台三地之國際學術研討會中，暢談甚歡也。教授性情坦率，待人誠懇，說話聲如洪鐘，熱心教學，勤於著述；既精研六朝文學，亦深究歷代辭賦。嘗與吉林省中國社會科學院研究員畢萬忱教授與余，合力編撰《歷代賦選》（共四大冊）之「魏晉南北朝卷」、「唐宋卷」及「明清卷」，注文析論，逾百萬言，論者以爲歷代賦選最佳讀本之嚆矢也。今閱是書及　教授之遺作，不禁怊悵潸然，爰以其姓名，綴詩乙篇，敬而悼爾。

洪鐘逸響嫋餘音，

探究六朝學藝深，

順道歸西乘鶴去，

隆情解惑顯儒心。

*本文作者現任香港中文大學教授、孔教學院副院長

弔洪順隆教授庚辰歲末驟逝

林中明

大塊吐噫氣　　飄然魏晉行

擁書昭明舞　　盪石駢驪吟

迴音雕龍壁　　盤旋六朝情

會當擊節賞　　風靜火傳薪

Moan for a Serious 6-Dynasty Scholar

by Lin, Chong-Ming

As wayward wind he visited the town,

danced with books and stones we pound.

Tango-ed with six pillars, he danced around,

before we applaud, puff —— he was gone.

大意是：

像一陣頑強的風，造訪著中國文化古鎮

他，與書共舞，舞步重擊著那石柱

那是他心愛的六朝，如六根楝樑環繞

他曼妙著探戈的舞姿

卻在我們擊掌稱頌前稱

他，旋起一陣風聲逸去

如一聲嘆息

*本文作者現任美國 CLM research Inc. 總裁

斯人已去　著作長留

——紀念洪順隆教授

陳慶元

在大陸的學者中，知道洪順隆教授名字較早的，我當是其中之一。1979 年，我考取研究生，到南京師範大學從段熙仲先生（1897~1987，原中央大學教授）治魏晉南北朝文學。1980 年底開始準備學位論文，在檢索前人的研究成果時，我不時發現洪順隆先生的大名。起先，我以爲他是日本國的學者，因爲其中一些論文是用日文寫作、且發表在諸如《日本中國學會報》一類的日文刊物上的，後來又在臺灣地區的一些刊物上看到他的文章。這樣，我便有些疑惑，不知這位洪先生是何處的學者，只知道他的論文作得好，又精通中文和日文，有很深的漢學功底，對六朝文學的研究尤其深入，不覺油然而生敬仰之情。當然也有遺憾。遺憾之一，是不知洪先生在何處供職，無法當面向他請教。遺憾之二，就是查了大陸許多圖書館，都不曾找到他的《謝宣城詩集校注》。

研究生畢業後，我來到福建師範大學中文系工作。九十年代初，兩岸開始有較多的來往。有朋友去臺灣省親，回來告訴我，說洪順隆教授就執教於臺灣的中國文化大學，並把我介紹給洪教授。洪教授說，他也讀過我的文章，是同道。簡單的通信後，便是相互贈書。九十年代初，我出版的書有限，而洪教授的著作已經相當多了。洪教授過世之後，我檢視書架，除了《謝宣城集校注》外，教授寄來、或我赴台時當面所贈的書，還有《中國文學史論集（一）》、《六朝詩論》、《由隱逸到宮體》、《抒情與敍事》，以及他帶領研究所的學生編的《六朝文學研究論著索引》等。洪教授的書，我都很喜歡，常常把它們推薦給我的學生。特別是《謝宣城詩集校注》一書，更是愛如至寶，這不僅僅因爲我也是從研究謝宣城詩入手，進而研究六朝文學的，還因爲這本書我尋找了十多年之久，不僅最終得到它，而且是作者親自簽名、從海峽對岸寄贈來的。《謝宣城詩集校注》是洪教授的成名之作，出版於 1969 年。1999 年，我到河南大學主持研究生論文答辯，有一個學生做謝朓集的版本研究，論文寫得相當不錯，唯一的遺憾是他沒有見過宋嘉定十三年宣州郡齋本《謝宣城詩集》，即流傳至今的最早的謝朓的集子。而洪教授 30 年前在校注《謝宣城詩集》時就已使用了這個本子，我將洪教授校注本的複印件向同仁們展示，在座者無不嗟歎讚賞。

1995 年秋，在南京大學召開魏晉南北朝文學國際學術研討會，我終於見到通信已久但未曾謀面的洪教授。他個子不高，有點胖，和藹可親，我們一見如故，有不少的話可說。洪教授祖籍漳州，我則是金門縣人，語言相通，況且研究的對象又十分接近，更覺得親切。洪教授比我年長十多歲，出道早，是學術前輩，但他並不以師長自居，有說有笑的。那天，會議組織大家前往丹徒梁代帝陵遊覽。梁帝陵在郊外，秋風乍起，荒野中的蘆葦蕭蕭瑟瑟，斷石殘柱，散亂地臥倒在丘坡上，只有幾頭保存尚完整的石麒麟傲然矗立在藍天之下，記錄着時代的傷痕。我們都彷彿回到了六朝，有些感傷，然而又有些興奮。洪教授身著外套，他的學生李國熙、林登順一直跟隨左右，忙著取景攝影留念。可以看得出，洪教授這一天特別開心。我與洪教授在石麒麟前的合影，一直珍藏著，不僅是在像冊中，而且更在我的心底。

在此之後，我和洪教授又見了三次面，即 1996 年的鄭州《文選》國際學術研討會，1997 年的台中東海大學的魏晉南北朝文學國際研討會，和 1998 年的臺北中國文化大學的魏晉南北朝學術國際研討會。最後這次見面，已經十二月底了，臺北有些涼。洪教授或由於操辦會議的關係，有明顯的倦容。記得前一次，我到文化大學拜訪廖一瑾教授，廖教授還領著我參觀了洪教授的研究室。晚上，廖教授在一家會員餐廳小宴，洪教授和我的一位板橋的朋友許碩士作陪，餐廳飄着輕曼的音樂，新老朋友聚在一起，情調顯得很溫馨。洪教授心情也特別好，健談，所以我一直覺得他的身體是蠻健康的。到了 1998 年那次，情形似有些不同，我總以爲洪教授可能是太操勞了，會議結束後，大家催著洪教授趕快去休息，洪教授告別大家後，我也忙着去看望其他朋友，雖然還在臺北小住了幾天，但卻沒有再和教授會面。2000 年夏，天津南開大學的魏晉南北朝文學國際學術研討會和長春師範學院的《文選》國際學術研討會，洪順隆教授也是來參加的。

會議之前，我和他通過幾次電話，他準備在兩個會議間隙到北京辦點事，但又怕票務等會有麻煩。本來這兩個業務性很強的學術會，我是非去不可的，可惜由於遷居的緣故，只好放棄。我只好交代我的博士生王玫，讓她到天津後，盡可能幫助洪教授。沒有想到，我放棄的不僅僅是參加兩次會議的機會，而且是和洪順隆教授最後一次見面的機會。如果能想到的話，我是絕對不會放棄的。但是，世上往往沒有這種如果，世上也往往沒有“後悔藥”可以療治這種後悔。2001 年春節剛過，王玫來電話說，洪教授的一位學生給她發來“伊妹兒”，說教授在除夕已經過去了。聽罷我十分傷心，一時說不出話來。

洪順隆教授在大學執教幾十年，培養了許多六朝文學的碩士、博士。他的學生中，林登順先生和韓國的李國熙先生都先後有著作贈送給我，我和他們也較熟悉。一次，我到臺灣大學拜訪齊益壽教授，在台大正門的對面有一間不大的書店，看到一本林芬芳女士的《陸雲及其作品研究》的書，翻開一看，才知道林女士也是洪教授的學生，書的序言也是出自洪教授的手筆，儘管我不認識林女士，也儘管在我看來書價仍稍稍有點貴，但還是趕忙買了下來。我的書架上還有一本黃水雲女士的《顏延之及其詩文研究》，書是文史哲出版社的彭老闆送的。黃女士是洪教授的高足，成績突出，也早已在帶研究生了。2001 年 11 月中旬，黃女士來福建漳州參加國際辭賦研討會，很高興能見到她。但見到洪教授的學生，又自然要想起洪教授。我幾次邀請洪教授回故鄉漳州看看，說，我可以專程去漳州陪他。洪教授欣然應允，打算尋找時機。到漳州師範學院參加辭賦討論會是再好不過的機會，然而，洪順隆教授對這一切已經全然不知了，見到黃水雲女士，我不知該說些什麼好，很有些感傷。

黃水雲女士讓我寫一篇紀念洪順隆教授的文章，我不能推辭。在文章快要結束的時候，突然又想起前年南投大地震後，致電洪教授的情形。大地震臺北也受到影響，我有些擔心，打了幾個電話詢問朋友的情況，第一個電話當然是給洪教授的。電話傳來洪教授那熟悉的聲音，我一下就放心了，他說只有搖晃得厲害的感覺而已，大概還打破了一點什麼東西。他還不無幽默地描繪某教授家摔了電視，某教授的狼狽，說著說著不禁笑了起來。音容像貌都彷彿在眼前一般，然而，這一切，都恍然如隔世了。

千呼萬喚，洪順隆教授是再也不能回來了，遙望隔海的陽明山，遙望陽明山華岡文化大學的建築群落，一時思緒萬千。讓洪教授差可安慰的是，他的學生黃水雲女士正執教於此，他的一大批學生正活躍於各地的教壇和各種學術會議上，薪火相傳，洪教授的學問有人接續。斯人已去，而著作長留，學問長傳。洪教授，請接受海西一聲默默的問候。

*本文作者現任福建師範大學中文系教授

懷洪公

王許林

京華初識兮，相逢恨晚；
杯酒論文兮，浩然氣慨。
喜赴台島兮，再度聚首；
品茗談天兮，指點江山。
攜手相約兮，同編《賦選》；
焚膏繼晷兮，令人讚歎。
天不假壽兮奈之何，
一紙訃告兮哀江南！
風淒淒，雨紛紛，
良師益友兮今安在？
山憭栗，雲恍惚，
學林痛折兮一俊材！
魂兮歸來，魂兮歸來，
音容笑貌兮永相伴！

*本文作者現任江蘇教育出版社編審，上海同濟大學兼職教授。

懷念洪順隆教授

朱易安

第一次見到洪順隆教授，是 1997 年香港浸會大學“宗教與文學”的學術會議上，記得當時他很欣賞我提交的一篇學術論文，談得十分投緣，但會期很短，會議結束便各自打道回府。以後通過幾次信，都是相互贈送新近的論文和書籍。順隆教授潛心六朝文學，研究的角度和方法比較新，常常給人以啓迪。1998 年初，他又來信邀我去臺北參加中國文化大學舉辦的“魏晉南北朝文學國際學術研討會”。我對六朝涉足甚淺，但因無法拒絕順隆教授的好意，忝爲與會。

會議期間，順隆教授負責大會的組織工作，日以繼夜，忙得不可開交。但他爲了不讓大陸赴會的朋友感到寂寞，連著幾天，在晚間忙完了明日的會務準備工作以後，來下榻處看望我們，陪我們去夜市逛書店，請我們喝茶聊天。這些短暫的夜晚裏，微風習習，咖啡館裏各種飲品混雜的香味，構造出一種悠閒的謐靜，與街邊夜市的喧鬧，形成鮮明的對比。我們三五個人，與好客的順隆教授聊起各種輕鬆的話題，當然，說的最多的，仍是各人的學術計劃和開拓。

順隆教授說起他的書、他所收集的學術資料，永遠是那麼神采奕奕；他那洪鐘般的聲音是那麼富有感染力，儘管他是座中最年長的一位。他很真誠，又很認真，就連告訴大家，他的書房裏有摞到天花板的書籍資料，旁人進去無法下腳；爲了一本心愛的書，他居然能向太太發一通脾氣等等，口氣都是如此的鄭重其事，引得大家發出開心的大笑。

那一次臺灣之行，我對順隆教授爲學爲人的印象十分深刻，雖然相處的時間並不長，內心卻有視他爲長者和一見如故的舊友的感覺，這一點，大家都有同感。我們都以爲，不日，我們可以在祖國大陸接待順隆教授，盡一盡地主之誼。有一天，順隆教授突然打來電話，告知將赴大陸參加一個學術會，途經申滬，要我爲他預定一下榻之處。是日，我遣學生去車站接他，自己在賓館等候，而獨自一人回來的學生告訴我，洪教授在途中遇到一位家住蘇州的旅客，結伴去了蘇州。當時，我們都感歎他居然有如此濃烈的遊興，想不到，我們竟永遠失去了見面的機會。

在順隆教授謝世一周年的日子裏，草成二絕，以寄託我的哀思和對故人的深切懷念：

陽明山上雨新收，共飲香茗夜市頭。

敍事抒情慷慨處，鏗鏘音韻撼高樓。

（洪教授有六朝文學研究論文集，題曰《抒情與敍事》）

昔人已駕雲車去，未睹遺編淚漫流。

笑貌音容常入夢，西樓吟斷月如鈎。

＊本文作者現任上海師範大學教授，古籍整理研究所所長。

追懷洪順隆先生

許結

予拜識先生，交遊往來，親聆教益，緣於三次國際學術會議。第一次是 1995 年秋，洪先生來甯參加魏晉南北朝文學國際研討會，並提交論文《六朝題材詩系統論》；第二次是 1996 年冬，予往臺北參加第三屆國際辭賦學術研討會，先生提交論文爲《論潘嶽賦的經典風貌》；第三次是 1998 年秋，先生再次應邀來寧參加第四屆國際辭賦學術研討會，復提交論文《初唐賦中的儒教思想風貌》。

觀此三文，已知先生論文思想的經典性、系統性與學術性。尤其是最後一次金陵賦會，先生攜四弟子同來，研思誨教，藹然長者風範，令人欽仰。且先生自云研究唐賦與儒教之關係後，將再論其與佛教之因緣，予曾私下思忖，先生之於儒學之道德文章、佛學之博濟情懷，可謂兼得矣。

未久，予兩獲先生饋贈大著，披習參摹，愛不忍釋。本期於 2001 年召開之第五屆國際辭賦學術會上再讀華章，不料先生已於年初遽返道山，憶昔同行陽明山道，共賞秦淮水月，竟睽隔天人，不禁泫然。感賦五律一章，以寄追往懷思之情。

遊學曾三遇，黌門桃李辰。

陽明山色秀，淮水月華新。

解賦觀高義，談詩慕厚仁。

臨風天際外，一念一禪身。

＊本文作者現任南京大學中文系教授

悼洪公賦

靳青萬

驚雷忽至兮，噩耗方聞；洪公西去兮，順隆歸魂。天柱折而天傾兮，地維絕而地沉；學界痛失泰斗兮，賦壇哀喪賢君。

一時也，惟聞鶴唳切切，鹿鳴殷殷；昆侖低首，南海咽音；長江收浪，黃河斂琴；阿里躬而致奠，臺澎鞠而香焚。洪公慢走兮，聽吾一訴衷情……

吾本中原布衣兮，名忝許都學人；曾主許昌學報兮，爲人作嫁爲生。編發鴻文無數兮，爲揚學術偉功；忽一日部屬呈稿兮，其署名曰“洪順隆”。乃文水平之高兮，讀之四座皆驚；遂登列于吾刊兮，爲吾儕而增榮。即由此而愈知兮，洪順公之高名；唯神交而未謀面兮，終未瞻公尊容。后奉調至漳閩兮，縮臺島之近程；冀機遇之遭逢兮，盼見教于尊公。恨閻羅之老昏兮，誤早除吾公名；怒天人之不一兮，何人神壽非同。公仁者當壽兮，卻偏遭此早夭；眾匪類當夭兮，卻長命而不薨。無乃天乏學術，仙邀吾公；

如來遇疑，需公解經；玉宇博士，請爲啓蒙；待任滿而放還兮，再返人境……

　　睹日月之流逝兮，覽海天而氣清；愁兩岸之分立兮，望中華之合興。人生之有三立兮，曰德曰言曰功；此三者均皆備兮，公之業已大成。與公之緣未盡兮，吾亦爲曰有幸；迎海峽之飛鳳兮，得識公之佳生[1]。遇五屆之賦會兮[2]，奉水雲之哀命[3]；抱悲傷而作賦兮，致痛悼于洪公。

＊本文作者現任漳州師範學院學報編輯

---

[1] 佳生：指優秀的學生。

[2] 五屆賦會：第五屆國際辭賦學學術研討會，于 2001 年 11 月 17 日在漳州師範學院舉行。

[3] 水雲：黃水雲女士，臺灣中國文化大學中文系教授，爲洪順隆先生的學生。

緬懷洪順隆教授

張亞新

我與洪順隆教授是 1995 年 8 月在河南鄭州大學主辦的第三屆文選學國際學術研討會上首度晤面的。雖爲首度晤面，但彼此都一見如故，感覺非常親切。原因在於我們是漢魏六朝文學研究的同行，此前都拜讀過對方的作品，可謂神交心儀已久。洪教授 1995 年 10 月 22 日來信說：「我們見面之前，我拜讀過您的大作，鄭州之會，甚感親切。」又說：「您我的研究領域相同，不少見解都有交叉點，以後要請您多多指教了。」並舉例說，他最近即剛讀過我的論文〈略論洛神形象的象徵意義〉(按該文刊於河南社會科學院院刊《中州學刊》1983 年第 6 期，同時收入安徽黃山書社 1984 年 11 月出版的《建安文學研究文集》)，由於持論與之相近，他感到很高興，說：「我們似乎不謀而合，英雄所見，真難得。」這是洪教授給我來的第一封信，此後便一發而不可收，據我的通訊錄可能並不十分完備的記錄，到 2000 年 8 月止，短短數年間，我給洪教授寄過 27 封信，收到過洪教授 24 封信。在信中我們商討學術，交流信息，互致問候，心心交融，甚爲相得。我們出版的著作，也互相餽贈，彼此拜讀。我寄贈的著作，計有《曹操大傳》、《唐詩精選》、《漢魏六朝詩：走向頂峰之路》等(另我與俞紹初教授合著的《江淹集校注》此前已在鄭州會上由主辦單位贈予洪教授)，洪教授寄贈我的著作計有《魏文帝曹丕年譜暨作品繫年》、《范仲淹賦評注》、《抒情與敘事》、《中國歷代賦選・唐宋卷》(與畢萬忱、何沛雄教授合著)等。

洪教授的著作，多爲長篇鉅製，格局宏大，視野開闊，而又剖析細微，考訂精審，眼光深邃，新意迭出，可見用力之勤，功力之厚，每一展讀，必獲益良多。當我將自己的體會信告洪教授時，洪教授卻總是十分謙遜，如1997年2月21日來信即說：「所稱美，愧不敢當。年逾耳順，一事無成，正自不安，何敢自詡。」

實際上，洪教授1964年即投身學術，專研六朝文學而兼及三國、唐、宋，著述有詩集、論著、譯著等20餘種，可謂著作等身，且教書育人，桃李滿布，卻尚云「一事無成」，其謙遜的品德、無止境的崇高追求，令人感佩。而對我所寄贈的淺薄文字，洪教授卻是褒賞有加，如1996年6月12日來信說：「您的學識廣博，執筆又勤，値得我學習，希望多多指教。」1997年2月21日來信說：「兄學問廣博，又膺重任(指擔任系主任一職事)，令人羨慕。」承蒙褒賞，深覺愧赧，然亦從中深受激勵，增添了在學林中不斷開拓掘進的信心和勇氣。

出於對洪教授學識爲人的感佩，我十分樂意爲洪教授做一些力所能及的事情，所以不只一次向洪教授表示，如他在北京有什麼需要我做的事情，盡可吩咐。洪教授倒沒有客氣，但他託我做的事情無一不是與學術有關的，具體說來就是替他在北京買一些書和查找一些資料。我先後替洪教授代購過《詩經評注》、《聊齋詩集箋注》、《中國詩歌美學史》、《中國散文史》(中)、《魏晉南北朝文學思想史》、《魏晉南北朝文學史料述略》等書，其中有的書比較好找，有的則比較難找，如《詩經評注》在京遍尋不著，後來是從出版該書的東北師範大學出版社郵購到手後再寄往台北的。郭預衡教授著《中國散文史》(上)在京遍尋不得，因我已於此前購置一冊，考慮到在京借閱該書較爲方便，於是我便將自己擁有的這一冊寄贈給了洪教授，洪教授爲此很是感動。每次收到我代購的書，洪教授必回信說收到了，並對我所做的這一點微不足道的事情表示衷心的感謝。所需書費及郵資，洪教授總是委託他人如數照付，有的書所費無多，而且款項往還也多有不便，我請洪教授不必介意，但洪教授總要掛在心上，總要了斷才算完事。這種一絲不苟的態度，也令我十分感佩。

令我難以忘懷的還有一件事。1995年12月20日，洪教授在寄來的新年賀卡中云：「弟由友人處得知，1933年上海華通書局出版有沈達材《曹植與洛神賦傳說》一書，不知能代爲影印否？據說北京市圖書館有收藏，仁兄手上有否？」我手上並無此書，跑過北京的幾家大圖書館，也都沒有此書，但最後在北京師範大學圖書館找到了。我將此訊息告知洪教授，洪教授高興極了，在1996年3月2日的來信中，回顧了他研究《洛神賦》的過程，已經取得的成績及下一步的想法，並告知我他以前曾託另一位北京的學者尋覓此書，但結果是「其書已渺，無法影得，故多方託人尋找」。今得知已覓得該書，「雀躍萬分，就請代爲影印」，並誠懇地說：「請先生協助，以開茅塞，永銘五內」。其欣喜之情，雀躍之態，溢於言表。洪教授如此高興，我也深爲高興。從這件事可以看出，洪教授對學術是何等的執著，學術等同於他的生命，甚至比他的生命還要重要。對學術傾注的這種熱情，投身學術的這種鍥而不舍的精神，對我們每一個從事學術研究的人都是一種教育、激勵和鞭策。

我和洪教授的這種友誼，還延續到了他的學生身上。1997年7月22日洪教授來信，說他的學生賴盈秀小姐(當時讀中國文化大學中文系文學組三年級)將於8月初隨參觀團來京，託她將一筆書款匯給我。賴小姐來京後，我與內人王筠趕到景山公園與她見了面，一起吃了中飯，然後陪她去中關村參觀了北京大學，下午又將她送到前門與同行的師友會合後才與她道別。洪教授後來得知這一情況後，大爲過意不去，在1997年9月14日的來信中說：「多次煩您買書，已是感激不盡了，學生又給您添麻煩，實在太勞煩您了。」從這件事不難看出洪教授不肯輕易給別人添麻傾的爲人和品格。我寄贈洪教授的著作，洪教授均特意向他的學生推介，1996 年 5 月 19 日的來信說：「兄著作頗豐，涉獵亦廣，令人欽佩。弟於尊著時有披獵，並轉介研究生，希望將兄之說廣之此間學界。」洪教授的研究生蕭合姿小姐的碩士論文爲《江淹及其作品研究》，該論文不僅以《江淹集校注》爲主要參考書籍(論文認爲《江淹集校注》集眾版之長，並依作品先後次序排列，詳加校勘、注釋，成爲現在我所能看到的最完備、最精審的本子。且書末附錄《江淹年譜》及《江淹詩文集評》，更有助於我們研究其生平及創作。)，我還遵照洪教授的意思，給蕭小姐寄去了我關於江淹的數篇論文以資參考。蕭小姐對我的幫助與支持十分感謝，後來在寄贈我的論文前面特意寫了這樣一段話：「對於您的慨然贈予論作，不吝賜教，銘感肺腑，永矢不忘。謹呈拙論，如蒙鴻訓，幸何如之。」讀過蕭小姐的論文，感到這是自江淹研究以來對江淹最爲全面、系統的一次梳理和研究，占有材料宏富，持論也頗精謹，是江淹研究可喜的新收穫。而這項成果的取得，自然得力於洪教授的精心指導。蕭小姐學風之嚴謹，視野之開闊，思致之縝密，爲人之謙遜，應當說也是得到了洪教授的真傳的。

幾年來，除在人品、學識、學風等方面從洪教授那裡得到過許多有形無形的教益、影響和啓示外，我還得到過洪教授許多具體的幫助。1997 年 10 月，我應邀到台灣東海大學參加了第三屆魏晉南北朝文學國際學術研討會，1998

年 12 月又應邀到台北洪教授供職的中國文化大學參加了魏晉南北朝學術國際研討會，兩次會議均得到了洪教授的諸多關照。特別是魏晉南北朝學術國際研討會，從開始籌畫到具體準備到最後舉辦，費心良多，本人也得到了許多具體而微的關照。參加完該會後，洪教授還特地讓他的研究生黃文成君專門陪同我在台北和淡水遊覽了一天，重點遊覽了淡水的名勝古蹟，參觀了淡江大學，品嚐了當地的風味小吃，留下了令人難以忘懷的印象。

洪教授還不時給我通報台灣地區的學術動態與信息，1996 年還特地給我寄來了一期《漢學研究通訊》(59 期)，其中匯萃了大量的學術信息，大大地開拓了我的視野。拙著《曹操大傳》及我作爲主要作者參與編寫的《文選全譯》（貴州人民出版社 1994 年出版）在台灣地區的流布情況，洪教授也曾給予關注，1996 年 6 月 12 日來信說：「尊著《曹操大傳》以及貴州出版的《昭明文選》(按即指《文選全譯》)此間均有售，是書商從大陸購來轉賣的。《曹操大傳》進來數批，似乎均已售罄，足見尊著魅力。台北賀禧文化股份有限公司是有眼光的(按《曹操大傳》1996 年由賀禧文化事業股份有限公司在台灣地區用繁體字出版)；地球出版社出的都是大部頭的書，肯出《文選》也是見識不錯(按《文選全譯》曾與地球出版社商談在台灣地區出版事宜，後因故未能談成，改由台北古籍出版社有限公司在台灣地區用繁體字出版)。尊駕大名早已傳遍寶島學術界了。

這些訊息，對於一個做學術研究的人來說無疑是十分重要的，我很感激洪教授不厭其煩地爲我提供了這麼多我所關心的訊息。洪教授每次來信必噓寒問暖，如 1997 年 7 月 22 日來信即說：「今年天氣特別炎熱，北京情形也一樣吧，保重身體，努力加餐飯，小心生活起居。」1999 年 8 月 26 日來信也說：「甚念。友誼縈懷，時作殷盼。今年酷暑，蒸氣嚇人，務必珍重，時盼教言。」關切之情，溢於言表，讀之如沐春風，令人深爲感動。

洪教授給我的最後一封來信，是 2000 年 7 月 7 日寫的，其時正當他臨出發來天津南開大學出席魏晉南北朝文學與文化國際學術研討會和緊接著加開的第四屆文選學國際學術研討會(吉林長春師範學院《文選》學研究所主辦)前夕，信中告知我同行的有中國文化大學的三位老師，四位研究生和東吳大學的兩位師生，參加完南開大學的研討會後，約在 7 月 31 日由天津轉往北京，在京期間希望參觀北京大學、人民大學和北京圖書館，希我予以引介並預定住處(最好住北大招待所，以便就近查找資料)。上述兩個會我都可以參加卻都因特殊原因未能參加，因此十分遺憾地失去了與洪教授在會上晤面的機會。但所託之事，我都一一及時辦妥了，並託南開會議的與會者轉告了洪教授。此後，我便等著洪教授的電話，以便在京期間陪同洪教授一行，一盡地主之誼。誰知此後我一直未能接到電話。後來得知，洪教授一行已在南開會上經北大同行介紹，住進了北大招待所，大約因日程緊迫，故未能與我聯繫。失之交臂，便成永訣，令人扼腕深嘆！

自洪教授辭世以來，我與之深情交往的一幕幕便一直縈繞於心，不能釋懷。今特借此機會，略作追憶，以爲永念。洪教授將永遠活在我的心中，其品德、精神將永遠成爲激勵我在學林開掘前進的力量。

＊本文作者現任北京教育學院中文系教授

悼念恩師

黃水雲

如果說生爲行役，死爲休息，那麼老師駕鶴西去，應是個與道逍遙的極樂境地！只是無限的遺憾，至深的眷念，太多的不捨……。最後一次見到老師，是在林口長庚醫院的加護病房，沒想到探望老師不到三天，便聽到老師的噩耗。那悲痛之心委實難以抑制，因爲我痛失的不僅是學術界一顆巨星的殞落，而是一位最關懷我、帶領我走上文學殿堂的老師，永遠棄我而去。

大學時期，聆聽過老師講授的《文選》和《左傳》二門課程，而碩士論文《顏延之及其詩文研究》和博士論文《六朝駢賦研究》都是在老師的指導下完成的，即使今日忝執教鞭，仍然時時求教於老師。想起老師昔日的教誨，一幕幕往事歷歷浮現腦際。

記得撰寫論文期間，老師總是替學生購買相關的書籍，並不停的提供資料，指導之勤，永生難忘。而國內外只要舉辦任何的學術會議，老師總是來電告知。每次的大陸行，老師更希望我能參與，但萬萬沒想到，民國八十九年暑假是我第一次，也是我最後一次與老師同行大陸。難道是這十天的旅程讓老師累倒了嗎？抑或老師平日疏忽了身體上的警示呢？我想應該說老師太執著於學術，治學育人，未曾間歇的結果吧！每次走進六朝文學研究室，老師總埋首的爬梳文稿，而書本上更可見蠅頭小楷布滿了字裡行間，丹黃墨綠充盈了上下左右，老師用功之勤，實在令人讚嘆啊？

老師對六朝文學的研究成果，海內外學者有目共睹。老師主編之《中外六朝文學研究文獻目錄》，更爲學者們提供不少的研究訊息。多年來，六朝文學一直是老師的最愛，因此老師便舉辦了三個月一次的六朝文學茶會，希望以茶會友，進行校際間學術上的交流，我們先後在文化大學大夏館、師大餐廳、政治大學附近魚玄機餐廳、陽明山聯誼社、新店食養文化天地、北投禪園、淡水紅樓舉行，人數也由五人、六人增加至十多人。但第五次的聚會，老師便缺席了。記得在新店舉辦的新店茶會，因老師生病不能參加，還特別來電要我謊稱有事，我想這就是老師的個性。因爲老師只喜歡幫助人，卻不希望麻煩任何人前往醫院探望，更不願任何人看到那羸弱的身軀！

老師走了，再也沒有人會告訴我，最近出版了哪些新書？哪些書一定得買來看？某大學舉行的會議值得參加等等學術上的話題？如今失去了學問上的導航師，日後的困惑，有誰能爲我解答呢？老師，您是我這輩子的治學導師，您的關懷時時刻刻在我左右，我真的捨不得您離開！

＊本文作者現任中國文化大學中文系副教授，為洪順隆教授指導學生。

感吾師洪公文

林登順

記得，當初從英文系轉系至中文系時，內心充滿著惶恐無助！惶恐著浩瀚的學海，怕力有未逮；無助著國故的多歧，無所入門。又深怕比同學少讀一年，跟不上進度！在這內心揣慄徬徨的時候，班導師　洪公順隆一句：「來參加六朝研究小組吧！」使我有如在大海中找到明燈。從此，跟著老師把劉師培《中古文學史》所提到的文章，一篇一篇找出來，老老實實的讀完，遇有不懂難解的地方，老師總是不厭其煩的講解、說明，並且要我們找相關的論文加以評析。奠定了對六朝文學的認知基礎，也累積了日後搜尋資料的能力。

六朝小組在老師的帶領下，完成了《中外六朝文學研究文獻目錄》，也算對學界的一點貢獻！在這搜羅編纂當中，歷經了許多學長、學弟的來來去去，但老師總是一如初衷，指導小組成員，從體例的設計、論文目錄的抄錄、卡片的分類，鉅細靡遺的講解，尤其屆臨出版前的分類，由於時間緊迫，在那年的端午節，領著我及同學湯志敏、學長康世昌、學弟趙文龍，提著兩大皮箱的卡片，到海外青年活動中心，作分類的工作，中午則吃著　師母所包的粽子，津津有味。如今，每當吃粽子，就想起那天有趣緊湊的情形，歷歷在前。

老師是相當有情趣的人，有一年暑假開始，就帶著我及幾位學長、同學一起去游碧潭，駕著小舟，迎著輕風，看著兩岸景象，一副與天地同遊的感覺，孔子與弟子「浴乎沂，風乎舞雩，詠而歸。」的樂趣大概在此吧！尤其師母工作繁忙、師弟、師妹們長大後有自己志業，老師更喜歡跟同學在一起了，這是學生之福！但要向　師母告罪的是，我們佔用老師太多時間了！

一九九五年第一次到大陸正式發表論文，也是老師引介的。那次同行的有王國良教授、蔡宗陽教授、李立信教授、胡楚生教授、梅家玲教授等，一行人浩浩蕩蕩到了南京大學參加「魏晉南北朝文學國際學術研討會」。搭機前一天，因爲隔天班機時間很早，還特地與老師到過境旅館住一夜，在臺汽客運站搭車前，師母特地交代要照顧好老師，我開玩笑著說，我還要老師照顧呢！至於粗活我來沒問題。到了南京大學，一路皆由老師照顧引見，認識了周勛初教授、袁行霈教授、張可禮教授、張少康教授、卞孝宣教授、何沛雄教授、俞紹初教授、羅宗強教授、鍾優民教授、陳慶元教授、穆克宏教授、莫礪鋒教授及年青輩的張伯偉、曹旭、曹虹、孫蓉蓉、許結等教授，真是受益良多，能夠有機會跟一些前輩學者請益，都是得之於老師悉心照顧引見。想來，老師照顧我的多，我能爲老師作的少！這又要向　師母告罪了！有負所託。

博士論文完成之際，承老師的推薦，獲得文津邱鎮京教授的首肯，因此得以出版，刊印之前，懇求老師爲文斧正，其在序中言：「學無止境，資料搜羅雖多，容或有所遺漏；道理之思考雖精，難免掛一漏萬。當繼續努力，以求日新。不斷探討，俾上竿頭。這是我對林生的期待。」老師愛護之心，溢於言表；期待後學精進的心情，更是令學生不敢稍加鬆懈，怕有辱老師之名。但又有恃無恐，因爲，老師可以隨時督促、斧正、包容。沒想到去年此際，乍聞老師仙世，頓時不知所措，如失所依，倉惶無所立。

黯然別之銷魂，悲哉公之爲師。生之情也，傷如之何！憶昔初入華岡，就讀西文，感才之不逮，返歸國故。國學浩瀚，無所依恃，班之導師洪公，引領入六朝之林，每周暢游於中古之文學，堂前階下，琅琅爲聲。念往撫存，五情空熱！感浮生於埃露，轉瞬百年；邈舊遊於山河，傷心往日。嗚呼！難忘哀感，草長北邙之山；還念生存，淚甚西州之慟。死生雖殊，情親猶一，敢遵先好，續研六朝！哀哉！哀哉！

*本文作者現任台南師院語教系副教授，為洪順隆教授指導學生。

感念　洪恩師

顏進雄

十年負笈到華岡，忝受恩師治學方。

百代文詩為嚮導，六朝學術作明堂。

循循善誘容如在，勵勵耕耘氣自昂。

天命而今隨鶴去，錐心永誌典型長。

真不敢相信，洪老師已經離開我們快一年了！當初，寒假賦閒在家，正準備過春節時，突然接到登順學長來電告知　洪師的噩耗，乍然得知，真有如晴天霹靂，重重地打在腦際！這怎麼可能？老師還那麼年輕、學術精力正旺盛的時候！老天爺，是真的嗎？…………

但事實終究是事實。二月九日，在市立第二殯儀館，含淚參加　老師的告別式。想起　恩師昔日的諄諄教誨與種種勉勵，經常在午後的休息時間被我們這些懵懂請益的不速之客所吵醒，犧牲自我，不辭辛勞，勉力地掛起老花眼鏡來解釋、回答我們所提出的不成熟問題、或未曾想到的細部研究層面，就不禁讓人深覺愧然無地！

恩師的期勉，並時時以自我樸實的治學風格作爲言行的身教，學不厭，教不倦，步步踏實，不亢不卑，使如今忝執教鞭的我深感慚惶惴慄，難以企及。又想起老師對我「必須進一步研究中國遊仙詩的發展以竟遊仙文學全貌」的殷殷厚望，檢視如今，一步未邁；黽勉期許，全留白卷；於今思之，不禁汗然，著實無言以對。

恩師風範，學界共仰；回首　師恩，山高水長。值此感念時刻，謹奉詩文以誌寸心。

＊本文作者現任花蓮師範學院語文教育學系助理教授，為洪順隆教授指導學生。

永懷師恩

林芬芳

第一次見恩師是在碩士班入學考試時，那個炙熱的午後，我們這群已被學科考烤焦的學子，正依序進入所辦，接受教授們「最後的審判」，所辦中傳來洪鐘般高亢的聲音，震懾得場外學子一陣心驚，所辦門開，或烏雲罩面，或梨花帶雨，看得眾人心情七上八下。待我進入，只見老師認真地翻閱資料，犀利地提出問題，不知天高地厚的我，敘述著對於未來的夢想，自以爲是地暢言對於文學的體驗，或許是我一副「初生之犢不畏虎」的模樣吧，竟引得老師開懷大笑，這一笑緩和了口試緊張的氣氛，也爲我與恩師結下不解之緣。

進了文化中研所，我才知道這位「聲如洪鐘」的老師，就是文化中文人眾所敬畏的「洪公」。老師教學嚴格一絲不苟，是個誨人不倦的嚴師，指導論文的時候，他常是冷峻而不假辭色的，儘管是我們嘔心瀝血絞盡腦汁之作，到了老師手中，常是紅字滿篇，當刪則刪當減則減。那段期間最怕接到老師督促的電話，所有的疏懶怠惰此時無從遁形，老師治學兢兢業業，亦容不得我們半點疏懶，殷殷切切耳提之面命之，唯恐我們荒廢了學業，蹉跎了生命。老師愛書成癡，走進老師家，偌大的客廳裡，盡是書籍與資料，層層疊疊，疊疊層層，或有論文相關資料乞於老師，毋需片刻，豐富的書籍資料盡在眼前。客廳角落一方書桌上，總有正在進行的學術計畫、文章稿件，於學術老師數十年如一日，辛勤耕耘，從不懈怠，在老師的身上，我們看到了生命的執著，老師治學嚴謹，是則是非則非，對於學問容不得有半點的虛假，在老師的身上，我們看到了真理的堅持。

碩士班畢業，老師一再鼓勵我繼續進修博士學位，但那時我剛結婚，只想投入工作走進家庭，辜負了老師的期許。而這一別竟是三年，這幾年裡，我生了一對雙胞胎，又添了一個么兒，三個孩子加上繁重的家務，壓得我無暇問學，更無顏見恩師。這兩年孩子漸長，我也重萌進修之意，只好硬著頭皮再找恩師，老師見我重拾向學之心，頗爲欣喜，不僅提供資料，更親自爲我批閱研究計畫。怎奈學生駑鈍，連續兩年皆以備取抱憾，有忝老師厚望，然老師並不以此爲忤，頻頻關切，催我向前，一再鼓勵我，再接再厲千萬不可放棄爲學之路。今年暑假我了卻宿願終於考上了博士班，然而恩師卻已長辭，而今而後，爲學路上，誰導我前。

時光荏苒，恩師過世已近年，然而老師洪鐘般的聲音，尤在耳邊，老師孜孜不倦的身影，如在眼前，老師一生獻身於學術研究與教育工作，其認真嚴謹的爲學態度，實事求是的研究精神，將永遠長存於我們心中，導我向前。

＊本文作者現任清雲技術學院講師、中國文化大學中文研究所博士班學生，為洪順隆教授指導學生。

清風激萬代，名與天壤俱

——追憶先師 洪順隆教授

黃文成

六朝，一個中國文學經典的年代，想一窺堂奧，除是因緣際會外，尚需一份才情與風骨，始能盡得精髓。先師—洪順隆教授一生，無疑地，是能輕易地縱橫在六朝文學瑰麗殿堂的學者。

有時想念的情緒，經過一整年的沉澱，依舊讓人翻騰得徹夜難眠。猶記得每年學校已是寒假時，先師常留在六朝研究室內，為了國科會的研究計劃，努力地檢視哪一環節是否尚未準備完全，再三不厭其煩地補齊資料，足見先師為了六朝文學所下的功夫，是如此堅持與不悔。那份對理想的堅持與不悔，在研究室如此、課堂如此、回到家中亦是如此。

每每拜訪先師家中，進入屋中，總見老師掛著一副厚重的眼鏡，拿著慣性使用的黑色墨水筆，伏在案頭上，在書燈下，努力地在稿紙間挖掘六朝文人的風采與身影，神思則馳騁在魏晉風骨間，日夜不斷。一疊又一疊的手稿，全是先師對六朝文學堅持與悍衛的見證，滿室堆疊著六朝相關書籍、論文稿件，彷彿走進當代六朝文學館中，每一隅，盡是先師雕砌六朝學術殿堂的心血。

幾次有幸地陪同先師至外地開學術論文研討會。尤以在南京大學那次印象至為深刻，大陸學者與日本學者對先師論文中的見解，極是重視，讓身為在場晚輩的我，對所謂「出色當行」不過如此，先師與各學者間的機鋒對談、引經據典，沒有一絲一毫的幸運與取巧。也讓中國文化大學中文系的名聲，響亮在彼岸與國際漢學界間。

兩年前，我參加文化大學博士班入學考試，得知放榜訊息，第一通電話即是告知先師晚輩榜上僥倖有名，先師在電話那頭流洩出無比愉悅的情緒，裝滿祝福在我的耳際間。要我從此更尊重學術這條道路，並且即刻思索為我找出一條合適我性情的研究路線與範疇。此一深深關愛，無比幸福。

只是在學術路上，僅跟隨先師學習了短短的三年後，於去年農曆年前，詫然地斷弦，耳際間的那股洪鍾勸勉聲，我只能孤獨地在六朝研究室的門口外憑弔。原來迴盪在我心中的那股洪鍾之聲，早在斷弦那刻起，已成了一片想念的霜凍。

先師一生，無疑地是親身體證六朝時代，士人們所堅持的那份生命情境典範，那樣的典範，留在世人的心中，張協〈詠史詩〉中的「清風激萬代，名與天壤俱」一詞，已說的朗朗明白。

＊本文作者現為文化大學博士班研究生，為洪順隆教授指導學生。

永遠的扁擔

吳欣茹

回想以前唸研究所時，因爲經濟因素，必須邊打工邊寫論文，時間被切割得很零碎，常無法靜下心來寫論文，這時候最怕接到的，就是指導教授——洪順隆老師的電話。記得老師最常掛在嘴邊叨唸我的一句話就是：「妳就不能好好的唸書嗎？」當時自己頗覺委屈，每次都忍不住想跟老師「強辯」。可是老師自己也是苦學出身的，他在日本留學時早已成家，家庭、學業及經濟的壓力之大，絕非當時的我可以比擬，但老師卻從不曾因此而影響學問的追求，在研究的領域上一直保持著旺盛的「戰鬥力」——正因爲如此，老師總認爲我這小小的經濟因素，「根本不是問題」！所以那時，我對老師真是畏懼到了極點，常有想要就此逃跑的衝動。就連要交論文給老師時，都要打電話邀同學一起去，甚至到了老師家樓下，要上樓也不敢走在前頭，同學每次都笑我：「妳走在後面，也不會被少罵一點呀！」——直到現在，同學還常拿這件事來取笑我呢！

畢業後，投履歷到多家出版社應徵編輯工作，但每每因為沒有經驗而不成，直到接獲目前任職的出版社來電通知，才有了第一次面談的機會。還記得面談時，社長看著我的履歷說：「咦！你是洪順隆教授指導的學生嗎？我跟他是朋友，相信他的學生一定沒問題！」坦白說，當我聽了這句話，心中忽然涼了半截，因為我有自知之明，知道老師對我這個學生必定不甚滿意，若讓社長知道了，那麼這個工作必定泡湯了。回家後沮喪了好幾天，沒想到竟意外地接到要我去上班的通知，真是令我訝異極了！

工作了一段時間後，在我「旁敲側擊」下，終於了解社長錄用我的原因——社長果真曾打電話給老師！但是老師不但沒有叨唸我的「缺點」，反而還保證我一定可以勝任這個工作，甚至「聽說」他還大力讚揚我的「耐操」呢！知道這件事之後，我真是慚愧極了，我這麼不用功、老喜歡做些「不務正業」的工作、看些與學術研究無關的「閒書」，老師竟然還大力地跟他的朋友推薦我——但老師就是這樣！關起門來把學生罵得半死（有一次我被罵得太兇，連師母都從房間跑出來關切，真是糗死了），但是在「外人」的面前，老師不但護著我們，還會大力讚揚我們，深怕我們因此少了某些機會，反而不在乎我們會不會砸了他的「招牌」！

話說回來，出版社的工作並不是樣樣都可以盡如人意的，剛開始時挫折與心理障礙很多，灰心、氣餒也不少，總難免有想打退堂鼓的念頭。每當這個時候，我就會以老師對社長的推薦激勵自己。在我心中，一直把這份工作當作是老師給我的「功課」，功課沒有完成，對老師是無法交代的。也許，在研究學術的領域上，我的表現是令老師失望的，但我期許自己，總得在其他地方做出一點成績來——至少，不要辜負老師對我的推薦，至少，不要讓老師覺得後悔收了我這個學生。

記得曾經在一本書上看過一句話：「……對於未來，我期許自己要繼續努力，不要成爲別人的石頭，而要當作別人的扁擔。」對我來說，老師是我心中永遠的扁擔，幫助我承擔起我該負的責任，讓我在這個人浮於事的社會當中，不但有一個可以安身立命的地方，還可以做自己有興趣的事。但是，我卻沒來得及跟老師正式的道謝。現在我衷心地希望，將來在另一個世界和老師見面時，我已經有幾本可以拿出來讓老師「評鑒」的作品，而我或許還是會一如以往的對老師充滿敬畏，但是，屆時我一定會大聲的說出我的心聲：「謝謝老師！」

*本文作者現任文經出版社有限公司執行編輯、復興商工教師，為洪順隆教授指導學生。

傷痛的 2001

——追憶恩師　洪順隆教授

王延蕙

2001 年對我而言，是傷痛的一年。我的恩師　洪順隆教授，在這一年離開了他的家人、朋友及一群尚待他指引教導的學生。

噩耗傳來那天，正是農曆除夕，從同學口中得知消息的我，無論如何也無法相信，慌亂地撥了老師家中熟悉的電話號碼，耳中傳來隱約的佛唱及師母掩抑不住的哭聲，霎時腦中一陣轟轟作響，連安慰師母節哀的話也說不出口，只因爲，連我自己都無法接受啊！明明幾天前還聽說老師已大好，明明還照例跟同學約好初三要到老師家拜年，怎知老師這最後一面，我們竟是怎麼也無法再見了。那天，是我唯一一次在全家守歲中缺席，九點多就以頭痛的理由而先行就寢，然而事實上卻是直至凌晨也不曾睡去。

初三一早，依舊來到了老師家，爬上再熟悉不過的樓梯，心中卻還希望一切不是真的，但靈堂的擺設卻逼得我不得不相信，老師他是真的走了。

還記得插班大學進入文化就讀的第一年，就有幸跟著老師學習「歷代文選與習作」的課程。老師教學嚴謹認真，教材的準備更是豐富多樣，既有文章結構理論，又有文章選讀分析，還引領著學生賞析文章的方法。正當同學爲每星期都有的古文句讀、賞析作業而叫苦連天，甚至互相抄襲以交差了事時，老師卻絲毫不馬虎地批閱全班每位同學的作業，比任何一個學生都還要認真以待，只爲了希望能讓同學閱讀古文及寫作文言文的能力能有所提升。當時，老師那勤奮不懈、執著不苟的形象，就已深入我的心中了，令我敬佩不已了。

我與老師真正熟識，是進入研究所之後的事了。那時，除了跟從老師研習「六朝研究」課程，進而受老師引領而以「六朝詩歌」爲碩士論文的範疇外，也曾隨著老師到南京參加由南京大學主辦的「第四屆國際辭賦學學術研討會」。當時，連我在內共有四個碩士班的學生由洪老師領著前往，在與會的眾多臺灣、大陸及其他地區學者、教授中，我們的列席會議，顯得十分特別。但在洪老師的引領下，我們四個學生大大地拓展了自己的眼界，也讓我們對學術之路有著深切的嚮往。而在爲期四天的會議過程中，我們更從其他教授們的口中，得知老師的治學嚴謹與學術地位，不獨受到我們這些學生輩的景仰，在其他學者的心目中，也是十分受到敬佩讚賞的。而我們又是何其有幸，能跟隨著這麼一位身教與言教並重的老師學習啊！

自南京歸來後，我開始著手碩士論文的整理與寫作，和老師的接觸也就隨之密切且頻繁了起來，加上接手老師國科會「六朝雜詩的文類性質研究」助理研究員的工作，更是幾乎每個禮拜都非得到老師家報到不可。

還記得當時研究所同班同學中，連我在內共有五位不約而同的請老師指導碩士論文。同時要指導五本碩士論文的寫作，相信對任何一位教授而言，都是一份負擔非常沈重的工作。可是老師不但不以為辛苦，還仔細又積極地教導我們論文大綱的擬訂、參考書目的搜集，甚至比我們自己都還要來得認真主動呢！

老師對自己的學術要求十分嚴謹，所以對於我們這些由他指導出來的學生，也同樣的要求嚴格。還記得當初戰戰兢兢的把第一章寫好的論文稿交給老師後，隔了二個星期，又懷著期待且惶恐的心情到老師家交上第二章，並且等著聆聽老師對前一章論文的批評。怎知老師把前一章論文稿還給了我，一句話不說，卻只是和我討論著國科會的報告該怎麼打。我懷著疑惑的心情回家一翻，整整二十幾頁的論文稿上，老師只改了三個錯字、二個標點，當時心想，難道是老師太忙，沒仔細看過嗎？但這和我一向熟知的老師不合啊？沒過多久，另一位同學約我一起到老師家交論文稿，我這才看到同學稿子上密密麻麻的紅字，甚至連同學引用原典的句讀錯誤，老師也一一標明改正，我才爲先前不小心冒出心頭的懷疑羞愧不已，老師不愧是我向來敬佩的老師，永不違他嚴謹認真的立身態度和原則。

老師爲了希望我們的碩士論文都能作出一些成果來，所以總是依著時間，嚴格地要求著我們論文的進度，若有同學放鬆怠惰了，老師也總是關心的電話一通通的打，深怕我們無法如期的取得碩士學位。當時有位同學的論文寫作遇到了瓶頸，進度怎麼也無法向前推進，而又怕極了老師的電話詢問，據說還因此而躲到日本一個多禮拜才回來呢！而我，也許是因爲天生直性子，也或許是因爲比較大膽吧！我對老師，從不曾感到「怕」，只覺得老師十分的直率，有話就說，所以我也就跟著大膽的有話直說：不會就說不會，寫不出來也就直說寫不出來，反倒不曾被老師罵過什麼，也不曾被老師的電話鈴聲嚇到過。

在我論文寫作的過程中，記得老師只打過一次電話給我。那時我固定二、三個禮拜會將寫好的二節論文拿給老師過目，而有一次因爲資料不足的關係，其中一個章節，絞盡腦汁也不知如何下筆，拖著拖著，直有一個月沒向老師報到了。就在我終於投降想向老師求救的時候，老師的電話也正巧到來。老師一聽說我遇到的困難，立即幫我找了好些資料，並指導我幾個思考的方向，而我的論文也因此得以順利的繼續推進。從這件事之後，我更加瞭解老師的處事態度，同學之所以會「怕」老師，恐怕是因老師嚴肅的外表而產生了敬畏，事實上只要跟老師「說清楚、講明白」，老師都能體諒我們，並爲我們解決難題的。面對老師，實在用不著「害怕」呀！

所以自此之後，我總大著膽子和老師說笑，老師也總喜歡在我交了預定進度的論文後，跟我談論最近看了那篇不錯的學術論文，或是老師最近研究的心得。雖然我的程度根本夠不上可以和老師「談論」些什麼，但老師總是興致勃勃的講述給我聽，甚至常會搬出一堆書來證明自己的論點和看法，而我也跟著聽得津津有味，不懂的就直問，老師也從不曾笑話過我，反而一一的加以說明，說到高興處時，老師的眼中總會出現興奮的光采，而那間堆滿書籍的客廳中，也不時響起老師爽朗的大笑聲。這些情景，直至今日仍時常在我腦海中浮現，只是，再也不可能重現了。

2001 年對我而言，是最最傷痛的一年。在我的恩師　洪順隆教授辭世半年後，我的父親亦因心臟手術失敗而棄我遠去。我在這一年，先後失去了我的恩師與慈父。他們在我求學的路途上，一位給了我最多的指導與關懷，一位給了我最大的支持與鼓勵。而今而後，我必將懷抱對他們兩位老人家的感恩之心，繼續努力於自己的人生路上，以期能無負於他們對我曾有的付出和關愛。

*本文作者現任萬卷樓圖書公司叢書部編輯、復興商工教師，為洪順隆教授指導學生。

吾憶吾師

——記洪老師的二三事

林靜慧

第一次見到洪順隆老師，是在四年前，那時我剛升大二，在「歷代文選與習作」課的時候。因爲視力不好的關係，我習慣坐在靠近老師跟黑板的位置，以便於聽清楚老師說的話、看清楚老師寫的字。

對於第一次見到洪老師的人來說，最令人印象深刻的，我想應該是他那如洪鐘響動的聲音，老師雖然年已六旬，但是他的聲音可不輸給十幾二十歲的年輕人，真正是中氣十足的聲音。老師上課可以不須要麥克風，就讓全班的學生清清楚楚的聽見他所說的話，可是不知怎地，老師卻偏愛用麥克風，老師的聲音經過音箱的放大，真如平地起雷聲，上老師的課若想偷偷打瞌睡，還真是件難事，而原本跟老師對面而坐的我，也慢慢的將位子往後挪移。

記得有一年，我在上另一位老師的課，那一堂課的教室剛好排在洪老師的隔壁，那老師上課時，習慣在教室中邊走邊說，所以上課往往不使用麥克風，可是到了後來，那老師也開始用起了麥克風，那老師說：隔壁洪老師的聲音實在太響了，不用麥克風跟本拼不過，她的喉嚨已經因爲用力喊話而沙啞了。洪老師的聲音之響大，由此可知。

洪老師是一位嚴師，對於功課上的要求一點也不馬虎。以「歷代文選與習作」課來說，老師要求我們每個星期要分別讀一篇古文、標點一篇古文，再練習寫一篇古文，因爲老師是每個星期按時檢討，很難偷懶，這樣的功課對於大二的學生來說，真是個大負擔，所以每堂要交作業的前夕，常常可以看見同學們在課堂上埋頭苦幹的寫作業，當時真希望那苦難的日子可以早點過去。後來我看見老師常常窩在研究室裡改作業，才了悟到，老師每個星期要改那麼多作業，又何嘗不是個沈重的負擔！然而老師還是堅持著，只爲了讓學生閱讀古文的能力可以提高。

洪老師認爲「積學」很重要的，學問是要經過長期不間斷的積累才能成就的。我參加了「六朝讀書會」之後，才見識到老師的性格中的堅毅，也才知道老師的博學是其來有自。

我在大二時，開始參加老師在系上開的「六朝讀書會」。聽老師說，這個讀書會是因爲當初林尹先生任職系主任時，要求系上每個老師都要成立一個讀書會，由老師主持的「六朝讀書會」便是在那時候成立，之後很多老師主持的讀書會都結束了，而洪老師主持的讀書會則一直延續至今。讀書會的活動是由老師選定書籍，參與的學生每個星期一起讀一篇六朝文，每個禮拜有一個主講者，負責爲該篇文章作一小報告，而由老師在一旁作補充說明。從大二開始到大四畢業爲止，整整三年的時間，每星期一篇，不知不覺已讀了二本書——數百篇的六朝文，真正體會到何謂「積少成多」。老師常說：「你們啊！不要小看這樣每個禮拜讀一篇啊！要是我從大學就跟你們一樣，每個禮拜讀一篇，到現在我都不知道讀了多少了。」從二十歲到六十歲這四十年中，若能每個禮拜不間斷的讀一篇，那會是多麼可觀的成果啊！老師這樣的身教，讓我感到震憾。

老師總是把學生的課業放在第一位。以讀書會來說，因爲要配合多數同學的時間，所以讀書會的時間每學期都會更動，然而一旦定下時間，無論讀書會的那天老師有沒有課，老師都會上山來，指導我們讀一篇六朝文，每個星期都風雨無阻，有時來讀書會的學生只有兩三人，老師依然按時上山，從來沒想過要停止這個讀書會。又記得大三那一年，我修了老師的「左傳」課，課上到學期中時，老師突然請假，問了助教之後，才知道是因爲老師的痛風發作了，可是在過了一個禮拜之後，突然見到老師又來上課了，但是上課時只能坐著，因爲老師的痛風並沒有完全控制好。下課之後，我陪著老師等車，才知道老師是忍著痛來上課的，因爲腳痛的關係他連校車都沒辦法坐了，只能直接從家裡坐計程車上山來。我想，老師這樣的盡心盡力，不是區區一句「責任心很重」就可以包含的。

最近的一年，我雖然上了文化的中研所，因爲沒有修老師的課，所以較少見到老師，但是印象中老師的模樣還是很鮮明。老師總是戴著頂灰白色的帽子，穿著灰色系的西裝，總是一手提著只公事包，一手拄著把雨傘（這傘除了擋雨外，還兼有手杖的功用）。老師的「標準配備」好像從來沒變過，後來我才發現那是因爲老師很節儉的關係，就拿老師的公事包來說，那只公事包老師似乎已用了很久很久，公事包的環扣已經壞了，要是一般人老早買只新的了，老師卻用繩子將它綁住，然後繼續用。在這個將消費視爲理所當然的年代裡，老師這樣的行徑也算是一奇吧！

老師個性中最可愛又最可怨的特質，大概是率真吧！老師的身量不高，卻有著個渾圓大肚，有一次，老師問我：「靜慧啊！妳看我是不是有點胖啊？」聽見老師這麼直接的問話，我反而無法直接回答，傻笑了半天，才含含糊糊的說：「以老師的年紀來看，算是還好啦！」就一般人而言，胖的人不總是忌諱別人提到個「胖」字嗎？老師卻很率直的自己說出來了。

老師的「鼻頭」上終年騎著一隻眼鏡（別人是將眼鏡架在鼻樑上，老師卻習慣讓它滑到鼻頭上），老師習慣低垂著目光，透過鏡片看書，而習慣抬高眼珠，越過鏡框看人，那模樣有些趣味在其中。老師有一個習慣動作是在聽到學生講錯話時會笑兩聲，然後才開始正確的解說，所以每次一聽到老師「嗤！」的笑出聲時，我會警覺的看向老師，並且會看到老師也正抬眼看著我，而我的神經就會開始緊繃，等待著即將來到的訓示，老師通常都是這麼開頭的：「某某啊！你……」（「啊」是老師慣用的語氣詞）因爲老師的個性很直率，講話直截了當，絕不拐彎抹角，所以說話時也就不會想到聽者的感受，通常都會將對方的錯誤非常直接的說出來，所以被罵完的我，常常會有「萬箭穿心」的錯覺，心裡難免覺得有些幽怨，可是一想到老師對自己也是這麼的直率，也就無話可說了。我常常想，像老師活得這樣理直氣壯的人，應該不多見吧！

因爲老師表達想法的方式很直接，所以常常會有些不自覺的幽默舉動出現。老師在學校有一間專屬的「六朝研究室」很多人都知道，但是很多人可能不知道研究室有一隻「鎮室之寶」（當然是同學戲號之），那「鎮室之寶」是一隻有著尖耳朵、大眼睛、圓肚子的藍色「多多龍」，是「六朝讀書會」裡的某同學親手做給老師的，因爲老師說：他的小孩都大到不需要玩具了，所以就把「多多龍」放在研究室裡。「六朝讀書會」是在「六朝研究室」上課的，所以那隻「多多龍」也陪伴我們讀了一篇又一篇的六朝文，同學有的會生病請假，有的會心血來潮的蹺課，只有「多多龍」每個禮拜規規矩矩的待在研究室裡，等著同學們來讀書，久而久之，他（因爲是藍色的，就被判爲男性）便有了「鎮室之寶」的稱號了。開始他是坐在門口的位子，去上讀書會的同學一進門就會看見他，覺得他真是可愛又用功，所以每個走過門口的同學都會拍拍他的頭以示獎勵，老師可能因爲覺得我們的舉止很有趣，在有一次讀書會結束時，老師照例走最後好鎖門，在經過門口時，也伸手拍了拍他的頭，神情似有讚許之意，我跟另一個同學在旁邊看見這一幕，不由得笑彎了嘴（當然是偷偷的）。後來老師怕他被人摸髒了，便將他放到高處，好讓人不能隨意玩弄，後來我們經過門口時，就只能改用眼光向他示意了。

以前，每次經過「六朝研究室」的門口時，我總會在門口張望一下，老師若在研究室裡時，研究室裡的燈會是亮著的，而我就能透過玻璃門，看見老師背著門坐在辦公桌前讀書、改作業，我有時會趁機進去借借書，問問老師問題，順便看看「鎮室之寶」，我一直以爲老師會一直坐在那個位子上，若要退休，至少也會是我從文化畢業之後的事吧！我是這樣深信著。從來沒有想過，我從研究室門口經過時，會有見不到老師的一天。

現在，每次經過「六朝研究室」的門口時，我還是會不自覺的在門口張望一下，然而卻總是只能看見不透光的黑暗，而坐在門裡的那寬闊灰色系背影，我已經再也見不到了。

＊本文作者現為文化大學中文研究所碩士班學生

弔洪公順隆老師逝世有感

方峻

大樹凋零人既殉　空留典範在千秋
招魂豈雪詩人恨　思舊徒生客子愁
左氏蒙塵誰復繼　齊梁日遠枉風流
中途改路天云暮　但教青襟弔九洲

*本文作者為文化大學中文系畢業生

感念太老師

李鈞俊

八十九年六月初，經黃師水雲引見，初識　太老師於木柵茶園賦學雅聚中。當時稟以論文題目暫定爲「庾信〈哀江南賦〉對後世的影響」，　太老師當下面諭，鎖定以該賦「愛國意識」爲中心主題。今夏六月，碩士論文〈論庾信「哀江南賦」的愛國意識──對後世「哀」賦的影響〉，得以順利脫稿，便是緣此而來。

去夏七月杪，隨侍　太老師參加天津南開大學「魏晉南北朝文學與國際學術研討會」，以及八月初長春師範學院「文選學國際學術研討會」。一本學習初衷，盡興汲取辭賦養份，面對眾多國內外知名學者宿儒，素仰其名，未識其人，請益無由。　太老師名重九州，樂爲引見；取經盛宴，因以豐富滿載。

學術之旅，每至一地，　太老師博學多識，必引領選購書籍。無論厚薄鉅細，凡可資參照應用者，盡皆蒐羅。日後論文取材，不虞匱乏，能左右逢源，切中所須，此皆太老師提攜指點所致。

猶憶呈閱論文大綱初稿時，　太老師手握朱筆，逐行批述，筆削評改，不假辭色。雖云觸目驚心，忐忑無措。但寫作方向，得以豁然暢達無礙，實拜　太老師無私指導之賜。

在東北隨侍　太老師遊松花江水庫，閒話中得悉太老師除深研賦學外，《左傳》、《楚辭》亦稱專精。並允新學年可上山（校本部）旁聽，惜因服務學校排課衝堂而作罷。從此無緣親炙，終成憾事。

於遊艇上，提及駢文多奧典難解，　太老師諄諄勉以工具辭書之必要性。今《漢語大詞典》案旁供我解疑，稍窺駢賦門徑，　太老師傳承啓鑰之用心，能不潸然感念？

太老師於我，獨缺「授業」為憾，而「傳道」、「解惑」二者，亦僅彷彿得其微末，然已受用有加。我歲逾半百，困蒙始知向學；年近耳順，皓首猶未窮經。於　太老師一嘆無師生深緣，二嘆稟賦所限，未能早列門牆。而　太老師耳提點化之教，可謂涓滴在心，彌足懷思。

子夏嘗謂君子云:「望之儼然，即之也溫，聽其言也厲。」其　太老師之謂與！

＊本文作者現任萬芳高中教師，為洪順隆教授學生黃水雲教授指導學生。

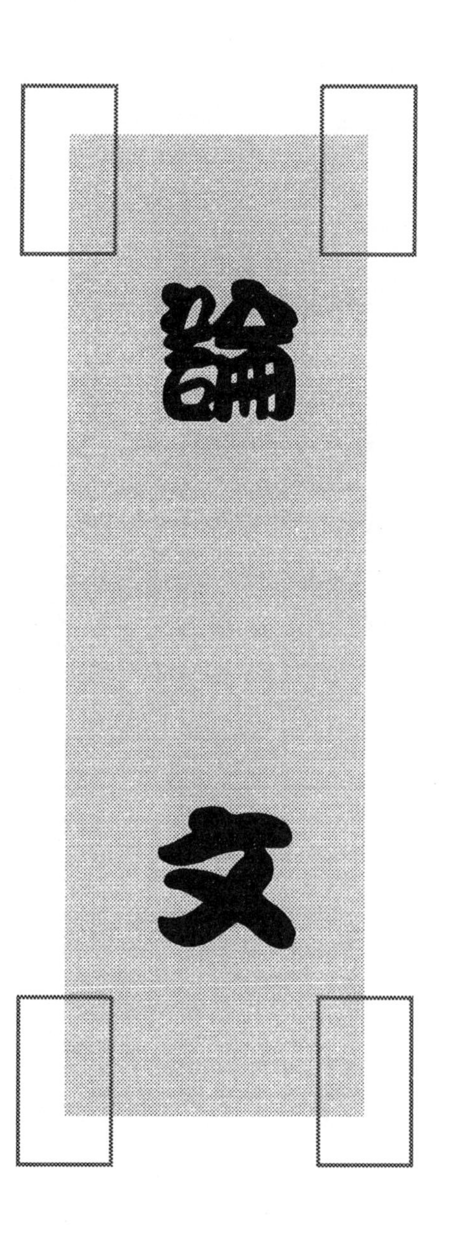
論文

《史記》贊辭褒貶例述

許鍈輝

壹、前言

《史記》百三十篇，除了＜太史公自序＞外，其餘一百二十九篇的篇末，司馬遷都有一小段評論的文字，前面都以「太史公曰」起頭，後世稱它爲「贊辭」。

其實，在記述某件事情，或是在記述某個人物之後，對此事或此人作一番簡評，是從《左傳》開其先例的。《左傳》在這種評論的開頭，都以「君子曰」發端。司馬遷承《左傳》之例，並且加以推廣。

貳、《史記》贊辭的類例

綜觀《史記》各篇末的贊辭，就其作用而言，可以分爲下面四種類型：

一、 述褒貶： 評論所記述人物的是非得失，是者褒之，非者貶之。

二、記經歷：說明所記述人物的材料來源。

三、言去取：說明所記述人物的重點，以及材料取捨的原則。

四、補軼事：補充正文記述人物之不足。

以上四例，第一例《左傳》已先發其端，其他三例則是《史記》所開發的，本文僅就《史記》各篇末贊辭中褒貶人物的一例，作簡要的說明。

參、《史記》贊辭中的褒貶例

《史記》在篇末贊辭中的褒貶例，細別之，又可分爲下列五類：

一、有褒有貶

此又可分爲三小類：

（一）大褒小貶

此例對所記述的某一人物，褒揚之處重，貶責之處輕，顯示司馬遷對此人物頗有好感。如〈項羽本紀贊〉：

> 太史公曰：吾聞之周生曰：『舜目蓋重瞳子。』又聞項羽亦重瞳子，羽豈其苗裔邪？何興之暴也？夫秦失其政，陳涉首難，豪傑蜂起，相與並爭，不可勝數，然羽非有尺寸乘勢起隴畝之中，三年，遂將五諸侯滅秦，分裂天下而封王侯，政由羽出，號為霸王，位雖不終，近古以來，未嘗有也。及羽背關懷楚，放逐義帝而自立，怨王侯叛己，難矣。自矜功伐，奮其私智而不師古，謂霸王之業，欲以力征經營天下，五年卒亡其國，身死東城，尚不覺寤，而不自責，過矣，乃引天亡我，非用兵之罪也，豈不謬哉。

贊辭中，稱項羽無尺寸的土地，在短短三年中，率領六國，消滅暴秦，近古以來無人可以和他相比，這是重重的褒揚。至於說項羽背關懷楚，以至國亡身死，尚不覺寤，這是何等重大的錯誤？而末了卻以「豈不謬哉」四字輕輕帶過，這只是輕輕的貶責。此種安排，透露了司馬遷對項羽這位英雄人物敬重與惋惜的心意。

（二）小褒大貶

此例與上例正好相反，對所記述的某一人物，褒揚之處輕，貶責之處重，顯示司馬遷對此人物頗有微詞。如〈蕭相國世家贊〉：

> 太史公曰：蕭相國何，於秦時為刀筆吏，錄錄未有奇節。及漢興，依日月之末光，何謹守管籥，因民之疾，奉法順流，與之更始。淮陰、黥布等皆以誅滅，而何之勳爛焉，位冠群臣，聲施後世，與閎夭、散宜生等爭烈矣。

贊辭中，稱蕭何錄錄未有奇節，只是依靠高祖、呂后的一點關係，而做到丞相，這是何等重的貶抑？至於說蕭何謹守關中，順著人民的疾苦，立法改善他們的生活，論其功勳，只能與周初閎夭、散宜生等第二流角色相提並論，這只是輕輕的褒揚而已，這表示司馬遷心目中的蕭何，只是第二流的人物罷了，還不能與周初的周公旦、太公望、召公奭等第一流人物相提並論。

（三）褒貶相當

此例對所記述的某一人物，有所褒貶，而褒揚與貶責的分量相當。如〈管晏列傳贊〉：

> 太史公曰：吾讀管氏＜牧民＞、＜山高＞、＜乘馬＞、＜輕重＞、＜九府＞、及《晏子春秋》，詳哉其言之也。既見其著書，欲觀其行事，故次其傳，至其書，世多有之，是以不論，論其軼事。管仲世所謂賢臣，然孔子小之，豈以為周道衰微，桓公既賢，而不勉之至王，乃稱霸哉！語曰：『將順其美，匡救其惡。故上下能相親也。』豈

管仲之謂乎？方晏子伏莊公尸，哭之成禮，然後去。豈所謂見義不為無勇者邪？至其諫說，犯君之顏，此所謂進思盡忠，退思補過者哉！假令晏子而在，余雖為之執鞭，所忻慕焉。

贊辭中，稱管仲未能鼓勵齊桓公推行仁政而王天下，只是輔助他成爲霸主，所以孔子說他器量小，這是對管仲的貶責。至於引諺語「將順其美，匡救其惡」，是說管仲能依著當時的情況，助成桓公的美德，彌補桓公的疏失，這是對管仲的褒揚。褒揚與貶責，沒有特別強烈或輕微的表示，這顯示出司馬遷對管仲的評價是功過參半的。至於對晏子，則是小貶而大褒。

二、有褒無貶

此例對所記述的某一人物，有強烈的敬意或好感，所以只有對他的褒揚，而無貶責。如〈孔子世家贊〉：

太史公曰：《詩》有之：『高山仰止，景行行止。』雖不能至，然心鄉往之。余讀孔氏書，想見其為人。適魯，觀仲尼廟堂車服禮器，諸生以時習禮其家，余祇迴留之，不能去云。天下君王，至于賢人，眾矣，當時則榮，沒則已焉，孔子布衣，傳十餘世，學者宗之，自天子王侯，中國言六藝者，折中於夫子，可謂至聖矣。

贊辭中，沒有任何對孔子的貶責之語。先稱「孔氏」，再稱「仲尼」，又稱「孔子」，最後稱「夫子」，以不同的稱謂表示對孔子的尊敬。說孔子以一介布衣，而生前、沒後都受到世人的尊崇，後世談論學術，都以孔子爲依歸，這是何等崇高的褒揚。

三、有貶無褒

此例與上例相反，對所記述的某一人物有強烈的反感，所以只有對他的貶責，而無褒揚。如〈魏其武安侯列傳贊〉：

> 太史公曰：魏其、武安，皆以外戚重。灌夫用一時決策而名顯，魏其之舉以吳楚，武安之貴在日月之際。然魏其誠不知時變，灌夫無術而不遜，兩人相翼，乃成禍亂。武安負貴而好權，杯酒責望，陷彼兩賢，嗚呼哀哉，禍所從來矣。

贊辭中，沒有任何對魏其侯竇嬰、武安侯田蚡褒揚的話。稱魏其侯不知時變，與灌夫相翼，乃釀成禍亂；而武安侯則倚恃孝景皇后同母弟的身分，因與竇嬰、灌夫在一次酒宴上發生衝突，而陷害他們二人，這都是貶責的話。

四、不言之褒

此例對所記述的某一人物有所褒揚，但卻不在文辭上明白的顯示出來。如〈游俠列傳贊〉：

> 太史公曰：吾視郭解，狀貌不及中人，言語不足採者，然天下無賢與不肖，知與不知，皆慕其聲。言俠者，皆引以為名。諺曰：『人貌榮名。』豈有既乎？於戲惜哉。

<游俠列傳>是屬於類傳，傳中主要記述朱家、郭解兩位游俠的行事，而兩位之中，司馬遷又比較看重朱家，所以文中提到那些盜跖之類的暴徒，司馬遷認爲不值一提，甚至游俠對他們都會感到可恥，而司馬遷說「此乃鄉者朱家之羞也」，拿朱家作爲游俠的表率，可見司馬遷對朱家的崇敬。然而在贊辭中，只對郭解有所褒貶，而對朱家沒有任何的評論，這就是所謂「不言之褒」，司馬遷一切對朱家的尊崇，盡在不言中。

五、不言之貶

此例與上例正相反，對所記述的某一人物有所貶責，但卻不在文辭上明白顯示出來。如〈廉頗藺相如列傳贊〉：

> 太史公曰：知死必勇，非死者難也，處死者難。方藺相如引璧睨柱，及叱秦王左右，勢不過誅，然士或怯懦而不敢發。相如一奮其氣，威信敵國；退而讓頗，名重太山，其處智勇可謂兼之矣。

〈廉頗藺相如列傳〉是屬於合傳，傳中兼寫廉頗與藺相如二位人物的行事。贊辭中，稱藺相如一奮其大勇之氣，威伸秦國，處智與勇可謂兼之，這是對藺相如的褒揚。然而對廉頗無一辭褒貶，其實司馬遷在贊辭的開頭說：「知死必勇，非死者難也，處死者難」，這就是他對廉頗與藺相如二人的總評，以對比的方式顯示司馬遷對二人的褒貶。藺相如智能選擇適當犧牲的時機，故能在秦庭一奮其大勇之氣而威伸秦國，所以司馬遷褒揚他說「其處智勇可謂兼之矣」。而當藺相如以功大而拜爲上卿，位在廉頗之上時，廉頗卻說：「我爲趙將，有攻城野戰之功，而藺相如徒以口舌爲勞，而位居我上，且相如素賤人，吾羞，不忍爲之下」，並揚言：「我見相如 必辱之。」似此行爲，有勇無謀，只是一介莽夫而已，司馬遷本應在贊辭中有所貶責的，然而贊辭中對廉頗無任何的評論，這就是所謂「不言之貶」，如此的貶責反而顯得更爲嚴厲。

肆、《史記》贊辭中褒貶例的意義

從上述五種褒貶之例，可以看出司馬遷在《史記》中有如下的成就與心意：

一、表現崇高的史德

司馬遷在上述贊辭中，對項羽、蕭何、管仲、晏嬰、孔子、魏其侯竇嬰、武安侯田蚡、郭解、朱家、廉頗、藺相如等人物的評論，應褒、應貶、褒貶的程度與方式，都作了最恰當的處理，不偏不倚，毫無私心，不挾私怨，不假公濟私，好而知其惡，惡而知其美，可說表現了司馬遷極崇高的史德。

二、流露真實的情意

司馬遷在上述贊辭中，對項羽、蕭何、管仲、孔子、竇嬰、田蚡、朱家、廉頗等人，都有所評論。然而對孔子則有褒無貶，對朱家則不言之褒，表達對他們至高的尊崇；對項羽則大褒而小貶，表達對他的同情與敬愛；對蕭何則小褒而大貶，表達對他的失望；對竇嬰、田蚡則有貶無褒，表達對他們的不滿；對廉頗則不言之貶，表達對他的不滿與惋惜。凡此對不同人物所作不同的評論，都流露了司馬遷真實的情意。

【後記】

我與洪順隆教授，是台灣師範大學 49 級同班同學，他和我同年，在文化大學又同事十幾年，彼此親若手足。去年初，洪兄不幸染疾早逝，為之痛心不已。今洪兄兒女，在洪兄過世一週年前夕，擬為父親出版紀念文集，來函邀稿。因思洪兄專研六朝文學，我興趣則在文字之學，往昔在文大交通車上閒談，有時會以《史記》為話題。所以就把篋中一篇《史記》舊稿，略加整理以應，聊表懷念洪兄心意於萬一。

*本文作者現任東吳大學中文系教授，與洪順隆教授為大學同學及多年同事。

中國古典小說理論述要

張健

壹、中國最早的小說理論

中國最早的小說理論出於漢代，但頗為簡略。

一、漢書藝文志序：「小說家者流，蓋出於稗官，街談巷語，道聽塗說者之所造也。」

二、桓譚的《桓子新論》：「小說家合叢殘小語，近取譬論，以作短書，治身理家，有可觀之詞。」

都只涉及「小說」的內容及創作源起。而且他們所說的「小說」，還不能算是一種很正式的文學作品。

貳、中國古典小說理論的發皇

明代以前，中國古典小說已經經歷了古代神話傳說、魏晉南北朝志怪志人小說、唐代傳奇、宋代話本小說等階段。但是一直到明代萬歷年前後，中國古典小說美學才真正開始發展起來。在明末清初以及後續的年代中，中國古典小說理論達到了鼎盛時期。其原因有四：

第一，宋代以後，中國古典小說有很大的發展。到了明代，在小說藝術的創作方面積累了極爲豐富的經驗。這種藝術創作的經驗，必然要求得到理論上的概括和反映，從而大大推動了小說美學的發展。

第二，明代中葉以後，經濟領域的資本主義有很大的發展，城市新興的市民階層也日益壯大。與這種資本主義萌芽的發展和市民階層的壯大相應，在文學領域和美學領域出現了一股現實主義、人文主義的思潮。以李贄爲主要代表的思想自由的潮流，給了人們新的理論和眼界，因之，歷來對小說的輕視態度改變了，開始認識到小說在文學上的價值，並且開始把小說作爲一種審美創造活動來作理論的研究和探討。

李贄提出了「童心說」，他認爲「童心」就是「真心」或「赤子之心」。他認爲文學作品總是作者的真摯感情的流露，故如果作者本人的感情是虛僞矯飾的，他就不可能寫出感人至深的作品來。他認爲只有具有真情感的「童心」，才能寫出「天下之至文」。爲了保持「童心」，李贄反對用封建禮教的統一規範來扼殺每個人的個性特點，他主張只有「好察」「百姓日用之邇言」，才能夠保持「童心」。根據「童心說」，他肯定了小說在文學上的價值。

第三，明代萬歷前後出現的小說評點（前始於宋末），為小說美學提供了一種自由的形式。在小說評點中，不但發表了對這部小說的評論，而且發表了對於小說的一些理論上的見解。小說評點既可以對讀者的閱讀欣賞進行指導，又可以對作家的創作經驗進行總檢驗；既可以對作品總體進行美學概括，又可以對作品的細部進行具體的藝術分析；既可以從各個角度議論作品本身的得失，又可以結合作品的評論，探討各種美學理論問題。小說評點使中國古典小說理論得到更自由的表現方式，因而促進了中國古典小說美學的發展。

第四，恰逢文化史上百花並放、百家齊鳴的時世——梁啓超等稱之為中國的文藝復興時代。

參、李贄、葉晝的主要理論

在中國古典的小說美學發端時期，代表人物則是李贄、葉晝、馮夢龍。他們提出的理論，主要有下列幾點：

（一）小說的真實性

什麼是小說所要求的真實性？是毛宗崗說的「真而可考」的真實？

李贄(一五二七——一六0二年)、葉晝把「逼真」、「傳神」等範疇作爲評價小說的最基本的美學標準。葉晝強調的小說的真實性，主要是要求小說寫出社會生活、社會關係的情理，然而並不排斥藝術虛構。換句話說，葉晝說的「逼真」、「肖物」、「傳神」，都是要求寫出社會生活的「真情」，而絕不是要求「實有其事」、「實有其人」。

他們所講的小說的真實性，雖未必實有其事其人，但必須是情理所必有，即我們通常所說的「合情合理」。情即人情，指人類固有的帶普遍性的情感和情慾；理即物理，爲事物存在和發展的客觀規律。一切藝術虛構只要合這個「情理」即合乎生活的必然性、規律性，那麼假的也就成了真的。「合情合理」成了中國古典小說理論評騭小說的一個最基本和最重要的標準。

要而言之，小說家在真實生活的基礎上，經過合乎情理的藝術虛構，最終還得通過藝術描寫，達到藝術真實的境地。

葉晝還提出了一個藝術的永恆性問題。按照他的看法，好的小說具有不朽的價值，永恆的生命。他認爲小說藝術的生命力就在於它真實地反映了社會生活的情狀，小說家的虛構是以社會生活爲基礎的，小說家如果脫離社會生活，也不可能寫出好的小說。他的看法，爲中國古典小說美學奠定了寫實主義的基礎。

（二）人物形象

中國古代小說批評較早就把塑造具有獨特性格的人物典型作爲小說創作的重心。特別是明代中葉以後，隨著資本主義的發展，個性的因素也得到發展，個人的遭遇、個人的命運、個人的性格開始得到重視。就是李贄所說的「天生一人，自有一人之用」。這種個性解放的思想，構成了中國古典小說美學強調人物描寫個性化的時代背景。

葉晝在其評《水滸傳》文章中就已初步接觸到人物的個性化問題，他提出的所謂「同而不同處有辨」，所謂「形容刻畫來各有派頭，各有光景，各有家數，各有身分，一毫不差，半些不混」，正是他對人物個性化的一種概括。還有，他對配角的重視，也是這種看法的反映。

葉晝還分析人物心理描寫，這意味著中國古典小說並不排斥直接的心理描寫。由於心理描寫常常影響人物的性格行爲，所以生動而形象地揭示人物的心理，不僅是補充人物外形描繪的不足，更是闡明人物個性的重要手段。

（三）小說藝術的形式美

在小說中，人物性格要靠語言文字來表現，但是葉晝認爲小說中的語言文字不應該突出自己，反而應該否定自己，讓人物性格突出出來。

照中國古典美學的看法，真正的藝術形式美，不在於突出藝術形式本身的美，而在於通過藝術形式把藝術意境、藝術典型突出地表現出來。

中國古典美學的這個思想，最早見於《莊子・外物》：「言者所以在意，得意而忘言」。後來王弼在《周易略例・明象》中，進一步發揮莊子的這個論點。還有很多文學家和藝術家都認爲，藝術的形式美不應該突出自己，而應該否定自己，從而把藝術的整體形象突出地表現出來。例如，鍾嶸在《詩品序》中說，藝術形式美的過分突出，會損害藝術整體形象的美。又如，在賀貽孫《詩筏》、袁枚《隨園詩話》中，他們都提出藝術形式美只有否定自己才能實現自己的看法。

由此可見，真正的藝術形式美不是爲了突出形式美本身，而是使整個藝術形象表現出來。

肆、馮夢龍的小說理論

馮夢龍（一五七四——一六四六年）在《醒世恒言・序》中談到他編寫「三言」的意圖和宗旨：「明者，取其可以導愚也。通者，取其可以適俗也。恒則習之而不厭，傳之而可久。」他闡述了他對小說的社會意義和思想價值之深刻認識。

從這要求出發，他研究了歷代的小說，認爲通俗小說更有普及性和感染力。他說：「大抵唐人選言，入於文心，宋人通俗，諧於里耳。天下之文心少而里耳多，則小說之資於選言者少，而資於通俗者多。……雖小誦《孝經》、《論語》，其感人未必如是之捷而深也。噫！不通俗而能之乎？」因爲社會上畢竟是文人少而民眾多，故小說多適應群眾的審美需要、審美趣味和文化水準。由於小說的通俗性，使人一聽就懂，當場即有反應，對人的感化、教育作用之「捷而深」，超過了儒家的經典。馮夢龍在《警世通言・序》中舉「里中兒」的故事，他從「里中言」聽了「刮骨療毒」的故事而能鼓起勇氣，「創其指」而「不呼痛」，進一步指出小說對人產生的感染、教育作用。

伍、金聖歎的小說理論

一、小說的社會批評性

金聖嘆（一六0七——一六六一年）認爲文學作品是社會生活的反映。因此他強調小說的批判性，而且提出「發憤之作」之說，主張作家應對社會有強烈的責任感。

金聖嘆認爲，施耐庵寫《水滸傳》的目的是批判政治的腐敗和社會的黑暗，表達民眾的心聲。他認定水滸人物所以起來造反，根源於政治的黑暗，「亂自上作」，就是「官逼民反」。

二、小說與歷史的區別

他論述了歷史和小說的區別，強調小說家和史家的處理態度和方法的不同。史家修史爲了保存史實，只作因果的敘述（「以文運事」）；小說家爲文則是以自己的心志爲主，爲了達意，便寧可犧牲史實，附以個人的想像，而積極的修辭寫作（「因文生事」），也就是說小說隨筆發放，毫不受任何事件約束。故小說家處理它的素材特別著力的，不是實事，而是藝術形象。因此小說家對於生活素材要進行「櫽括」、「張皇」、「附會」、「軼去」。

小說家所要求的真實性，不是「實有其事」，「實有其人」，而是「合情合理」。金聖嘆把小說的這種真實性稱之爲「未必然之文，又必定然之事」。所謂「未必然之文」，是指小說的藝術形象是作家的虛構，作家的獨特的創造；所謂「必定然之事」，就是指小說的藝術形象合情合理，合乎生活的邏輯，具有真實性。

三、靈感論

他用「靈眼覷見」、「靈手捉住」來說明作家創作的過程。他所講的靈感是指一種認識活動、思維活動。他認爲靈感的發生是一種偶然的事情，往往不是人們刻意追求得來的。靈感是外界景象與作家內在情感的偶然遇合才有的美感經驗。其實這種美感經驗是作家累積許多心力之後所產生的。而這種經驗是很容易變質的，所以必須即刻用「靈手捉住」。將這種經驗透過文字的運用表達出來，成爲寫定的文學作品。

四、人物典型論

他認爲《水滸傳》之所以能使人百看不厭，就因爲它塑造了各種類型的人物形象，成功地寫出了各人的不同性格。他說：「別一部書，看過一遍即休。獨有《水滸傳》，只是看不厭，無非爲他把一百八人性格都寫出來。」這就強調了小說塑造人物形象和表現人物性格的重要性。

關於塑造典型形象，他認爲要寫出人物的性情、氣質，強調人物語言要個性化。「《水滸》所敘，敘一百八人，人有其性情，人有其形狀，人有其氣質，人有其聲口。」這就是說，寫典型人物要寫出他的性格特徵。這個性格特徵，不僅要表現在他的外貌和富有個性的語言上，還要表現在他的性情和氣質上。特別把寫出人物的氣質作爲塑造典型形象的一個重要方面。作家如果不能深入到他所塑造的人物的內心世界，把握人物的特定氣質，也必不能把人物寫活。

他同時提出，人物的行動對性格刻劃的重要性。人物的一舉一動都顯示他在社會生活中所處的特殊地位，顯示他的獨特性格，以及在特定場合下的心理狀態。

他還對書中同一類型性格的描寫作了更深入、精確的分析：「《水滸傳》只是寫人粗鹵處，便有許多寫法，如：魯達粗鹵是性急，史進粗鹵是少年任氣，李逵粗鹵是蠻，武松粗鹵是豪傑不受羈，阮小七粗鹵是悲憤無說處，焦挺粗鹵是氣質不好。」這裡明確地指出了寫的雖是同一類型的性格，但能夠呈現同中之異。具有不同氣質類型的人，可以形成同樣的性格特徵。而具有同一種氣質類型的人，也可以展示不同的性格特徵。

《水滸傳》人物眾多，爲使人物個性鮮明，金聖嘆提出「背面敷粉法」，以人物性格的特質互相映照，以突出人物的獨特性。對比的藝術除了以人物性格特質爲對照，又以對同一事件的反應作對比，顯示性格的特點。

金聖嘆認爲《水滸傳》之傳奇色彩是最豐富的部分，必定要符合情理和人性。尤其武松打虎的場面中，雖然演出神威的形象，可是在描寫武松不是神，而是凡人的這一點，他認爲更有價值。像這樣，他不用其他的作家把英雄人物神化的方法，而把《水滸傳》的英雄人物如實地似「寫極駭人之事」，「用極近人之筆」的寫作法來分別。

他同時注意到人物和環境不能脫離的關係。他要求寫作時，環境與人物需要有機性的統一關係，因爲如果沒有具體的環境，則小說中的人物將會喪失其現實性和真實性，容易變得極抽象化。因此他強調符合人物的性格特徵之具體環境的描寫。他爲了實現這種具體的描寫，而強調要使用重視細膩情節的描寫方法。運用細節描寫的目的，是爲人物活動創造出一個獨特的環境才有的描寫。小說與繪畫或戲劇不同，故事的情節進展時，因讀者容易忘記前面的環境描寫，所以作家通過細節描寫，要提醒讀者小說中的環境和氣氛。如果在描述內容中，有使讀者容易忘記前面環境的描寫時，將會使人物活動喪失具體的背景，且缺乏真實性。

作家既不是偷兒、淫婦，但卻能使這類形象活現紙上。那麼，作家怎麼可能寫出這些不同的人物呢？金聖嘆以「格物君子」稱施耐庵，這意味著強調一個傑出作品的創作，不是在於作家傑出主觀的幻變，而是在於以長時間的觀摩和體驗的基礎上所建立的事實。施耐庵把實際生活中的各種人物和事物，透過長時間細心的體驗和研究，不僅創造出各式各樣的人物形象，甚至突現出對事物描寫的技巧。他認為「格物」有其方法，就是懂得「大千一切，皆因緣生法」。他認為世上萬物是依一定的根據和條件生成的。金聖嘆的格物說要求作者有寫實的能力；他最討厭人家寫人云亦云的印板文字，必須作者本身有足夠的訓練能夠抓住每個人物的不同的「因」「緣」，使他的作品的人物都各具神色，活靈活現。

五、情節論

金聖嘆認為《水滸傳》故事情節的一個優點，就是著眼於人物性格。他還指出，在《水滸傳》中也有相反的情形，就是人物為情節服務：有的次要人物，作家把他們創造出來，並不是著眼於這些人物本身的性格和命運，而是為了推動故事情節的發展。他稱之為「借勺興洪波」。

他認為情節盡量曲折，人物性格卻必須分明。他提出了「敘事微，用筆著」的原則。

他強調要在類似的事件中寫出完全不同的情節，從而顯示出生活的豐富多采，能引起讀者的興趣。

他認爲，情節有時也不妨中斷一下。這些停頓可造成小說情節欲揚反抑的節奏，打破平鋪直敘的單調，使文勢搖曳生姿。他認爲如此一頓使筆勢踢跳，產生「極力搖曳，使讀者心癢無撓處」的效果。還有將描寫兩種不同典型的故事連接起來，能使欣賞者在審美趣味上有所轉換，進而達到加倍的美感享受。

他還注意到情節的傳奇性，然而這些傳奇性均未脫離現實的範圍，符合生活本身的邏輯。正如他所說：「真乃天外飛來，卻是當面拾得」，「猶如怪峰飛來，然卻又是眼前景色」。所謂「天外飛來」、「怪峰飛來」，所指的便是情節安排上出人意表的傳奇性。所謂「當面拾得」、「眼前景色」，則是情節不能脫離現實性。情節的傳奇性和情節的現實性應該是統一的。

六、小說語言論

金聖嘆對小說的語言十分重視。首先，他強調小說語言要求具體形象的準確性。第二，他強調小說語言要求表現力。他認爲小說語言的準確性，並不能依靠大量的華麗詞藻，而應該用盡量簡潔的語言，把對象的本質和特點鮮明生動地表現出來。這就要求作者尋找、選擇和提煉最有表現力的詞句。第三，小說語言的容量問題。在一般情況下，一定的字、句只能表現一定的生活內容和思想內容，其直接含義是有限的。但是經過作家的熔鑄提煉，這一定的字、句，卻可以超出這字句本身的直接含義，包含更豐富、更深刻的內容，從而擴大了語言的容量。第四，小說語言的喜劇性。他認爲，語言的幽默性、喜劇性可產生一種快感和喜悅感，從而使讀者獲得更深的美感享受。第五，小說語言的形式美。其實他所指出的這些語言的形式美，並沒有脫離小說的內容。

陸、毛宗崗的歷史小說觀

在中國文學上，歷史小說是否容許虛構，是始終爭論的問題。毛宗崗批《三國演義》中托名金聖嘆的序文中說，《三國演義》是「據實指陳，非屬臆造」，因此「堪與經史相表裡」。他又在《讀三國志法》中說：「讀《三國》勝讀《西遊記》。《西遊》捏造妖魔之事，誕而不經，不若《三國》實敘帝王之實，真而可考也」。由此觀之，毛宗崗對歷史小說的看法：歷史小說的特色是「據實指陳，非屬臆造」，「實敘帝王之實，真而可考也。」因此，歷史小說應該是歷史事實的實錄，而非臆造、虛構。

毛宗崗認爲一部歷史小說的優劣，其關鍵在於所記載的歷史事件是奇妙或平凡，因此特別強調歷史小說對歷史事件的依賴。他認爲《三國演義》「敘三國不自三國始」，而是繞乎其前，出乎其後，多方盤旋曲折，是很巧妙的。《讀三國志法》曰：「古事所傳，天然有此等波瀾，天然有此等層折，以成絕世妙文。」

歷史的演化原本就是詭譎多端，故成就了《三國演義》這樣的「絕世妙文」。三國之爭的結果，既非一統於蜀，亦非一統於吳，又非一統於魏，而是由晉一統天下。《讀三國志法》云：「幻既出人意外，巧復在人意中，造物者可謂善於作文矣。」又云：「今人下筆必不能如此之幻，如此之巧。然則讀造物自然之文，又何必讀今人臆造之文哉！」造物者的安排成爲小說成敗的首要關鍵。

他並非全面性的否定歷史小說的創造性，甚至認爲歷史小說的創作比一般小說更難。在《讀三國志法》中提出，在「一定之事」的範圍裡，作家可以想像或臆造的空間太少，因此特別需要「匠心」。

毛宗崗認爲歷史小說是要「據實指陳」的，因此限制了作者充分發揮想像力與自由任意的創造。但在「敘一定之事，無容改易」之中，特別強調作者的「匠心」。大體上說，他的歷史小說觀念是屬於歷史學家的，實在是一種倒退的小說觀念。

以下再分述其細部的小說理論：

一、小說人物論

毛宗崗認爲作家是從一些抽象的道德概念出發，而小說中的人物就成了正面或反面道德概念的體現。他將典型人物分爲兩類：一種是比較單純的，只突出某一方面的特點。另一種人物則具備多種性格特點的總和。毛宗崗在《三國演義》指出：諸葛亮是賢相的典型，爲「古今來賢相中第一奇人」；關羽是名將的典型，爲「古今來名將中第一奇人」；曹操是奸雄的典型，爲「古今來奸雄中第一奇人」，毛宗崗稱之爲「三奇」、「三絕」。

毛宗崗認爲典型人物的性格特點，都是通過這些人物的獨特的行爲，通過一系列典型情節表現出來的。毛宗崗繼承葉晝、金聖嘆強調典型人物的個性化，他還強調描寫同一類型的人，要寫出各自獨特的性格。

毛宗崗提出人物塑造的方法。首先，「用襯」的方法，就是在性格對比中來刻劃典型性格。這是金聖嘆提出過的「背面敷粉法」。毛宗崗又把用襯方法分爲「反襯」與「正襯」兩種。「反襯」是用對立的性格特點來互相襯托；「正襯」是用相同的性格特點來互相襯托。毛氏認為「正襯」比「反襯」更能突出人物的特質。第二，毛宗崗認為小說塑造人物形象，矛盾衝突越尖銳、激烈，就越能鮮明地顯示人物性格。第三，「化靜為動，層層渲染」的方法，這是指透過對人物外部特徵一層一層的描繪，使人物輪廓逐漸清晰、浮現出來的方法。這種寫法在開始時留下餘地，能打動讀者的好奇心，使讀者對這個角色更加關注，人物形象也逐漸完成了。第四，「隱而愈現」的寫法。這是將主要人物隱藏在文後，通過其他角色或四周環境來烘托主要角色的寫法。

二、小說結構論

毛宗崗認為小說結構方法，是從現實生活本身來的，他引用杜甫的兩句詩：「天上浮雲如白衣，斯須改變成蒼狗」，說明世事如白雲蒼狗之變化多端。由於社會生活變化多端，小說應該採用「星移斗轉，雨覆風翻」的方法。這就是他所說的：「事既變，敘事之文亦變。」

但是儘管世事多變，充滿了偶然性，終究是有因果聯繫可尋的。所以敘事方法要注意上下相引、前後呼應（「隔年下種，先時伏著」、「添絲補錦，移針勻繡」、「奇峰對插，錦屏對峙」），文前要有先聲（「將雪見霰，將雨聞雷」），文後要有餘勢（「浪後波紋，雨後霢霂」）等等。這種方法使讀者特別注意情節發展過程中的因果、脈絡、線索，逐步探尋事件的終結，既有奇特效應，又能獲得真實感受。

毛宗崗提出「同樹異枝、同枝異葉」，這是犯避之法。「善犯」與「善避」是故意寫同類人物、事件，而因為事態與環境的變化寫出各種不同的情節，也是金聖嘆說的「犯」和「避」的延伸。毛宗崗認為《三國演義》善於運用「犯」和「避」的方法，故意寫同一類型的人物，卻寫出不同的個性，故意寫同一類型的事件，卻寫出不同的情節。

毛宗崗在金聖嘆的「橫雲斷山法」的基礎上，進一步分析：「橫雲斷嶺，橫橋鎖溪」。他說：「文之短者不連敘則不貫串，文之長者連敘則懼其累，故必敘別事以間之，而後文勢乃錯綜盡變。」比較單純的事件要用連敘，否則無法一氣呵成；比較複雜的事件則需要與它事間隔，以免單調、無變化。

在敘事方法中，有「寒冰破熱，涼風掃塵」，這是結構上的冷熱相濟，屬於氣氛的問題。同時也是起伏跌宕，強烈對照的結構安排。又有「笙簫夾鼓，琴瑟間鐘」，這是陽剛陰柔的和諧問題。壯美與優美並非絕對的對立或隔絕，反而在互相連接與融合之中，完成統一的藝術整體形象。

柒、張竹坡的小說觀

一、小說的社會批判性

張竹坡進一步繼承並發揚了金聖嘆「發憤作書」、「怨毒著書」、「庶人之義」的小說觀念，張竹坡於《竹坡閑話》中認爲《金瓶梅》是一部泄憤之書：「《金瓶梅》，何爲而有此書也哉？曰：此仁人志士，孝子悌弟，不得於時，上不能問諸天，下不能告諸人，悲憤嗚邑，而作穢言以泄其憤也。」他認爲仁人孝子滿懷幽憤，無法發泄，乃選擇著小說的方式來抒發。「乃是作者滿肚皮猖狂之淚沒處灑落，故以《金瓶梅》爲大哭地也。」

張竹坡所謂「泄憤」之說，與作者本人的經歷、遭遇，有密切的關係。他說：「作者不幸，身遭其難，吐之不能，吞之不可，搔抓不得，悲號無益，借此以自泄。」他認爲《金瓶梅》作者與司馬遷一樣，是「忍辱作書」。這種作者受辱的遭遇，並非孤立的，而具有某些典型性，可著作者透視文學的內涵。

「泄憤」除了泄個人之憤，更進一步變爲社會批判。張竹坡指出《金瓶梅》對社會的揭露批判，不僅是現實生活的黑暗面、文化面，包括社會的道德風尚，包括人和人之間的社會關係的推測，也反映了小說家對人生的深入。

張竹坡認爲，《金瓶梅》作者寫這本小說的主題思想，是圍繞著冷、熱、真、假四個字。冷、熱是「人情」，由富貴貧賤來決定。富貴時人人趨奉巴結，這是熱；貧賤時人人冷淡，這是冷。所謂真、假是指「倫常」，包括父子、兄弟種種關係，本是不能更動的，卻因爲「冷熱」的緣故而顛倒真假。

《金瓶梅》雖以敘述西門慶一家日常作息與人際關係爲主，卻通過它的左右上下前後的聯繫，來描寫當時整個社會黑暗、污濁的一面。這就是魯迅所說的「著此一家，即罵盡諸色」。

二、小說的美學風貌

《金瓶梅》不是以傳奇性的情節來吸引讀者，而是以著重對於平凡的世俗生活的細微、真實的描寫來吸引讀者。張竹坡認爲小說中真實地描寫日常生活的「大大小小，前前後後，碟兒碗兒」，這些最常見的人情世態，便是「得天道」。與李贄天理歸結爲人情、人欲，甚至宣稱「穿衣吃飯即是人倫物理」的論點一致。《金瓶梅》是現實主義的作品，故它所呈現的美學風貌與《水滸傳》、《三國演義》等書不同。這正標誌著中國小說史上從英雄傳奇到描繪世俗生活的人情小說的重大轉變。

張竹坡在比較《金瓶梅》與《西廂記》時，指出二者在情調上的大不同。《金瓶梅》是「一篇市井的文字」；

《西廂記》用的是「韻筆」，是一篇「花嬌月媚」的文字。這就是作家的審美觀與創作方式的差異，造成作品美學風貌的不同。《西廂記》將才子佳人由生活中提煉出來，把他們放置在一個孤立的世界裡面，用美化的詩意文字去描寫，反映的生活面乃顯得狹窄一些。《金瓶梅》描寫市井的三教九流，各種類型人物，包括奸夫淫婦、貪官惡僕、幫閑娼妓、尼姑道士等，都是與現實生活緊緊聯繫，反映的生活面乃廣闊一些。「花嬌月媚」的文字，帶著理想色彩，作者從生活中找出美的事物來描寫，包含有讚揚與肯定性的美學評價。「市井的文字」則帶著世俗色彩，描寫日常生活的食、衣、住，也不逃避日常生活中的醜陋與病態，這種現實的描寫，包含有貶抑與否定性的美學評價。「花嬌月媚」的文字，是以美和詩意，引起讀者的喜悅與愛慕；「市井的文字」是以反映生活的真實性和深度，引起讀者的心靈震動與驚愕。

除了文字風格與審美趣味不同之外，《水滸傳》、《三國演義》是褒揚一些英雄人物的仁義忠勇，予以正面肯定；《金瓶梅》的主要人物都是一些反面角色，這樣大量描寫反面角色，暴露卑微醜惡，形成極特殊的美學風貌。小說既是以描繪人事爲主，則對人性的解析與認識，便是最重要的。

三、人物個性化的內涵

張竹坡認爲《金瓶梅》在人物個性化方面取得很高的藝術成就，而其關鍵在於「情理」兩個字。他在《金瓶梅讀法》中說：「做文章，不過是情理二字。今做此一篇百回長文，亦只是情理二字。於一個人心中討出一個人的情理，則一個人的傳得矣。雖前後夾雜衆人的話，而此一人開口，是此一人的情理。非其開口便得情理，由於討出這一人的情理，方開口耳。是故寫十百千人，皆如寫一人。而遂洋洋乎有此一百回大書也。」這是人物塑造的出發點問題。金聖嘆以「因緣生法」爲出發點，毛宗崗認爲作家是從一些抽象的道德概念出發，而小說中的人物就成了正面或反面抽象道德概念的體現。據張竹坡的看法，則是要從現實生活中的人及每個人本身的情理出發，亦即從每個人內心世界的活動出發。張竹坡的重要貢獻，在於掙脫傳統道德束縛，把注意力轉向現實的人，努力發掘人物內心深處細微變化，使小說全面呈現人性的複雜性與豐富性。這在當時是很進步的思想。

自葉晝、金聖嘆以來，都強調人物描寫的個性化，但是對其內涵，並未深入探究。張竹坡則進一步予以闡發，認爲其內涵就在於寫出一個人心中的情理。所謂「情理」是人與人的關係，也就是人與人的親疏冷暖。因爲人與人之間不同的關係，乃有不同的心事，藉由不同的心事，又會產生特殊的反應，把人物性格和情緒連鎖起來，使之合情合理。

能夠充分掌握人物個性化的內涵，便能夠「善用犯筆而不犯」。所謂「犯」，有「牴觸」之意，是指寫同一類型的人和事；所謂「不犯」，是指在同一類型的事件中表現同一類型的人物時，避免採用類似的手法，不使人物呈現出徒具形似的臉譜化，而能寫出各自的個性特徵，使每個人物各自成爲同一類型但又不能互相取代。

四、重視小道具的作用

張竹坡重視在小說中的「小道具」。他認爲通過小道具，有助於小說的細節描寫。例如「壽星博浪鼓」，這是李瓶兒之子官哥滿月時，薛太監賀喜送的禮物。後來官哥死後，李瓶兒到了房中，見炕上空落落的，只有官哥耍的那壽星博浪鼓兒還掛在床頭上，睹物傷情，不禁痛哭。張竹坡說：「博浪鼓一結，小小物事，用入文字，便令無窮血淚，皆向此中灑出。真是奇絕文字。」博浪鼓的作用，就是襯托人事的變遷，從而使讀者對小說人物的心情有更深切的感受。

張竹坡還指出「小道具」在小說結構上突出主角和主線的作用。小說中有一類故事情節是次要的，是屬於注釋性的文字。這種注釋性的文字不能不寫。但是寫出來又有可能沖淡小說的主角，中斷小說的主線。故作家故意用小道具來解決這問題。例如西門慶手中的那把灑金川扇兒，在讀者心理上突出、加強主角和主線，因此小說的整個結構得以統一和緊湊。

五、善用「白描」

張竹坡認為《金瓶梅》在描寫藝術上最突出的優點便是善用「白描」，他說：「讀《金瓶》，當看其白描處，子弟能看其白描處，必能自做出異樣省力巧妙文字來也。」他不僅具體分析，擴大和豐富「白描」這個概念的內涵，更使之成為中國小說的重要美學理念。

「白描」原是中國傳統繪畫的術語，不著色彩而純用墨線勾描，也是一種表現物象的手法。金聖嘆首次將此術語引進小說批評的領域，張竹坡更作出具體分析。例如描寫潘金蓮與武松見面的景況，張竹坡批道：「一路純是白描勾挑。」「寫婦人、寫武松，毛髮皆動。」第二回首，張竹坡又說：「上回內云，『金蓮穿一件扣身衫兒』，將金蓮性情形影魂魄一齊描出。此回內云，『毛青布大袖衫兒』，描寫武大的老婆又活跳出來。」

除了形貌以外，白描的特點更著重於人物的動作與聲口，遂使之活躍於紙上，如西門慶和潘金蓮勾搭的情節，並不寫金蓮內心狀態或面部細微複雜表情，僅寫出五次低頭七次笑。張竹坡評說：「五低頭內，妙在一別轉頭，七笑內，妙在一帶笑，一笑著，一微笑，一面笑著低聲，一低聲笑，一笑著不理他，一踢著笑，一笑將起來，遂使紙上活現。」這是以「動作」來白描人物。

以「聲口」白描人物的佳句更是隨處可見，第三十回李瓶兒產子，月娘等人到房中看望。潘金蓮將孟玉樓拉出房外，說：「爹喏喏！緊著熱剌剌的，擠了一屋子的人，也不是養孩子，都看著下象胎哩！」偏孫雪娥趕來觀看，險些絆一跤，金蓮於是嘲諷道：「你看！獻勤的小婦奴才！你才慢慢走，慌怎的？搶命哩！黑影裡絆倒了，磕了牙，也是錢。養下孩子來，明日賞你這小婦一個紗帽帶？」張竹坡評云：「白描入骨。」

應伯爵這個角色，也是用白描的手法寫得「紙上活跳出來」，如第一回應伯爵與謝希大至西門慶家，西門慶怪他們好幾日「通不來傍個影兒」，應伯爵向謝希大道：「何如？我說哥要說哩！」因對西門慶道：「哥！你怪的是，連咱們也不知道成日忙些什麼。」幾天以後，西門慶、應伯爵等十人在玉皇廟結拜兄弟。應伯爵年歲較大，西門慶提議由應伯爵居長，應伯爵伸著舌頭道：「爺可不折殺小人罷了！如今年時，只好敘些財勢，那裡好敘齒？」張竹坡說：「描寫伯爵處，純是白描追魂攝影之筆。如向希大說『何如？我說』，又如伸著舌頭道『爺』，儼然紙上活跳出來，如聞其聲，如見其形。」同樣是以「聲口」來描寫應伯爵這個人物，塑造出一個市井幫閑的典型。這種人物社會經驗很豐富，心機靈巧，插科打諢，逢迎拍馬，無不精通。張竹坡說：「伯爵，作者點睛之妙筆，遂成伯爵之妙舌也。」認爲這一人物在小說中起著很特殊的「點睛」作用，是化隱爲顯的手法，通過「妙舌」表現出來。

在張竹坡以上這些批語中，所謂「白描」，就是用很少的筆墨，勾出人物的動態和風貌，從而表現人物的生命，並顯出人物內在的性格和神韻。「白描」和「傳神」兩概念是不可分的。而且，「白描」的概念還涵蓋了「傳神」的概念。在張竹坡心目中「白描」概念的內涵，顯然比金聖嘆擴大許多，豐富許多。它與人物的塑造緊密地連繫在一起，不僅包括描寫的手法和技巧，同時也包括描寫的目的和效果。

六、善用「閑筆」

在情節發展過程中，爲改換小說的審美意境與趣味，有故作「閑筆」的穿插筆法：「《金瓶》每於極忙時，偏夾敘他事入內。如：正未娶金蓮，先插娶孟玉樓；娶孟玉樓時，即夾敘嫁大姐；生子時，即夾敘吳與恩借債；官哥臨危時，乃有謝希大借銀；瓶兒死時，乃入玉簫受約；擇日出殯，乃有請六黃太尉等事。皆於百忙中故作消閑之筆。非才富一石者，何以能之？」這種「消閑之筆」與「極忙時」的敘述主線交替運用，使小說審美意境更迭轉換，輔助人物性格刻畫，以及推動故事情節的發展。《金瓶梅》這幾段描寫，皆在敘述一個事件時，穿插描寫另一事件，將生活場面活現出來，變得立體化。

自李瓶兒病重求醫，乃至病亡的兩回之中，張竹坡讚爲「閑筆」運用的典範。張竹坡說：「若只講病人，便令筆墨皆穢，只講醫人，卻又筆墨枯澀，看他用一搗鬼雜於期間，便令病家真是忙亂，醫人真是嘈雜，一時情景如畫。」搗鬼的設計，便是閑筆的安插，爲場面注入活躍的喜劇氣氛。閑筆是用以點綴、穿插的手段，打破描寫的單一性，使不同的節奏與氣氛互相交織。張竹坡認爲善用「閑筆」，是作家藝術天分的表現，故他又說：「千古稗官家不能及之者，總是此等閑筆難學也。」

七、用筆精確

張竹坡注意到《金瓶梅》緊扣著人物性格特色，用各種不同筆法去表現，他說：「《金瓶梅》于西門慶，不作一文筆；于月娘，不作一顯筆；于玉樓，則純用俏筆；于金蓮，不作一純筆；于瓶兒，不作一深筆；于春梅，純用傲筆；于敬濟，不作一韻筆；于大姐，不作一秀筆；于伯爵，不作一呆筆；于玳安兒，不著一蠢筆。此所以各各皆到也。」《金瓶梅》對於小說人物的描寫都是緊緊扣住人物的性格特點。但是，每個人物的性格都還有很多側面。張竹坡認爲，《金瓶梅》作者用筆的精確，不僅在於人物內在性格本質的掌握，而且能緊緊扣住人物多方面的複雜性格。

八、小說中的時間

張竹坡認為，小說中的年月歲時前後錯亂的情況不是作者的疏漏，而是作者的「神妙之筆」。照張竹坡的看法，小說家絕不等於「譜錄家」，《金瓶梅》也絕不是真的給西門慶「計帳簿」。小說要寫人物的命運，人物的變遷，當然必須寫年月時節，而且要寫得很具體，「使看者五色迷目，真如捱著一日日過去」。這是使讀者產生真實感和美感的一個條件。但是小說中的年月時節如果真的像編年史或年譜那樣排得一絲不亂，那就成了「死板一串鈴」，失去了生動性，會損害小說中的真實感和美感。所以《金瓶梅》的作家要「特特錯亂其年譜」。當然，這一說法不免誇張。

捌、脂硯齋的小說理論

一、談情論

曹雪芹在開篇第一回即說明寫作宗旨，「大旨談情」，這是一部以情爲主要思想的小說。

曹雪芹在書中多次提到「情」字，第五回游太虛幻境，寶玉見宮門的對聯寫的是：「厚地高天堪嘆古今情不盡，癡男怨女可憐風月債難償」；橫聯則是「孽海情天」四個大字。《紅樓夢曲十二支》第一支《紅樓夢引子》云：「開闢鴻蒙，誰爲情種？都只爲風月情濃」；第一回空空道人抄錄石頭上的傳奇，乃將自己的名字改爲「情僧」，並將《石頭記》改名爲《情僧錄》。便是各回的回目，也充滿了這個「情」字。如：「情切切良宵花解語」、「癡情女情重愈斟情」、「含恥辱情烈死金釧」、「情中情因情感妹妹」等等。

曹雪芹的情論自有其內涵：「情」，是一種真情至性，不受外界的束縛羈絆，是一種純潔的人格，帶著理想主義的浪漫色彩。因此，「情」字在曹雪芹筆下甚至帶有褒揚的意味。

然而這部小說卻是「懷金悼玉的紅樓夢」，真情至性的理想在現實生活中難逃毀滅的命運，甲戌本第八回脂批云：「作者是欲天下人共來哭此情字。」脂硯齋點出作者寫情的意圖，指出《紅樓夢》的悲劇性。脂批在曹雪芹的情論基礎上進一步發揮：「余嘆世人不識情字，常把淫字當作情字，殊不知淫裡無情，情裡無淫，淫必傷情，情必戒淫，情斷處淫生，淫斷處情生。三姐項下一橫是絕情，乃是正情，湘蓮萬根皆削是無情，乃是至情。生為情人，死為情鬼，故結句曰，『來自情天，去到情地』，豈非一篇情文字。再看他書，則全是淫，不是情了。」這些批語強調「情」字在《紅樓夢》中的重要性，所有的藝術想像與創造，都為了成就這「一篇情字」。脂硯齋對《紅樓夢》的評點，便是依循著這樣的中心思想。戚序本第一回總評云：「出口神奇，幻中不幻。文勢跳躍，情裡生情。借幻說法，而幻中更自多情，因情捉筆，而情裡偏成癡幻。試問君家識得否，色空空色兩無干。」因情而癡幻，因情而生文勢，「情」字其實是作者的審美觀，脂硯齋準確地把握住這種美學風貌，具體啓發讀者對此種悲劇小說作透徹的認識。

二、藝術真實性

脂硯齋認為藝術作品與生活實錄不同，可以描寫實際生活未發生過的事，但必須合乎生活的規律性與必然性，即所謂的「事之所無，理之必有」。

《紅樓夢》中便是對夢境的描寫也不肯荒唐馬虎，第五十六回寫寶玉的一個夢，脂硯齋於戚序本這一回的開頭批道：「敘入夢景極迷離，卻極分明，牛鬼蛇神不犯筆端，全從至情至理中寫出，《齊諧》莫能載也。」作者不是從牛鬼蛇神編造出來，卻是根據人物心理活動而寫作，因此，脈絡分明而不虛妄。第十六回寫秦鐘將死，鬼判來拘一段，在脂硯齋看來，是「世俗愚談愚論」，若專寫鬼神之事，難免令人失望，但鬼判不顧秦鐘哀告，反而斥責說：「我們陰間上下，都是鐵面無私的，不比你們陽間，瞻情顧意，有許多的關礙處。」這種浪漫主義色彩濃厚的描寫，顯然具有嘲諷現實的意義。脂硯齋乃批道：「《石頭記》一部中皆是近情近理必有之事，必有之言，又如此等荒唐不經之談，間亦有之，是作者故意遊戲之筆，聊以破色取笑，非如別書認真說鬼話也。」《紅樓夢》偶爾有鬼神的描寫，非但不是落伍的迷信思想，反而藉以設譬，仍然反映出生活中的情理。

三、典型人物的理想性

曹雪芹在寶玉初出場時，即以〈西江月〉嘲之曰：「富貴不知樂業，貧窮難耐淒涼。可憐辜負好韶光，於國於家無望。天下無能第一，古今不肖無雙。寄言紈褲與膏粱，莫效此兒形狀。」「淒涼」、「無望」、「無能」、「不肖」，看來全是貶斥，彷彿是一無可取，然而脂硯齋恐怕讀者被字面蒙蔽，因此，在批語中反覆指出，在寶玉其實是作者肯定而愛惜的正面人物。如第十五回北靜王永溶見寶玉「語言清楚，談吐有致」，脂硯齋批云：「八字道盡玉兄。如此等方是玉兄正文寫照。」若按脂批所說，則曹雪芹豈非自相矛盾？其實不然。對寶玉的貶詞，是以世俗道德標準來衡量的；寶玉的品格是純樸率真的，不受規範羈絆。

脂硯齋認爲曹雪芹的審美理想是肯定「情」的價值，追求「情」的解放。因此賈寶玉、林黛玉是寄託曹雪芹理想的人物。脂硯齋指出寶玉的一大特點，就是「重情不重禮」。如第二十三回寫黛玉是極其美妙的（「又勝寶玉十倍癡情」）。他又認爲對於寶玉已經不可能用封建社會中一般的道德概念來衡量和解釋，寶玉已超出了封建社會一般的思想範疇。因此脂硯齋把寶玉批評爲「今古未見之人」。換句話說，賈寶玉是不僅帶有叛逆的作家寄託理想的人物，而且是在實際生活中並不存在的作家創作的一個「新人」。

四、人物性格的複雜性

脂硯齋反對人物描寫的絕對化、公式化。他的批評跟曹雪芹的觀點是完全一致的。曹雪芹在《紅樓夢》中多次表露了這個觀點。如第一回中，曹雪芹指出《紅樓夢》並不是寫「大賢大忠理朝廷治風俗的善政」，「其中只不過幾個異樣女子，或情或癡，或小才微善，亦無班姬、蔡女之德能」。又如第二回曹雪芹指出《紅樓夢》裡的主要人物並不屬於「大仁」或「大惡」這兩類人物，而是「正邪兩賦而來一路之人」，「上則不能成仁人君子，下亦不能爲大凶大惡，置之于萬萬人中，其聰俊靈秀之氣則在萬萬人之上，其乖僻邪謬不近人情之態又在萬萬人之下」。

脂硯齋強調，只有多側面的人物性格描寫，才是「至理至情」，才是「真正情理之文」，才具有真實性。只有多側面的性格描寫，才能寫出社會生活的複雜性與人物性格的複雜性。

還有在人物語言的個性方面，脂硯齋作了不少的分析、總結。人物的語言要有個性，要能夠不見名姓，一聽話頭、口氣，就知道某人。第七十七回寶玉對司棋說：「如今你又去，都要去了，這卻怎麼的好。」脂批云：「寶玉之語全作囫圇意，最是極無味，（正）是極濃極有情之語也。只合如此寫，方是寶玉，稍有真切，則不是寶玉了。」脂硯齋注意到這些片段、簡略、隨興的語言，儘管它們是囫圇不解的，卻是最真實表現人物獨特性格的方式。

五、小說形象的缺陷美

脂硯齋提出「真正美人方有一陋處」的美學概念。在第二十回中，湘雲的咬舌，使語音不清，無疑是人物的缺陷，但是，因為這個人物總體的形象是美的，這小小的缺陷，只會在美感上，加上一層楚楚動人的韻致。第四十八回香菱迷上作詩，茶飯不思，寶釵對她說：「你本來呆頭呆腦的，再添上這個，越發弄成個呆子了。」脂硯齋批道：「呆頭呆腦的，有趣之至。最恨野史有一百個女子皆曰聰明伶俐，究竟看來她行為也只平平。今以『呆』字爲香菱定評，何等嫵媚之至也。」由此可見，在整體形象必須是美的前提下，「陋處」可以使人物添加特殊的魅力，令人留下深刻印象，同時，適度的「陋處」可以使人物不致平面化與絕對化，反而能凸顯真實的生命力，更接近現實人生的面貌。

六、作者身經目睹

脂硯齋認識到小說並非照抄生活，而必須有作者想像的再創造。可是這種藝術創造，仍要先有豐富的生活經驗，才能準確再現人生的情境。脂硯齋認爲小說的寫作與作家的親身經歷相關。

如第七十七回，王夫人到賈母處秤了二兩人蔘，命人送到醫生家給鳳姐配藥，又命將另幾包不能分辨的藥帶去，令醫生認明之後各記號上來。庚辰本脂批道：「此等皆家常細事，豈是揣摹得者。」不僅是日常生活瑣事，而且在豪華的排場上有獨特表現。第十七、十八回寫賈元春回家省親，「忽聽外面馬跑之聲，一時有十來個太監，都喘吁吁跑來拍手兒。這些太監會意，都知道是來了。」脂硯齋批道：「難爲他（寫）的出，是經過之人也。」

第三回描寫黛玉在東廊三間正房見到半舊的家常擺設，脂硯齋說：「近聞一俗笑話云，一莊農人進京回家。眾人問曰，『你進京去可見些個世面否？』莊人曰，

『連皇帝老爺都見了。』眾罕然問曰，『皇帝如何景況？』莊人曰，『皇帝左手拿一金元寶，右手拿一銀元寶，馬上捎著一口袋人參不離口。一時要屙屎了，連擦屁股都用的鵝黃色緞子。所以京中連掏毛廁的人都富貴無比。』思想凡稗官寫富貴字眼者，悉皆莊農進京之一流也。蓋此時彼實未身經目睹，所言皆在情理之外焉。」作者胸中的見識限制了藝術創作的成就，見聞淺薄的作者沒有辦法寫出來，因此，作者必得「身經目睹」，小說才能合情合理。

至於小說人物的語言、動作、表情以及心理活動、為小說內在的重要生活泉源，《紅樓夢》裡的人物經過作者的描繪，寫得合情合理。若沒有豐富的生活經驗，也不能如此畢真。第十七、十八回，寫賈元春和賈母、王夫人見面，「三個人滿心裏，皆有許多話，只是俱說不出。」脂硯齋批道：「非經歷過，如何寫得出。」「《石頭記》得力擅長，全是此等地方。」

脂硯齋的這種觀念，顯然受到金聖嘆「格物」、「因緣生法」、張竹坡「入世」等思想深刻的影響。只是脂硯齋格外強調親身經歷對於藝術創造的重要性，並視為小說寫作的先決條件。

脂硯齋不僅強調作家對「身經目睹」的重要性，甚至欣賞者的生活閱歷越豐富，就越能深入感受小說的意味。由於小說是再現生活概括的典型，就讀者心理來探究，如果曾有與小說人物類似的際遇，則閱讀時產生的共鳴，必然更爲強烈。如第十七、十八回有一批語：「與余三十年前目睹身親之人，現形於紙上。使言《石頭記》之爲書，情之至極，言之至恰，然非領略過乃事，迷陷過乃情，即觀此茫然嚼蠟，亦不知其神妙也。」又如第五回在「勢敗休云貴，家亡莫論親」一句下，脂硯齋批道：「非經歷過者，此二句則云紙上談兵。過來人那得不哭。」讀者若無類似的生活經歷，便不能充分認識小說的神妙處。

此外，他還強調小說中詩詞的表現力和烘托作用。

玖、梁啓超的小說觀

一、小說的社會作用

梁啓超（一八七三——一九二九年）肯定並強調小說與群治的密切關係。這種說法並不是梁啓超開始的，而是嚴復、夏曾佑在《國聞報附印說部緣起》（1893年）一文中，提出小說爲「正史之根」的說法。他們認為，由於小說「入人之深，行世之遠，幾出於經史之上」，因而「天下之人心風俗」就不免為小說所掌握。

梁啓超於《論小說與群治之關係》（1902 年）一文中說：「吾中國人狀元宰相之思想何自來乎？小說也。吾中國人佳人才子之思想，何自來乎？小說也。吾中國人江湖盜賊之思想，何自來乎？小說也。吾中國人妖巫狐鬼之思想何自來乎？小說也。」梁啓超看見小說對中國社會人心的潛移默化，其力量之深刻久遠 是不容忽視的。「中國群治腐敗之總根源」，梁啓超亦歸於小說。小說對人心的指導功能這麼大，因此梁啓超乃有「今日欲改良群治，必自小說界革命始；欲新民，必自新小說始」的主張。他說：「欲新一國之民，不可不先新一國之小說。故欲新道德，必新小說；欲新宗教，必新小說；欲新政治，必新小說；欲新風俗，必新小說；欲新學藝，必新小說；乃至欲新人格，必新小說。何以故？小說有不可思議之力支配人道故。」

在梁啓超發表此一文章之後，引來四方響應，如陶曾佑在《論小說之勢力及其影響》（1907 年）一文中，對小說持頌揚的態度：「小說！小說！誠文學界之佔最上乘者也。其感人也易，其入人也深，其化人也神，其及人也廣。是以列強進化，多賴稗官，大陸競爭，亦由說部。……可愛哉，孰如小說！可畏哉，孰如小說！學術固賴以進步，社會亦賴以文明，個人固賴以維生，國家亦賴以發達。」這種觀點對小說地位的提高確有極大幫助，然而，他們都誇張了小說對群治正面和負面的影響。故當時有黃摩西等人加以反對。

黃摩西在《小說林發刊詞》（1907 年）中說：「昔之視小說也太輕，而今之視小說又太重也。」探索小說本質時，黃摩西將之回歸於藝術的領域，「小說者，文學之傾于美的方面之一種也」，並非以教化道德爲目的的。

徐念慈的看法與黃摩西相似，他在《余之小說觀》（1908 年）一文中，也對梁啓超小說功能的論點，進行批評：「小說者，文學中之以娛樂的，促社會之發展，深性情之刺戟著也。……余爲平心論之，則小說固不足生社會，而惟有社會始成小說也。」還有俠人在《小說叢話》裡也批評了梁啓超。他說：「今之痛祖國社會之腐敗者，每歸罪于吾國無佳小說，其果今之惡社會爲劣小說之果乎？抑劣社會爲惡小說之因乎？」

二、兩種境界

梁啓超在強調小說社會作用的同時，還討論了小說爲人們喜愛的原因，指出：一是小說能導人遊於「身外之身，世界外之世界」的「他境界」而「變換其常觸受之空氣」，滿足人們不能以「現境界」而自滿足的心理要求。二是小說能把人們經歷過的境界和人們懷抱的想像，「徹底而發露之」。小說能真實地描繪現實人生，將人們平時「行之不知，習矣不察」的哀、樂、怨、怒、變、駭、憂、慚的情狀，與「懷抱之想像」、「經閱之境界」，「和盤托出，徹底而發露之」，從感情上深深地打動人，使產生感應與共鳴，「拍案叫絕」。這兩點實際上概括了小說既能描繪理想的「他境界」，又能反映現實生活的「現境界」的功能。在此基礎上，梁啓超斷言「小說爲文學之最上乘也」。他還認爲，小說家這兩個方面側重不同，就產生了兩派小說：側重前者爲理想派小說，側重後者爲寫實派小說。

三、小說的藝術感染力

梁啓超將小說對人潛移默化的影響，歸結爲四種力量：「熏」、「浸」、「刺」、「提」。熏是在一定空間中的感染力，浸是長時間的滲透力，刺是突發的強大影響力，提是給人身歷其境、感同身受的力量。按：重、浸二者界限往往難以分明。

拾、黃摩西論小說的創作規律

黃摩西在《小說小語》中，對小說創作的規律也有所論述。如將小說和八股作比較：「小說與時文爲反比例。講究時文者，一切書籍皆不得觀覽，一切世務皆不容預聞。至其目小說也，一若蛇蝎魔鬼之不可邇。而小說中，非但不拒時文，即一切謠俗之猥瑣，閨房之詬誶，樵夫牧豎之歌諺，亦與四部三藏鴻文秘典同收筆端，以供鍥箸之資料。而宇宙萬有之運用于爐錘者更無論矣。故作時文與學時文者幾于一無所知，而作小說與讀小說者幾于無一不知，不同也如此。」

小說表現的是千變萬化的人生面貌，因此，小說家應該具備豐富的生活經驗和廣闊的知識。讀者也可以藉著小說的閱讀，拓展自己的知識領域。黃摩西更提出小說與文章或詩詞不同的藝術特質，即小說創作應該是「無我」的。小說不必由作者主觀判定孰善孰惡，孰美孰醜，只須作客觀的整體呈現。又提示關於人物塑造的創作規律，他認爲，過分完美的理想人物，反而失去生活的真實感與可信度，這個論點與脂硯齋的「真正美人方有一陋處」的觀念是一致的。若過於追求完善，便是拙筆。

陶曾佑則主張要擴張政治、提倡教育、振興實業、組織軍事、改良風俗，必須由小說著手。

浴血生主張小說創作「愈含蓄愈有味」，如《儒林外史》即一佳例。

拾壹、夏曾佑的五難說

夏曾佑的小說有五難說，見於他所著的《小說原理》：

（一）**寫小人易，寫君子難**：甚至連《儒林外史》這樣的鉅著都不能例外。

（二）**寫小事易，寫大事難**：此所以《紅樓夢》、《水滸傳》、《金瓶梅》比《三國演義》、《東周列國志》更爲動人。

（三）**寫貧賤易，寫富貴難**：如雨果之《悲慘世界》、狄更斯之《孤雛淚》等比左拉的《娜娜》、薩克萊的《浮華世界》更聳動人心。

（四）**寫實事易，寫假事難**：如《水滸》雖工妙，寫武松、李逵打虎都有瑕疵，因爲「虎本無可打之理」，至少作者並無此種經驗。

（五）**敘實事易，敘議論難**：所以托爾斯泰在《戰爭與和平》中寧可把他對戰爭與和平的有關議論放在附錄裏。

拾貳、林紓的理論

林紓（一八五二——一九二四年）是近代著名的小說翻譯家，共用文言迻譯西方小說一百七十多本。他的小說理論見於《孝女耐兒傳》譯序（一九〇七年）中，強調近代寫實小說的幾個特徵：

一、掃蕩名士美人的格局，專替下流社會寫照，反映苦難人生。

二、常敘述家常、平淡的事情。

三、刻劃市井卑污齷齪之事，形成另一種美學觀。

四、揭發社會弊端。（見《塊肉餘生述》前後二序）

其實此一理論在葉晝、金人瑞、張竹坡、脂硯齋的小說理論中，也已有所涉論。但林紓譯讀西方小說如此之多，眼界自是不同。

拾參、王鍾麒的理論

王鍾麒的〈中國歷代小說史論〉（一九〇七年）、〈論小說與改良社會關係〉（一九〇七年）、〈中國三大小說家論贊〉（一九〇八年）中，論及小說的充分條件：

一、所傳寫的事情「能適合於社會之情狀」，意即具有充分的寫實性。

二、所用文體「能適宜於國民之腦性」，意即形式之恰當性。

又論中國歷來小說家寫作的三大動機：

一、憤恨政治的壓制。

二、痛惜社會的黑暗。

三、哀憫婚姻的不自由。

但是他忽略了有些小說家是爲了表現人性和人生的真相，有些小說家是爲了呈現個人理想，有些小說家則是爲了消遣而寫作的。

拾肆、王國維的小說理論

王國維（一八七七──一九二七年）是清末民初學問極淵博的一位大師，除了《人間詞話》，他在文學批評方面最重要的一部著作是成於民初的《紅樓夢評論》。

此書頗受西方美學影響，其中要義有六：

一、美有二種：一優美（Grace），一壯美（Sublime），前者又譯為優雅，後者或譯作崇高。凡人觀物，不視其為與我有關係者，但視為外物，我心保持寧靜，此為優美之情，此物為優美。若此物大不利於我，生活意義為之破裂、遁去，而以知力深觀其物，便謂此物為壯美，此情感為壯美之情。

二、美學中有與前述二者相反者，名叫眩惑。優美與壯美，都使人離生活之欲，而入於純粹的知識，眩惑則使人重歸於生活之欲，如《西廂記》的〈酬柬〉、《牡丹亭》的〈驚夢〉，都使人生死憂喜如同身受，難以超脫。

三、解脫之道存於出世（拒絕一切生活欲望），而不存於自殺。解脫又有二種：一存於觀他人之痛苦，此唯非常之人能為。一存於覺自己的苦痛。前者如惜春、紫鵑，後者如寶玉。前者為超自然的，神明的，後者為自然的，人類的，亦悲感的、壯實的。

四、《桃花扇》的解脫，是他律的；《紅樓夢》的解脫，是自律的。按：寶玉之解脫，是否純出「自律」？亦有爭辯的餘地。如他能娶黛玉，或即不必求解脫。

五、《紅樓夢》與一切喜劇相反，乃徹頭徹尾之悲劇。除主人公之外，此書中的人，凡與生活之欲相關連的，無不與苦痛相終始。如寶琴、岫煙、李紋、李綺諸人，則如藐姑射仙子，不及於生活之欲，故不見痛苦。

六、根據德國大哲人叔本華的學說，悲劇又可分三種：

1. 由極惡之人，極其所有的能力以交構而成的。如《竇娥冤》。

2. 由於盲目的命運所造成，如伊迪帕斯的故事。

3. 由於劇中（或小說中）的人物之位置及關係，而不得不然。非有蛇蠍之惡，與意外的變故，而由於普通的人物，普通的境遇，逼之不得不如此，各人物皆無可奈何。這種悲劇，感人更深刻。人生最大的不幸，不是例外之事，而是人生所固有的。人們躬逢其酷而不得鳴其不平，可謂天下之至慘。《紅樓夢》之作爲悲劇，便屬於這一類。

小結

李贄、葉晝、馮夢龍、毛宗崗、金聖嘆、張竹坡、脂硯齋、梁啓超、王國維，堪稱中國九大古典小說評論家。

（本文曾參考魯迅的《中國小說史略》、葉朗的《中國小說美學》及王國維的《王靜安先生全集》、黃保真寫的《中國文學理論史》等書。）

*本文作者現任台灣大學中文系教授，與洪順隆教授為大學同學及多年同事。

從《鄭伯克段于鄢》略論三傳詮釋《春秋》「微言大義」的得失

何沛雄

壹、

《春秋》經文，不過一萬八千字，記載了列國二百四十餘年的史事；簡單的文辭，猶如報刊的新聞標題。這樣的典籍，假如沒有「作意」，真是「斷爛朝報」了。孟子說：

> 世衰道微，邪說暴行有作，臣弒其君者有之，子弒其父者有之。孔子懼，作《春秋》。《春秋》，天子之事也。是故孔子曰：知我者，其惟《春秋》乎！罪我者，其惟《春秋》乎！[1]

---

[1] 《孟子・滕文公下》，《國學基本叢書本》，頁 61。

司馬遷也說：

> 子曰：「弗乎！弗乎！，君子病沒世而名不稱焉。吾道不行矣，吾何以自見於後世哉？」乃因史記作《春秋》，上至隱公，下訖哀公十四年，十二公。據魯，親周，故殷，運之三代。約其文辭而指博。……孔子在位，聽訟文辭，有可與人共者，弗獨有也。至於《春秋》，筆則筆，削則削，子夏之徒不能贊一辭。弟子受《春秋》，孔子曰：「後世知丘者以《春秋》，而罪丘者亦以《春秋》。」[2]

假如孟子和司馬遷所言皆可信的話，孔子本著「知我」、「罪我」而撰《春秋》，其中必有「微言大義」了。

《公羊》、《穀梁》、《左氏》三傳是最早詮釋《春秋》「微言大義」的。歷代諸儒，講論《春秋》，莫不援引三傳之說。很可惜，三傳的義例，有些支離破碎，有些穿鑿附會，早在漢代，王充已有這樣的評論：

> 《春秋》者，魯史記之名，《乘》、《檮杌》同。孔子因舊故之名，以號《春秋》之經，未必有奇說異意深美之據也。……《春秋左氏傳》：桓公十有七年，冬十月朔，日有食之，不書日，官之失也。

---

[2] 《史記‧孔子世家》，北京中華書局《二十四史標點本》，頁 1943－1944。

> 謂官失之，言蓋其實也。史官記事，若今縣官之書矣，其年月尚大，難失；日者微小，易忘也，蓋紀以善惡為實，不以日月為意。若夫《公羊》、《穀梁》之傳，日月不具，輒為意，使乎平常之事，有怪異之說；徑直之文，有曲折之義，非孔子之心。[3]

他以爲三傳解經，立以義例，皆不是孔子的原意。

唐代的啖助和趙匡，對三傳的義例也有評議。啖助說：

> 《公》、《穀》多以日月為例，或以書日為美，或以為惡。夫美惡在于事跡，見其文足以知其褒貶。日月之例，復何為哉？假如書曰『春正月叛逆』，與言『甲子之日叛逆』，又何差異乎？故知皆穿鑿妄說也。假如用之，則踳駮至甚，無一事得通，明非《春秋》之意審矣。《左氏》唯卿卒以日月為例，亦自相乖戾。[4]

趙匡說：

> 凡例皆周公之舊典禮經：按其傳例云：弒君稱君，君無道也；稱臣，臣有罪也。然則周公先設

---

[3] 《論衡集解・正說篇》，北京中華書局 1959 年版，頁 558－559。

[4] 陸淳《春秋集傳纂例》卷九載啖助說，《叢書集成初編本》，頁 9。

> 弒君之義乎？又云：大用師曰滅，弗地曰入；又周公先設相滅之義乎？又云：諸侯同盟薨則赴以名，又是周公令稱先君之名以告鄰國乎？……凡此之類，不可類言。[5]

宋代大儒朱熹，更清楚指出三傳和後人所說的《春秋》義例，都不是聖人的本意，他說：

> 《春秋》大旨，其可見者，誅亂臣，討賊子，內中國，外夷狄，貴王賤伯而已，未必如先儒所言，字字有義也。想孔子當時只是要備二三百年之事，故取史之寫在這裡，何嘗云某事用某法，某事用某例耶？……或有解《春秋》者，專以日月為褒貶，書時月則以為貶，書日則為褒，穿鑿得全無義理。[6]

其後的學者，提出相同見解的，爲數不少，例如劉敞《春秋權衡》、黃震《讀春秋日鈔》、黃仲炎《春秋通說》、呂大圭《春秋五論》、程瑞學《春秋本義》等，都認爲三傳的義例，多屬穿鑿附會，不是孔子的本意。今天我們讀《春秋》，試找尋它的「微言大義」，完全根據三傳的解說，實在是不可靠的，甚或誤導讀者，〈鄭

---

[5] 同4，頁10。

[6] 《朱子語類》卷八十三，台北中文出版社，1979年影印本，頁996。

伯克段于鄢〉便是一個很好的例子了。

貳、

〈鄭伯克段于鄢〉[7]，見於《春秋》經文隱公元年夏五月，《公羊傳》說：

> 克之者何？殺之也。殺之則曷為謂之克？大鄭伯之惡也。曷為大鄭伯之惡？母欲立之，己殺之，如勿與而已矣。段者何？鄭伯之弟也。何以不稱弟？當國也。其地何？當國也。齊人殺無知，何以不地？在內也。在內，雖當國不地也。不當國，雖在外，亦不地也。

《穀梁傳》說：

> 克者何？能也。何能也？能殺也。何以不言殺？見段之有徒眾也。段，鄭伯弟也，何以知其為弟也？殺世子母弟，目君，以其目君，知其為弟也。段弟也而弗謂弟，公子也而弗謂公子，貶之也。

---

[7] 陸淳《春秋集傳辯疑》引趙子曰：「鄢，當作鄔，鄭地也。」《叢書集成初編本》，頁3。此備一說而已。

段失子弟之道矣，賤段而甚鄭伯也。何甚乎鄭伯？甚鄭伯之處心積慮成於殺也。于鄢，遠也，猶曰取之其母之懷中而殺之云爾，甚之也。

《左傳》說：

書曰「鄭伯克段于鄢」，段不弟，故不言弟；如二君，故曰克。稱鄭伯，譏失教也。[8]

歸納來說，三傳皆指出《春秋》「微言大義」在於「克」、「段」二字，而詮釋其「大義」，《公羊》、《穀梁》均說「克」是「殺」的意思，所以「大鄭伯之惡」和「甚鄭伯」（按：甚，過也，極也。）；惟《左傳》祇說「如二君」（兄弟如二國）。稱「段」不稱「弟」，《公羊》謂「當國也」；《穀梁》、《左氏》俱謂「弟不弟」之故。至於《左傳》以為「稱鄭伯，譏失教也」。《公羊》、《穀梁》則沒有提及了。

《公羊》、《穀梁》把「克」解作「殺」是錯誤的。事實上，鄭伯沒有殺他的弟弟，共叔段祇是出奔而已。鄭伯克段於鄢，事在魯隱公元年（722 B.C.），《左傳》隱公十一年有載鄭莊公的一段說話：「寡人有弟，不能和協，而使餬其口於四方。」[9]《史記・衛世家》也載：

---

8 「鄭伯克段于鄢」一事，《左傳》紀述頗詳，讀者多知之，恕不贅錄。

9 《左傳注疏及補正》，中國學術名著《十三經注疏補正》本，台北世

> 桓公二年，弟州吁驕奢，桓公絀之，州吁出奔。十三年，鄭伯弟段攻其兄，不勝，亡，而州吁求與之友。十六年，州吁收聚衛亡人以襲殺桓公，州吁自立為衛君，為鄭伯弟段欲伐鄭，請宋、陳、蔡與俱，三國皆許州吁。[10]

衛桓公十六年（718 B.C.），共叔段仍在世，故知鄭伯當時沒有殺其弟。《公羊》、《穀梁》昧於史實，謬解「克」字涵義，因而誤說《春秋》「大義」了。反觀《左氏》的解說，點明兄弟交戰如敵國二君，兄不兄、弟不弟，大蓋可以顯示孔子的「微言大義」。

若再作進一步的研究，竊以爲《左傳》尙未得聖人的深意。考《春秋》經文，「克」字一共用了八次，[11]茲摭錄於后：

1. 「鄭伯克段于鄢。」（隱公元年）
2. 「邾子克卒。」（莊公十六年）
3. 「晉里克殺其君之子奚齊。」（僖公九年）

界書局 1963 版，頁 27。

[10] 《史記・衛世家》，同 2，頁 1592。

[11] 傅隸樸《春秋三傳比義》，謂《春秋》經文用「克」字凡六次，是錯誤的。見該書（中國友誼出版公司出版，不著年份、地點）頁 11。

4. 「晉里克殺其君卓。」（僖公十年）

5. 「晉殺其大夫里克。」（僖公十年）

6. 「晉人納捷菑于邾，弗克納。」（文公十四年）

7. 「季孫行文、臧孫許、叔孫僑如、公孫嬰齊，帥師會郤克。」（成公二年）

8. 「丁巳葬我君定公，雨不克葬。」（定公十五年）

2、3、4、5、7都是人名，6、8是助動詞，絕無言外之義，祇有1是動詞，寓有深意。

細查《春秋》經文，記戰用的的字，有克、入、伐、取、敗、戰、侵、滅、殲、平、襲、戕（依在經文出現先後爲序）等「書法」，各有不同涵義；爲簡便計，列表於後：[12]

交戰用字	涵　義
克	治也，能也，勝也，責也。
入	得而不居其地； 取大城。
伐	擊也，征也； 敵國相征討。

[12] 通常一字有幾個涵義，表中所列，祇選錄與「交戰」有關的意義。

取	俘也； 克邑不用師徒。
敗	毀也，破也，潰也。
戰	鬥也，對陣也。
侵	淩犯也； 潛師掠境。
滅	用大師取其國； 毀其宗廟。
殲	盡也，滅也。
平	剷平也，平定也； 和而不盟。
襲	掩其不備而擊之。
戕	殘殺也； 他國之臣來弒君。

《春秋》經文，用「伐」字最多，次爲「侵」字，[13]可見春秋時代，列國敵對、互相征討者最夥；而以強凌弱、潛師掠境者，亦屬頻仍；和而不盟（「平」」、自外弒其君（「戕」」者甚少[14]；至於勝而治之、責之（「克」」，則絕無僅有，惟「鄭伯克段于鄢」一事而已。竊以爲孔子此處選用「克」字，意謂兄（鄭伯）勝弟（段），給

---

[13] 統計所得，《春秋》經文用「伐」字229次，用「侵」字57次。

[14] 同樣，用「平」、「戕」各一次而已。

予嚴厲教訓，不是蓄意殺他。

參、

《公羊》、《穀梁》因為闇於史實，妄作解說，遂以為「殺之而謂之克，大鄭伯之惡也。」及「克者能也，不言殺，賤弟而甚鄭伯也；甚鄭伯之處心積慮成於殺也。」

鄭伯有什麼「大惡」和「大過」呢？鄭伯怎樣處心積慮以殺其弟呢？根據《左傳》的記載，武姜偏心、溺愛於共叔段，多次要求鄭武公立他為太子，繼承王位，鄭武公不許。及鄭莊公即位，她要求給予共叔段「城過百雉」的封地，而共叔段乘機擴張勢力，聚集民眾，裝備兵甲，計劃偷襲鄭都，預謀由武姜作內應，到時開啓城門，意欲一舉消滅莊公，奪取王位。由於莊公早有準備，於是先發制人，用兵伐京（共叔段的封地），共叔段逃入鄢；莊公伐鄢，共叔段出奔四方。[15]莊公把「母不母」的武姜流放到城潁，謂「不及黃泉不相見」；不久，後悔，因潁考叔的提示，掘隧道與武姜相見，母子

---

[15] 事見《左傳》隱公十一年，見註9。

和好如初。

從這段史事來看，「大惡」、「大過」的不是鄭莊公，而是共叔段——意圖弒君，奪取王位。同時，鄭莊公根本沒有處心積慮以殺其弟，祇是等待看他「多行不義而自作自受」。從另一角度來看，君討亂臣，義正行宜，有何不當？放逐武姜，誓不相見，其後悔而能改，不忘孝道。後人批評鄭莊公「僞善」、「陰險」、「僞孝」，大概到《公羊》、《穀梁》二傳的謬論影響。

鄭伯之弟而不稱弟，《公羊》謂「當國也。」（按「當國」指敵國，非謂秉國政。」《穀梁》謂「弟弗弟，貶之，賤之。」《左氏》則說：「段不弟，故不言弟。如二君，故曰克。」三傳所說，大致相同，解說亦合情合理。不稱弟，已寓「弟不弟」的意思，顯明已見其非，《穀梁》贅加「貶」、「賤」二字，於義無補。至於《左氏》謂「稱鄭伯，譏失教也。」恐怕也不是孔子的本意，因爲武姜偏心、溺愛其弟，且分地而處，鄭伯如何教弟？母失教而罪在兄，於理不合。

簡括來說，〈鄭伯克段于鄢〉一事，《公羊》、《穀梁》詮釋《春秋》「微言大義」，頗多乖舛；由於昧於史實，誤釋「克」字爲「殺」，乃致穿鑿附會，強加解說。《左氏》以紀事爲主，以史衡盱聖人之意，解說較爲平實。清代學者陳啓源說：

> 《左氏》好惡與聖人同，其傳《春秋》，持論平恕。……《公》、《穀》二傳，謂《春秋》「甚鄭伯」、「大鄭伯之惡」，宋人喜為苛論，取二傳之說，文致鍛鍊，以為莊公有意養成弟惡，陷之於死。夫公、穀二子，未嘗見國史，段實出奔，誤以為殺，彼特據傳聞以為縣斷耳，豈能定當日之情事哉？今觀兩《叔于田》詩，段所長，止在飲酒田獵，馳馬暴虎，直一猷豎子耳，莊公機險百倍于段，心固未嘗忌之，祇以母所鍾愛，遠嫌避議，不加抑制，《詩》所云畏父母、畏兄弟、畏人之多言是也。致段弗克令終，莊公不得無罪焉，若以謂有意殺弟，恐未必然也。」[16]

這些說話是十分中綮的。

《史記・太史公自序》說：「《春秋》辨是非。」又說：「《春秋》以道義」又說：「《春秋》，禮義之

[16] 陳啓源《毛詩稽古篇・將仲子條》，《皇清經解》本，卷 66，頁 18 上。

大宗也。」[17]這些話，說明《春秋》的作用是「辨是非」，而「辨是非」是根據「道義」和「禮義」。孔子以史爲鑑，藉《春秋》的「微言大義」明是非之理於天下，〈鄭伯克段于鄢〉便是其中一個很好的例子。

＊本文作者現任香港中文大學教授、孔教學院副院長

17 《二十四史標點本》，頁 3297－3298。

李白族系之爭的時代背景

周勛初

二十世紀的中國，危機四伏，國人亟於亡圖存維護主權，因而一切重大活動與國運密切相關。李白究竟是漢人還是胡人，這一具體問題，本應限在學術的層面上進行探討，只是由於西方文化的碰撞，新舊觀念的衝突，也就決定了這一複雜問題只能在這一特定的時代發生，並在激烈的鬥爭中折射出時代觀念的劇烈變化。而且這一具體問題還因國外侵略者在領土問題上的干擾，塗抹上了一層濃厚的政治色彩。

通觀二十世紀的李白研究，以兩種著作發生的影響較大，一是陳寅恪的論文〈李太白氏族之疑問〉[1]，一是郭沫若的專著《李太白與杜甫》。[2]二者正好代表了前後兩種不同的思潮。今試結合時代變遷，略作申述。

---

[1] 原載《清華學報》11卷1期，1935年1月，後載《金明館叢稿初編》，上海古籍出版社1980年8月第一版。

[2] 人民文學出版社1971年11月北京第一版。

壹、東方學與中國文化西來說的影響

李白是奇人。他的爲人與創作，與同時人相比，有許多不同，即使與其他時代的詩人相比，也有明顯的特點。而在清代之前的學術界，大家僅注意他的作風異於常人，而沒有深入探討這些特點的內涵。這是時代的限制，學術界還沒有醞釀出產生新的觀點的觸媒劑。

清代末年，列強倚仗其船堅炮利之勢，不斷進行軍事侵略，迫使清廷割地賠款，訂立喪權辱國的條約，把一個古老的國家一步步推向滅亡的邊緣。

綜觀清末割地的情況，可以看到，英、法等國致力於劃分勢力範圍，建立租界，控制中國對外的一些重要部門，如海關等。日本作爲後起的帝國，野心極大，迫使清廷割讓台灣之後，又指向了中國的東北諸省。但在這片割地風潮中，掠地最多的國家，首推貪婪無厭的沙俄帝國。滿清帝國與沙皇俄國有著數千里接壤的邊界，兩邊一直有眾多的游牧民族或漁獵民族在流動。廣大的草原與原野，不像東南沿海，有天然的界線作爲標誌，沙俄乃在中國戰敗之後，將邊界擅自南移，然後迫使清廷追認。就在 1860 年第二次鴉片戰爭中，俄國趁火打劫，占領了黑龍江以北、烏蘇里江以東一百多萬方公里的領土。其後又於 1899 年與英國互換照會，承認揚子江流域爲英國勢力範圍，長城以北爲俄國勢力範圍。他們對新疆地區虎視眈眈，陰謀合作，分割這一片廣大土地。這是中國數千年來通向西方的一條重要通道，新疆是位居前沿的一道屏障，這一地帶上出現的危機，引起了學術界的廣泛關注。梁啓超說：「自乾隆後邊徼多事，嘉道間學者漸留意西北邊新疆、青海、西藏、蒙古諸地理」[3]，「大抵道咸以降，西北地理學與元史學相並發展，如驂之有靳。一時風會所趨，士大夫人人樂談，如乾嘉之競言訓詁音韻焉，而名著亦往往間出。」[4]這是由於西北邊疆事故頻發，中國朝野注視這一地區所呈現的一種普遍心態。

也就是在這個時候，東方學鬱然勃興。一些考察隊，如俄國的克萊門茨（Klementz），英國的斯坦因（M. Auretstein），翻過帕米爾高原或由其他途徑東下，進入新疆。新疆因位處東西通道之故，各種民族雜居，文化背景各有不同，宗教信仰前後也有變化，留下了眾多的壁畫、雕塑與其他文物，以及豐富多彩的民情風俗，吸引一批批文化考古者前來。由於清廷的積弱與腐敗，

---

[3] 《清代學術概論》，《梁啓超論清學史二種》本，復旦大學出版社 1985 年版。

[4] 《中國近三百年學術史》八《地理學》，《梁啓超論清學史二種》本，，復旦大學出版社 1985 年版。

對外來者的掠取談不上什麼防犯與阻擋，不少文物被掠往西方，這就進一步促進了東方學的發展壯大。特別是光緒二十六年（1900）敦煌石窟被發現後，斯坦因、伯希和（P. Polliot）等人掠去了數量龐大的文獻資料，他們利用這些資料，把東方學的研究推向了高潮。

陳寅恪在《朱延豐突厥通考序》中說「年來自審所知，實限於禹城以內，故僅守老氏損之又損之義，捐棄故技。凡塞表殊族之史事，不敢復上下議論於其間。」[5]在這之前，他曾在德國與美國學習多種語言，積累了研究東方學的大量資料。其後，他的研究重點逐漸轉向魏晉南北朝與隋唐的文史，然仍關注中西文化交融的問題。

就在這樣的背景下，陳寅恪於 1935 年發表了〈李太白氏族之疑問〉一文，提出了李白為西域胡人的新觀點。

陳氏發表此文之前，已有人對此進行過探討，李宜琛是首先注意李白出生地問題的學者之一。他以為李陽冰〈草堂集序〉中說的生於「條支」只是「借言」，實際上應當生於碎葉。[6]此文並未論及李白的族屬，因此，

---

[5] 1942 年作，載《寒柳堂集》，上海古籍出版社 1980 年 6 月第一版。

[6] 原載《晨報》副刊，1926 年 5 月 10 日。

首先明確提出李白爲胡人這一主張的，是在介紹東方學中作出了很多成績的馮承鈞。

馮氏爲研究中亞人種問題，將新、舊《唐書》中的蕃胡悉爲檢出，共得一百幾十人。但唐代系譜僞造者甚多，益以冒姓通譜，氏族極爲混亂，故僅錄其確系出於蕃胡者。其後續云：

> 至疑莫能決之氏族，如隴西之李、渤海之高、河西人、范陽人、朔方人等等，暫不著錄，以俟續考。其中亦有八九成屬外來血統者，如李白傳，舊唐書》作山東人，《新唐書》作興經皇帝九世孫，其先隋末以罪徙西域，神龍初（七〇五）遁還，天寶初（七四二）南入會稽，代宗立（七二六）以左拾遺召，而白以卒，年六十餘。《唐書》蓋取材於李陽冰《太白集序》。李白晚年往依陽冰，陽冰之說應較可信。據《序》云：「涼武昭王暠之後，謫居條支，神龍之始（七〇五），逃歸於蜀，復指李樹而生伯陽，驚姜之夕，長庚之夢。」按條支為古之亞敘利亞（Assyria），李白之時，已屬大食，代宗初立（七六二）已卒，年六十餘。則其人不生於蜀，實生於大食也。上引諸文，不特不能證明李白為李暠之裔，且亦不能

證其為山東隴蜀之人。[7]

陳寅恪對中外文化交流之事甚爲關注，他在追溯天師道與濱海地域之關係時說：「自戰國騶衍傳大九州之說，至秦始皇、漢武帝時方士迂怪之論，據太史公書所載（始皇本紀封禪書孟子荀卿列傳等），皆出於燕、齊之域。蓋濱海之地應早有海上交通，受外來之影響。以其不易證明，姑且不論。」[8]陳氏前曾自稱「不敢觀三代兩漢之書，而喜談中古以降民族文化之史」[9]，因而李白之氏族問題撰論，以爲文獻足征，遂下斷語曰：「其人之本爲西域胡人，絕無疑義矣。」

陳氏此文發表後，引發了很多關注中外文化交流者的興趣，一些研究李白的專家勢必要在李白的氏族問題上作出抉擇。從建國前的情況來看，要以贊成西域胡人說者爲多，李長之與詹鍈即均從此說。[10]

---

[7] 〈唐代華化蕃胡考〉，原載《東方雜誌》27卷17期。

[8] 〈天師道與濱海地域之關係〉，載《金明館叢稿初編》。

[9] 〈陳垣西域人華化考序〉，1935 年作，載《金明館叢稿二編》，上海古籍出版社 1980 年 10 月第一版。

[10] 李長之《道教徒的詩人李白及其痛苦》，重慶商務印書館，1941 年版。詹鍈〈李白家世考異〉，原載《國文月刊》24 期，1943 年 10 月，後收入《李白詩論叢》，作家出版社 1957 年版。

繼陳氏此文而作者，有胡懷琛、幽谷等人。胡懷琛以爲李白是一個突厥化的漢人，[11]幽谷則以爲李白是漢化的突厥人。[12]二者持論雖有不同，但已把「胡人」具體化爲突厥族人了。

上述諸人中，胡懷琛所撰二文值得注意，他緊接陳氏之文而強調李白之突厥化，正代表著學術界一種中國文化西來說的潮流。

與李白問題的討論約略同時，學術界還興起了一場墨子爲漢人抑或印度人的爭論。胡懷琛首先撰文曰《墨翟爲印度人辯》，[13]主張墨子來自印度，並非中國所生。此說一出，即招致眾多學者的攻難，胡氏後向太虛和尚和衛聚賢討教，以爲需作修正，遂改稱墨子非佛教徒，而爲婆羅門教徒，然其爲印度人則初無二致。這種說法仍流於怪異，隨之批評之聲不絕，方授楚甚至撰一專著加以辯駁。[14]

太虛和尚爲胡懷琛前此撰成的《墨翟辯》一文撰序

---

[11] 〈李太白的國籍問題〉，原載《逸經》1 期，1936 年 3 月。

[12] 〈李太白中國人乎？突厥人乎？〉，原載《逸經》17 期，1936 年 11 月。〈李太白通突厥文及其他〉，原載《逸經》11 期，1936 年 8 月。

[13] 原載《東方雜誌》25 卷 8 期。

[14] 方授楚《墨子源流》，中華書局 1937 年版。

時說：

> 墨子為印度人之說，雖出胡君創見，發前人所所未發，頗駭聽聞；然細按墨子之思想，若天志明鬼之神教，論理物理之科學，皆中國學術思想系統中所無，則說為外來之學術，亦深有由致。蓋名家始若鄧析之流，亦辨析倫禮之政制之名義，類儒家之所謂「正名」「知言」爾；後之名家儒家，皆受墨學之影響，於是公孫龍惠施，近乎名數質力之學，而荀子亦有其論理學。且以為膚黑之外國人，乃稱其師資為墨狄，亦殊通允。然是否為印度人及佛教徒，則猶待論定。佛教初盛行小乘之學，為絕對之無神教，除佛陀外，無所崇拜，與墨子之根本思想不相容，應可斷言非佛教徒，故竊意墨家為印度婆羅門教之一派，兼傳印度哲學科學，或猶太摩西教一派，兼傳希臘哲學科學者歟？[15]

這種論斷表明了中國文化西來說者所持的一種基本態度。他們以爲中國的學術系統可以儒家爲代表，持論平實，少怪異之處，因此像古代的神話，諸子中的有些學說，與儒家有異者，均可視作外來文化而加以追溯。

---

[15] 載衛聚賢編《古史研究》第二集上冊，商務印書館 1943 年版。

有關這方面的著述，要以國外學者爲早。德人孔拉第（A. Conrady）作《戰國時中國所受印度的影響》，發表於《德國東洋學會雜誌》第六十冊，以爲《左傳》昭公八年石言於晉，《韓非子》中的有人獻不死之藥於楚王，而爲中射之士所食，《呂氏春秋》中的涉江墜劍，而在泊舟處求之，《戰國策》中的楚王美人鄭袖陷害魏王新送給楚王的美人，這些故事都與印度相同。鄒衍的宇宙論大九州說，《莊子・大宗師》中論呼吸，《至樂》中的進化論、循環論等，均受印度影響。又〈天問〉的鼇載山，《山海經》的巴蛇吞象，《莊子》中的大鵬，亦受印度影響，此與日人藤田豐八的意見相同。

藤田豐八撰《中國神話考》，載白鳥博士還歷紀念《東洋史論叢》，他將〈天問〉中的巨鼇負山、月中有兔、射日落羽，《山海經》中的十日並出，《莊子》中的大鵬，《堯典》中的堯以二女嫁舜，《淮南子》中的嫦娥奔月等說，與印度《佛陀》等的神話比較，以爲中國神話均受印度影響。衛聚賢後作《山海經》研究，竟寫成了厚厚的一本大書。

藤田豐八還作有〈中國石刻的由來〉一文，發表於《東洋學報》第十六卷第二號，所持的論點與研究方法，與上文同。這裡値得注意的是，藤田此文後附〈甚麼是「不得祠」？〉一短文，以爲《史記・秦始皇本紀》三十三年中說的「禁不得祠」一語，實亦寓有中印文化交流之重要訊息，他說：

> 漢時佛教傳入中國，其始譯 Buddha 為「浮屠」。嗣因忌「屠」字，而稱為「浮圖」，後「佛徒」「佛陀」之譯字亦出現，後世中國學者，因習於此等名稱，對於「不得」係 Buddha 的對音，自然想不到。然若如吾人之解釋，「不得祠」係「浮屠」之異譯，則《史記‧秦始皇本紀》謂三十三年曾禁止之，頗饒意味。此後，中國文獻久絕其教之跡者，固其所矣。[16]

陳寅恪在〈劉復愚遺文爭年月及其不祀祖問題〉[17]一文中敘及桑原騭藏《蒲壽庚事跡考》及藤田豐八《南漢劉氏祖先考》，可見他對日本文化學者的著作之關注。而他作《魏志司馬芝傳跋》，據《傳》中「特進曹洪乳母當，與臨汾公主侍者共事無澗神，系獄」這一記載，敘三國之時的中印文化交流，文曰：

> 「無澗神」疑本作「無間神」，無間神即地獄神，「無間」乃梵文 Avici 之意譯，音譯則為「阿鼻」，當時意譯亦作「泰山」。裴謂無澗乃洛陽東北之山名。此山當是因天竺宗教而得名，如後來香山

---

[16] 同上。

[17] 載《金明館叢稿初編》。

等之比。泰山之名漢魏六朝內典外書所習見。無澗即無間裴世期乃特加注釋，即使不誤，恐亦未能得其最初之義也。[18]

據此可知釋迦之教頗流行於曹魏宮掖婦女間，至當時制書所指淫祀，雖今無以確定其範圍，而子華既以佛教之無間神當之，則佛教在當時民間流行之程度，亦可推見矣。

陳寅恪所使用的方法，根據語音的對應關係而加以考證，是歷史語言學派中人常用的手段。藤田豐八與陳氏得出的結論是否可信，以無旁證，難以取得共識。但藤田氏用於考證先秦時期的問題，或然性更要大些；陳氏用於考證三國時事，其可信的程度應該說要大得多。

胡懷琛從命名方式上論證墨子爲印度人，持論更爲粗率。例如他以墨子的弟子禽滑厘爲匈奴人，以爲《史記》《漢書》均稱匈奴有谷蠡王，「谷」「鹿」乃一聲之轉，「滑厘」之「滑」本應讀「骨」，故《列子・楊朱》記此人作「骨厘」，則是「滑厘」與「谷厘」相同。「谷蠡」爲匈奴語，「滑厘」亦爲匈奴語，故滑厘即匈奴人。方授楚起而力辨，認爲以「滑厘」命名者，戰國時甚多，《墨》書中除禽滑里外，復有駱滑氂，見《耕

---

[18] 載《金明館叢稿初編》。

柱》篇；魯國有慎滑厘，見《孟子・告子下》，胡氏不取以爲證，獨取漢代之事繳繞以爲說，可見其立論之浮淺。

由此可見，上述主張中國文化西來說的學者每取比附的方法。他們把有關中國人的一些奇特記載，都認爲由西方傳來。胡懷琛在分析李白時仍用同樣的方法，他據「魏顥《李翰林集序》，說李白有一個兒子叫明月奴，又有一個兒子叫頗黎。『明月奴』和『頗黎』都不像是中原人命名的習慣。這也疑是突厥化。」他又說：

> 魏顥《李翰林草堂集序》，描寫李白的容貌云：「眸子炯然，哆如餓虎。」魏顥是親眼見到李白的，他著意的描寫李白的容貌，和憑空想像的不同，自然是實在的情形。這有些和古書中所說的甚麼「碧眼胡僧」等不多。或者李白的母親竟不是中原地方的人。

這種說法，更是近於捕風捉影了。

胡懷琛還說到：

> 前次在逸經社遇到林語堂先生，和他閒談，他也說李太白的詩和他國籍有關，林先生又說：唐代的問藝，非常的發達；除了詩，就是顏魯公的字，王摩詰的畫：都是特殊的作品。這些都是和外來

> 的文化有極密切的關係。林先生的見解自然是很高，我是極同意的。[19]

這些主張中國文化西來說者的觀點，自中華人民共和國成立後，即告沉寂，有的甚至還被指責爲賣國主義論調。作爲一種學術觀點而言，這樣的批評沒有必要，也不符事實，須知他們的主張也自有其用意。聚賢爲胡懷琛《墨子學辯》作序時說：

> 現在我國的情形，非用科學建設，革命永無成功。是一般的同志同學，都應撇棄土法，努力於科學方法，不要再有故步自封的思想，走到腐化的路上去。胡先生說墨子是印度人，若是這一說成立了，可知我國於戰國學術如要有進步，當然是要參用外來的科學，不要是抱著：「非先王之服不服，非先王之言不言，吾聞用夏變夷者，未聞變于夷者也。」[20]

這就說明，衛、胡等人之所以如此立論，也有打破思想封閉以救國的用意。立意未嘗不佳，然與事實距離太遠，畢竟難以取信於人。

---

[19] 《李太白通突厥文化及其他》。

[20] 載衛聚賢編《古史研究》第二集上冊。

貳、李白爲漢人說者的民族主義情緒

1949 年新的政權成立，全國的政治形勢起了根本的變化。以往那種隨便發表意見的情況不可能再現了。大家都在努力學習馬列主義、毛澤東思想，研究李白自應探討其愛祖國、愛人民的一面，以往常說的頹廢文人云云，不再見諸文字。大家認爲，在偉大詩人臉上抹黑，無異糟蹋自己的民族。

既是偉大詩人，必然就是民族詩人。何況其時中國正處在資本主義國家的包圍圈中，更要強調民族的獨立與自尊。自古至今的一切偉大貢獻，均應珍惜。爲了強調中國人民的獨立自主，歷史上無屈原其人的學說，必須批判：李白爲胡人的新說，也必然要擱置。

綜觀自五十年代起至七十年代止的二十年中，僅有俞平伯一文觸及李白的姓氏籍貫種族問題，隨後雖有數人響應，但均主張李白爲漢人。俞氏云：「李白自己說他是中國人，我們若無特別的證據，自不應輕易推翻它，而用架空的說法，認爲他有意隱瞞國籍。」[21]這是一種很有代表性的意見。目的雖在否定陳寅恪的西域胡人之說，但口氣還是和緩的。

---

[21] 〈李太白的姓氏籍貫種族的問題〉，載《文學研究》1957 年 2 期。

但到 1971 年時，郭沫若出版了《李白與杜甫》一書，重新對李白的族系問題進行商討。他對陳寅恪的論點大加批判，口氣就要嚴厲多了。

郭氏一再指責陳寅恪的西域胡人之說「疏忽和武斷，真是驚人」。為此他從兩方面進行反駁，一是問「何以這位『胡兒』能夠這樣迅速而深入地便掌握了漢族的文化」？二是「李白如果是『西域胡人』，理論上對於胡族應該有一定的感情。但他在詩文中所表現的情趣卻恰恰相反」。

郭氏提出的詰難，頗為有力，但也不能說是絕無解釋的餘地。因為李白在《上安州裴長史書》中宣稱「五歲誦六甲，十歲觀百家」，目的就在說明個人的早慧。看來李家雖居碎葉多年，但在家庭教育中仍注意傳承華下文化，何況李白居蜀要到二十四歲時才離家東下，這樣自有可能寫出包括若干大賦在內的優秀作品。

至於說到李白詩文中對胡人的感情，郭沫若舉了一個樂府《上云樂》作例子，李白稱老胡文康的相貌為「詭譎」，可以反證本人定是漢人，否則絕不會把這種相貌看作奇特。但胡人的面貌也有不同，在李白看來，文康之貌特為詭譎，也有其可能。而據介紹，郭沫若在《李白與杜甫》的影印稿中還有兩段文字，其一引樂府〈于闐采花人〉中「明妃一朝西入胡，胡人美女多羞死」等句，證明李白不是胡人。樂府中的描寫多陳陳相因，李白用反襯的手法形容明妃之美，以此證明李白非胡，理由也不十分有力。郭氏所舉另一例樂府〈胡无人〉中有「履胡之腸涉胡血」等句，說是「多麼殺氣騰騰的大漢族主義啊！」[22]然據專家考證，這一樂府詞寫於安史之亂中，李白有感而發，用詞比較激烈，也是可以理解的。

但郭氏舉出很多例證剖析李白的思想感情，總的看來，還是具有說服力的。李白很難說是一位真正的胡人。自此之後，也就很少見到有人再堅持李白爲胡人之說了。

郭沫若在《李白與杜甫》一書中情緒之所以如此激昂，還與當時的政治形勢有關。原來自五十年代起，社會主義陣營即發生分裂。蘇聯爲了威懾中國就範，在北部邊境上陳兵百萬，1969 年 3 月，中蘇在烏蘇里江的珍寶島上還發生了武裝衝突。蘇聯共產黨首腦勃列日涅夫等人爲了推行世界霸權主義，提出了「有限主權論」和「國際專政論」，宣稱在社會主義陣營中的國家受到威脅時，有權進行干涉。他們宣稱中國的邊界只限於「柳條邊」[23]和長城以內，中國西部邊界「沒有超出甘肅省

[22] 見王錦厚《郭沫若學術論辯》內《〈李白與杜甫〉的得失》，成都出版社 1990 年 6 月版。

[23] 指清朝在遼河流域所修的一條柳條籬笆，用以標示禁區的界限，禁止

和四川省」。[24]這類謬論的用意十分明顯，就是要想在蒙古、新疆等地做文章，走沙皇的老路，侵占我國國土。爲此中國積極備戰，並在歷史問題上進行論證，說明西北廣大地區原來就是中國的領土。這樣，李白的族屬問題也就捲入國際政治的尖銳衝突中去了。

中華人民共和國外交部於 1969 年 10 月 8 日所發布的文件〈駁蘇聯政府 1969 年 6 月 13 日聲明〉中說：

關於中蘇邊界西段，蘇聯政府在聲明中說，早在十八世紀四十年代，巴爾喀什湖以東、以南的中國少數民族就已經臣服了沙皇，言外之意，這帶地方早就屬於沙皇俄國；只是到了十八世紀五十年代，清朝的統治者「侵占」了准噶爾以後，新疆才成了中國的疆土。這完全是歪曲歷史。

新疆地區同中國其他部分發生政治、經濟、文化聯繫，至少也有兩千多年的歷史。遠在公元前，中國漢朝就在巴爾喀什湖以東、以南的廣大地區設有行政機構。八世紀，中國唐朝的大詩人李白就出生在巴爾喀什湖南的碎葉河上的碎葉。巴爾喀什湖以東、以南地區的准噶

居民越界打獵放牧，或採掘人蔘。

[24] 蘇聯政府 1969 年 6 月 13 日聲明，見《人民日報》1969 年 10 月 9 日第 3 版。

爾部是中國厄魯特蒙古人的游牧部落。清朝平定准噶爾部，是中國的內部問題，和中俄邊界毫不相干。

在清朝，中國的西部疆界原在巴爾喀什湖，這不僅有大量中國官方文件的記載，就連沙皇俄國和蘇聯的許多著作和歷史地圖以也都可以確認的。[25]

由此可見，判斷李白是胡人還是漢人，具有重要的政治意義。因爲若說李白是胡人，甚至具體化爲突厥人，則蘇聯境內也有突厥族人遺留，這就給了勃列日涅夫之流混淆是非的籌碼，因此在中國學者的眼中，李白的族屬和出生地問題意義重大，必須力爭。

一些研究郭沫若的專家介紹，當時的一些政府領導人曾爲此事走訪過郭氏，專家說：

> 書稿即將完成的時候，中蘇邊界發生了嚴重的武裝衝突。1969 年 3 月 29 日蘇聯政府就中蘇邊界問題發表聲明，6 月 13 日再次發表聲明，竭力為沙俄帝國主義侵華罪行辯護。並且誹謗中國政府奉行擴張主義政策。1969 年秋，當時外交部部長喬冠華、副部長余湛等同志根據周總理指示就蘇聯 1969 年 6 月 13 日的政府聲明走訪了郭沫若，郭沫若告訴了他們關於李白出生於碎葉的考

[25] 亦見《人民日報》1996 年 10 月 9 日第 3 版。

> 證，還送給喬冠華、余湛等一些曾在蘇聯境內出土，足以證明事實的材料。[26]

這爲《李白與杜甫》的寫作背景提供了很好的說明。

郭沫若之狠批陳寅恪，可能還與他的階級意識有關。建國之前，陳寅恪在學術界享盛名。郭沫若於 1958 年 6 月 10 日於《光明日報》上發表了一封答北京大學歷史系師生的信，討論厚今薄古問題，其中提到「就如我們金天在鋼鐵生產方面，十五年內要趕超英國一樣，在史學研究方面，我們在不太長時間內，就在資料占有上，也要超過陳寅恪。」不言而喻，陳氏在觀點上自屬落後乃至反動之列，因而不存在趕超問題。這次郭沫若親自出馬批判陳寅恪在李白問題上的「錯誤」，就在證明陳氏在資料的占有與運用上也有嚴重問題。

郭沫若是建國之後樹立起來的無產階級學術權威。處在階級意識惡性發展的文化大革命中，自然要高舉毛澤東思想偉大紅旗，狠批資產階級反動學術權威了。

但真如俗話所說，丈二的燭台，照得到人家，照不到自己。郭沫若口口聲聲指責人家疏忽與武斷，而他在《李白與杜甫》中的問題所在多有，其疏忽與武斷絲毫

[26] 同注(22)。

不比他人遜色。如言「咸秦」即「碎葉」之訛等，不需任何有力的論證即可作出判斷。今僅就李白出生地中的問題再作些介紹。

郭沫若在〈李白出生於中亞碎葉〉一章開始引用范傳正的〈唐左拾遺翰林學士李公新墓碑〉文後說：

> 考碎葉在唐代有兩處：其一即中亞碎葉；又其一為焉耆碎葉。焉耆碎葉，其城為王方翼所築，築於高宗調露元年(679)。《碑文》既標明「隋末」，可見李白的出生地是中亞碎葉，而非焉耆碎葉。

碎葉一地位於當時蘇聯的吉爾斯境內，「城在碎葉水南岸，說者謂即托克馬克」。這就說明，唐代中國的疆域遠至彼處，偉大詩人李白即誕生在那裡。只是唐代有沒有兩個碎葉城，還得首先考證清楚。

《李白與杜甫》公開發表後，就此問題展開討論的文章很多，今僅介紹殷孟倫與張廣達所寫作的兩篇。

殷孟倫對唐代碎葉城的地理位置作了細密的考證。他先從碎葉城之得名說起，他用大量的材料說明，碎葉在中亞，焉耆無碎葉。後世盛傳的唐有兩碎葉之說，是由人們對《新唐書・地理志》焉耆都督府下的一段記載未作深解的結果。此書記曰：

> 貞觀十八年滅焉耆置有碎葉城調露元年都護王

方翼築四面十二門為屈曲隱出伏沒之狀。

這裡寓有兩層意思，正確的讀法，應在「置」字下句斷，說明焉耆都督府的設置，在貞觀十八年滅焉耆後。「有碎葉城」之後的一段記載，是說王方翼在中亞碎葉築城事，此事並見新、舊《唐書・王方翼傳》。但到開元七年（719）時，四鎮節度使湯嘉惠以突騎施首領蘇祿強大，表請焉耆代替碎葉，亦即放棄中亞碎葉，以焉耆備四鎮之缺。歐陽修以王方翼築碎葉之事重大，理應寫入地理志中，然因時事變遷，碎葉城事已無所附麗，故而將此附於焉耆名下，導致後人誤解，從而產生了焉耆有碎葉城之說。胡三省注《通鑑》，又把碎葉說成是焉耆都督府的治所，顧祖禹《讀史方輿紀要》沿襲其誤，其後《嘉慶重修一統志》等書中，乃正式提出唐有二碎葉之說。郭沫若在《李白與杜甫》一書中，沿襲了這一誤說。

殷孟倫在文章的〈結語〉中激昂地宣布：

通過有關史料和文物的認真分析，有比較才能鑑別，確證碎葉城的地理位置即在今天的中亞，決不可能在焉耆另有一個碎葉。中亞碎葉自漢唐以來，雖然由於局勢的反復變化，管轄上曾有過轉移變動，但仍然隸屬於我國兄弟民族的版圖，仍然是中華民族大家庭的歸屬問題。十九世紀之末，由於清政府的昏庸顢頇，腐朽無能，面對全國人民的強烈反抗和勢如燎原的革命鬥爭，竭力企圖維持它搖搖欲墜的統治，不惜喪權辱國，甘心屈服於帝國主義列強的威逼誘惑，大搞投降主義、賣國主義，竟然以我錦繡河山的大片疆土，拱手讓人。而悠悠者流，於蠶食鯨吞之餘，不稍斂戢，仍還心懷叵測，虎視眈眈，貪饞無已，甚至陳兵恫嚇，大肆叫囂，企圖重新把中國變為任其宰割的魚肉。偉大的中國人民對此無不義憤填膺！偉大領袖毛主席早就指出：「我們的民族將再也不是一個被人侮辱的民族了，我們已經站起來了。」在偉大的中國共產黨及其領袖毛主席的領導下，站起來的中國人民萬眾一心，眾志成城，國力空前強大。任何侵略者膽敢冒天下之大不韙，侵犯我們偉大的社會主義祖國，必將陷於中國人民戰爭的汪洋大海，遭到可恥的覆滅。[27]

郭沫若在文化大革命中當然也有受壓抑的時候，但他畢竟地位不同，既是高官，又有上達天聽的特殊身份，因此還是可以發揮其無產階級學術權威的威風，不但能用輕蔑的口氣批判陳寅恪，而且頻以尖刻的口吻批評蕭滌非等人。殷孟倫撰文的目的就在糾正郭沫若的錯

[27] 載《文史哲》1974年4期。

誤，但他迫於權勢，文中始終沒有出現批評對象的名字。

2000 年時，傅根清撰文介紹殷孟倫的學術成就，提到碎葉問題時追敘曰：

> 孟倫先生平生恪守黃季剛先生的教示，從不輕易在報刊上發表意見不成熟的文章，每作一文、下一語，必是有不得已者。〈試論唐代碎葉城的地理位置〉一文，先生回憶寫作時的情況說：「要如當時郭老所說，不免為蘇聯霸權主義者提供口實，長城以外抵蘇聯境內的吉爾吉斯相距一千八百里的疆土便要遭人誣賴……我寫這篇文章，不一定要與郭老立異」，考證史實有不得不然者。[28]

可見中國知識分子歷史使命感的強烈了。大家爲民族大義的感情所驅使，竟在李白出生地上作文章，但身處是非顛倒變幻莫測的文化大革命中，卻又有很多顧慮與負擔，因而不能暢所欲言。文末以三呼萬歲作結，正是文化大革命中行文的標準格式。

其時張廣達也作有〈碎葉城今地考〉一文，在第一節〈考證唐代碎葉方位的意義〉中指出：

---

[28] 張世林編《學林往事》目錄部分《殷孟倫先生學術記略》下之介紹朝華出版社 2000 年 3 月版。

> 今天，碎葉所以被人們注意，顯然有兩個原因。一是它與我國唐代大詩人李白的家世有關，它作為李白的出生或其父祖活動的地點而經常被學者們道及。二是探討碎葉的方位具有現實意義，確定碎葉的位置將無可辯駁地證明：早在唐代，中國政府已在碎葉設鎮，推行政令到伊塞克湖以西直到怛邏斯地區。這樣，就使中國的歷史疆域不出長城界外一類的無恥讕言不攻自破。[29]

張氏在第二節〈關於碎葉的兩個疑問〉中明確指出：「至於近年，郭沫若更在《李白與杜甫》一書中斷言碎葉有二，他說：『考碎葉在唐代有兩處，其一即中亞碎葉，又其一爲焉耆碎葉。』最近印行的范文瀾著《中國通史》第三冊附有一幅『唐朝及四鄰方位略圖』，圖中在焉耆之旁注記了碎葉鎮，在熱海以西、碎葉水以北注記了碎葉城。這種碎葉東西並存或以城與鎮區分爲兩個碎葉的處理方法並未澄清問題，勿寧說反而增加了人們的困惑。」

其後張氏分從漢籍和穆斯林地理文獻考證碎葉的方位，並且引用了很多考古資料，也參考了很多國外學者的研究成果。他得出的結論是：至暫將托克瑪克以南8-10公里的阿克‧貝希姆廢城比定爲碎葉故址，其位置

[29] 載《北京大學學報》1974年5期。

大約為東經 75° 30’，北緯 42° 50’處。張氏自云這只是一推測。問題的徹底解決，還得靠地下的考古發掘工作。但李白的出生地碎葉位於中亞，則已是顛撲不破的事實。

參、餘波

中國自七十年代之末，經過撥亂反正階段，轉入改革開放時期，對李白的出生地問題仍在進行熱烈的討論。有人依據李陽冰的說法，認為李白生於條支；有人依據范傳正的說法，認為生於碎葉。實則李陽冰的說法得之於李白自述，范傳正的說法得之於伯禽手疏，二者實出一源，條支之說實際上指的就是碎葉。有的學者根據《新唐書・地理志》所載「西域府十六」立說，以為李白生在條支都督府，[30]，但也有人起而反對。這一問題，後人似可參考一下首先對此發表意見的李宜琛〈李白的籍貫與生地〉一文。李氏發現李陽冰文中多用典

[30] 劉友竹〈李白的出生地是「條支」〉，載《李白出生地考辨》中的〈李白「出生條支」質疑〉，綿陽市社會學科界聯合會編，2001 年 6 月。

故，因而主張生於條支之說亦爲運用前代典故，說法是可信的。

范傳正爲唐憲宗時期的名宦，新、舊《唐書》有傳。舊《書》云：「褐衣時游西邊，著《西陲要略》三卷。」說明他對西域的情況很熟悉。李白家居碎葉，則自不能擺脫西域文明的影響，因此陳寅恪提出的問題，仍然應該繼續探討。他的觀點是從中外文化交流的角度提出問題的，不能視爲受中國文化西來說的影響。唐人與東西兩地的交流極爲頻繁，社會上確實存在著胡化與華化的問題。唐代社會各界人士普遍受到西域文明的影想，何況李白其人，就其特殊的文化背景進行考察，無疑是有意義的。今人之所以未能於此取得很大的進展，可能跟目下活躍在唐代文史研究領域中的學者的知識結構有關。因爲這些學者大都是在閉關鎖國的情況下受教育的，他們難於掌握國外的資料，尤其對中亞地區的許多有關材料更感陌生，因而不能像張廣達那樣吸生域外學者的研究成果，用於對李白研究的開發。

*本文作者現任南京大學中文系教授

陶淵明和《文心雕龍》的修訂版問題初探

——紀念洪順隆教授逝世一周年

林中明

壹、前言

陶淵明本是中國文學史上詩文的大家。但自從較晚歲的蘇軾在《與蘇轍書》裏說過「吾於詩人，無所甚好，獨好淵明之詩。……其詩……自曹劉鮑謝李杜諸人，皆莫及也」的重話以後，歷代文人對陶詩都不免另眼相待。研究陶淵明的文章書籍雖無研究老杜的千家之眾，但也陸續不絕。從他的藝術造詣，詩文注釋，作品繫年和文學史上的地位，都有專文專書反覆討論。甚至於陶淵明的個性[1]，年譜[2]，時代背景，祖宗三代和宗教態度，也不時有新的撰述，擴大和加深了我們對陶淵明這位謎樣人物的瞭解。然而很可詫異的是，一千六百多年來，研究陶淵明的學者們，對他的名號的來源和隱義，卻淺嘗即止，模糊不清，甚至推演出錯誤的結果，非常可惜。

孔子說：「名不正則言不順，言不順則事不成，禮樂不興刑罰不中。故君子名之必可言也。君子於其言，無所苟而已矣！（《論語．子路篇》）」陶淵明詩文最好引用《論語》，他當然清楚君子人的「名號」，所代表的理想和心態的重要性。淵明詩文用字都經過錘煉琢磨，他的名號當然是一種特意的選擇，和潛意識的表現。而處于山河變色之際的遺民隱士也多半喜歡使用各種的名號，一來可以隱藏身份有利行走，二來也是情感的發洩，而不虞於文字獄之災。明清之交的八大山人名號的博雜，世所罕見，但每個字號都隱含特殊的意義，可以說是隱逸文人的代表。八大山人好用「陶八」一辭，雖世無明解，但想必和

---

[1] 陸機《文賦》自余每觀才士之所作，竊有以得其用心。夫其放言遣辭，良多變矣。每自屬文，尤見其情。

[2] 《陶淵明年譜》：陶澍……梁啓超 1923、朱自清 194x、傅東華 1927、古直 1926、鄧安生 1991、龔斌 1996。

「隱逸詩人之宗」的陶淵明有關，也許是八大自比於陶，而以陶八相連，自鑄新詞。

所以我們讀陶公詩文，必當先知其人名號心態，再及於其成文之時間地點。一如覽賞八大山人畫作，若不知其名號隱義3，則斷不能見其詩書畫印款跋之深意也。這種方法，在科學論文的審核上，也有類似的做法。如果一篇論文的題目和假設出了差錯，那麼下面的推理再仔細，也終究得不出正確的結果。聽說有位諾貝爾物理獎的年輕得主，在聽審論文時，總是先問假設是什麼？如果假設錯誤，他立刻起立離席。雖說作風近于刻薄，但也不失爲真理而行止的原則。

貳、陶淵明和《文心雕龍》的版本問題

陶淵明寫詩作文[4]，本來是給自己舒情遣性。他的詩文表面淡泊，所以青年時代熱中軍政的劉勰，也和官場得意

---

[3] 林中明《從 劉勰《文心》看八大山人的藝術、人格》，《文心雕龍》國際研討會 2000 年會論文集，學苑出版社 2000

[4] 鐘嶸《詩品》：宋徵士陶潛，古今隱逸詩人之宗也。每觀其文，想其人德。

時早年的蘇軾一樣看走了眼，在堂堂鉅作《文心》之中，竟無一字語及。如果沒有鍾嶸和昭明太子的品選佳賞，他的詩文恐怕不能流傳後世。劉勰出仕梁朝之後，運用兵略[5]，避爭趨吉，曾做到昭明太子的東宮舍人，兼御林軍長，長在昭明太子左右。所以《文心雕龍》不提陶潛，很可能一則是劉勰忙於政事和兼撰新文，無暇修訂舊作；或是他的興趣轉變到佛學，忙于修編佛典和替人寫碑銘，無心增益昔學。陶淵明的詩文雖然和《文心》失之交臂，但卻提供了一個思索《文心》版本修訂的線索，所以也不是全然的損失。

參、歷來學者對陶淵明名號的看法

對陶淵明名號的看法，《晉書》、《宋書》、《南史》等正史本傳的記載都不相同；蕭統《陶淵明傳》、顏延之 《陶征士誄》和佚名氏《社高賢傳》等書所說亦不一致。所以南宋目錄學家晁公武在《郡齋讀書志》中就

---

[5] 林中明《 劉勰和《文心》裏的兵略思想 》，《 文心雕龍研究·第二輯》北京大學出版社，1996

林中明《 劉勰、《文心》與兵略、智術 》，中國社會科學院·史學理論研究季刊，1996 第一期

說：「蕭統云淵明字元亮，《晉書》云潛字元亮，《宋書》云潛字淵明， 或云字深明，名元亮。」晁公武認爲：「按集〈孟嘉傳〉與〈祭妹文〉皆自稱淵明，當從之」。但總的看來，史家多數持「陶潛字淵明」的說法。

後人修的陶淵明年譜，看法也紛紜不一。吳仁杰《陶靖節先生年譜》根據陶淵明集中的〈孟嘉傳〉、〈祭妹文〉，以及蕭統《陶淵明傳》和《晉書》、《南史》等的記載，認爲「先生在晉名淵明可見也」，陶氏之更名「潛」是在宋元嘉之時，但「仍其舊字。謂其以名爲字者，初無明據，殆非也。本當曰陶淵明字元亮。入宋更名潛，如此爲得其實。」陶澍〈陶靖節年號考異〉對吳氏之說表贊同，認爲《晉書》說潛字元亮，《南史》謂潛字淵明，皆不確。陶氏認爲陶淵明「在晉名淵明，在宋名潛，元亮之字未曾易」，應該是正確的看法。

今人多也同上說。有認爲顏延之〈陶征士誄〉稱「晉征士陶淵明」，《南史・隱逸傳》載元嘉中陶淵明向檀道濟自稱曰「潛」，可助此說（龔斌《陶淵明集校箋》，上海古籍出版社，1996 年 12 月版）。但歷史上對此還有不同看法，不少人更由于對「淵」和「潛」的來源根本不瞭解，遂貿然以爲「淵」和「潛」字意相關，舍「淵明」而取「潛」爲多事 。譬如梁啓超的《陶淵明年譜》就認爲「潛」乃小名，已爲朱自清所駁正。

古直《陶靖節年譜》認爲「潛乃其名，而淵明其小名也」，也犯了同樣的錯誤。但他對陶淵明名號最大的貢獻在於想到引用《易經》的乾卦，來解釋 陶淵明的名號。他說〈九四〉的「淵」是〈初九〉裏的「潛」處，算是點到皮面。而又由《說文》解釋「潛」與「亮」爲對文，「亮」與「明」爲同訓，那就落入以小學的眼光，去瞭解「大人」胸襟。此一說法，至今還沒有學者批評，甚至在袁行霈的《陶淵明研究》裏，還特別舉出，但又不加評論，似乎是同意這種「小學」的看法，但又不必負文責是非。

宋儒張載曾說，做學問當於無疑處有疑，有疑處不疑。陶淵明一代文宗，詩文用字都經錘煉，他自己選取的名號，當然絕不是信手拈來。更因爲他又是一代人傑，名號之中自然帶有英豪之氣[6]，這是歷代小儒所不能見及者。夫知英雄胸襟者，必有英雄之情懷。這在古代千萬學「士」之中，倒也頗有十數人留下他們 「英雄所見略同」的看法記錄。譬如書法史上筆力最爲雄橫的黃庭堅，就比他的老師蘇軾高明，他在〈宿舊彭澤懷陶令〉一詩中指出：「潛魚願深渺，淵明無由逃。……歲晚以字行，更始號元亮。淒其望諸葛，抗髒猶漢相；時無益州牧，指爲

[6] 朱熹《朱子語類》：陶淵明詩……豪放得來不覺耳。其露出本相者，是〈詠荊軻〉一篇，平淡底人，如何說得這樣言語出來？

用諸將」。黃庭堅雖然誤「潛龍」爲魚，但是他看到「元亮」和「諸葛亮」的關係在眾多學者[7]之先，也顯出他的胸襟和情懷。

明代開國的國師劉基，生平事跡和和管仲諸葛亮類似，都是起於亂世，以遇英主，而得致用其才。因爲和陶公是同類人傑，所以知道淵明的心意非素食飲酒吟詩之隱士[8]。劉伯溫在他的〈誠意伯文集．題李伯時畫淵明歸來

---

[7] 黃徹《溪詩話》：能知其心者寡也……其自樂田畝，乃卷懷不得已耳。士之出處，未易爲世俗言也。

劉岳甲《張文先詩序》：陶淵明本志不在子房、孔明下，而終身不遇漢高皇、蜀昭烈……其詩……要使人未易窺測。（亦是知譏者）

[8] 陳祚明《采菽堂古詩一則》：千秋以陶詩爲閒適，乃不知其用意處。朱子亦僅謂〈荊軻〉一篇露本旨。

自今觀之，〈飲酒〉〈擬古〉〈貧士〉〈讀山海經〉，何非此旨，但稍隱[8]耳。

章懋《題陶淵明集》：古今論淵明者多矣，大率以其文章不群，詞彩精拔，沖淡深粹，悠然自得爲言，要皆未爲深知淵明者。獨子朱子……吳草蘆稱其〈述酒〉〈荊軻〉等作，殆亦欲爲漢相孔明之事。……嗚呼，若淵明豈徒詩人逸士云乎哉！

黃仲昭《題陶淵明詩集》：忠憤激烈之氣，往往於詩焉發之，觀其〈詠荊軻〉者可見矣。靖節之與留候，跡雖不同，（按：吳寬亦云：然皆相門之後）而心則未始不同，所謂易地則皆然者也。

圖〉詩中說：「陶公節義士，素食豈其心；我才非管葛，誰能起淪沉」，其實是反射自家英豪情懷。

肆、我對陶淵明名號的看法

陶淵明的名號自古以來就是眾說紛紜，但是我至今似乎還沒有機會看到可信的說法。

歷來爲陶淵明編年譜的名家[9]買櫝還珠，見河不見源，很少費力去追究他爲什麼要爲自己起這幾個名字？更不用說探討陶淵明諸名字出處何方？他的名號出處也像是他寫的「桃花源」，又像是八大山人的諸般名號，除了他們自己，恐怕也沒有人能夠輕易問津！非常可惜。

陶淵明讀書淵博，卻假借五柳先生自謙「不求甚解」。其實他自幼就熟讀包括《易經》的「六經[10]」。他曾在《讀史九章・魯二儒》中說：「《易》大隨時，迷變則愚。」可見得他對《易經》的時變之道是深知於心，而又能不著迷，選擇性的批判它。淵明身處亂世，當然對

---

[9] 《陶淵明年譜》：陶澍……梁啓超 1923、朱自清 194x、傅東華 1927、古直 1926、鄧安生 1991、龔斌 1996

[10] 「少年罕人事，遊好在六經」（〈飲酒〉）

《易經》的「易」道感同身受。陶淵明集補篇〈尙長禽慶贊〉裏載有「貧賤與富貴，讀易悟益損」的字句。很有可能是陶公自己或是他的知音所撰。但行間所間接指出的是他對《易經》的感悟。後漢向長感引《易經》〈損〉〈益〉二卦，去官不仕王莽，和與同好北海禽慶，俱遊五岳名山，不知所終的故事[11]，其實和陶公的處境感受是極其類似地。因此我從《易經》的「乾卦」來猜想，深通古代經典的陶淵明，他自己命名的名號之內，是何等內涵。

伍、淵明二字的積極意義

「淵」出于九四的「或躍在淵，乾道乃革」。「明」出于九二的「見龍在田，天下文明」，以及「夫大人者，與天地合其德，與日月合其明，與四時合其序。」可以說，淵明二字，是陶公年輕時所立的志向，有奮發圖強，改革進步，達到天下文明的理想境地。

---

[11] 《後漢書・向長傳》：「……讀《易》至〈損〉〈益〉卦，嘆曰：吾已知富不如貧，貧不如賤，但未知『死何如生』耳。」與同好北海禽慶，俱遊五岳名山，不知所終。

但是他也在後來的困境裏，也能做到「知進退存亡而不失其正者，其唯聖人乎？」可以說是行有所本，所以才能毅然辭官，歸去田園，而且「進退存亡而不失其正」，是真正的聖人之徒。

陸、元亮考

元：「《易經》首卦〈乾卦〉開頭就是說：『元亨利貞』。」《文言》曰：元者，善之長也。所以古人名號喜用「元」字，都是起源於《易經》。譬如三國時代的名士徐庶，就自號元直。更巧的是，元直曾荐諸葛亮於劉備，事見陳壽《三國誌．蜀史．諸葛亮傳》。所以陶淵明字「元亮」者，有志「元」 於「諸葛亮」的文武才德，並期如「諸葛亮」和「孔明」之有用於世也。陶淵明名號中的「亮」和「明」，不僅是文字相對，更有歷史背景和意義，而且是專向著「諸葛亮」和「孔明」，以之爲人生的典範。這是歷來研究陶學的人所疏忽的一個要點。以至一千六百多年來，一般文人只以詩人看待陶淵明，這是根本性的大錯誤，不能不加以辯正。

柒、潛的隱義

「潛」是出於《易經》首卦乾卦九一的「潛龍勿用」。「潛龍勿用」何謂也？子曰：「龍德而隱者也。不易乎世，不成乎名，遯世無悶。不見是而無悶，樂則行之，憂則違之，確乎其不可拔，潛龍也。」陶淵明在改代之後，改名爲「潛」，其自命爲「潛龍」而「勿用」是極其明顯地。

捌、結論

由以上的分析，故知陶淵明之名，源自《易經》，而懷聖人之志也。林子曰：陶淵明「隱而未見，行而未成，是以君子弗用也。」而「君子學以聚之，問以辨之」，雖「其中有真意，欲辯已忘言」，但仍然「寬以居之，仁以行之。《易》曰：見龍在田，利見大人，君德也。」可以想見其人德行高操，「終日乾乾（九三）」。其自名「淵明」，又名爲「潛」者，乃潛龍之「潛」，復得「天下文明」，「大明始終」當之無愧！

附錄一【陶公名號探源贊】

高遠陶淵明，隱《易》於其名；人但頌其詩，無意明其名。

千古乏知音，漫傳飲酒名；我既名中明，慨當明其名。

陶公少有志，心嚮蜀孔明；臥龍以待時，躍淵致文明。

惜乎大道歧，龍潛不飛雲；一官歸去來，詠史賦閑情。

進退不失正，樂道守仁行；見 龍田園裏，耕耘安於貧。

遙想其人德，日月合其明；採菊東籬下，悠然詩人情。

附錄二【參考資料】

李辰冬《陶淵明評論・作品繫年、個性、境界、時代》，中華文化事業委員會 1956

北大北師大師生編，《陶淵明研究資料匯編》，中華書局 1962

龔斌《陶淵明集校箋・陶淵明年譜簡編》，上海古籍出版社 1996

袁行霈《陶淵明研究》，北京大學出版社　1997

龔斌《陶淵明傳論》，華東師範大學出版社 2001

【後記】

洪公順隆，博學多識，性愛丘山，述古不倦。

特立獨行，性剛多忤[12]，狂狷名士，夫子之徒。

時光如駛，歲月擲人。憶懷學長，以文為弔。

比諸陶公，嗚呼尚饗。

＊本文作者現任美國 CLM research Inc. 總裁

---

[12] 劉熙載《藝概．詩概》：「屈靈均、陶淵明皆狂狷之資也。屈子《離騷》，一往皆特立獨行之意；陶自言性剛才拙，與物多忤，自量爲己，必貽俗患，其賦品之高，亦有以矣。」

漢魏六朝文學劄記

程章燦

壹、《謝濤墓誌》與謝氏世系

王伊同《五朝門第》附《五朝高門世系婚姻表》之四《陳郡陽夏謝氏》，列述謝安有二子：謝琰、謝瑤，謝瑤有子名景山，景山有子名謝濤。按王伊同原注，其所據爲葉奕苞《金石錄補》卷七《宋故散騎常侍謝公墓志》。檢楊殿珣《石刻題跋索引》（頁 130），此志初見於宋陳思《寶刻叢編》卷十五（據《複齋碑錄》），明陶宗儀《古刻叢鈔》及清葉奕苞《金石錄補》卷七並錄其文。嚴可均《全宋文》卷六十（頁 2762）據《古刻叢鈔》輯錄，題爲《宋故散騎常侍揚州丹楊郡秣陵縣謝公墓志》。據墓誌：

> 謝濤字明遠，官至散騎常侍，卒於元嘉十八年（441），年49。其妻琅邪王氏，是王獻之之孫，大明七年（463）卒，年72。其「祖瑤，字球度，琅邪（下缺十餘字）」。「父□，字景山，給事黃門侍

郎、散騎常侍、光祿勳。」

以上記謝濤妻、謝瑤字、謝景山之任職，皆可補史傳之缺。按《晉書》卷七十九《謝安傳》，「琰字瑗度」，「瑤襲爵，官至琅邪王友，早卒。」則「琅邪」以下當是「王友」二字。

按王氏所列表，謝瑤四子，其中，該、模、澹三人，皆名列《晉書》卷七十九《謝安傳》，惟獨不見景山。墓誌中提到景山，復失其名，故王伊同以爲：「景山佚名，仕至光祿勳，豈即摸（模）之別字邪？」這是一個根據不足、而且與四子之說自相矛盾的推測。光祿勳、散騎常侍之類的官職，是當時世族子弟常任的官職，謝模、景山先後任職光祿勳，實在不足爲奇。《南史》卷十九《謝澹傳》稱謝澹有一弟名璞，「璞字景山，幼孝友，祖安深賞愛之，位光祿勳。」可見，景山名璞，「父□」當即「父璞」。

總之，《謝濤墓誌》對考察陳郡陽夏謝氏之世系頗有價值。丁福林《東晉南朝的謝氏文學集團》附錄一〈東晉南朝陳郡謝氏世系表〉及楊勇《謝靈運年譜》附〈陳郡陽夏謝氏世系表〉，已將謝璞取代謝景山，列爲謝瑤四子之一，卻漏列謝濤，可謂千慮之一失。

貳、袁宏生年考

宏字彥伯，小字虎。當時人常以小名稱之，如《世說新語·文學篇》第八十八條：「**袁虎少貧，嘗爲人傭載運租。**」劉孝標注曰：「**虎，袁宏小字也。**」又引《續晉陽秋》曰：「**虎少有逸才。**」《晉書》本傳記宏「**太元初卒于東陽，時年四十九。**」如果根據「太元初」是指太元元年至三年（376-378）來推算，那麼，袁宏約生於咸和三至五年（328-330）。魏晉南北朝人爲子女取名時，常用所生之年的生肖入名，或取爲小字，故名字中的「狗」、「羊」、「虎」等字往往有年代的含義[1]。袁宏小字虎，其所生之年當在寅年。考咸和三年歲次戊子，咸和四年歲次己丑，咸和五年歲次庚寅，則袁宏生年當在咸和五年（330），其卒年應在太元三年（378）。[2]

肆、鄧耽

---

[1] 美國學者 Peter A　Boodberg 曾專文討論過這一問題。參見 Peter A Boodberg，Chinese Zograqphic Names As Chronograms,Harvard Journal of Asiatic Studies ,Volume 5,No　2 p.128-136。筆者擬另文討論魏晉南北朝時代的人名問題。

[2] 按：《東晉文藝系年》系袁宏生平於咸和三年（328），是據太元初即太元元年而推算出來的，故不準確。袁巨集生年與其小字的關係，承臺灣東吳大學王國良教授提示，謹此致謝。

《全上古三代秦漢三國六朝文・全後漢文》卷四十九輯錄鄧耽《郊祀賦》二條，分別輯自《初學記》卷十三、《文選》卷五十八褚淵碑李善注。關於作者鄧耽，嚴可均注：「耽未詳。」

按：《後漢書》卷八十上《文苑列傳上》記劉毅事迹云：「元初元年，上《漢德論》並《憲論》十二篇，時劉珍、鄧耽、尹兌、馬融共上書稱其美。」可知，鄧耽是劉珍、馬融同時人。

肆、張衡《論貢舉疏》誤收

《全後漢文》卷五十四張衡卷收錄《論貢舉疏》一卷，原出《通典》卷十六《選舉》四《雜議論》上，其原文如下：

> 古者以賢取士，諸侯歲貢。孝武之代，郡舉孝廉，又有賢良太學之選，於是名臣皆出，文武並興。漢之得人，數路而已。夫書畫辭賦，才之小者，匡國理政，未有能焉。陛下即位之初，先訪經術，聽政餘日，觀省篇章，聊以遊藝當代博奕，非以教化取士之本。而諸生競利，作者鼎沸，其高者頗引古訓風喻之言，下則連偶俗語，有類俳優。或竊成文，

虛冒名氏。臣每受詔于盛化門差次錄第，其未及者，亦復隨輩，皆見拜擢，既加之恩，難復收改，但守俸祿，於義已加，不可復使理人及任州郡。昔孝宣會諸儒于石渠，章帝集學士于白虎，通經釋義，其事優大，文武之道，所宜從之。乃若小能小善，雖有可觀，孔子以爲致遠則泥，君子故當致其大者遠者也。

將其與中華書局影印本《通典》相校，有數處異文:「賢良太學」作「賢良文學」,「遊藝」作「遊意」,「連偈」作「連偶」,「于石渠」作「石渠」。前三處異文似當從《通典》。《通典》此段引文前尚有「張衡上疏曰」一句，嚴輯《全後漢文》遂冠以《論貢舉疏》之標題。實則，此是蔡邕熹平六年《上封事陳政要七事》之第五事，見《後漢書・蔡邕傳》,《全後漢文》卷七十一蔡邕卷已收錄，嚴氏又沿《通典》之誤題，而誤收重出於張衡卷中。以嚴輯與《後漢書・蔡邕傳》對校，有如下幾處異文:「古者以賢取士」,作「古者取士」;「諸侯歲貢」作「必使諸侯歲貢」;「孝武之代」作「孝武之世」;「名臣皆出」作「名臣輩出」;「未有能焉」作「未有其能」;「先訪經術」作「先涉經術」;「連偈」作「連偶」;「於義已加」作「於義已弘」;「任州郡」作「仕州郡」;「致其大者遠者也」作「志其大者」。

又按：此文之誤入張衡集，不自嚴可均始。張溥《漢魏六朝百三家集・張河間集》中已誤收，近人張震澤《張衡詩文集校注》（上海古籍出版社，1986）亦誤入此文。今人之論漢代辭賦者，亦或誤以此爲張衡之賦論，極待糾正，以免以訛傳訛。

伍、王楙誤記

宋王楙《野客叢書》卷一「《蘭亭》不入《選》」條：「『而三春之季，天氣肅清』，見蔡邕《終南山賦》。」

按：今檢嚴可均《全上古三代秦漢三國六朝文》及《蔡邕集》，蔡邕無〈終南山賦〉。此是王楙誤記，引文實出班固〈終南山賦〉。其文曰：「**三春之季，孟夏之初，天氣肅清，周覽八隅。**」（《初學記》卷五，《全上古三代秦漢三國六朝文·全後漢文》卷二十四據輯）

陸、《上明帝表薦王暕王僧孺》重出誤收

嚴可均校輯《全上古三代秦漢三國六朝文・全齊文》卷六始安王遙光名下據《梁・王暕傳》、《王僧孺傳》收錄〈上明帝表薦王暕王僧孺〉，《全上古三代秦漢三國六朝文・全梁文》卷四十二任昉名下據《文選》收錄〈爲蕭揚州薦士表〉。

今按：〈上明帝表薦王暕王僧孺〉實即〈爲蕭揚州薦士

表〉，對讀可知。此文乃任昉所作，見《文選》卷三十八表類。李善注引蕭子顯《齊書》曰：「始安王遙光爲揚州刺史」。〉又引劉璠《梁典》曰：「齊建武初，有詔舉士，始安王表薦琅邪王暕王僧孺。」則此文乃建武初任昉代始興安蕭遙光薦士作。《全齊文》卷六〈上明帝表薦王暕王僧孺〉係重出，又誤收，且其文係根據《梁書》二傳拼合而成，故有若干文句錯亂。

柒、《參議太子妃石志》是王儉作

《全齊文》卷二十六闕名卷有《參議太子妃石志》一文，輯自《南齊書・禮志下》。拙撰《墓誌起源考》[3]已考明此議出自王儉，有《文選》卷五十九《劉先生夫人墓誌》注引吳均《齊春秋》及《事物紀原》卷九「墓誌」引《炙轂子》爲證。故此文屬王儉。

捌、《戎昭將軍劉顯墓銘》是劉之遴作

《全梁文》卷十三梁簡文帝卷輯錄有〈戎昭將軍劉顯

---

[3] 此文收入拙著《石學論叢》，大安出版社，臺北，1999。

墓銘〉，未詳出處。同書卷五十六劉之遴卷輯錄有〈應皇太子令爲劉顯墓誌銘〉，輯自《梁書・劉顯傳》。

按：這兩篇墓誌文字全同，必有一篇重出。按《梁書》卷四十〈劉顯傳〉，大同九年（543），邵陵王遷鎮郢州，劉顯除平西咨議參軍，加戎昭將軍。其年卒，時年六十三。友人劉之遴上啓乞皇太子爲劉顯志銘，並說：「之遴已略撰其事行，今輒上呈。伏願鴻慈，降茲睿藻，榮其枯胔，以慰幽魂。」這個皇太子就是後來的簡文帝。他沒有親自撰作，而是命劉之遴代作，於是之遴「乃蒙令爲志銘。」《全梁文》所輯錄的上述兩篇墓誌文，實際上都出自這篇傳記。它是劉之遴應皇太子令而代作，而不是皇太子（簡文帝）作，梁簡文帝卷誤錄此文，應刪。

順帶說明一點，劉之遴文才突出，常代人作文，據《梁書》卷四十〈劉之遴傳〉，他曾代任昉、樂藹等人作過表奏之文，亦曾奉皇太子令參校古本與今本《漢書》之異同。

玖、邢劭《太尉韓公墓誌銘》

《藝文類聚》卷四十六「太尉」引北齊邢子才〈太尉韓公墓誌銘〉，其文曰：「立事立言，是爲勿替。且公世德，實兮不朽。雖將相無種，而公卿有門，是以萬種四牡，烏弈於往代；長組高冠，陸離於前祀。及負笈追侶，結友從師，先難後易，身佚功倍，皆神遊隅，理合精微，非存寧越，廢寢食以存道，久殊高鳳；忘冠履以成業，皎皎獨照。旁絕罝滓，亭亭孤出。入自雲霞，忘情譽毀。同嗣宗之於善惡，齊心得喪；若叔夜之于慍喜（原注：「原訛善，據馮校本改」。燦按：此處當有脫文。）方將受在三九，追蹤二八，弘大道以事一人，敷至理以安百姓，而天德不厚，神聽多愆，仁勇一亡，辯智同盡。」

按：《全北齊文》卷三邢劭卷輯邢子才墓誌文，僅〈李禮之墓誌〉一篇，出《北史・序傳》，而漏輯此文，應補入。

拾、孟達與孟廣達

《全上古三代秦漢三國六朝文・全後魏文》卷四十八輯錄孟達〈慧成造像銘〉一篇，同書卷四十九又輯錄孟廣達〈孫秋生等造像銘〉一篇。關於兩個作者的事迹，嚴可均並注：「爵裏未詳」。

今按：〈慧成造像銘〉中，有「三槐獨秀，九棘雲敷。五□群生，咸同斯願」之句：〈孫秋生等造像銘〉亦有「榮茂春葩，庭槐獨秀」「五道群生，咸同此願」之句，彼此類同，似出一人之手。〈慧成造像銘〉造於太和廿二年（498）九月，〈孫秋生等造像銘〉造於景明三年（502）五月，年代相去不遠。碑刻尤其造像中，撰書刻人名常有省稱現象。

故疑孟達、孟廣達蓋是同一人。

【後記】

我與洪順隆先生初識，是在 1993 年香港中文大學主辦的「魏晉南北朝文學國際學術研討會」上，其後在南京、天津、長春、臺北等地，又多次重逢，可謂緣份匪淺。先生身材魁梧，聲音宏亮，爲人熱情，喜接後進，一面之後，就給我留下深刻的印象。印象最深的是先生到大陸參加學術會議，幾乎每次都有一些在學或早已畢業的弟子隨行，桃李環繞，經常可以聽到他爽朗的笑聲。先生於魏晉南北朝文學以及辭賦文學尤其有精湛的研究，而這兩個方面，也是我個人所偏愛的，所以每次會晤，談文論學，其樂融融。先生每有新作，總是不遠千里慷慨寄贈。今年年初，曾輾轉風聞先生不幸病逝，隨後不久，我即遠赴牛津大學訪學，其間曾急切地以此事向在英倫的臺灣學者相詢，竟亦不得其詳，但內心總希望這僅僅是傳言而已。前不久，在於福建漳州召開的第五屆辭賦學國際學術研討會上，見到洪先生的高足黃水雲教授，我心中久存的一絲希冀終於破滅了。嗚呼哀哉！記得洪先生惠贈于我的諸多論著中，最早的專論是收於《林景尹教授八十冥誕紀念論文集》的那篇〈漢魏六朝文學叢考〉。今特取相近論題，撰爲小文，以代遙祭，臨紙黯然，不勝悲愴。

＊本文作者現任南京大學古典文獻研究所教授

玄言詩研究

王鍾陵

玄言詩階段在中國文學史上是一個被鄙棄的階段。從劉勰、鍾嶸開始，人們對玄言詩一直批評到現在，甚少有文學史著作專門給玄言詩階段寫過一章一節，這個「歷載將百」的文學史階段被輕易地、極不嚴肅地抹掉了，在中國文學史的研究中便出現了一段空白，致使人們今日對這個階段所知甚少，對玄言詩階段的畫界、類別以及玄言詩的興起及其走向等一系列問題都不甚了了。由此，人們對玄言詩同其以前及以後詩歌之間的發展關係，也就無法瞭解，從而大大限制了對這一時期文學史發展規律的認識。

有鑒於此，本文試圖對上述問題作出初步的探索，以勾畫出玄言詩階段的一個大致圖景。

壹、玄言詩的發展過程

對玄言詩的孕育、發展、衰落過程，檀道鸞曾有過論述，其云：

> 自司馬相如、王褒、揚雄諸賢，世尚賦頌，皆體則詩騷，傍綜百家之言。及至建安而詩章大盛。逮乎西朝之末，潘陸之徒，雖時有質文，而宗歸不異也。正始中，王弼、何晏好莊、老玄勝之談，而世遂貴焉。至過江，佛理尤盛，故郭璞五言始會合道家之言而韻之。詢及太原孫綽轉相祖尚，又加以三世之辭，而詩騷之體盡矣。詢、綽並爲一時文宗，自此作者悉體之，至義熙中，謝混始改。

檀道鸞的意見十分清楚：即以王弼、何晏玄勝之談的流行爲玄言詩的孕育階段，郭璞爲玄言詩的正式起點，許詢、孫綽之時爲玄言詩的發展興盛階段，義熙爲玄言詩的終點。

沈約的看法大體上同於檀道鸞，其曰：

> 有晉中興，玄風獨振，爲學窮於柱下，博物止乎七篇，馳騁文辭，義殫乎此。自建武暨乎義熙，曆載將百，雖綴響聯辭，波屬雲委，莫不寄言上德，托意玄珠，遒麗之辭，無聞焉爾。仲文始革孫、許之風，叔源大變太元之氣。

沈約明確地將從建武到義熙之間亦即東晉一朝畫爲玄言詩階段，這一時間跨度同檀道鸞的看法一致。

劉勰的意見和檀、沈亦相近，其云：

> 自中朝貴玄，江左稱盛，因談餘氣，流成文體。是以世極迍邅，而辭意夷泰，詩必柱下之旨歸，賦乃漆園之義疏。

「因談餘氣，流成文體」八個字，十分簡括地指明了玄言詩的產生同玄學清談風尚的關係。此八個字既置於「江左稱盛」一語後，則劉勰自以過江爲玄言詩階段之標界，而以「貴玄」之「中朝」爲其孕育階段了。

鍾嶸的看法則同檀道鸞、沈約、劉勰三家有相當差異。他在《詩品序》中說：

> 永嘉時，貴黃老，稍尚虛談，于時篇什，理過其辭，淡乎寡味。爰及江表，微波尚傳。孫綽、許詢、桓庾諸公詩，皆平典似《道德論》，建安風力盡矣。先是郭景純用雋上之才，變創其體；劉越石仗清剛之氣，贊成厥美。然彼衆我寡，未能動俗。逮義熙中，謝益壽斐然繼作。元嘉中，有謝靈運，才高詞盛，富豔難蹤，固已含跨劉、郭，淩轢潘、左。

這兒有幾點重要的差異：一是檀、沈、劉三人以過江爲玄言詩階段之始，而鍾嶸則視西朝懷帝之時即爲玄言詩階段了。二是檀、沈、劉三人既以過江爲玄言詩階段，其盛期自然在江左，而鍾嶸則以江左爲「微波尙傳」了。三是鍾嶸既將玄言詩階段上推到永嘉之中，則視郭璞、劉琨爲變創玄言詩風之作，這同檀道鸞以郭璞爲玄言詩的起點的看法，似頗爲不同。

蕭子顯又有自己的說法，其曰：

> 江左風味，盛道家之言，郭璞舉其靈變，許詢極其名理。仲文玄氣，猶不盡除；謝混情新，得名未盛。顏、謝並起，乃各擅奇；休、鮑後出，咸亦標世。

蕭子顯以江左爲「盛道家之言」的意見，同鍾嶸「爰及江表，微波尙傳」的看法相背，而同於檀、沈、劉三人。其視郭璞爲「舉其靈變」者的主張，則又與檀氏以郭璞爲玄言詩起始的說法不同而近於鍾嶸之見。

史料紛紜。然諸家對玄言詩階段的下界似無分歧，檀、沈、鍾、蕭四家都肯定了謝混改變玄言詩風的作用，亦即都是以義熙爲玄言詩階段的終點。鍾嶸和蕭子顯還由謝混而下，述及宋代詩人，對玄言詩階段向南朝的發展作了一些說明。諸家的分歧在於玄言詩階段的上界，由此而引出對郭璞歸屬的歧見。

其實，在漢末建安之時,我們就可以看到玄言詩興起的最早蹤迹了。漢末以來，社會上彌漫著一股感傷的思潮。有感傷，就會有消釋。秉燭之遊是寫作漢末古詩的那批中下層文人們排遣憂懷的方式,當然這還是低級形式的一種方式。曹丕的《善哉行二首》其一云：「人生如寄，多憂何爲？」其中有著一種深沈的憂傷同一種無奈的達觀的結合。思想意識上達觀的企向，是比及時行樂高了一等的消釋方式，因爲它會引向於玄思。曹植在《薤露行》中云：「天地無窮極，陰陽轉相因。人居一世間，忽若風吹塵」，此四句的意旨雖在突出人生之短暫，但已有明顯的哲思的意味了。劉師培曾曰：

> 建武以還，士民秉禮。迨及建安，漸尚通侻；侻則侈陳哀樂，通則漸藻玄思。

漸藻玄思之反映於詩歌中,便是玄言詩興起的最早的蹤迹。

不過，建安詩歌中有明顯哲思意味的句子並不多見，到了正始之時，詩歌中哲思色彩便大大地增濃了。嵇康詩大量引入玄理，以景物之寫爲人物風神之映現和引發玄悟之環境的做法，直接規範了後來相當一部分玄言詩的格調。因此，檀道鸞以「正始中」爲玄言詩孕育階段的這一看法，應該說是正確的。

檀道鸞又認爲「及至建安而詩章大盛，逮乎西朝之末，潘、陸之徒雖時有質文而宗歸不異」，這話總的來說自然不錯，不過檀氏既忽視了建安中已「漸藻玄思」，那麼他對西朝（西晉）諸賢詩中理思一線的發展便不會給予注意了。他關於「郭璞五言始會合道家之言而韻之」的意見是不正確的，因爲陸機詩中已有明顯的理思色彩，張協詩中亦有淡然塵外的玄思。卒于元康三年的孫楚，其《征西官屬送于陟陽候作詩》就已經是一首玄言詩了。詩云：

> 晨風飄歧路，零雨被秋草。傾城遠追送，餞我千裏道。三命皆有極，咄嗟安可保。莫大于殤子，彭聃猶爲夭。吉凶如糾纆，憂喜相紛繞。天地爲我爐，萬物一何小！達人垂大觀，誡此苦不早。乖離即長衢，惆悵盈懷抱。孰能察其心，鑒之以蒼昊。齊契在今朝，守之與偕老。

此詩首聯「晨風飄歧路，零雨被秋草」，以自然的造語寫出了一種蕭條的情韻，是時人所稱讚的警句。可惜的是，全詩大量是老、莊玄理的直接陳述。不過，孫楚雖標達人大觀，但乖離之際惆悵盈懷抱，尙未能從玄理之求達到胸襟淡泊的地步，這比起東晉玄言詩人來還有相當的間距，但此詩玄理成分之重卻是十分觸目的。

孫楚之外，西朝詩人中尙多有寫及玄理者。張載《贈司隸傅咸詩》第三章云：「太上立本，至虛是崇。」潘尼《送大將軍掾盧晏詩》云：「贈物雖陋薄，識意在忘言。」棗腆《答石崇詩》云：「上德無欲，貴道不爲。」曹攄的《贈王弘遠詩》發端六句便曰：「道貴無名，德尚寡欲。俗牧其華，我執其樸。人取其榮，餘守其辱。」執樸守辱乃《老子》貴柔之旨。其《思友人詩》中云：「思心何所懷，懷我歐陽子。精義測神奧，清機發妙理。」查曹攄存詩中有《贈石崇詩》和《贈歐陽建詩》，歐陽建爲石崇外甥，曹攄與此舅甥二人交遊，此詩所懷之歐陽子殆即歐陽建歟？歐陽建爲其時重要玄學家之一，其「言盡意」論爲當時最重要的玄學名理之一。「精義測神奧，清機發妙理」二句對玄學家的思維與語言活動形容得頗爲入神入妙。

上述幾人，張載卒年大約較早，曹攄卒於永嘉二年，棗腆「永嘉中爲襄城太守」。潘尼「永嘉中，遷太常卿」，大約卒於 311 年。從這些詩人生活的時期及其作品來看，大約從元康以迄永嘉，詩人們是愈益以玄理入詩了。由於詩章佚亡，我們已無法詳論這一過程了，但僅從大致的情況來看，鍾嶸關於永嘉篇什「理過其辭，淡乎寡味」的意見是不錯的。也就是說，玄言詩風在永嘉中即已興起。

不過，這一時期的玄言詩，沒有什麼成就。過江而後，郭璞詩爲其「靈變」的代表，許詢詩爲其名理之極致，玄言詩產生了代表性的詩人，並且在「轉相祖尙」

的過程中發生了「作者悉體之」的巨大影響。玄言詩風靡一世，終於使東晉一代成爲文學史上的玄言詩階段。

因此，嚴格地說，玄言詩階段應從過江算起。寬泛一些說，從西晉末年永嘉之時開始，也是正確的，檀道鸞之說，注目於過江以後的詩同中朝詩的區別，鍾嶸之論，側重於東晉詩與西晉詩之間的沿續關係，都有道理。不過，文學史階段的畫分，應在總貌上著眼。考慮到永嘉詩歌應以劉琨淒厲的詩章爲代表，考慮到中國詩歌是從東晉開始，方才在整體上具有一種鮮明的不同於西晉力弱采縟特徵的玄言面貌的，所以玄言詩階段還以從過江以後有晉中興算起爲宜。

玄言詩階段的上界問題清楚了，郭璞歸屬的歧見就容易解釋了。鍾嶸把玄言詩階段的上界畫到永嘉，同他認爲過江以後玄言詩已是「微波尚傳」的看法是密切相關的。鍾嶸對於玄言詩階段比較重在西朝之末，因此郭璞在他眼裏也就成了變創玄言詩風的詩人。然而鍾嶸所說的「變創」，乃針對「淡乎寡味」而言的，因爲他對於詩的藝術要求是「幹之以風力，潤之以丹采」，並講求「滋味」的，所以鍾嶸是必定要反對「平淡之體」的。郭璞的遊仙詩不僅「坎　詠懷」，而且文辭「彪炳」，在鍾嶸眼裏自然是同平淡之體的玄言詩不同的「變創」了。

劉勰亦認爲郭璞詩拔出流俗，其曰：

> 江左篇制，溺乎玄風，嗤笑徇務之志，崇盛忘機之談；袁、孫已下，雖各有雕采，辭趣一揆，莫與爭雄，所以景純《仙篇》，挺拔而爲俊矣。

鍾嶸指玄言詩爲「平淡之體」，劉勰稱其「各有雕采」，雖有此種區別，但在對郭景純詩挺拔而與一般玄言詩風相異的認識上，則是一致的。不過，劉勰既以「江左」爲玄言詩階段之畫界，所以他是用郭璞同其以後的袁宏、孫綽相比的，而鍾嶸既云「變創」，當然是同其以前相比的。

既然玄言詩階段應從東晉畫起，那麼檀道鸞關於郭璞爲玄言詩起點的意見便能夠成立了。當然，前已述及，檀氏對郭璞之前理思的增長過程缺乏認識，是一個缺點。即使是鍾嶸也說，郭璞「始變永嘉平淡之體，故稱中興第一，《翰林》以爲詩首」，也多少含有一些東晉詩以郭璞爲始的意思。今之治文學史者片面地抓住了鍾嶸關於郭璞「變創其體」的說法，未加深究就把郭璞畫入反對玄言詩之列，這種看法與當時的實際實在是南其轅而北其轍的。

總之，玄言詩的遠源可追溯到漢末建安之時，而其孕育階段則主要在西晉。雖永嘉時玄言詩風已興起，但玄言詩作爲一個文學史階段，則應以郭璞爲正式起點；

許詢、孫綽之時爲玄言詩的鼎盛時期；謝混之時，則爲玄言詩這一文學史階段之終點。

貳、《三月三日詩》和《蘭亭詩》

從郭璞開始，詩歌史的發展便正式進入了玄言詩階段。在這個階段，詩歌所抒寫的內容及其所呈現的藝術風貌都和西晉大不相同了。

關於什麼是玄言詩，是一個值得重新討論的問題。文學史家們似乎一直是以劉勰、鍾嶸、沈約對玄言詩的批評來說明玄言詩的，從而在人們的眼裏，玄言詩就是以「柱下之旨歸」「漆園之義疏」爲內容，而以「理過其辭，淡乎寡味」爲表現特色的詩。其實，凡是以體悟玄理爲宗旨的詩，概屬於玄言詩。體悟玄理有兩條途徑：一是直接從理性入手，二是從感性形象入手。前一條途徑形成枯燥的說理詩，後一條途徑則能夠產生一些將一定的感性形象和一定的理性內容結合起來的篇什。《三月三日詩》和《蘭亭詩》、登覽詩和景侯詩中的佳構，以及用形象手法歌詠玄理的詩，都可畫屬此類。

三曹均有枯燥的說理詩，應璩的《百一詩》突出地發展了這種枯燥說理的傾向。傅咸更是寫作了《孝經詩》、《論語詩》、《毛詩詩》、《周易詩》、《左傳詩》這類味同嚼蠟的東西。這些詩以「言成規鑒」爲目的，不僅沒有綺麗、遒勁之詞，而且連一點玄遠的理思也沒有，徒有一副可憎的說教面目。這也就是說，枯燥的說理詩並非東晉所獨具，所謂成型在前，取則匪遠；而江左之所以異於西朝者，乃在於因玄風所被，枯燥說理之詩形成一時之潮流。當然，同是枯燥說理，應璩、傅咸所說爲風規治道的儒家之理，而玄言詩所述乃契心大象的玄悟之理。前者的目的在於規鑒時政，而後者的目的則在於求得個人的道足胸懷。由是，畫分了兩種具有不同時代特色的枯燥說理詩。鍾嶸所批評的「理過其辭，淡乎寡味」者，大約即指這類枯燥陳說玄理的詩。

玄言詩中題爲《蘭亭詩》和《三月三日詩》者數量較多，是現存玄言詩中的一個大宗，玄言詩中還有數量不多的登覽詩和景候詩，這一些詩都是玄學家們在流連山水之中的悟道之作。這是玄學家們試圖從感性形象入手體悟玄理的詩。這部分詩正是我們所應分析的重點，茲分述之。

《蘭亭詩》和《三月三日詩》數量多的原因，同春禊的風俗密切相關。鄭玄注《周禮．春官．女巫》所云：「掌歲時祓除釁浴」句曰：「歲時祓除，如今三月上巳如水上之類」。魏晉此風相沿，王羲之《三月三日蘭亭集序》云：「暮春之初，會於會稽山陰之蘭亭，修禊事也。」大約因爲此次集會的名聲很大，人們的春禊之寫，也就普遍採用《蘭亭詩》爲題了。

在漢代，杜篤便已有《京師上巳篇》，佚存僅二句：「窈窕淑女美勝豔，妃戴翡翠珥明珠。」逯欽立以爲，漢人七言率句句用韻，此「豔」、「珠」不協，疑非出自一章。除此以外，我們在漢代和魏代現有的存詩中，未見再有此類製作。西晉之時，王濟、程咸有《平吳後三月三日從華林園作詩》，荀□有《三月三日從華林園詩》，程、荀二作已爲佚句，惟王作爲完篇。張華有《太康六年三月三日後園會詩》，華乙太康三年出督幽州，三年後還朝作此詩。直接以《三月三日詩》爲題的，有陸機、王贊。潘尼另有洛水之制，閭丘沖尙存應詔之作。以上巳爲題者，則有阮修、潘尼。

西晉時寫作此類詩的風氣雖已漸起，但詩的內容大要爲記遊樂、頌功德，不僅無甚理悟可言，而且寫景成分亦不多，惟玄學家阮修《上巳會詩》值得注意：

> 三春之季，歲惟嘉時。靈雨既零，風以散之。英華扇耀，翔鳥群嬉。澄澄綠水，澹澹其波。修岸逶迤，長川相過。聊且逍遙，其樂如何！坐此修筵，臨彼素流。嘉肴既沒，舉爵獻酬。彈箏弄琴，

> 新聲上浮。水有七德，知者所娛。清瀨瀺　，菱葭芬敷。沈此芳勾，引彼潛魚。委餌芳美，君子戒諸。

此詩無頌美內容，而多景物之寫，故在其時同類之作中，透出了一股清新的氣息，雖仍寫及娛樂，但已脫略了寫「濯故潔新」「羽觴波騰」的舊套。且其「彈箏弄琴，新聲上浮」二句，亦已略有情懷之寫，而娛水之七德，戒潛魚之啖餌，則又明顯地表現了一種引發理悟的傾向。阮修此詩，正是三月三日詩、上巳詩將要脫去記遊樂、頌功德的舊面貌，成爲玄言詩之一宗的先兆。

江左春禊之俗亦盛。《晉書・王導傳》謂司馬睿「徙鎮建康，吳人不附，居月餘，士庶莫有至者，導患之。」「會三月上巳，帝親觀禊，乘肩輿，具威儀，敦、導及諸名士皆騎從。吳人紀瞻、顧榮，皆江南之望，竊覘之，見其如此，咸驚懼，乃相率拜于道左。」據此，江左春禊活動必甚盛大，故導、敦得借此機會以完成擡高司馬睿地位之政治舉動。司馬睿之徙鎮建康在永嘉之初，而王羲之蘭亭集會在永和九年，其間相距近半個世紀，春禊之盛如一。東晉《蘭亭詩》的大量產生，是以這種廣泛而長久的風俗爲基礎的。當然，東晉文人愛寫《蘭亭詩》，其中更重要的原因乃在於可借此抒發暢志悟道之情。反映修禊活動的篇什由此而演化爲玄言之章，從而《蘭亭詩》這一新題幾乎完全代替了《三月三日詩》這一舊題名而風靡一時。

縱觀現存東晉《蘭亭詩》，已全無頌美之音，且能脫略於遊樂之記，雖仍間或看到「飛觴」、「縱觴」、「俯揮素波」這一類的字句，其目的已在於抒情而不在於述事，從而東晉《蘭亭詩》表現了兩個鮮明的特色：一是詩的主旨在於寫其暢懷而悟理，二是多清新的景物之寫。

虞說《蘭亭詩》云：

神散宇宙內，形浪濠梁津。寄暢須臾歡，尚想味古人。

此詩十分清楚地表明瞭玄學家們「形浪」、「神散」于自然之中，對於豁暢情志的追求。而孫嗣的《蘭亭詩》，則更具體地寫出了玄學之士「尙想味古人」的內涵：

望巖懷逸許，臨流想奇莊。誰雲真風絕，千載挹餘芳。

他們在望巖臨水之中，懷想許由、莊子，千載之下而挹其玄風之餘芳，從而感到了一種「千載同一朝，沐浴陶清塵」 的內心之洗滌。豁暢情志爲「曠」，「沐浴陶清塵」爲「淡」。「曠淡」二字，乃玄學家山水之遊中情趣之所寄。

玄言詩並不是一個單純的、亦即狹義的文學創作活動，「涉《易》知損，棲《老》測妙」，玄言詩乃是一種廣義的文化活動。在這種文化活動中，東晉玄言詩人的著眼點乃在於追求並獲致一種逍遙自得的精神狀態，我們可以在王羲之的《蘭亭詩》中十分清晰地析理出此種思想意向來，其詩云：

> 代謝鱗次，忽焉以周，欣此暮春，和氣載柔。詠彼舞雩，異世同流。乃攜齊契，散懷一丘。

此詩前四句從時運之周寫起，而及於「和氣載柔」之此「暮春」，給人一種遙而闊的感受。魏晉以來，人們對於時間遷逝的感受十分強烈而突出，歷史感分外深沈。王羲之發端於此，卻不引向對遷逝悲感的抒發，相反地，他倒外感其柔而內懷其欣，這是一種大不同於前代的思想感情。後四句具寫其「欣」：尚友古人，可「異世同流」于孔門之詠舞雩也；現世逍遙，則攜手契友而散懷於一丘之中。魏代及西晉詩人胸中感蕩的意氣和撕心的悲痛，在《蘭亭詩》中「淡」盡了。由於這種意氣和悲痛的「淡」盡，詩作表現出了一種怡暢的情調。這種思想感情的轉換，實依賴于玄理的導引。王羲之在《蘭亭詩》中自白道：

> 悠悠大象運，輪轉無停際。陶化非吾因，去來非吾制。宗統竟安在？即順理自泰。有心未能悟，

適足纏利害。未若任所遇，逍遙良辰會。

本來，玄學崇無派是主張有一個精神性本體的，而玄學崇有派卻否定有這樣一個精神性的本體。王羲之此詩以向、郭自生、自有、自爾的獨化思想爲論旨。

其「宗統竟安在」一句，便是承著這種獨化論而否認本體之存在的。其「陶化非吾因」者，謂森羅萬象均「欻然而生」、「欻然自爾」，非因由於自然之陶化也。《莊子·則陽》篇云：「未生不可忌，已死不能徂」。王羲之「去來非吾制」一句本於此注。後來梁代范縝著《神滅論》駁佛，亦闡獨化之義，其曰：

若知陶甄稟于自然，森羅均於獨化。忽焉自有，恍爾而無；來也不禦，去也不追。

「陶甄」、「森羅」二語所述，即「陶化非吾因」也，「忽焉」以下四語，則可視爲「去來非吾制」之詳說。物既無待而自生自化，則何有不滅之神及因果報應，此范縝采獨化論心契之所寄，而王羲之之目的，則在於求逍遙之歸宿。

向、郭的獨化、玄冥之論，本引向於安命論。《莊子· 大宗師》注云：

夫相因之功，莫若獨化之至也。故人之所因者，天也；天之所生者，獨化也。人皆以天爲父，故

> 晝夜之變，寒暑之節，猶不敢惡，隨天安之。況乎卓爾獨化，至於玄冥之境，又安得而不任之哉！既任之，則死生變化，惟命之從也。

義之詩所謂「即順」「任所遇」者，正是「安得不任之哉」的「惟命之從」。

向、郭以適性安分爲逍遙。《莊子．逍遙遊》注云：

> 苟足於其情，則雖大鵬無以自貴於小鳥，小鳥無羡于天池，而榮願有餘矣。故小大雖殊，逍遙一也。……理有至分，物有定極，各足稱事，其濟一也。若乃失乎忘生之主而營生於至當之外，事不任力，動不稱情，則雖垂天之翼不能無窮，決起之飛不能無困矣。」羲之以「任所遇」爲「逍遙」，任所遇的實質，亦即安於其性分，所以王羲之之逍遙義乃承之于《莊》注。其時，逍遙一義是清談中的重要名理，王羲之頗醉心於此。

「任所遇」的安命論，爲士族在江南的隨遇而安製造了哲學根據；適性安分的逍遙義，又爲他們那自得的精神狀態提供了理論基礎。門閥士族播流江表以後，在新的地域中安頓了下來，對於「井堙木刊，阡陌夷滅，生理茫茫」的丘虛之河洛、蕭條之函夏，已無心去恢復了。北風之思，不再有切心之痛；作「楚囚相對」的新亭之泣，也已不復在懷了。他們鑿山浚湖，役工無已，江南已成爲他們新的「安樂之國」。於是，他們「遊山海」，「行田視地利，頤養閒暇」，與「親知時共歡宴」。在這種「保小以固存」的苟安之中，著意去體會那種不可「勝言」的「得意」。

「人之有所不得而憂娛在懷，皆物情耳，非理也」。「物物而不物於物」的「至足」的門閥士族們無所不得，於是乃把得失之憂娛看作是非理之「物情」，他們的政治經濟地位在凝固化了的士族制度中世代相傳，自可以涉新而不愕，舍故而不驚了。他們「步崇基」，「恬蒙園」，「散以玄風，滌以清川」，自得而逍遙。逍遙者，調暢逸豫之意，所以抒寫自得逍遙之趣的玄言詩，自必表現出一種恬曠豫暢的情調。

由於這種恬曠豫暢的情調，所以許多《蘭亭詩》之寫景往往很爲散朗，甚至透露出一派欣欣生意來。

我們還是先引王羲之的詩來看：

> 三春啓群品，寄暢在所因。仰視碧天際，俯瞰淥水濱。寥闃無觀，寓目理自陳。大矣造化功，萬殊莫不均。群籟雖參差，適我無非親。

詩的發端二句即明白說出欣賞山水的目的在於「寄暢」。寄暢者，寄意而暢情也。此種寄意暢情，需要因藉於山水。由於大道曠蕩，作爲悟理物件的自然也是「寥闃無觀」的，因而全詩氣象十分朗曠。「理」成爲物我相親的基礎，物中之理乃詩人心中之理之外映，故參差群籟適之於我而無非親也。

庾闡的《三月三日詩》云：

心結湘川渚，目散沖霄外。清泉吐翠流，淥醽漂素瀨。悠想眄長川，輕瀾渺如帶。

此詩氣象亦十分散曠，目散沖霄之外，遠川渺如一帶，詩人於翠流素瀨之中悠然長想，情志之遠與詩境之闊相符契焉。

孫綽的五言《蘭亭詩》進一步寫出了一股生意：

流風拂枉渚，停雲蔭九皐。鶯語吟修竹，遊鱗戲瀾濤。攜筆落雲藻，微言剖纖毫。時珍豈不甘，忘味在聞韶。

前四句寫景落筆工麗，春和之景中的一脈生意欣欣然而出。後四句反映了當時蘭亭集會中玄學之士醉心於賦詩、清談的情狀。「剖纖毫」者，見析理之微；「落雲藻」者，則見詞藻之高俊也。參照劉勰淡思濃采之說，玄言詩亦非無麗詞焉。本來，清談之中就是十分講究詞藻的。與王羲之、孫、許諸名士交往均甚密的支道林，其通《漁夫》一篇，敘致精麗，才藻奇拔。一概說玄言詩枯淡，並不準確。

謝萬的四言《蘭亭詩》尤足可稱：

> 肆眺崇阿，寓目高林。青蘿翳岫，修竹冠岑。
> 穀流清響，條鼓鳴音。玄崿吐潤，霏霧成陰。

王夫之譽此詩「不一語及情而高致自在」。上引庾闡的《三月三日詩》全詩無一語及理，謝萬此詩復無一語及情，純任寫景，而寓情其中，展示了隨著情與物在描寫比例上的消長變化所產生的外物愈益成爲描寫物件這種向著山水文學推演的迹象，此詩十分鮮明地表現了一種由曠淡胸懷而來的豫暢散朗的情調，此其王夫之所謂「高致」者歟？

參、登覽詩和景候詩

這種向著山水文學推演的迹象，在玄學家們於山水之中悟道之作的另一類型——登覽詩和景候詩中，表現得更加清楚。

庾闡《衡山詩》云：「寂坐挹虛恬，運目情四豁。」「寂坐」「虛恬」以體於道，乃《老》《莊》之常旨，庾闡此詩則又以運目四方、豁暢情志與之相對，則運目豁情之中仍不離於道之悟，故闡詩末二句結云：「未體江湖悠，安識南溟闊？」這種在登覽之中對豁暢情志的追求，同《蘭亭詩》中「嘉會欣時遊，豁朗暢心神」 的企向，正是一脈相通的。

遊樂詩必然導向對景候的描寫,而登覽詩則必然引致對山水的刻畫,庾闡的《觀石鼓詩》云：

> 命駕觀奇逸，徑鶩造靈山。朝濟清溪岸，夕憩五龍泉。鳴石含潛響，雷駭震九天。妙化非不有，莫知神自然。翔霄拂翠嶺，綠澗漱巖間。手澡春泉潔，目玩陽葩鮮。

此詩首四句述其命駕啓程，而標「觀奇逸」爲其旨；全詩次四句寫「奇」、末四句述「逸」，確以「觀奇逸」而一統之也。庾闡此詩在對自然神妙的讚歎之中，仍不乏玄學家關於自然之通生萬物不知所以然而然的那樣一種獨化論的玄味，但由於這一讚歎是同奇景之寫密切結合在一起的，所以顯得渾融自然，因而全詩已然是一首平實的記「遊」詩了。庾闡生活在東晉前期，然而他的這首石鼓山詩，已經可以看作山水詩興起的蹤迹了。

生活於東晉後期的湛方生對於山水的刻畫頗引人注目。其《帆入南湖詩》云：

> 彭蠡紀三江，廬嶽主衆阜。白沙淨川路，青松蔚巖首。此水何時流？此山何時有？人運互推遷，

> 茲器獨長久。悠悠宇宙中，古今疊先後。

此詩對理思的表達是同所詠的物件渾融在一起的，因這種渾融，他的廬嶽之詠便具有了一種遠意。其《還都帆詩》云：

> 高嶽萬丈峻，長湖千裏清。白沙窮年潔，林松冬夏青。水無暫停流，木有千載貞。寤言賦新詩，忽忘羈客情。

此詩之中心在後四句所寫之理上，而此詩之值得注意乃在於前四句寫景之清淨。登覽之中的理悟，必然要求著對於登覽所見的描寫，山水刻畫的風氣正是由此而一步步地愈益在詩苑中擴展開來的。

景候之寫，主要在於春秋二季。《三月三日詩》和《蘭亭詩》所寫即是春景，這一類詩往往寫得煦和欣樂，而秋景之寫中的佳什，則頗爲淒淸疏淡。其中，孫綽《秋日詩》最爲出色：

> 蕭瑟仲秋月，飂戾風雲高。山居感時變，遠客興長謠。疏林積涼風，虛岫結凝霄。湛露灑庭林，密葉辭榮條。撫菌悲先落，攀松羨後凋。垂綸在林野，交情遠市朝。澹然古懷心，濠上豈伊遙？

此詩開頭四句，即景思雙起，景「高」而懷長，且以「蕭瑟」二字標出全詩色調。次四句就景而寫，有近景之湛露在庭、落葉辭條，又有遠景之疏林涼風，虛岫凝雲，氣象疏虛涼肅。後六句就思而寫，「撫茵」「攀松」二句，抒生命短促之悲，「垂綸」「交情」二句，由此進一步寫自己之遊逸山林，最後以會心濠上的古懷心作結。蕭瑟之景與澹然之心渾融，使此詩體現出一種玄遠疏淡的風貌。

寫春則豁朗欣暢，寫秋則玄遠疏淡，這正是東晉詩景候之寫中的玄學色彩。然而無論是豁朗欣暢，還是玄遠疏淡，其核心都是一個「淡」字。情累豁盡則有淡然出塵之思，故所謂「淡」者，自得而有高世之志也。正是在這種「玄淡」詩風中，景候愈益獲得了真切的描寫。

真切必引向細微，湛方生《詩》云：

> 仲秋有秋色，始涼猶未淒。蕭蕭山間風，泠泠積石溪。

此詩已注意寫出一定季候裏的山中景象，特別是「始涼猶未淒」一句表現了對季候變化程度的分寸感的把握。此種刻物細微的造語，南朝詩中多見，梁陳詩中更是俯拾皆是。從詩歌發展史的角度上說，湛方生此詩有其值得注目的地方。

山水刻畫，景候描寫，是山水詩作特色之所在。這兩項內容在東晉玄言詩中，已經愈益顯得觸目了。但是，總的說來在東晉玄言詩中，將這兩項內容鮮明而深入地交融在一起的作品還很少。也就是說，東晉詩人一般還未能使季候之寫中體現出具體山水的特色，或在山水之寫中表現出特定季候的色彩。此兩項內容的成功的融合，還有待於詩人們對山水景候有進一步的深切感受，然而要取得此種感受，則又需要詩人們從較多地關注理思轉爲較多地關注於感受自然之美。這要等到謝靈運的出現，方得以實現。

東晉玄言詩在寫景上有這樣一種進步，是值得特別爲之指出的：西晉詩寫景往往有平列諸種景物而統之以理的情況，亦即陸雲所說「牧彼紛華，委之沖漠」者也。象張協《雜詩十首》其三，即在寫了「金風」、「丹霞」、「密雨」、「寒花」、「秋草」後，以「閒居玩萬物」而統之。西晉詩中寫景往往較爲繁多板滯的這一狀況，在寫得好的玄言詩中有了變化。在一些《三月三日詩》、《蘭亭詩》、景候詩和登覽詩中，景物之寫比較集中了，高下左右的外物描寫往往能形成一個比較簡煉完整的視覺環境，這不能不說是藝術上的一個重要的進步，它對於中國詩歌中境界詩之在齊代的初步自覺形成，關係頗大。

通向山水詩的道路，不僅有登覽詩和景候詩，還有遊仙詩。

遊仙詩在魏晉，本是一種借遊仙題材而抒發內在情懷的詩，因而遊仙詩的發達程度同詩人內在是否具有坎　之懷有著密切的關聯。郭璞以後，士族文人既然以「豁爾累心散」爲自己心理之企向，那末他們的內心情感和他們的詩風自然也就愈益趨向於平淡了。和這一發展相平行的是，郭璞以後遊仙詩便急劇衰落了。檢點現有存詩，庾闡還有許多首佚殘了的《遊仙詩》。庾闡以後則似只有王彪之的一首大約也是佚殘了的《遊仙詩》。劉宋時，詞氣高舉的鮑照也只有《代升天行》、《白雲詩》等三、四首遊仙之詞，而謝靈運、顏延之則連一首遊仙詩也沒有了。南朝齊、梁以下，王融、蕭衍、沈約、劉緩、戴暠、張正見、北朝顏子推、王褒、庾信，隋代盧思道、楊廣、魯范諸人的遊仙詩，則屬於文人們偶或爲之的性質了。整個南北朝隋代遊仙詩作十分稀少。

遊仙詩中自多遺世外物之言，但由於題材的要求，又多寫及景物和地點。不過，值得注意的是，其所寫景物往往並非人間物事，而是雲珠、石蜜、玉蕊、瓊葩等方外之物，所寫地點亦多是昆侖、崆峒、丹泉、黑水之屬，因而此種景物和地點之寫並不真切，不過是一種想象的描寫。山水詩派興起以後，遊仙詩式微了。人們把方外之域的描寫，轉移到對真實自然的刻畫上了。從這一層意義上說，可以認爲遊仙詩中的景物、地點之寫導向並化入了山水之寫中。但是，對於山水詩派興起真正起了巨大推動作用的，還是玄學家在自然之中的悟道豁情。也就是說，山水文學的興起，並不在於遊仙詩中想象描寫之轉化，而在於真實山水之體驗。不過在追溯山水詩派之興起時，把遊仙詩視爲其先源之一，還是應該的。

肆、對靜態清趣之喜好

東晉玄言詩爲山水詩派的興起所準備的條件中，還有對靜態清趣之喜好這一項，這是審美情趣上的一種準備，對靜態清趣的喜好，乃是玄淡詩風的必然歸宿。

王羲之《答許詢詩》云：「爭先非吾事，靜照在忘求。」忘求者，即虛心淡泊之謂也。忘求而後則心神寂然，自趨於靜觀。在審美上，靜觀必導向對事物靜態的喜好。

這是一個十分重要的轉變，漢賦本以一種厚重遒勁之力而感染人，漢代文藝又多愛對動勢加以描繪。而魏晉以來，喜好靜態的傾向則日益在發展。

同對靜態的喜好相聯繫的，還有對清趣的欣賞。王羲之云：「取歡仁智樂，寄暢山水陰。清冷澗下瀨，歷落松竹松。」寄暢在於山水之陰，所喜在清冷、歷落之景，這裏所愛好的正是一種清趣。

門閥士族文人們臺階虛位，養素丘園，所居「庭無亂轍，室有清弦」，平日「足不越疆，談不離玄」，企向著室邇人曠、物疏道親的境界，他們以「藏器掩曜」的「曖曖幽人」 自居，所以往往愛寫一種清冷的色調。孫綽《答許詢詩》第七章十分突出地表現了此種清冷色調：

> 矧乃路遐，致茲乖違。爾托西隅，我滯斯畿。寂寂委巷，寥寥閑扉。淒風夜激，皓雪晨霏。隱機獨詠，賞音者誰？

此詩意蘊淒寂而高絕，巷寂扉閑，風淒雪皓，色調確甚清冷。正是這種清冷的色調，勾畫出玄言詩人高世獨立的心理。

以《詠史詩》爲謝尙所賞識的袁宏，其《從征行方頭山詩》更在一種峻而窈的環境中寫幽人之悟：

> 峨峨太行，淩虛抗勢。天嶺交氣，窈然無際。澄流入神，玄谷應契。四象悟心，幽人來憩。

前四句寫山，後四句寫人。入神者澄流，應契者玄穀，幽人悟心之地，其景亦窈寂也。山水之寫中的清趣冷調，乃玄學之士遺世超悟心理的映現。

這種清趣早在建安詩人的作品中即露端倪。陸機詩在對清趣的表現上曾有過重要的貢獻，左思已經作出了「山水有清音」的著名概括，然而清趣真正成爲一種審美風尚，還是在東晉。因爲清趣的體味，需要一種「萬慮一時頓渫，情累豁焉都忘」的心境，而這種心境的形成有賴於玄風的拂塵散滯。南朝以下，清趣成爲詩歌中彌漫一時的審美情趣，正是憑藉了玄言詩玄淡詩風之暢達。「雖無絲與竹，玄泉有清聲，雖無嘯與歌，詠言有餘馨」。玄言詩人們散豁於山水間，在「詠言」之「餘馨」中所感受于自然的乃是一種淡意清趣。

山水刻畫的增多，靜態清趣審美風尚的形成，是南朝以大、小謝爲代表的山水詩派興起的兩個條件。如果說阮修的《上巳會詩》應該看作是三月三日詩、上巳詩，將要以《蘭亭詩》的新題成爲玄言詩之大宗的標誌的話，那麼孫統的《蘭亭詩二首》其二則是玄言詩導向于山水文學的先兆。其詩云：

> 地主觀山水，仰尋幽人蹤。回沼激中逵，疏竹間修桐。因流轉輕觴，冷風飄落松。時禽吟長澗，萬籟吹連峰。

孫統字承公，王羲之蘭亭集會序中曾列之爲賦詩者之首。孫承公的這首詩在《蘭亭詩》中確是一首十分突出的好詩，發端二句，即寫出了消散於山水之中的玄學之士那莊園地主的身分及其在思想上齊契幽人的企向。全詩景淸情疏，特別結末二句於輕舉自如中而有一種遠曠的氣象。這一些特點後來在山水詩派的篇什中，表現得更爲淸晰而突出。

「凡我仰希，期山期水」，玄言詩正在向著山水詩大步邁進。

到謝混《遊西池詩》出現時，山水詩派的興起就正式揭開了序幕。雖然「仲文玄氣，猶不盡除；謝混情新，得名未盛」 ，但玄言詩是已經走到了它的結束期了。

謝混《遊西池詩》云；

悟彼蟋蟀唱，信此劳者歌。有來豈不疾？良遊常蹉跎。逍遙越城肆，願言屢經過。回阡被陵闕，高臺眺飛霞。惠風蕩繁囿，白雲屯曾阿。景昃鳴禽集，水木湛清華。褰裳順蘭沚，徙倚引芳柯。美人愆歲月，遲暮獨如何？無爲牽所思，南榮戒其多。

此詩仍有玄思色彩。詩結末二句用《莊子．庚桑楚》篇所雲，庚桑楚謂南榮 曰：「全汝形，抱汝生，勿使汝思慮營營」爲典，以消釋自己遲暮之中對愆歲月的美人之思。不過從全詩來看，這種玄思的色彩已經相當淡了，此詩以其清麗的景物描寫而一新人們的耳目：「惠風蕩繁囿，白雲屯曾阿。景昃鳴禽集，水木湛清華」四句，在整個東晉玄言詩中，確是最好的寫景佳句了。自然風物在這兒獲得了較爲客觀的刻畫，不再是被單純用來充當主體感情的載體和理思的憑藉了。在客觀反映外物的需要下，語言的表現力受到注意，「蕩」、「屯」、「鳴」、「湛」四字的運用，自然之中又頗具刻畫之工。

總之，謝混此詩以其清新秀拔的新姿翹穎於東晉詩壇上，標誌著一個認識、欣賞自然美的新時代的來到。

伍、詩境的開拓與寫佛詩的出現

玄言詩對於後世詩歌發展的影響，除了其對山水文學的導向外，還有兩點值得提及：一是理思入詩後中國詩歌的詩境有了新的開拓，二是寫佛詩的出現。

本來，漢賦以平面的鋪張描寫爲其特色，漢賦在某種程度上可以說是闊大的地域一空間觀念的文學化。而玄言詩人在「仰觀大造，俯覽時物」之中則多有「機過患生，吉凶相拂」的禍福倚伏之思和「四運雖鱗次，理化各有准」的時運之寫。在他們對於理神超絕的追求中，詩境變得高而微了。

我們可以舉兩首同樣也是境界闊大的玄言詩來加以說明。先看孫放的《詠莊子詩》：

巨細同一馬，物化無常歸。修鯤解長鱗，鵬起片雲飛。撫翼搏積風，仰凌垂天翬。

首句「巨細同一馬」化自《莊子‧齊物論》所云「天地一指也，萬物一馬也」，「修鯤」四句用《莊子‧逍遙遊》之典，此詩引用《莊子》之典旨在說明物化之無常。

再看江逌的詩：

巨鼇戴蓬萊，大鯤運天池。倏忽雲雨興，俯仰三州移。

詩中「大鯤運天池」句，亦化用《逍遙遊》所云「是鳥也，海運則將徙于南冥。南冥者，天池也」，江逌引之，其義旨在于說明俯仰成變。

無論物化無常，亦或俯仰成變，均乃《莊子》常言之理，但孫、江二詩對莊義之表達不是理性之直陳，而是蘊之於形象之中，因此這兩首詩不屬於枯燥說理的一類。它們以象徵手法歌詠玄理，由於巨鼇、修鯤形象本身所具有的浩大的氣魄，兩詩在詠理中又給人以一種抒發闊大胸懷的感受。

這兩首詩氣勢恢廓雄豪，但又同漢賦的恢廓不同。

漢賦在恢廓中透出厚重，雖給人以氣勢的感染，但也有一覽即盡的不足。而這兩首詩則在恢廓中表露玄理，給人以思致，雄豪中透出理趣，從而它們所表現的恢廓乃是一種根基於對自然之運的理解之上的恢廓。比之漢賦那闊大的境界，這兩首詩所表現的乃是一種更深層次上的開闊，其原因便在於其闊大中有理思。當然，這兩首詩構思、造語過分依傍《莊子》，顯得創造性不夠，然而在東晉詩中，像這樣境界恢廓的詩已十分罕見。其時，玄理對詩境的開拓作用較多地表現在他們的景候、登覽之寫中。像前引王羲之的《蘭亭詩》就表現了一種高而微的境界。吸收哲理來開拓詩境是一個值得肯定的努力，沒有這樣的努力，後世詩歌之向著精深境界的上升是不可能的。然而，當吸收哲理變爲充斥哲理，從生活形象中探求哲理變爲複述老莊套話時，本應達到高微狀態的詩境也就演化爲面目可憎的說教了。以致使得枯燥說理詩曾經一度大爲泛濫。然而，中國詩歌正是在付出了此種代價後，方才學會了正確地以哲理入詩從而達到高微精深的境界的。

佛理入詩也是當時吸取哲理入詩中的一項。佛教自東漢初年傳入中國，開始是附庸於鬼神方術的，其內容不過爲齋戒祭祀，時人亦以黃老道術之枝屬而目之。桓靈之世，佛教在道術中位置已漸顯重要。漢時譯經本有二系：一爲安世高之小乘禪宗，一爲支讖之大乘般若，小乘禪學因和漢代黃老道術相似而有所流傳。般若空宗乃至玄學興起附翼玄學貴無之說，方大行於世。因般若學之流行，佛徒乃與士人廣泛交遊，得廁身社會賢達之中，佛教勢力因而大大地向前擴展了一步。當時，不僅佛教教義附庸玄學，而且名僧風度亦酷肖談士。在名僧名士的相互往來論玄說佛之中，佛理便一步步地滲入了玄談。

佛理既滲入玄談，玄言詩在歌詠玄理時也就會旁及佛理了。東晉士人既喜登遊，則佛山亦可登覽，於是有了佛境之寫。寫佛詩中又有詠佛理和寫佛境兩項內容。東晉士人詩中，張翼有《贈沙門竺法頵三首》，《答康僧淵詩一首》，王齊之有《念佛三昧詩四首》，苻朗有《臨終詩》一首，劉程之、王喬之、張野各有一首《奉和慧遠遊廬山詩》，湛方生有《廬山神仙詩》一首，皆士人之寫佛詩也。

從藝術表現的角度說，上述寫佛詩亦可分爲兩種：一種爲枯燥說理者，一種爲在登遊之中發理悟者，前者同玄言詩中的枯燥說理詩屬於一類，後者可歸之於登覽詩之一類，其實，它們本即是登覽詩。正同佛理滲在玄談之中一樣，寫佛詩亦在玄言詩牢籠之中。

在西晉詩歌中，我們還看不到寫佛詩。東晉佛理、佛境滲入詩中，下延至詩人、玄學家、佛教徒三者相兼相兼的謝靈運，說佛便成爲他詩歌內容之重要一項了。

陸、玄言詩對中國詩歌發展的意義

綜觀東晉存詩，偶有寒士之歎（如張望的《貧士詩》）和羈旅之懷（如湛方生的《懷歸謠》以及陸沖《雜詩二首》其一），時日流轉之感和季候之思則較爲多見，然而像西晉詩中那樣一種嚴重的危迫感則幾泯焉。玄學家以玄漠夷和爲標，故其詩風玄淡。玄言詩在相當程度上淡退了詩歌中歷時彌久的遷逝感，於寫景中透出高朗，於人生亦尋其自得之處，於是發展到晉末宋初的陶淵明詩，方才一方面仍有遷逝之悲，另一方面又有自得之樂；一方面歷史感深沈，一方面又出現田園山水之一片欣意，表現了一種豐富的多色調的思想內涵。離開了玄學的消釋作用，悲愁之聲是難以有所淡退的，陶淵明詩歌的特殊風貌也是無法形成的。

遷逝感的淡退，與外物愈益成爲描寫的物件，是一組呈現反向運動的因果聯結，內心深沈的感蕩之減弱，方才能使外物的描寫從「有我之境」走向「無我之境」，自然景候才能日益成爲一種獨立的審美物件。對外物刻畫的需要，又必然刺激著對於語言表現藝術的愈益精致的講求，從而「刻畫」的藝術風氣才能廣爲彌漫開來，精致的形式追求方才成爲一代藝術風會之所在。中國詩歌的發展因而進入了一個新的階段。

所以，玄言詩階段應該被承認是我國詩歌發展史中的一個重要階段，廣爲流行的一概抹倒這一階段的看法並不正確。玄言詩中仍有一定數量較好的作品。《三月三日詩》和《蘭亭詩》，登覽詩和景候詩，以及以形象手法歌詠玄理的詩這幾種類型中，都有一些可以肯定的篇什。這些詩作或玄淡疏朗、或清冷雅逸的風格，表現了特定的歷史特色。然而從詩歌發展史的角度看，玄言詩階段的重要意義並不在於它本身詩歌的成就，而在於它在詩歌發展過程中的作用。清代詩學家一再認爲劉宋之際爲中國詩史之一大轉折關口，「詩至宋，性情漸隱，聲色大開」。這和玄言詩階段因其消釋功能而起的轉折作用，有至爲密切的關係。其實，沈德潛所謂「性情」，在玄言詩階段中就隱了下去，魏代及西晉詩中那豪邁高峻的氣骨、深沈淒切的傷痛，在東晉「玄淡」的詩風中被大大地化釋了。而「玄淡」詩風中那種追求自得的情趣和塵外之思，則大力開啓了對自然聲色的描寫。聯繫到唐代詩歌是在南朝詩歌所取得的巨大的藝術進步（形式和手法）的基礎上前進的，那末我們可以看出中古詩歌的發展，正是通過「玄言詩」這一環節而邁向一個極大的新發展境地的。

玄言詩階段已經過去一千五百餘年了，對於這個詩歌史階段，自古及今，人們不是忽視便是只給予單向否定的評價。現在，是給予雙向評價的時候了。

*本文作者現任蘇州大學中文系教授

陶淵明「結廬在人境」與遊仙之審美情趣

張 宏

壹、前言

兩晉時期遊仙詩是詩壇的主潮之一，大多數詩人都有或多或少的遊仙之作。東晉大詩人陶淵明也在詩歌中表現了對養生與長生成仙等問題的思考。他還有〈讀山海經十三首〉，表現了「泛覽周王傳（即《穆天子傳》），流觀山海圖。俯仰終宇宙，不樂復何如」的審美情趣，成爲他詩歌創作中的一叢奇葩。但大多數陶詩的研究者對此都很少涉及。而這一現象對研究魏晉遊仙詩的創作思潮不可忽略。因此，值得作專門研討。

貳、對養生與長生成仙的思考與論辯

陶淵明在認真思考人的生命年壽問題時，能夠以自然化遷的自然觀和委運任化、樂天知命的人生觀，來廓清長生成仙的蒙昧思維，達觀自釋。

陶淵明是個崇尚自然和自然化遷的人。他說自己的性格是「質性自然」（〈歸去來兮辭〉），說自己的生活是「久在樊籠裏，複得返自然」（〈歸園田居〉之一）。崇尚自然的思想源于老莊。《老子》說：「人法地，地法天，天法道，道法自然。」（第二十五章）《莊子‧應帝王》說：「遊心於淡，合氣於漠，順物自然，而無容私焉，而天下治矣。」老莊都以自然爲至高之境，強調其非人爲的、本來如此的、天然而然的狀態。魏晉玄學家都繼承老莊思想，特別標榜自然。前面論述了嵇康、阮籍以自然對抗名教。但陶淵明的崇尚自然、反抗名教不同于嵇康、阮籍。陳寅恪先生在〈陶淵明之思想與清談之關係〉中說：

> 淵明之思想爲承襲魏、晉清談演變之結果及依據其家世信仰道教之自然說而改創之新自然說。惟其爲主自然說者，故非名教說，並以自然與名教不相同。但其非名教之意僅限於不與當時政治勢力合作，而不似阮籍、劉伶輩之佯狂任誕。……又新自然說不似舊自然說之養此有形之生命，或別學神仙，惟求融合精神於運化之中，即與大自然爲一體。

因此，陶淵明對生命的思考，主要出發點是順其自然，隨著自然的化遷而變化。他繼承了老莊道家關於「化」的觀念，認爲「化」是自然規律，宇宙間的萬物都是變化的，「萬化相尋繹」(〈己酉歲九月九日〉)，「情隨萬化移」(〈于王撫軍座送客〉)。人也有從生至死的變化過程，這是不可抗拒的自然規律，人應該以一種恬淡的心情順應自然變化的規律，陶淵明在詩歌中稱之爲「乘化」，如「翳然乘化去，終天不復形」(〈悲從弟仲德〉)，「聊乘化以歸盡」(〈歸去來兮辭〉)。這就決定了他要否定長生成仙的迷夢和反對「營營以惜生」之苦修仙道的「騰化術」。陶淵明著名的詩篇〈形影神〉，即圍繞時人「惜生」(吝惜生命)的主題，「神辨自然以釋之」(〈形影神序〉)，即以老莊玄學的自然化遷思想來否定長生成仙的虛幻夢想。

這首詩歌採用問答論辯的形式，可見出魏晉玄談辯論的影響。從曹操〈秋胡行〉和〈精列〉對神仙和生命自然規律的樸素思考，曹植與王粲在酒酣耳熱的華宴上戲論生死數度問題(見曹植的〈王仲宣誄〉)，楊修、王粲等都作有〈傷夭賦〉抒發人生易滅的感慨，徐幹《中論・壽夭》、荀悅《申鑒・俗嫌》都專門論生死壽夭禍福問題，到嵇康和向子期互難養生論，可見魏晉人對養生與長生成仙的關注和熱烈辯論。至王導渡江後，養生論已成爲玄談的三大名理之一。而由於佛教的興起，釋僧也加入到玄談辯論中來，使得形神之辯更趨激烈。葛洪的《抱朴子》乾脆以問答體的形式來宣揚長生成仙之說。在這股仙氣與玄風及佛理互熾的氛圍下，陶淵明的詩歌中也夾雜著對養生與生命的思考。他的問答體詩歌〈形影神〉正是在這種背景下創作的。據逯欽立先生注，這首詩作於東晉義熙九年（西元413)。當時，廬山釋慧遠作〈形盡神不滅論〉、〈萬佛影銘〉，以形影神三者宣揚佛教神不滅論。陶淵明有感於此，反其意而創作了此詩，同時也涉及道教徒的長生久視之說。 不過，我們看〈形影神序〉:「貴賤賢愚，莫不營營以惜生，斯甚惑焉。」其時最講「營營以惜生」的，當指神仙思想和隱逸苦修仙道、服食以求長生之徒。因此，〈形影神〉的主要針對物件當是長生成仙之說。只不過陶淵明借鑒了佛教徒講說形影神的論辯方式。實際上，早在王粲的〈傷夭賦〉就說:「求魂神之形影，……淹低徊以想像。」已隱約可見對形影神的思考。我們看〈形贈影〉:

> 天地長不沒，山川無改時。草木得常理，霜露榮悴之。謂人最靈智，獨複不如茲！適見在世中，奄去靡歸期。奚覺無一人，親識豈相思？但余平生物，舉目情淒。我無騰化術，必爾不復疑。願君取吾言，得酒莫苟辭。

首四句寫「人之形」羨慕天地山川草木都能周而復始，得永恒不變之理。後八句以親人去世爲例，寫「人之形」悲哀自己之必死，主張飲酒爲樂。「我無騰化術，必爾不復疑」,「騰化術」，飛騰變化之術，指超越造化、成仙不死的方術。這裏的「人之形」顯然指代追求長生不死的神仙道教之思想。

〈影答形〉緊接上篇說：

> 存生不可言，衛生每苦拙。誠願遊昆華，邈然茲道絕。

「人之影」針對上篇「人之形」的訴求，探討了如何「存生」和「衛生」。《莊子・達生篇》說：「世人之以爲養形足以存生，而養形果不足以存生，則世奚足爲哉！」既然不能長存於世，那麼該如何養護在世的生命呢？「人之影」首先想到了「遊昆華」，此即入山修煉仙道。魏晉已有不少這樣的岩穴之士，陶淵明的叔父陶淡和從弟陶敬遠就都避世入山，修煉仙道。「邈然茲道絕」，「人之影」對此舉作了否定。而想到了「身沒名亦盡，念之五情熱」，於是歸結到儒家「立善有遺愛」的衛生之道上。這裏的「人之影」顯然代指儒家名教思想。

第三章〈神釋〉說：

> 三皇大聖人，今復在何處？彭祖愛永年，欲留不得住。老少同一死，賢愚無復數。日醉或能忘，將非促齡具？立善常所欣，誰當爲汝譽？甚念傷吾生，正宜委運去。縱浪大化中，不喜也不懼，應盡便須盡，無復獨多慮。

詩歌前八句，「人之神」站在總結人類發展歷史的高度，進一步破除「人之形」企求騰化長生的虛妄和飲酒享樂的害處。這是對曹操〈秋胡行〉和〈精列〉篇哲理的發展。後兩句對「人之影」的立善求名提出懷疑。在這左右爲難的困惑躊躇之中,「人之神」最終感到「甚念傷吾生」,悟出只有老莊玄學委運乘化之道,才能順應自然,消除生死名利等「傷生」的憂愁煩惱,達致「應盡便須盡」、「不喜也不懼」的人生境界。這首詩以相互問答辯難的形式,生動地表現了「人之神」用自然遷化的道理,來破除「人之形」追求長生的迷惑和「人之影」追求善名的迂闊,集中反映了陶淵明對玄學自然觀與人生觀的理解和服膺。這種「正宜委運去,縱浪大化中」的玄學人生觀,使陶淵明對人的生死變化看得很自然,很透徹。如他的詩歌所吟唱的:

> 一世異朝市,此語真不虛,人生似幻化,終當歸空無。　——〈歸園田居〉之四

> 有生必有死,早終非命促。昨暮同爲人,今旦在鬼錄。魂氣散何之,枯形寄空木。……得失不復知,是非安能覺?千秋萬歲後,誰知榮與辱!但恨在世時,飲酒不得足!　——〈擬挽歌辭〉之一

> 死去何所道,托體同山阿　——〈擬挽歌辭〉之三

> 中觴縱遙情,忘彼千載憂;且極今朝樂,明日非所求。　——〈遊斜川〉

寓形宇內復幾時，曷不委心任去留。……聊乘化以歸盡，樂夫天命復奚疑！ ——〈歸去來兮辭〉

聊且憑化遷，終返班生廬。

——〈始作鎮軍參軍經曲阿作〉

形迹憑化遷，靈府長獨閑。……鼓腹無所思，朝起暮歸眠。 ——〈戊申歲六月遇火〉

形骸久已化，心在復何言。 ——〈連雨獨飲〉

同物既無慮，化去不復悔。 ——〈讀山海經〉之十

識運知命，疇能罔眷。餘今斯化，可以無恨。

——〈自祭文〉

窮通靡攸慮，憔悴由化遷

——〈歲暮和張常侍〉

家爲逆旅舍，我如當去客。去去欲何之，南山有舊宅（陶氏墓地）。 ——〈雜詩十二首〉之七

人生如匆匆過客。「無復獨多慮」，「樂夫天命復奚疑」，泰然順化，無疑、無慮、無求、無怨、無悔、無恨、無言，這正是陶淵明所追求的對生死的曠達態度。他認爲，這樣

才能做到「靈府長獨閑」，即心安理得。這種順運任化的思想有其消極的一面，但其超越生死的曠達和與「大化」合一的智慧，對於破除神仙思想的迷惑，卻有著積極的現實意義。如

> 既來孰不去，人理固有終。居常待其盡，曲肱豈傷沖！遷化或夷險，肆志無窊隆。即事如已高，何必昇華嵩！——〈五月旦和戴主簿〉
>
> 運生會歸盡，終古謂之然。世間有松喬，於今定何間？——〈連雨獨飲〉

他的〈與子儼等疏〉也說：「天地賦命，生必有死。自古賢聖，誰獨能免？！子夏有言曰：『死生有命，富貴在天。』四友之人，親受音旨，發斯談者，將非窮達不可妄求，壽夭永無外請故耶！」從這裏可以見出陶淵明委運乘化的思想中也有儒家「死生有命，富貴在天」的因素，使得他不僅自己相信「壽夭永無外請（額外請求，指修煉長生成仙之事）」，而且還要鄭重其事地告知後代。事實上，陶淵明在現實人生中的確做到了視死如歸，安然坦然。他逝世前不久所作的〈自祭文〉說：「識運知命，疇能罔眷。餘今斯化，可以無恨。壽涉百齡，身慕肥遁。從老得終，奚所復戀！」據顏延之〈陶征士誄〉說：「年在中身，疢維痁疾。視死如歸，臨凶若吉。藥劑弗嘗，禱祀非恤。傃幽告終，懷和長畢。」可知陶淵明是從容恬靜地離開了人世，完成了「應盡便須盡」、「不喜也不懼」的人生境界。

參、陶淵明「結廬在人境」與仙隱「帝鄉」之別

陶淵明作於義熙二年（西元407）的〈歸去來兮辭〉說：

> 已矣乎！寓形宇內復幾時，曷不委心任去留，胡爲乎遑遑欲何之？富貴非吾願，帝鄉不可期。懷良辰以孤往，或植杖而耘耔，登東皋以舒嘯，臨清流而賦詩，聊乘化而歸盡，樂夫天命復奚疑！

「帝鄉」，《莊子・天地》說：「千歲厭世，去而上仙，乘彼白雲，至於帝鄉。」後世遂以帝鄉指神仙世界。郭璞〈遊仙詩〉之十說：

> 璿台冠昆嶺，西海濱招搖。瓊林籠藻映，碧樹疏英翹。丹泉漂朱沫，黑水鼓玄濤。尋仙萬餘日，今乃見子喬。振發晞翠霞，解褐禮（披）絳霄。總轡臨少廣，盤虬舞雲軺。永偕帝鄉侶，千齡共逍遙。

郭璞將「帝鄉」明確爲崑崙仙境。陶淵明在〈歸去來兮辭〉以逍遙乘化的體玄生活方式，否定了對神仙世界的虛無幻想。這是因爲老莊哲學重在以自然之道來攝生，而沒有求仙不死的觀念。因而由老莊易發展而來的玄學，也主要是一種自然哲學，而沒有成仙不死的思想。而且玄學

倡導的隨運乘化以合自然之道的人生哲學，還有助於破除追求長生不死的神仙思想。陶淵明所接收和實踐的正是這種玄學思想及其培植的人生態度和生活方式。因此，詩人找到了一種縱情自然、逍遙體道的理想生活方式，來順應人生的自然變化規律。這是一種擺脫塵世羈絆、而又不像追求長生成仙那樣避世絕情的隱逸生活方式，如：

> 結廬在人境，而無車馬喧。問君何能爾？心遠地自偏。采菊東籬下，悠然見南山。山氣日夕佳，飛鳥相與還。此中有真意，欲辯已忘言。
>
> ——〈飲酒二十首〉之五

如果我們聯繫魏晉時代的神仙思想氛圍和隱居山林的神仙道士來看的話，陶淵明在這裏用「人境」二字，是大有深意在的，當是相對於考室山藪的「仙境」而言的。

一、 陶淵明叔父陶淡與從弟陶敬遠之仙隱「帝鄉」

我們在論郭璞遊仙詩時，曾說到隨著道教的發展，其時高蹈山林、修煉仙道的穴居之士已逐漸增多，隱逸求仙漸爲隱逸的發展趨勢和主潮。如《晉書・隱逸列傳》載隱逸之士 40 人，其中山居穴處者 12 人，占四分之一還多。這僅僅只是名聲在外的一部分，老死深山、湮沒無聞者當居多數，由此可見其時隱逸情形之一斑。陶淵明的叔父陶淡和從弟陶敬遠即是仙隱之士。《晉書・隱逸傳・陶淡傳》說陶淡：

好導養之術，謂仙道可祈。年十五六，便服食絕穀，不婚娶。家累千金，童客百數，淡終日端拱，曾不營問。頗好《易》，善蓍筮。于長沙臨湘山中結廬居之，養一白鹿以自偶。親故有候之者，輒移渡澗水，莫得近之。州舉秀才，遂轉逃羅縣埤山中，終身不返，莫知所終。

陶淵明在〈祭從弟敬遠文〉中說陶敬遠：

遙遙帝鄉，爰感奇心，絕粒委務，考盤山陰。
淙淙懸溜，曖曖荒林，晨采上藥，夕閑素琴。

陶淡和陶敬遠都結廬荒山，服食閉穀，逃親避友，不婚娶，是魏晉時期典型的避世入山修煉仙道之徒。陶淵明肯定知道他叔父和從弟的這些情況。特別是陶敬遠，與陶淵明可謂「斯情實深，斯愛實厚」。當陶淵明棄官歸隱之際，衆人多有非議，而陶敬遠卻是「爾知我意，常願攜手」(〈祭從弟敬遠文〉)，真可謂知音矣！難怪在「寢迹衡門下，邈與世相絕。……蕭索空宇中，了無一可悅」(〈癸卯歲十二月中作與從弟敬遠〉)的隱居窘困中，陶淵明只有找陶敬遠相訴心曲。陶淵明的〈擬古九首〉之四刻畫了一位隱居苦修仙道而又體玄超逸的高士，當有陶敬遠的影子在裏面，或即以他爲原型創作的：

東方有一士，被服常不完。三旬九遇食，十年著一冠。辛苦無此比，常有好容顏。我欲觀其人，晨去越河關。

青松夾路生，白雲宿簷端。知我故來意，取琴爲我彈。

上弦驚別鶴，下弦操孤鸞。願留就君住，從今至歲寒。

可惜，這位入山辟穀服食、渴望成仙的隱士，剛三十歲出頭即去世了。陶淵明爲此寫下了聲情並茂的〈祭從弟敬遠文〉，表達了「日仁者壽，竊獨信之；如何斯言，徒能見欺」的感慨。陶敬遠的早逝，當堅定了陶淵明「有生必有死，早終非命促」(〈擬挽歌辭三首〉其一）的生死觀，同時也使他更加堅決地否定長生成仙的虛妄之想。只不過在祭弔文中他不便明言而已。我們看他有一首〈聯句〉詩：

鳴雁乘風飛，去去當何極？念彼窮居士，如何不歎惜！雖欲騰九萬，扶搖竟何力！遠招王子喬，雲駕庶可飭。顧侶正徘徊，離離翔天側。霜露豈不切，徒愛雙飛翼。高柯擢條杆，遠眺同天色。思絕慶未看，徒使生迷惑。

這首詩以鳴雁高飛寫「窮居士」嚮往得道升仙。這個「窮居士」，我們完全可以想像爲陶淵明的從弟陶敬遠。整首詩充滿了哀傷歎惜和彷徨迷惑，表達的正是「誠願遊昆華，邈然茲道絕」的主旨。

二、潯陽三隱中周續之、劉遺民之遁迹廬山皈依佛門

在陶淵明的時代，除上述岩居穴處的仙隱方式外，還有新興的佛釋之徒棲山講法的集體隱逸方式。陶淵明家附近的廬山即有大名鼎鼎的釋慧遠聚衆講法。據《高僧傳》卷六〈釋慧遠傳〉、《蓮社高賢傳・慧遠傳》，晉孝武帝太元六年辛巳（381 年），慧遠欲往廣東羅浮山，途經尋陽，見廬山幽靜，足以息心，始住龍泉精舍。後桓伊爲建東林寺。當時與陶淵明同稱「潯陽三隱」的劉遺民、周續之都入山師侍慧遠門下。唐釋法琳《辨證論》七引《宣驗記》說劉遺民「卜室住廬山西林中，多病，不以妻子爲心。」宋人陳舜俞《廬山記》說劉遺民「既慕遠公（慧遠）名德，欲白首同社，乃祿潯陽柴桑，以爲入山之資。歲滿棄去，結廬西林，蔽以榛莽。」《宋書》卷九十三〈周續之傳〉說他「入廬山事沙門釋慧遠。時彭城劉遺民遁迹廬山」。

另《晉書・陶潛傳》載：「（陶淵明）既絕州郡覲謁，其鄉親張野及周旋人羊松齡、龐遵或有酒要之。」《蓮社高賢傳・張野傳》：「張野，字萊民，居潯陽柴桑，與淵明有婚姻契。野學兼華梵，尤善屬文，性孝友。……入廬山依遠公，與劉（遺民）、雷同尚淨業。及遠公卒，謝靈運爲銘，野爲序，首稱門人，世服其義。」（宛委山堂本《說郛》卷五十七）可見，陶淵明的這個親家兼酒友也「入廬山依遠公」。

傳說慧遠在廬山邀集僧俗十八人（即十八高賢）立白蓮社，入社者 123 人。外有不入者 3 人，包括陶淵明。《蓮社高賢傳》（舊題晉無名氏撰）載有陶淵明與慧遠之間的一段佳話：「時（釋慧）遠法師與諸賢結蓮社，以書招淵明。淵明曰：『若許飲則往。』許之，遂造焉。忽攢眉而去。」雖然湯用彤先生《漢魏兩晉南北朝佛教史》考證，慧遠立白蓮社的說法不可信，方立天先生〈慧遠及其佛學〉也認爲是後人的附會， 慧遠招陶淵明入社的說法並不足信，但慧遠立白蓮社的佳話傳播甚廣，所謂「《十八賢傳》始不著作者名，疑自昔出於廬山耳」。 而且慧遠在廬山確有聚衆弘法的行爲。晉安帝元興元年壬寅（402 年）7 月 28 日，慧遠與劉遺民、宗炳等 123 人在阿彌陀佛像前建齋立誓，共期往生極樂世界，劉遺民撰〈誓願文〉說：「維歲在攝提格，七月戊辰朔，二十八日乙未，法師釋慧遠，貞感幽奥，霜懷特發，乃延命同志息心貞信之士百有二十三人，集于廬山之陰般若雲台精舍阿彌陀佛像前，率以香華，敬薦而誓焉。」 晉安帝義熙八年壬子（412 年）5 月，慧遠又在廬山建台立佛影，並作〈萬佛影銘並序〉（《廣弘明集》卷第十五）可見慧遠在廬山招納衆徒皈依佛門，聲勢可謂浩大。

三、 陶淵明「結廬在人境」之隱居方式

瞭解了晉代上述兩種隱居方式及其追求之後，我們再讀陶淵明「結廬在人境」一詩，就可以看出，相對於上述陶淡、陶敬遠這些「仙隱」的山林之士和劉遺民、周續之、

張野等寄迹廬阜，一心嚮往淨土的信徒，陶淵明的隱居可謂是在「人境」。這是詩中對話的背景和潛臺詞。由此我們不妨將問話人設想爲是想勸陶淵明入山修道入教的上述衆人。雖然慧遠招陶淵明入白蓮社的說法並不足信，但慧遠自太元六年（381）來廬山，一直到義熙十二年（416）的三十五年間，與陶淵明有過交往是可信的。而且，如前所論，陶淵明作〈形影神〉詩，主要是針對廬山釋慧遠作〈形盡神不滅論〉、〈萬佛影銘〉，以形影神三者宣揚佛教神不滅論而寫的。因此，慧遠想說服陶淵明入山信佛的可能性不是沒有。

同時，與陶淵明同稱「潯陽三隱」的劉遺民還的確作詩招過陶淵明。這從陶淵明〈和劉柴桑〉、〈酬劉柴桑〉兩首詩歌中可以看出。〈和劉柴桑〉說：

> 山澤久見招，胡事乃躊躇？直爲親友故，未忍言索居，良辰入奇懷，挈杖還西廬。

劉遺民招陶淵明幹什麼？從上述劉柴桑「結廬西林，蔽以榛莽」，師侍慧遠門下的情事不難看出。一個「久」字，見出招的次數之多，時間之長，情意之切。而陶淵明一直遲遲不往。從理性層面看，陶淵明是篤信自然化遷、注重今世而不信長生成仙和來世之說的。他的〈擬古九首〉之五說：

> 厭聞世上語，結友到臨淄。稷下多談士，指彼決吾

疑。裝束既有日，已與家人辭。行行停出門，還坐更自思。不怨道裏長，但畏人我欺。萬一不合意，永爲世笑之。伊懷難具道，爲君作此詩。

詩歌生動地表現了詩人辭家前去參加一個聚會，但三思之後又打住了的反覆過程。或許即是前述傳說中「遂造焉。忽攢眉而去」之情形。逯欽立先生注爲：「釋慧遠在廬山結白蓮社，以佛教義討論人生問題，參與者多貴族名士，有如齊之稷下。」如前所論，釋慧遠在廬山結白蓮社之事雖不可信，但聚會以佛教義討論人生問題卻是可能的。而且由釋慧遠等道人遊石門山而作的〈遊石門詩並序〉可知，其時佛、道都在吸收、利用風行的神仙思想，以自神其道，只不過道教是全盤拿來，以爲根本；佛教只是借其來說法而已。詩人指出自己不願前往的原因主要是「不合意」。這當指自己不信長生成仙和來世之說。陶淵明這首詩的贈與物件，可能是招陶淵明入山的劉遺民、周續之、張野或者就是慧遠本人。因此，陶淵明的這首詩可以作爲〈和劉柴桑〉詩「山澤久見招，胡事乃躊躇？」的注腳。

而從情感層面看，陶淵明主要是看重親情的天倫之樂而不忍離家索居。所以他選擇了田園耕讀以享天倫之樂的生活方式，說：「弱女雖非男，慰情良勝無。」（〈和劉柴桑〉）「今我不爲樂，知有來歲不？命室攜童弱，良日登遠遊。」（〈酬劉柴桑〉）「行行循歸路，計日望舊居。一欣侍溫顏，再喜見友于。」（〈庚子歲五月中從都還阻風於規林二首〉

之一)「悅親戚之情話，樂琴書以消憂」(〈歸去來兮辭〉)，都充滿了溫暖、親切、感人的人情味。從陶淵明的身上，我們看到了嵇康的身影。嵇康自稱「但願守陋巷，教養子孫，時與親舊敘闊，陳說平生，濁酒一杯，彈琴一曲，志願畢矣。」(〈與山巨源絕交書〉) 陶淵明從儒家人倫之樂中找到了安頓身心的情感慰藉，找到了現實人生的樂趣。

「情」在隱居方式中起著很重要的作用。《晉書・隱逸列傳・郭文》載，東晉郭文入吳興余杭大辟山中窮谷無人之地獨宿十餘年，後來王導接進西園居住，「朝士咸共觀之」。溫嶠問他：「人皆有六親相娛，先生棄之何樂？」郭文答：「本行學道，不謂遭世亂，欲歸無路，是以來也。」又問：「饑而思食，壯而思室，自然之性，先生安獨無情乎？」郭文答：「情由憶生，不憶故無情。」可見斷絕親情是避世獨居的一個重要關口。這一點還可從陶淵明岳父的弟弟孟陋的隱逸之事中得到佐證。《晉書・隱逸列傳・孟陋》載，孟陋「少而貞立，清操絕倫，布衣蔬食，以文籍自娛。口不及世事，未曾交遊，時或弋釣，孤興獨往，雖家人亦不知其所之也。喪母，毀瘠殆於滅性。」這些迹象表明，孟陋有變成陶淵明的從弟陶敬遠之類的可能。然而這時，他的親族都不斷地以儒家的人倫之禮來勸說他，說：「誰無父母？誰有父母！聖人制禮，令賢者俯就，不肖企及。若使毀性無嗣，更爲不孝也。」結果孟陋「感此言，然後從吉。」從這也可見出儒家人倫思想在其時的重要影響。

因此，我們可以想像「結廬在人境」這首詩的創作背景之一，就是陶淵明面對道徒們的疑惑、責問和勸導，作此詩來宣示自己的生活方式及其旨趣。陶淵明認爲，真正的隱士高人並不需要穴居岩處，遠離人世，只要有玄遠的心境，就自可免除塵俗名利的干擾。

詩人最後說：「此中有真意，欲辯已忘言。」如逯欽立先生所說，詩中的「真意」，即老莊玄學所說的「自然」。陶淵明的〈飲酒二十首〉之七也說：「秋菊有佳色，挹露掇其英。泛此忘憂物，遠我遺世情。……日入群動息，歸鳥趣林鳴。嘯傲東軒下，聊復得此生。」陶淵明在采菊泛酒、觀鳥歸林的閑淡生活中，去感悟眼前景物的自然意趣和宇宙大化的運行之道，從而在順化歸盡的自然中「得此生」，即排遣死的憂慮，獲得「生」的慰藉。

「欲辯已忘言」，研究者多指出是表現陶淵明得意忘言的玄學旨趣。其實，結合上述此詩的創作背景，這句也是對「問君何能爾？」的回答，表現了陶淵明認爲這些避世獨居的道徒們不能體悟玄學自然真意，因而難以與之對話的姿態。這也表現了陶淵明在思想上、情感上和生活方式上從不苟合、卓然獨立的氣概。難怪南宋詞人辛棄疾說：「須信采菊東籬，高情千載，只有陶彭澤！」（〈念奴嬌・重九席上〉）馮友蘭先生在〈論風流〉一文中也稱讚陶淵明的「結廬在人境」，「表示最高底玄心」，「在東晉名士中淵明的境界最高」。這些都可謂是知音之賞。

然而，魏晉玄學家崇信神仙的不少，如何晏、嵇康等。因此，陶淵明之能抗拒神仙之說的誘惑，主要的原因在於他能夠將老莊玄學上的「自然」，落實到自己的「園田居」裏面，從中深切地體驗到了耕讀的樂趣和與親人共用天倫之樂的情趣，領悟到了生活的真諦和人生的歸宿，使自己的感情寄託牢牢地植根在了現實的田園生活之中。我們看陶淵明是多麼地愛自己的「園田居」：

方宅十餘畝，草屋八九間，榆柳蔭後簷，桃李羅堂前。曖曖遠人村，依依墟裏煙。狗吠深巷中，雞鳴桑樹巔。戶庭無塵雜，虛室有餘閑，久在樊籠裏，復得返自然。——〈歸園田居五首〉之一

他又是多麼地陶醉在自己的田園生活之中：

丈夫志四海，我願不知老。親戚共一處，子孫還相保。觴弦肆朝日，樽中酒不燥。緩帶盡歡娛，起晚眠常早。——〈雜詩十二首〉之四

居止次城邑，逍遙自閑止。坐止高蔭下，步止蓽門裏。好味止園葵，大歡止稚子。平生不止酒。……
——〈止酒〉

含歡穀汲，行歌負薪。翳翳柴門，事我宵晨。
春秋代謝，有務中園，載耘載籽，乃育乃繁。
欣以素牘，和以七弦。冬曝其日，夏濯其泉。

勤靡余勞，心有常閑。樂天委分，以至百年。

——〈自祭文〉

因此，陶淵明「結廬在人境」的隱逸生活，是以儒家的人倫之樂和安貧樂道爲主，以玄學返璞歸真、委運乘化的自然意趣爲歸依的一種生活方式，「有逃避污濁官場、追求人生真諦和憤慨晉宋易代的意義」，故不是避世絕情，更不是爲了追求學仙長生不死或者皈依佛門。由此也可見出魏晉時期這三種隱逸是迥異其趣的。陶淵明可謂是以老莊玄學的自然觀和「樂天委分」、「從老得終」(〈自祭文〉)的儒道人生觀，來破除長生成仙的虛妄迷夢的代表。這也就是爲什麼我們在陶詩中看到表現遊仙暢想的詩，陶淵明要明確標出是〈讀山海經〉後所作，以示是在「泛覽周王傳，流觀山海圖」時的好奇幻想和遊戲之作。

肆、〈遊斜川〉與遊「曾城」—借遊仙來體玄

神仙意象和仙境的超世高遠和飄渺靈變，與玄學所張揚的玄遠精神相表裏，成爲精神上臻于玄遠之境的士人的理想人格和心靈世界的象徵和外現。因此，我們看到借遊仙來體玄，表現玄遠超曠的胸襟懷抱，在阮籍、嵇康那兒已得到很好的表現。嵇康甚至將自己以琴酒歌詩體道的日常生活，移植到了「淩躡玄虛」、「舒翼太清」的仙境之中，

這同時也是視自己的日常生活即爲遊仙體玄的表現。

隨著玄風日盛，特別是郭象的玄學主張「聖人常遊外以弘內，無心以順有」，使得晉代文士在借遊仙以弘揚「玄」的虛靈境界、標示玄遠之心方面都有不同程度的繼承和發展。如魏國大司馬曹休的孫子曹毗，累遷尙書郎、鎭軍大將軍從事中郎、下邳太守。《晉書・文苑傳・曹毗傳》載他「以名位不至，著《對儒》以自釋」，表現了他以儒者的事功形象而遭到時人嘲諷的情形。其中寫時人的發難說：

> 今子少唏冥風，……固以騰廣莫而萋茜，排素薄而青蒽者矣，何必以刑禮爲己任，申韓爲宏通！既登東觀，染史筆，又據太學，理儒功。曾無玄韻淡泊，逸氣虛洞，養采幽翳，晦明蒙籠。不追林棲之迹，不希抱鱗之龍，不營練真之術，不慕內聽之聰。而處泛位以核物，扇塵教以自蒙，負監車以顯能。飾一己以求恭。退不居漆園之場，出不躡曾城之沖，遊不踐綽約之室，趕不希騄駬之蹤，徒以區區之懷而整名目之典……（《晉書》第八冊第 2387 頁）

由此可見其時崇尙以追林棲之迹、希抱鱗之龍、營練真之術、躡曾城之沖、踐綽約之室、希騄駬之蹤，來表現自己玄韻淡泊、逸氣虛洞、養采幽翳、晦明蒙籠的脫俗風神。正因爲魏晉人好以「澄虛心于玄圃，蔭瑤林于蓬萊」（《晉書》第 2388 頁《文苑傳・曹毗傳》）的遊仙意境來托喻自己瀟灑出塵、超逸不羈的志趣，所以這一時期的文人遊仙詩的旨趣，都重在借遊仙的浪漫飄渺情事和意象，來抒寫超俗宏放的玄學理想人格和生活境界。

這種風氣之盛，致使士人們將現實生活中的遊山玩水，都浪漫地幻想成遊仙體道的境界。如東晉孫綽（314 年—371 年）的〈遊天臺山賦〉即視天臺山爲「玄聖之所遊化，靈仙之所窟宅」，遂將遊天臺山視爲「仍羽人於丹丘，尋不死之福庭。苟台嶺之可攀，亦可羡於層城」，「追羲農之絕軌，躡二老（指老子、老萊子）之玄蹤」的遊仙體道之舉，認爲遊天臺山可以「釋域中之常戀，暢超然之高情」。「域中」指人間，言外之意，即視天臺山爲「域外」了，故能抒發超脫世俗的高情，「乃永存乎長生」。《晉書》卷七十九《謝安傳》載，謝安「嘗與王羲之登冶城，悠然遐想，有高世之志」（中華書局點校本第 2074 頁）。陶淵明的〈遊斜川〉也是這方面的典型。陶淵明五十歲的時候，仿石崇「金谷詩會」和王羲之的蘭亭之遊，也舉行了有二三鄰曲參加的斜川之遊。這在當時可謂是很時髦的體玄風流雅事。陶淵明爲此創作了〈遊斜川〉詩，其序說：

> 辛酉，正月五日，天氣澄和，風物閑美，與二三鄰曲，同遊斜川。臨長流，望曾城。魴鯉躍鱗於將夕，水鷗乘和以翻飛。彼南阜者，名實舊矣，不復乃爲嗟歎。若夫曾城，獨秀中皐，遙望靈山，有愛嘉名。欣對不足，率共賦詩。悲日月之遂往，悼吾年之不

留。各疏年紀鄉里，以記其時日。

序中記敍這次遊玩的地點名稱值得注意。詩人說廬山（即南阜）已久有大名，故這次專詠「曾城」。逯欽立先生注說：「曾城，層城。傳說是崑崙山最高級，這裏指鄣山。山在廬山北，彭蠡澤西，一名江南嶺，又名天子鄣。《水經注》一河水崑崙虛條：『崑崙，說曰：崑崙之山三級。下曰樊桐，一名板桐；二曰玄圃，一名閬風；上曰層城，一名天庭，是謂太帝之居。』」鄣山是否就真的與崑崙仙山的最高層「曾城」同名呢？有趣的是，其時任廬山東林寺主持的釋慧遠，曾在東晉隆安四年（西元 400）仲春，帶領廬山三十多名道人遊鄣山，並流傳下來了一篇〈遊石門詩並序〉。其序說：

> 石門在精舍南十餘里，一名鄣山。基連大嶺，體絕衆阜。……此雖廬山之一隅，實斯地之奇觀，皆傳之於舊俗，而未睹者衆。

據此可知，鄣山又名「石門」，屬廬山山脈中的一座高山，在當地頗爲有名，但並沒有名之爲「曾城」。倒是〈遊石門詩〉說：

> 忽聞石門遊，奇唱發幽情。褰裳思雲駕，望崖想曾城。馳步乘長岩，不覺質有輕。矯首登靈闕，眇若淩太清。端坐運虛論，轉彼玄中經。神仙同物化，未若兩俱冥。

據詩序，石門山高峻雄偉，釋慧遠等廬山諸道人睹其「神麗」，由「翔禽拂翮，鳴猿厲響，歸雲回駕，想羽人之來儀」，遂將石門山想像爲崑崙仙境中的最高仙山「曾城」。《漢書・外戚班婕妤傳》載班婕妤「居增成舍」。應劭注：「後宮有八區，增成第三也。」班婕妤在〈自悼賦〉中也說：「奉隆寵於增成」。〈三輔黃圖〉和班固〈西都賦〉也都記載未央宮有增成殿。可見漢代就已經把宮殿比喻爲崑崙仙境中的增城，並且直接命名爲「增成」。

東漢張衡的〈思玄賦〉在描寫神遊崑崙仙境時說：「登閬風之曾城兮，構不死（之樹）而爲床。」應瑒的〈馳射賦〉描寫「聊娛遊於騁射」，說「翩翩神厲，體若飛仙」，又說「朱騎風馳，雕落層城」，都以神仙和崑崙層城仙境來誇喻馳騁射獵的情景。他的〈靈河賦〉說：「咨靈川之遐原，於崑崙之神丘，淩增城之陰隅兮……」在遊仙詩中題詠「曾城」，有嵇康〈代秋胡歌詩〉第七章：「徘徊鍾山，息駕於層城（即曾城）。」晉人題詠「曾城」的頻率明顯增多。如陸機的遊仙之作〈前緩聲歌〉有「遊仙聚靈族，高會層城阿，長風萬里舉，慶雲鬱嵯峨」之句，正面渲染層城（即曾城）仙境。成公綏爲晉郊祀歌〈晉四廂樂歌〉而作的〈正旦大會行禮歌十五章〉中也高唱：「登崑崙，上層城。」晉代吳地有〈白紵舞歌詩三首〉言：「東造扶桑遊紫庭，西至崑崙戲曾層。」曹毗的〈對儒〉也提到「躡曾城之沖」。東晉人王彪之的〈遊仙詩〉也說：「蓬萊陰倒景，崑崙罩曾城。」

這或許是晉人對崑崙仙境傳說的偏好之所在。《世說新語・言語》載：

> 桓征西治江陵城甚麗，會賓僚出江津望之，雲：「若能目此城者有賞。」顧長康時爲客，在坐，目曰：「遙望層城，丹樓如霞。」桓即賞以二婢。

大畫家顧愷之將江陵城比喻爲崑崙仙境中的層城，得到嘉獎，由此可以見出時人的審美情趣之聚焦所在。

因此，東晉孫綽（314 年—371 年）的〈遊天臺山賦〉將遊天臺山視爲「仍羽人於丹丘，尋不死之福庭。茍台嶺之可攀，亦可羡於層城」。廬山諸道人將石門比爲曾城，大約也出於同一興趣。東晉也是佛教興盛的時期，廬山諸道人在當地很有影響。他們這次遊石門山，體玄懷仙，吟詩作賦，當成爲時人傳揚的盛事。或許鄣山由此獲得了人間仙山「曾城」的美名。

《晉書・隱逸傳・陶淵明傳》說陶淵明歸隱後「未嘗有所造詣，所之唯至田舍及廬山遊觀而已」(《晉書》第 2462 頁)，可見陶淵明對釋慧遠等道人的石門之遊當是有所聞知的。他有一首〈蜡日〉詩：「我唱爾言得，酒中適何多！未能明多少，章山有奇歌。」章山即鄣山。「奇歌」 或許指〈遊石門詩〉。

因此，在廬山道人遊石門之後十四年，陶淵明遊斜川時，就直呼其名爲「曾城」了。詩序說：「遙望靈山，有愛嘉名。欣對不足，率共賦詩。」詩中又云：「緬然睇曾丘，雖微九重秀，顧瞻無匹儔。」「九重」指崑崙曾城九重。陶淵明這裏反覆利用同名諧音，將現實中的鄣山想像比喻爲崑崙仙境中的靈山曾城，從而使鄣山也籠罩上了仙境的靈異色彩，使詩人的遊山玩水之舉帶上了神遊仙境的浪漫玄遠情調。

這就爲斜川之遊憑空增添了不少超然脫俗的虛靈飄逸氣息。而陶淵明並不追求成爲不食人間煙火的仙人。因此他在這裏借重仙境靈山所表現的，就不是廬山諸道人的神仙之想，而是一種逍遙體道的生活境界：「中觴縱遙情，忘彼千載憂。且極今朝樂，明日非所求」（〈遊斜川〉）。「忘彼千載憂」的憂，指人們對生命死亡的恐懼。「明日非所求」則是否定長生成仙之思和佛道轉世輪回的思想。詩人「欣對」靈山，悟出的是縱情自然、逍遙任化的玄學人生哲理。可以說陶淵明是晉人在日常生活中暢玄體道的典範。如前面我們分析的「結廬在人境」（〈飲酒二十首〉之五）和「嘯傲東軒下」（〈飲酒二十首〉之七）等詩，都表現了詩人在採菊泛酒、觀鳥歸林的園田居耕讀生活中，找到了一種擺脫塵世羈絆、而又不是追求長生成仙的隱逸生活方式。

當然，這並不妨礙他在日常體玄的生活中，偶爾也借「曾城」等仙境意象，以表自己脫俗玄妙的胸襟意趣。由此也可見其時借遊仙以體玄的時代氛圍。

伍、〈讀山海經十三首〉對遊仙的審美幻想

鄧安生先生和袁行霈先生都將這一組詩與〈歸園田居〉五首同系于陶淵明閒居躬耕時所作。這是很有道理的，有助於我們加深對這一組詩創作背景的認識和主題旨趣的分析。〈讀山海經十三首〉的主要意義在於：

一、明確標示出是讀《山海經》而創作的詩歌

此前的遊仙詩創作不少也是由閱讀仙傳異書而激發的幻想之作，但都沒有明白交代。至陶淵明，遊仙詩創作的這種情形，才以明確的詩題和組詩的形式突現出來。這也是陶淵明創作的一個特點。如他的〈讀史述九章〉題注：「餘讀史記有所感而述之。」這些都是他耕讀生活的寫照。

二、「吾亦愛吾廬」與「遙遙望白雲，懷古一何深」及桃花源之關係

〈讀山海經十三首〉之一表現了陶淵明陶醉于園田居耕讀生活的情景：

孟夏草木長，繞屋樹扶疏。衆鳥欣有托，吾亦愛吾

> 廬。既耕亦已種，時還讀我書。窮巷隔深轍，頗回故人車。歡然酌春酒，摘我園中蔬。微雨從東來，好風與之俱。泛覽周王傳，流觀山海圖。俯仰終宇宙，不樂復如何？

從詩中可以看出，陶淵明創作這組詩的創作環境和審美心境。「吾亦愛吾廬」，他對園田居的現實生活是多麼的滿足和欣悅！心情是多麽的怡然自得！這種對現實世界的熱愛，使得他對《山海經》中神話世界和仙境（從郭璞的創作中可知《山海經》到魏晉時期已經明顯仙化）的嚮往和描繪主要呈現出一種浪漫的審美幻想的性質。而「窮巷隔深轍，頗回故人車」（他的〈歸園田居五首〉之二說：「野外罕人事，窮巷寡輪鞅。白日掩荊扉，虛室（對酒）絕塵想。」〈癸卯歲十二月中作與從弟敬遠〉也云：「寢迹衡門下，邈與世相絕。」〈酬劉柴桑〉云：「窮居寡人用，時忘四運周。」），這種與塵世隔絕的環境又爲陶淵明提供了激發審美幻想盡情馳騁遨遊的美妙時空，使他能夠超越現實時空的束縛，思接千載，神遊萬里，打通古今，恍惚自己是羲皇上人似的。

陶淵明另一首〈和郭主簿二首〉之一也生動地表現了這種審美情趣：

> 藹藹堂前林，中夏貯清陰。凱風因時來，回飆開我襟。息交遊閑業，臥起弄書琴。園蔬有餘滋，舊谷

猶儲今。營己良有極，過足非所欽。春秫作美酒，酒熟吾自酌。弱子戲吾側，學語未成音。此事真複樂，聊用忘華簪。遙遙望白雲，懷古一何深！

真可謂是良辰美景，天倫之樂！詩人「遊于閑業」的現實生活是多麽地有真樂，有真趣！「營己良有極，過足非所欽」，詩人表現出了知足常樂的美滋滋的勁頭和興味。而詩歌結尾兩句卻筆鋒一揚，由地上的美好現實生活拉向高空白雲深處，「遙遙望白雲，懷古一何深！」這其中的深意值得研討。

朱自清先生《評古直陶靖節詩箋定本》說：「按《莊子・天地》，華封人對堯說，夫聖人鶉居而鷇食，鳥行而無章。天下有道，與物皆昌。千歲厭世，去而上仙，乘彼白雲，至於帝鄉。三患莫至，身無常殃，則何辱之有。懷古也許懷的是這種乘白雲至帝鄉的人。」但由於陶淵明在〈歸去來兮辭〉中認爲「帝鄉不可期」而予以了否定，因此，研究者一般都不像朱先生這樣注釋了。其實，朱先生的說法是有道理的。

陶淵明的懷古情結很濃，這源於儒家稱述堯舜，老莊向往小國寡民之原始社會的影響。他在園田居中努力實踐和實現的也正是這種生活理想——一種返回自然、純樸簡單、怡然自得的生活境界。即他在〈勸農〉篇中所說的：「悠悠上古，厥初生民，傲然自足，抱樸含真」的生活狀態。

他的〈飲酒〉之二十說：「羲（伏羲）農（神農）去我久，舉世少復真。」可見陶淵明以伏羲神農時代指代上古「真」（淳樸自然）的時代。這也是陶淵明所心儀的與自然同體的理想社會。

他又在〈贈羊長史〉一詩中感歎：「愚生三季後，慨然念黃（黃帝）虞（舜）！」在〈感士不遇賦〉中云：「望軒（軒轅）唐（唐堯）而永歎！」因此，陶淵明的歸隱園田居，是其遠古情懷的現世延伸。當詩人在園田居中其樂也融融而陶陶的時候，就美滋滋地感到自己的園田隱居生活，彷彿就是帝鄉仙境和上古生民的生活了。難怪詩人在〈與子儼等疏〉中說自己彷彿是羲皇上人了：

> 少學琴書，偶愛閑靜，開卷有得，便欣然忘食。見樹木交蔭，時鳥變聲，亦複歡然有喜。嘗言五六月中，北窗下臥，遇涼風暫至，自謂是羲皇上人（伏羲時代以上的人）。

有時陶淵明甚至認爲自己的田廬生活超過了古人。如他的〈時運〉說：

> 斯晨斯夕，言息其廬。花藥分列，林竹翳如。
> 清琴橫床，濁酒半壺。黃唐莫逮，慨獨在餘。

這儼然是一幅現實中的桃花源圖。由此可見，陶淵明詩歌中「愛廬」（即園田居）的情結是多麼的深厚濃烈！是多麽的興味盎然！因此，當詩人將帝鄉作爲岩居穴處修煉仙道的一種生活方式時，詩人是持否定態度的。當詩人把帝鄉作爲遠古聖人時代的理想社會、作爲自己園田居生活的審美表徵和美好象徵時，詩人的態度是審美幻想性質的肯定。這也可以見出，陶淵明〈讀山海經十三首〉中的神仙世界都純粹是審美幻想性質的，他從來沒有離開他的園田居世界。

可以說，陶淵明心中的帝鄉仙境就是上古生民的淳樸社會，也就是他現實中的園田居生活。他用耕讀生活爲自己營造了一個活生生的理想生活境界，讓自己在其中「任懷得意，融然遠寄」(《晉故征西大將軍長史孟府君傳》語)，「酣觴賦詩，以樂其志，無懷氏之民歟？！葛天氏之民歟？！」(〈五柳先生傳〉)。這就是爲什麽陶淵明在詩歌中能夠把白雲帝鄉與懷古和園田居的現實生活三者熔鑄爲一體的緣故。

另外，〈桃花源記並詩〉也可見出這一特點。從〈桃花源記〉可知，桃花源這一秦時遺民的社會爲陶淵明虛構的理想社會形態，兼具儒道兩家理想社會的性質和特點，既是陶淵明一生夢寐以求的上古之理想生活境界，又融會了他在園田居隱居生活的情形。而其表述方式，極富傳奇靈異色彩：

林盡水源，便得一山。山有小口，仿佛若有光。便

> 舍船，從口入。初極狹，才通人。復行數十步，豁然開朗。

後來道教稱仙境爲「別有洞天」或者「洞天福地」，大約是由此得到啓發的。陶淵明在作品中提到南陽劉子驥，《晉書・隱逸列傳》有傳，說他「好遊山澤，志存遁逸。嘗采藥至衡山，深入忘反，見有一澗水，水南有二石囷，一囷閉，一囷開，水深廣不得過。……或說囷中皆仙靈方藥諸雜物」，但卻再也找不到了。(《晉書》第 8 冊第 2448 頁）而〈桃花源詩〉的結尾更言：

> 奇迹隱五百，一朝敞神界。淳薄既異源，旋複還幽蔽。借問遊方士，焉測塵囂外。願言躡輕風，高舉尋吾契。

最後四句已是典型的遊仙詩境，顯係將桃花源這一上古理想社會的遺存喻爲神界仙境了。難怪唐代王維、韓愈等都把桃花源視爲飄渺的仙境。這也可見桃花源具有熔上古理想社會、神界仙境和園田居現實生活爲一體的特質。這與「遙遙望白雲，懷古一何深」相互參看發明，足見陶淵明的園田居是他在塵世開闢的一方融寄了上古社會理想生活形態的仙境，所以他在詩歌中要一再地吟唱「吾亦愛吾廬」，以「衆鳥欣有托」 來喻示自己獲得人生歸宿的喜悅之情。

三、「俯仰終宇宙」表現了「泛覽周王傳，流觀山海圖」

中的樂趣，即能夠從書中想像像周穆王那樣神遊宇宙。

在這裏，陶淵明也與郭璞一樣，是將《山海經》等描繪的奇異荒誕世界當作遠方奇觀來看待的。其主要心態是好奇、獵奇和想像、幻想。因此，這些仙詩中詩人所在的世界和神話仙境是明確分開的。如：

迢遞槐江嶺，是謂玄圃丘。西南望昆墟，光氣難與儔。亭亭明照，落落清瑤流。恨不及周穆，托乘一來遊。 ——〈讀山海經十三首〉之三

這是據《山海經・西山經》對天帝玄圃的描寫而題詠的。玄圃仙境確實神光離合，氣采飛揚。而最後一句「恨不及周穆，托乘一來遊」，則見出詩人的失落和清醒，他沒有進入仙境，而是想象周穆王神遊的情境。

四、〈讀山海經十三首〉的主題主要有兩個：不死和靈化

神仙思想的主題是靈化和不死，這也是神仙最主要和突出的特徵。無論是早期方仙道的神仙方士，還是後來神仙道教的神仙道士，其方術都以靈化和不死爲重要特點。

如東晉詩人庾闡題詠《列仙傳》的〈遊仙詩〉說：「赤松遊霞乘煙，封子煉骨淩仙，晨漱水玉心玄，故能靈化自然。」庾闡在總結列仙的事迹之後，提煉出了「靈化自然」的主題核心和主要特點。郭璞的〈遊仙詩〉也說：「翹首望

太清，朝雲無增景。雖欲思靈化，龍津位易上。」另外，東晉釋慧遠領導的廬山諸道人有〈遊（廬山）石門詩〉說：「神仙同物化」，又有〈觀化決疑詩〉:「觀化悟自然，……生皆由化化，……王道化爲海，孰爲知化仙？」可見在東晉，佛教和神仙道教都處在蓬勃發展的時期，相互吸收促進，二者都講「化」，佛徒的萬化觀，使得神仙靈化之說更加突現出來。

陶淵明〈讀山海經十三首〉的兩個主要主題也是不死和靈化。這以西王母爲代表:「王母怡妙顏，天地共俱生，不知幾何年，靈化無窮已。」西王母可謂是這兩個主題的化身。因此，詩人托西王母的使者三青鳥捎給西王母的話也是:「在世無所須，唯酒與長年！」之四說黃帝看重丹木，「食之壽命長」。

之八專詠不死，是唯一一首詩人以「我」的形象進入遊仙境界的詩歌，也是陶集中唯一可稱爲正宗遊仙詩的：

> 自古皆有沒，何人得靈長？不死復不老，萬歲如平常。赤泉給我飲，員丘足我糧。方與三辰遊，壽考豈渠央？

「何人得靈長？」開篇發問，在引出下面遊仙情事的同時，也表明了下面所述之事不是出自現實。詩人通過服食赤泉神水和員丘山的不死樹（《山海經・海外南經》有關不死民的記載），從而飛升，與日、月、星辰結伴相遊，長生不死。關於「得靈長」的仙人，陶淵明還是有所想像的。

如〈雜詩十二首〉之十二，即疑爲描寫一神仙人：

> 嫋嫋松標雀，婉孌柔童子。年始三五間，喬柯何可倚？養色含津氣，粲然有心理。

五、陶淵明的〈讀山海經十三首〉開了專題題詠某位仙人或者某處仙境或者神仙故事的先河，可以說是開創了敍事體遊仙詩。

在陶淵明之前的遊仙詩作大多泛詠遊仙情事以抒情懷。陶淵明則依據《山海經》的描敘，來描寫仙人仙境和講述神奇傳說故事，帶有很強的敍述性、故事性和傳奇性。〈讀山海經十三首〉組詩大致可分爲題詠人物、仙境、動植物和傳說故事四類。

之二是題詠西王母。這是魏晉文人遊仙詩中所僅見的專詠西王母的篇什。陶淵明在突現她妙顏長生和靈化無窮的特點之後，還提到她一個特點：「高酣發新謠，寧效俗中言？！」指出西王母還是一個具有高情雅致的才女！「俗中言」當指世俗所傳的有關西王母的種種傳說。

前文曾論述漢代有關西王母傳說廣泛流行、民間歌舞祭祀的盛況。而西晉武帝太康二年（西元 281）在河南汲縣戰國魏襄王墓中出土的《穆天子傳》，記載了周穆王駕八駿神遊四海的故事，其中有周穆王見西王母，在宴席上西王母爲周穆王作謠：「白雲在天，丘陵自出。道裏悠遠，山川間之。將子無死，尚復能來。」

《穆天子傳》在陶淵明時代屬於剛出土的新書，正風行一時，所以陶淵明說是「新謠」，看來有別於過去關於西王母的傳說。東晉郭璞的《注〈山海經〉敘》也提到了西王母的這首「新謠」：「案汲郡《竹書》及《穆天子傳》，穆王西征見西王母，執璧帛之好，獻錦組之屬。穆王享王母於瑤池之上，賦詩蓬萊，辭義可觀。」陶淵明對西王母的這首新謠也很欣賞的，故特地在詩歌的結尾點出來，以表現西王母飲酒賦詩的才情和浪漫多情的風韻。

之三題詠周穆王神遊玄圃，專門描寫玄圃仙境。之四題詠黃帝服食丹木長生，詩篇重在描寫丹木的神奇迷幻；之七題詠三珠樹等仙境的植物和神鳥；之六題詠扶桑羲和神話故事，但羲和已經變成了「靈人」，顯然已附著上神仙的靈異色彩；之五題詠西王母的三青鳥；之十二題詠能夠神秘地預言放士出現的奇鳥。

之九題詠夸父逐日靈變爲鄧林；之十題詠精衛填海、形天爭神的情事；之十一題詠臣危與貳負殺窳、鼓與胚殺祖江而遭到天罰之事。這是發生在崑崙仙境的一起兇殺事件。據《山海經・西山經》載：「欽胚殺葆江于崑崙之陽。帝乃戮之鍾山之東，曰磘崖。欽胚化爲大鶚，其音如晨鵠。」陶淵明的這首詩讓我們第一次看到了崑崙仙境裏爭奪殘殺的另一面。他的之十三題詠共鯀、重華及齊桓公、管仲有關用人之事。

陶淵明在題詠這些傳說故事時，都注重死後「靈化」的神奇性和神秘性。之十在題詠精衛填海、形天爭神的情事後，詩人感慨道：「同物既無慮，化去不復悔。徒設在昔心，良晨豈可待？」對生死變化持通達的態度。

再如夸父逐日的故事，阮籍的遊仙詠懷詩裏多次出現過「鄧林」意象，如〈詠懷〉十：「焉見王子喬，乘雲翔鄧林。獨有延年術，可以慰吾心。」但關於「鄧林」都語焉不詳。到陶淵明才第一次將《山海經》中夸父逐日的故事以詩歌的形式完整、生動地講述出來：

> 夸父誕宏志，乃與日競走。俱至虞淵下，似若無勝負。神力既殊妙，傾河焉足有？余迹寄鄧林，功竟在身後。

《山海經・海外北經》載：「夸父與日逐走。入日，渴欲得飲。飲於河渭，河渭不足，北飲大澤。未至，道渴而死。棄其杖，化爲鄧林。」又《山海經・大荒北經》說：「大荒之中，有山名曰成都。有人名曰夸父，不量力，欲追日景，逮之于禺穀。將飲河而不足也，將走大澤。未至，死於此。」陶淵明加上一句「似若無勝負」，就活畫出了夸父與日競走較量的激烈與緊張，這確是一場神力的拼搏，不相上下。最後，夸父道渴而死。「余迹寄鄧林」，夸父殊妙的神力使得他的手杖化爲鄧林，蔭澤後人。「功竟在身後」，既是對誇父靈化神力的感歎，也是對誇父的肯定和推崇。

六、〈讀山海經十三首〉給陶淵明詩歌增添了新的藝術特色

鍾嶸《詩品》卷中評陶淵明的詩說：「世歎其質直。至如『歡言酌春酒』、『日暮天無雲』，風華清靡，豈直爲田家語耶？」這裏的「歡言酌春酒」即出自〈讀山海經十三首〉之一。該組詩描寫上的光怪陸離和「聲色大開」，給其詩歌藝術帶來了清淨而華麗的風采。

由於《山海經》本身素材的奇幻性質，再經過詩人的藝術想像加工，其作品自然就更加的神奇變幻，五彩繽紛了。如陶淵明的〈讀山海經十三首〉之四：

> 丹木生何許？乃在密山陽。黃花複朱實，食之壽命長。白玉凝素液，槿瑜發奇光。

《山海經・西山經》：

> 峚山其上多丹木，員葉而赤莖，黃華而赤實，……丹水出焉，……其中多白玉。是有玉膏，其原沸沸湯湯，黃帝是食是饗。是生玄玉。……瑾瑜之玉爲良，堅粟精密，濁澤有而光。五色發作，以和柔剛。天地鬼神，是食是饗；君子服之，以禦不祥。

陶淵明的詩歌素以白描淡樸見長，但在這裏描寫崑崙

仙境的神樹靈草，也濃墨重彩，敷色豔麗，幻妙莫測，藉以渲染仙境的奇光異彩和神秘氣息。可見東晉這類遊仙詩藝術表現上五彩繽紛、琳琅滿目的特質。這也見出遊仙詩日益朝著張揚藝術想像力的方向發展的趨勢。

【後記】

謹以此文紀念洪順隆恩師

＊本文作者現為北京大學中文系博士

劉勰《文心雕龍》與日本漢文學

俞慰慈

壹、

關於《文心雕龍》對日本漢學的影響，日本學者戶田浩曉在〈《文心雕龍》小史〉一文中已有過論述。這裏，就其之考察作一概觀。戶田浩曉認爲：

> 日本最早引用《文心雕龍》的著作乃弘法大師空海的《文鏡秘府論》(820)，其《天卷·四聲論》引了《文心雕龍·聲律》篇；宇多天皇寬平年間(889-897)藤原佐世輯錄《日本國見在書目》雜家部與別集部中著錄有《文心雕龍》十卷劉勰撰，再證以弘法大師空海曾加以引用的事實，可知此書無疑于平安朝初期已傳來日本。

戶田浩曉不僅指出：「此書無疑于平安朝初期已傳來

日本」還進一步考證道：

> 最早指出此書對日本文學論產生影響的當推爲土田杏村，他在昭和三年（1928）所著《文學的發生》（《國文學的哲學性研究》第二卷）第八章《批評文學的發生及其源泉》中談到了《古今集序》（905）與《文心雕龍》的關係。

按戶田浩曉提供的線索，本文考證了土田杏村的原著《文學的發生》。其在詳盡地比較研究具體作品的基礎上，指出了《古今集序》與《文心雕龍》的關係：

> 《詩品》曰：「若乃春風春鳥、秋月秋蟬、夏雲暑雨、冬月祁寒，斯四候之感諸詩者也」；《文心雕龍》曰：「心生而言立，言立而文明，自然之道也」；《古今集序》將兩者融於一爐云：「若夫春鶯之囀花中，秋蟬之吟樹上，雖無曲折，各發歌謠。物皆有之，自然之理也。」《古今集序》既採取了隨情性所發而自然地加以表現的所謂的詩歌純藝術主義立場，又提出了讓道德主義在個人德性與國家政治上發揮效用的主張；後一種觀點大概來源於劉勰的《文心雕龍》，因爲劉勰的思想就是這樣的一種道德主義。

《古今集序》的「讓道德主義在個人德性與國家政治上發揮效用的主張」乃受容于《文心雕龍》的道德主義的

結果。

戶田浩曉還提到了太田青丘的研究，太田在《日本歌學與中國詩學》裏，論證了《古今集真名序》的篇與《文心雕龍· 明詩》篇的影響，和歌起源論及歷代評受到《文心雕龍· 明詩》篇與《文心雕龍・時序》篇的影響，六義篇受到《文心雕龍・時序》篇的影響，和歌本質再論受到《文心雕龍・物色》篇的影響。

太田青丘還在《六朝詩論與古今集序》(《日本中國學會報》第二冊，128 頁）中進一步論說道：

> 貫之等既懷確立歌道與詩學對抗的抱負，則將優秀的六朝詩論（《詩品》與《文心雕龍》）與《詩經大序》同作囊中之秘以爲參考，自不足爲怪。……六朝詩論對《古今集序》的影響以《詩品》爲中心，毋寧說是出人意外的，但是這種影響與漢土的淵源，雖經顯昭、契沖等碩學亦未發現，必俟土田氏出而指明，由此可見，日本已將其充分地消化和吸收了。

太田青丘在這裏所說的「日本已將其充分地消化和吸收了」，即意味著日本文學按需要將中國文學融化於自身之中。

戶田浩曉最後還言及了江戶時代末期的伊勢津藩齋藤正謙所撰之《拙堂文話》，此書第五卷首引《顏氏家訓》：「文章體制，亦出於六經，非唯道理也。」再引《文心雕龍·宗經》篇：「論說辭序，則《易》統其首；詔策章奏，則《書》發其源；賦頌歌贊，則《詩》立其本；銘誄箴規，則《禮》總其端；紀傳銘檄，則《春秋》爲根。百家騰躍，終入環內。」終引柳宗元〈楊評事文集後序〉(《唐柳先生文集》卷二十一）曰：「三子之言，學者所宜潛心也。」據戶田考證：「因爲從其引用方式上看來，總的順序等均與明徐師曾《文體明辯》首卷的總論極其相似，而且《文體明辯》中「則《春秋》爲根」以下省略的「並窮高以樹表，極遠以啓疆。所以」等十三個字亦不見於《拙堂文話》。考慮到以上的事實，可以斷定《拙堂文話》中的《文心雕龍·宗經》篇的引文是轉引自《文體明辯》的。」其實，明徐師曾《文體明辯》對江戶時代的影響則始於初期。

我在做五山文學的比較研究時，涉及到一個資料，即藤原惺窩的《文章達德綱領》；在處理這一資料時，我發現了江戶初期藤原惺窩所撰的《文章達德綱領》（六卷）與劉勰的《文心雕龍》有很大的相似之處。故在此提出我的總體看法，待日後再作細部的研究。

貳、

關於《文心雕龍》的概況無須再贅言。關於藤原惺窩所撰的《文章達德綱領》（六卷），據太田兵三郎（青丘）考證：有二種刊本，一本在卷頭除收有朝鮮學者姜沆（1567-1618/字太初、號睡隱，著有《文選纂注》《左氏精華》）的序之外，還收有寫於寬永十六年（1639）的杏庵（1585-1642/字敬夫、名正意，藤原惺窩的弟子）的序；另一本只有姜沆的序。前者雖缺刊記，但有寬永十六年的杏庵的序，並考察刊本的體裁，便可知此本無疑是寬永年代（1624-1643）的了；後者有二種，第一種無刊記，卷尾單記「洛陽東六條大津屋開板」（現藏日本國立國會圖書館），第二種卷尾記有「寬文十三年（1673）九月，長野三郎兵衛、青木勝兵衛、今井善兵衛」之刊記（現藏日本國立京都大學圖書館）。本文所用的底本是據太田兵三郎校訂的寬永本，現已編入由思文閣於一九七八年復刊的《藤原惺窩集》卷下。本文從五個方面來作個比較考察，即兩作者之經歷；兩書之創作動機；兩書之構造；兩書之本質論；兩書之文體論。

一、兩作者之經歷

藤原惺窩（1561-1619）八歲爲僧，十八歲入五山之一的相國寺，身爲五山之一相國寺之首座，深受五山文學的薰陶，一開日本近世文運之新風；三十七歲棄佛歸儒，一學奠定了日本近世儒學之地位。他給德川家康進了很多益言，有人曾戲之爲「黑衣宰相」。他把自己的學生推薦給德川家康爲其助政，此人乃日本朱子學創始者林羅山。林家學派亦稱之爲江戶學派，後來成爲官學派，一統德川時代之文教，所謂的羅山學則成德川時代思想意識；藤原惺窩門下的松永尺五、木下順庵等人的學派乃被稱爲京都學派，木下順庵之門亦人才輩出：政治家新井白石、碩學雨森芳洲、三宅觀瀾、室鳩巢，詩人祇園南海。總之，藤原惺窩爲了這些學生，而寫了《文章達德綱領》，此書亦通過這些門生影響了後世。

劉勰的生卒年不詳，生年據牟世金的最新研究成果《劉勰年譜彙考》乃爲四六七年，卒年爲五二二年。劉勰早年投寺廟長達十餘年之久，從師於僧侶、著名學者兼宗教家僧祐，不但精通佛理，亦精通儒學。後來出任昭明太子蕭統宮中的通事舍人，主管章奏。

兩人的經歷可謂相似，出佛從儒；既精通佛理，又深曉儒學。

二、兩書之創作動機

藤原惺窩寫作《文章達德綱領》的動機，可以從姜沆的序裏得知一二。姜沆曰：

> 今又學者不知作文幾格之故。摭前賢議論。間以己見群分類聚。爲文章達德綱領。其所謂達者。孔子之所謂辭達而已矣者也。所謂德者。孔子之所謂有德者必有言者也。此一編之綱領而作文之根柢也。千回萬變。萬狀千態。備錄而無餘。使歐、曾、王、蘇之饒筆舌。善評論者。復生於來世。而不得減一辭加一辭。使來世之求翰墨畦逕者。如入正門尋坦道。則其所得可謂盛矣。所志可謂勤盛矣。

由此可知，藤原惺窩寫作《文章達德綱領》的目的很明白。

而劉勰的《文心雕龍》的創作動機，則在其《序志》裏作了一番很明確的表白：

> 唯文章之用。實經典枝條。五禮資之以成。六典因之致用。君臣所以炳煥。軍國所以昭明。詳其本源。莫非經典。而去聖久遠。文體解散。辭人愛奇。言貴浮詭。飾羽尚畫。文繡鞶帨。離本彌甚。將遂訛濫。蓋周書論辭。貴乎體要。尼父陳訓。惡乎異端。辭訓之異。宜體於要。於是搦筆和墨。乃始論文。

兩者相比，其創作動機可謂近矣。雖然國度不同，時代各異，但是面臨問題一樣的，前者因「今又學者不知作文幾格之故」，而後者乃恐「去聖久遠。文體解散」；當然，兩位的目的亦是一目了然的。

三、兩書之構造

《文章達德綱領》共六卷，卷一入式內錄，卷二入式外錄，卷三入式雜錄；卷四辨體內錄，卷五辨體外錄，卷六辨體雜錄。入式內錄再分三篇：讀書、窮理、存養；入式外錄再分六篇：抱題、布置、篇法、章法、句法、字法；入式雜錄再分三十篇：敍事、議論、取喻、用事、形容、含蓄、地步、關鍵、開合、抑揚、起伏、響應、錯綜、鼓舞、頓挫、繁簡、伸縮、陳新、華實、雅俗、工拙、大小、逆順、常變、死活、方圓、險易、撐拄、步驟、瑕疵；辨體內錄再分六篇：辭命、議論、敍事、詩賦、雜著、題跋；辨體外錄再分三篇：駢儷、律詩、近代詞曲；辨體雜錄再分二篇：歷代、諸家。按太田兵三郎《藤原惺窩集卷下解題》之說：「其中入式內、外、雜之三門乃以詩之本質及修辭方面爲對象的，以示文學理論之方向；而辨體內、外、雜之三門乃以出現於中國文學史的所謂文體爲對象的，以指文學史之方向。」簡而言之，即「本質論」「修辭論」「文體論」三部分。若要細分的話，我認爲可以分成四類：入式內錄爲「本質論」；入式外錄爲「文章論」；入式雜錄爲「修辭論」；而辨體內、外、雜之三門則爲「文體論」。

而劉勰的《文心雕龍》的十卷五十篇，鈴木虎雄的《支那詩論史》（弘文堂書房 1925 年發行）分其爲上下二大部分：「上篇二十五篇乃概論文之體裁，下篇二十四篇乃說修辭之原理方法，從而可以說二分此書：文體論和修辭說。」當然，若要細分的話，我們認爲同樣可以分成四類：原道、徵聖、宗經、正緯四篇爲「本質論」；辨騷以下到書記的二十一篇爲「文體論」；神思以下到程器的二十四篇爲「修辭論」；序志篇爲「自序」。青木正兒曾在《支那文學概說》裏分《文心雕龍》十卷五十篇爲六類：原道、徵聖、宗經、正緯四篇爲「文之起源」；辨騷以下到書記的二十一篇爲「文之諸體及其源流」；神思以下到定勢的五篇爲「作文之基礎」；情采以下到隱秀十篇爲「文之修飾」；指瑕以下到程器的九篇爲「文學之肝要」；序志篇爲「自序」；並認爲除自序之外，《文心雕龍》可以說是由文原論、文體論、文礎論、修辭論、總論等組成的。

從上面分析的結果來看，《文章達德綱領》的本質論、文章論、修辭論、文體論的構造，和《文心雕龍》的本質論、文體論、修辭論、自序的構造，可以說幾乎大致相同。

四、兩書之本質論

《文章達德綱領》的首篇「讀書」，劈頭就引《文章精義》《文章辨體》之「大學、論語、孟子、中庸、禮、書、詩、春秋、易。皆聖賢明道經世之書。雖非爲作文設。而千萬代文章皆從是出。」以示藤原惺窩之文學本質論，即「明道說」。

《文心雕龍・原道》篇曰：「聖因文而明道。旁通而無滯。日用而不匱。」劉勰在此明確地提出了「明道說」這個概念。在此之後，有唐代韓愈之門人李漢在〈韓昌黎集序〉裏提出「文者貫道之器也。不深於斯。道有至焉者不也。」所謂的「貫道說」。到了宋代，周敦頤則反對「貫道說」，提出了「載道說」。然而，藤原惺窩卻不引「貫道說」，亦不引「載道說」，偏引「明道說」；這只能說明他的文學本質論，便是「明道說」了。其雖引《文章精義》《文章辨體》之說，但是，可以說其源乃在《文心雕龍》。

所謂本質論的《文心雕龍・宗經》篇曰：

> 故論說辭序。則《易》統其首。詔策章奏，則《書》發其源。賦頌歌贊。則《詩》立其本。銘誄箴祝。則《禮》總其端。紀傳移檄。則《春秋》爲根。

顏之推的《顏氏家訓・文章》開頭便略有改造地引了上述之說，其曰：

> 夫文章者。原出五經。詔命策檄，生於《書》者也。序述論議。生於《易》者也。歌詠賦頌。生於《詩》者也。祭祀哀誄。生於《禮》者也。書奏箴銘。生於

《春秋》者也。

而《文章達德綱領》的首篇「讀書」，則引《顏氏家訓・文章》之文，僅作了句子的前後而已，其曰：

> 夫文章者。原出五經。詔誥策檄，生於《書》者也。序述論議。生於《易》者也。書奏箴銘。生於《春秋》者也。祭祀哀誄。生於《禮》者也。歌詠賦頌。生於《詩》者也。

從上面的三個資料我們可以看到：劉勰首先提出「文章出於五經」之說，他的五經觀是《易》《書》《詩》《禮》《春秋》；顏之推接受了劉勰「文章出於五經」的影響，但是他的五經觀則不同于劉勰：《書》《易》《詩》《禮》《春秋》；而藤原惺窩通過顏之推接受了劉勰「文章出於五經」的影響，但是他的五經觀既不同於劉勰，又不同於顏之推：《書》《易》《春秋》《禮》《詩》。

五、兩書之文體論

日本學者青木正兒的《支那文學概說》（1935，弘文堂書房刊）和長澤規矩也的《支那文學概觀》（1987，汲古書院刊）都對《文心雕龍》的文體論作了分析，認爲劉勰把文體分成二十一種，即騷、詩、樂府、賦、頌贊、祝盟、銘箴、誄碑、哀弔、雜文、諧隱、史傳、諸子、論說、詔策、檄移、封禪、章表、奏啓、議對、書記。而中國學者羅宗強《劉勰文體論識微》（《文心雕龍學刊》第六輯）認爲：「劉勰把文體分爲三十三種，即騷、詩、樂府、賦、頌、贊、祝、盟、銘、箴、誄、碑、哀、吊、雜文、諧、隱、史傳、諸子、論、說、詔、策、檄、移、封禪、章、表、啓、議、對、書、記。」

本文對《文章達德綱領》的文體論作了一番考察，藤原惺窩把文體分爲辭命、議論、敍事、詩賦、雜著、題跋、駢儷、律詩、近代詞曲等九類，再細分爲五十四種。《文章達德綱領》的五十四種文體與《文心雕龍》的三十三種文體相比較，其中有騷、詩、樂府、賦、頌、贊、銘、箴、誄、碑、哀、雜文、史傳、論、說、策、檄、表、議、對、書、記等二十二種是相同的，恰好占《文心雕龍》的三分之二。

由此可見，《文心雕龍》的文體論對《文章達德綱領》的文體論的影響是很大的。

參、

綜上所述，藤原惺窩和劉勰有著近似的經歷，故他們對文學有著共同的認識。在本體論上，都表現爲「明道論」。從動機上、構造上、文體上來看，藤原惺窩《文章達德綱領》顯然接受了劉勰《文心雕龍》的影響，但是，不同於空海《文鏡秘府論》，直接大段地引用《文心雕龍》的原文，如其《天卷· 四聲論》大段地引用了《文心雕龍· 聲律》。而藤原惺窩則不是大段地引用，只略有言及，但是卻在各方面，特別是構造上融和了《文心雕龍》。空海《文鏡秘府論》側重於詩，而藤原惺窩《文章達德綱領》側重於文。

有關《文章達德綱領》和《文心雕龍》的具體比較，有待日後的進一步研究。

*本文作者現任日本福岡國際大學教授

論《文選》對日本江戶初期的文壇的影響

——以林羅山為中心

陳秋萍

序言

《文選》大約是在其發行八十年後被傳入日本的。因爲聖德太子所著的《十七條憲法》第五條，有如下之文：

> 有財者之訴 ，如石投水，乏者之訴，似水投石。

此文乃引自於《文選》五十三卷李蕭遠《運命論》之文：

> 張良受黃石之符，誦《三略》之說，以遊於群雄，其言也，如以水投石，莫之受也；及其遭漢祖，其言也，如以石投水，莫之逆也。

由此可以說，《文選》傳入日本大約是在飛鳥時代（593～709）。

《文選》盛行於奈良時代（710～794）。據《令義解、選敘令》記載，《文選》《爾雅》已成爲當時官學的紀傳道學科的必讀書；成書於 751 年的日本最初的漢詩集《懷風藻》之序文乃引於《文選》之序文；成書於 759 年之後，日本最初的和歌《萬葉集》亦受到了《文選》的很大的影響。

這種一邊倒的影響一直延續到平安時代的中期，接著由《白氏文集》代替《文選》影響了平安時代的中後期。

進入江戶時代之後，慶長十二年（1607）上杉景勝之臣直江兼續用銅活字印刷發行了所謂的直江版的《六臣注文選》；這個版本以後又發行了多次。

以上的情況基本上已經被確認了。

本論文，則以很少有人論及的林羅山（1583～1657）的「選學」研究，及受《文選》的影響爲例，來考察《文選》對江戶初期的文壇的影響。因爲林羅山是一位繼往開來的劃時代的「儒宗、文豪、詩傑」[1]的碩學，他集

[1] 林春勝著〈《林羅山文集》序〉。

中國文化之大成，釀日本文化之精華，由他培育的林家學統一舉成爲江戶時代的官學[2]。

下面將從五個方面來考察這一課題。

一、林羅山的《文選》研究源於五山文學

五山文學指的是從鎌倉時代（1191）到江戶時代初（1620）爲止的以臨濟宗爲主的禪僧所創作的漢文學。對這個時代的漢文學影響最大的是：文爲《古文真寶》，詩爲《三體詩》。《文選》對五山文學時代的影響雖不如平安時代，但餘韻猶存。如東福寺普門院藏書目錄記有《六臣注文選》21 冊。五山碩學虎關師煉禪師（1278～1346）的《海藏和尙紀年錄》的永和二年甲午條記有：「師十七歲，秋七月，還自相陽。從太子賓客菅原在輔，聽文選之說。蓋在輔爲時名儒。其家藏北野廟祖曾自加點竄之文選，兼傳神說。時正安帝在春宮。在輔手持其神書入侍講筵。出不釋服。迎師而講」[3]。由此可見，《文選》在當時還有一定的地位的。惟肖得岩禪師（1360～1437）引文選作〈季文字說〉曰：「梁太子統採錄周

---

[2] 參見陳秋萍〈論日本朱子學創立者林羅山哲學思想之形成〉（將載於《學術集林》第十九期）。

[3] 參見藏於東福寺派海藏院的有乾山師貞頭注的《海藏和尙紀年錄》。

秦以來文詞，以行於世。至唐李善注之，五臣釋之。諺云，文選爛天下半。其學之盛可推焉」。（參見《東海瓊華集》卷七）禪僧們在實際的文學創作中受到《文選》的影響亦是不言而喻。

案《林羅山年譜》慶長四年（1599）[4]：

先生十七歲，頃年借文選六臣注於永雄，每日讀一卷，六旬而畢。

又見《林羅山文集》六十五卷第六條[5]：

慶長六年（十九歲）春，余就東山僧十如英甫，見文選。文選者梁昭明太子蕭統所編，而李唐李善已下六人之所注也。總計六十卷。余一日一卷逐一周覽，才六旬日而畢。其文上自周末秦漢，下迄魏晉宋齊梁，多載焉。讀之而知李漢所謂後漢曹魏氣象萎苶。司馬氏以來規模蕩盡之言，不食也。

永雄即日本五山第三建仁寺第二九二世住持英甫永雄禪師。林羅山不僅向英甫永雄禪師借讀文選，而且二年後還從其學文選。引起我們注意的是，林羅山最初研讀

4 《林羅山詩集》附錄卷三年譜。

5 《林羅山文集》卷六十五。

的是流行於五山的《六臣注文選》。芳賀幸四郎在《中世禪林的學問和文學的研究》一書中說[6]：

> 近世先驅林羅山的文選研究，是受禪林尊重文選的氣氛的刺激，在禪林裏被培養的。

本文認爲芳賀幸四郎的判斷是極爲正確的。

二、《文選》注本的考證

《文選》雖未流行於禪林，但被禪林所尊重，是這種氣氛刺激和培養了林羅山，使他成爲近世的文選研究的先驅。他的文選研究的第一個重點則是版本的考證。他借讀於英甫永雄禪師的是流行於五山的《六臣注文選》。按《林羅山年譜》慶長九年，林羅山二十二歲時的"既讀書目"裏有：張鳳翼纂注《文選六臣注》。這就意味林羅山從英甫永雄禪師所借、所學的是張鳳翼所纂注的《文選六臣注》。

林羅山在十八年後的元和八年（1622）四十歲的時候，作了一編〈《五臣注文選》跋〉（載於《林羅山文

6 參見日文版芳賀幸四郎《中世禪林的學問和文學的研究》二六四頁（一九八一年日本思文閣出版社）。

集》卷五十四題跋四家藏本），全文如下[7]：

> 《文選》，有李善注本，有五臣注本，有六臣注本，其六臣注本中又有就善本而加五臣者，有就五臣而添善注者。今此者就五臣而添善注者也。此本近歲米澤黃門景勝陪臣直江山城守某，開板於要法寺，余請秋元但馬守泰朝，而後泰朝告景勝而得之，以寄余。余先是倩友人及傭書者爲之朱墨點，往往傭點之中一謬多矣。後再借唐本加改正。猶非無疏略，特注中文字魚魯陶陰不少矣。它日之暇又宜校讎焉。古曰文選爛秀才半。讀之者能熟爛，則下筆不能自休。豈翅武仲而已哉。然則此本亦是吾家之敝帚享千金耶。壬戌仲秋十又九日。

這篇〈《五臣注文選》跋〉引起我們重視的是：從「今此者就五臣而添善注者也」可知，這個注本並非純五臣注本，而是「就五臣而添善注者」的注本。根據「此本近歲米澤黃門景勝陪臣直江山城守某，開板於要法寺」，便可以確認此本即「上述的慶長十二年（1607）上杉景勝之臣直江兼續用銅活字印刷發行了所謂的直江版」的《六臣注文選》。這個《六臣注文選》被林羅山稱之爲《五臣注文選》的原因也許是此本以五臣爲主

[7] 《林羅山文集》卷五十四。

而添善注的吧！因爲這個版本是日本刊行的，故林羅山會有「後再借唐本加改正」之說。關於這個「直江版」（後人亦稱「慶長版」爲「慶長本」）所據之底本的問題，斯波六郎在《文選諸本研究》（引於李慶所譯的《文選索引》P.69）的一文中指出[8]：

> 慶長本所據，並非有《目錄》而無跋文的足利明州本，而是有跋文的明州本，或是因該本偶缺《總目》，不得已而取自茶陵本的吧！

總之，銅活字的「直江版」所依之底本是宋代明州刊本，其總目是依據茶陵本的。

正保四年（1647）林羅山六十五歲的時候，對《文選》的注本又進行了一番研究。按《林羅山文集》七十卷第十一條，有下面的論述[9]：

> 《文選》，有李善注本，有五臣注本，有六臣注本，以善與五臣爲六臣，亦是有兩本，一則主善而添五臣，一則主五臣而加善，未知何人合併李善與五臣，以爲六臣。至大明有張鳳翼《文選纂注》，頗爲疏略。唯分古詩十九首，爲二十首，

---

[8] 李慶譯斯波六郎編《文選索引》六十九頁（一九九七年，上海古籍出版社）。

[9] 《林羅山文集》卷七十。

不知果是否。

據此論述，林羅山所過目的注本有三類四種，張鳳翼所纂注的正式書名是《文選纂注》；考《明史》卷二五七：張鳳翼（1527～1613）著有《文選纂注》。當然從「既讀書目」的書名就可以換個角度來證明此書是《六臣注》。林羅山對《文選纂注》亦提出了自己的看法「頗爲疏略。唯分古詩十九首，爲二十首，不知果是否」。這裏的「頗爲疏略」恐怕是相對李善注而言的吧！

由此我們還可以了解到：當時中國的學術著作在漢字文化圈（朝鮮、日本、越南等）裏的流通是極爲頻繁的，因爲漢字是通用的，不用翻譯。

三、《文選》的價值研究

林羅山的第四個兒子林守勝在《林羅山行狀》裏說[10]：

> 先生曰：某髫年爾誦近世小說，解者以爲此語出於蘇黃，某句出於李杜韓柳，至讀李杜韓柳蘇黃，而其所據用涉於文選，於史漢者夥矣。至讀史漢文選，而其所率由皆上世之字也。至讀五經

---

10 《林羅山詩集》附錄卷三行狀。

> 而無出處之前乎此。於是豁然知其爲衆說之郛郭，浩然知其斯道之所基。聊慕程朱之餘，教仰望孔孟之盛迹，惺窩大歎之。

這裏的「先生」是指林羅山，林羅山認爲「文選」的價值乃是通往經學的一種手段而已。關於「文選」的其他價值，林羅山在《林羅山文集卷第七十隨筆六》裏說[11]：

> 讀史漢宜監君臣得失治亂興亡，又宜學文法通鑒之類亦然。讀韓柳文宜考議論擇文法。讀文選宜知其體，識其字，且考事迹於李善注。讀李杜詩宜改六朝風，成一大家。雖然六朝詩文載於《藝文類聚》《初學記》者，未必蔑視焉。李杜文字亦出自六朝者不少，唯其風格有奇有正，是所以洗六朝之習氣也。讀彭澤詩宜知其自然之妙，寒山拾得詩稍近之，非皎然靈徹之所覃乎。讀歐蘇文宜取其平易，莫取縱横屈曲。讀蘇黄陳詩宜取其復古，莫取其怪異，就中陳詩規老杜者亦有焉。

林羅山通過與《史記》《漢書》、韓愈柳宗元之文、李杜之詩、彭澤之詩、歐蘇之文、蘇黄陳之詩的比較之後，他認爲文選的價值在於「讀文選宜知其體，識其字，

---

11 《林羅山文集》卷七十。

且考事迹於李善注」。關於「宜知其體」，且待第四節詳細論述。在同卷裏他還指出文選學者不可有排外之心態[12]：

> 古文苑一部載文選所不載也，真奇書也。爲文選學者不可廢也。其文章古而奇也。可以慰目，可以下筆。

從以上資料可以看出，林羅山是通過《文選》而知「其所率由皆上世之字也。至讀五經而無出處之前乎此」，於是「聊慕程朱之餘，教仰望孔孟之盛迹」；又是通過《文選》而知其文體；進而指出作爲文選學者亦不可廢讀古文苑。

四、《文選》文體的影響

《文選》所收錄的文體對江戶初期的文壇有很大的影響。作爲江戶初期的文豪林羅山，不但又是通過《文選》而知其文體，而且在實踐上亦做了很大的努力；於此同時林羅山的老師藤原惺窩在理論上做了很大的貢獻，他在《文章達德綱領》裏所引載的文體，間接地收到了《文選》的影響。下面我們來具體地考察一下這些

---

12 《林羅山文集》卷七十。

影響。

《文選》所收錄的文體有三十六種[13]：

賦、詩、騷、七、詔、冊文、令、教、表、上書、啓、彈事、牋、奏記、書、檄、對問、設論、辭、序、頌、贊、符命、史論、史述贊、論、連珠、箴、銘、誄、哀、碑文、墓誌、行狀、弔文、祭文。

林羅山在其《文集》裏所實踐的文體有：

賦、書、啓札、外國書、記、論、記事、辯、說、解、原、問對、傳、小傳、行狀、祭文、碑誌、銘、贊、序、題跋、隨筆。

林羅山的這二十一種文體裏，有十一種是來自《文選》的。此乃所謂其「宜知其體」之實踐。

藤原惺窩《文章達德綱領》所引載的多達七十種，其中的二十九種是源於《文選》的[14]。而未被實踐和引載的文體只有：文、上書、設論、辭、史論、史述贊、弔文等七種文體而已。

---

[13] 《六臣注文選》（《四庫文學總集選刊》一九九三年，上海古籍出版社影印）。

[14] 藤原惺窩著《文章達德綱領》。

五、援引《文選》之典

林羅山在其《文集卷七十五·隨筆十一》裏有如下的一段文字[15]：

> 周興嗣千字文云：孔懷兄弟同氣連枝。後世言同胞則稱連枝出於此。也不知蘇武與從弟詩有連枝樹之句，已載在《文選》。何其未之考乎。

由此可以看出林羅山熟讀《文選》的程度，就「連枝」出典的問題，不但指出了後世的誤引，還證實了「連枝」一詞是出自於《文選》的蘇武與從弟詩。

林羅山的《文集》，援引《文選》之典爲數不少，但特別引人注目是作於五十八歲時的題爲〈老圃堂記〉的文章[16]，並親爲其注出所引之典。現全文錄於此：

> 內藤氏直信別墅築堂，堂下有事於瓜疇。主人曰：雨鋤邵平地，風吹薛能床。有客曰：設不納履，要須祭環，況又副華□累□，豈無意哉。曰：堂內乃方外耶。若非煉師，何得入□氏老人之圃。曰：金母不忘味，七千歲信之，則爲渺茫。曰：待乎上座至，簽一片而喫。曰：甘苦嘗而自

15 《林羅山文集》卷七十五。

16 《林羅山文集》卷十七。

知者沒滋味歟，味外之味歟。曰：然則於邵乎，於薛乎。曰：未也。曰：鎮鄭灼之心，慕蔞恭之孝，奈何。曰：可也。耶是已乎。曰：吳國華築老圃亭。楊龜山所謂：亭下數畦嘉蔬，野果春鋤晨炊。不亦樂乎。若今有問堯舜之民者。於答是也云：前村一犁雨。歟籲聖賢之於樊遲、許行也。雖謂不暇耕。然詩人詠□風之場圃。君子雖菜瓜。祭齊如也。豈無意哉，詩不云哉。綿綿瓜□，民之初生。庶幾生生不息也。

此文不過二百數十字而已，其用典之多，可謂強記博聞，且自加注釋，一一指明出處。何故自加注釋，其二子曾作了如此解釋[17]：

先生因直信之求，作此記。既而以其強請，故自注以示之。按此文僅二百數十字，而其出處件件如此，其餘文章用字之來歷可准知焉。

由此可知，當時的文人亦有崇尚引經據典之風。案其自注，共有二十八處。按出處先後作一分類：《文選》二處，〈陶淵明歸去來辭〉一處，《史記》一處，〈薛能老圃堂詩〉一處，《禮記》二處，《莊子》二處，〈廣列仙傳〉一處，〈漢武內傳〉一處，〈韓愈詩〉一處，

17 《林羅山文集》卷十七。

《五燈會元》二處，《禪錄》一處，〈山谷內集序〉一處，《南史》二處，《楊龜山文集》一處，《論語》三處，《孟子》三處，《詩經》二處，《朱子》一處。

我們來看看，援引《文選》二處的具體情況。案林羅山自注[18]：

①《文選》蜀都賦云：圃有瓜疇芋區。

④《文選》君子行云：瓜田不納履，李下不正冠。

①林羅山所引的是以李善注爲先的《六臣注文選》卷四蜀都賦，《李善注文選》則爲：園有瓜疇芋區。

④林羅山所引的是《六臣注文選》卷二十七，或是《五臣注文選》卷十四，因爲，《李善注文選》没錄這首古辭樂府的「君子行」。

問題是，日本的權威性辭書《大漢和辭典》認爲「納履」初出於元・左克明所編的《古樂府・君子行》；而中國的權威性辭書《漢語大詞典》則認爲「納履」初出於「《藝文類聚》卷四十一引三國魏曹植《君子行》」。

究其原因，乃嘉慶時胡克家以南宋尤袤所刻《文選》李善注本底本，改正了尤刻本大量明顯的錯誤，復刻並

---

18 《林羅山文集》卷十七。

發行之，即所謂的胡刻本李善注《文選》。這個胡刻本便成了校勘較精，流通最廣的《文選》李善注單本，爲李善注的再次普及立下了汗馬功勞，與尤刊本李善注並駕齊驅。所以，目前中國較爲流行的中華書局影印的尤刊本《文選》，上海古籍出版社的中國古典文學叢書版的《文選》都是李善注。就連日本著名文選學者斯波六郎和岡村繁等所編著的《文選索引》，亦是以這個胡刻本爲底本的。故在這本《文選索引》裏亦無「納履」兩字。但是，日本的五山文學時代，乃至於林羅山的時代，盛行的卻是《六臣注文選》，或是《五臣注文選》。

結語

林羅山在三十歲時曾作〈倭賦〉，其中有提及《文選》曰[19]：

文選嘗學習兮，授安房之刺史。

此乃指日本平安時代以《文選》取士之事。在三十七歲

---

[19] 《林羅山文集》卷一。

作有〈文選樓〉詩[20]：

太子才名誇俊豪，孝心有怨卻忉忉。

蠟鵝一旦不飛去，文選樓頭空自高。

在四十三歲時，作了題爲〈示諭稻春碩涉春江二學生〉的三十五首同韻七絕，賦了《五經》、《四書》、《小學》、《周禮》、《儀禮》、《樂經》、《孝經》、《爾雅》、《公羊》、《穀梁》、《左傳》、《國語》、《楚辭》、《戰國策》、《老子》、《莊子》、《列子》《史記》、《漢書》、《後漢書》、《文選》、《三國志》、《晉書》、《隋書》、《唐書》、《資治通鑑》、《通鑑綱目》、《家語》、《孔叢子》、《山海經》、《荀子》、《呂氏春秋》等三十二種典籍，其種的〈又賦《文選》用前韻〉曰[21]：

六十卷成堆巨編，詞人常慕此人賢。

縹囊雖有文章觀，不耐持來瞽者前。

由此可見林羅山不僅自己在吸取中國文化精華時不忘《文選》，而且在教弟子學習中國文化時亦不忘《文

[20] 《林羅山詩集》卷六十二。

[21] 《林羅山詩集》卷三十二。

選》。

林羅山在家學的教育上亦是十分重視《文選》的。四十七歲時爲其長子叔勝所作的〈林左門墓誌銘〉曰[22]：

> 十一歲遊東山，讀唐詩、蘇黃詩集，及古文等，又閱我家藏群書，頗涉獵歷代之編年實錄《通鑑綱目》及《楚辭》、《文選》李杜韓柳之集。

林羅山自身十七歲開始讀《文選》，在其成爲文豪的過程中，深知《文選》的重要性，故以之爲家學的必讀書。其長子叔勝十七歲去世，在其十一歲時，林羅山便使其攻讀《文選》。又案《林羅山年譜》七十二歲條[23]：

> 今年十三經周覽之暇，口授五經句讀於春信，其後教之以《左氏傳》《文選考》杜蘇黃詩集。

春信乃林羅山的長孫，當時十一歲，由此可以看出《文選》已成爲林家學統的必讀之書了。

總之，林羅山不僅在《文選》研究上下了功夫，而且在自身的創作實踐中亦注重吸取《文選》之精華。更

---

22 《林羅山文集》卷四十三。

23 《林羅山詩集》附錄卷三年譜。

是在塾學、家學的教育上以《文選》爲必讀之書。這亦可從一個側面窺視到《文選》對江戶初期的文壇的影響。

*本文作者現任日本九州大學大學院教授

由「第四屆文選學國際學術研討會」論選學之發展趨勢

黃水雲

壹、前言

《文選》在中國歷史上曾為「顯學」，但自「五四運動」以後，「選學」便日趨冷落，只有少數人慘淡經營，近十多年來因學術事業的發展，以及國際漢學界的促進，《文選》又受到學者們的關注。自從長春師範學院趙福海教授和中南海職工大學陳宏天先生首倡舉辦「文選學國際學術研討會」，如今已深獲海內外選學界的熱烈響應。由北京大學古籍所、北京師範大學古籍所、復旦大學古籍所、長春師範學院《昭明文選》研究所、中南海職工大學等單位聯合主辦，並由長春師範學院承辦的首屆「文選學國際學術研討會」於1988年8月2日至5日在長春南湖賓館舉行，此後1992年8月又在長春舉辦第二屆，1995年8月則在鄭州大學舉辦第三屆，今2000年8月的第四屆文選學會議再回長春舉行，會議已逐漸成為定期性之國際學術聚會。而第五屆「文選學」國際學術研討會將訂於 2002 年 10 月下旬於江蘇省鎮江市召開，爲了使學者們了解第四屆盛會之概況，特將此一研討會作一簡略之介紹，並論述選學之發展趨勢。

貳、會議分組與討論主題

第四屆文選學國際學術研討會於 2000 年 8 月 2 日在長春長白山賓館的一樓大廳開始了報到手續，據與會學者名單，除了中國大陸 60 人外，還包括了台灣 12 人，日本 10 人，韓國 1 人，美國 1 人，香港 1 人。學者們齊聚一堂，在三組的分組討論中，共發表了 61 篇論文（原擬發表 61 篇，但實際收錄於論文集中僅 59 篇），堪稱一時之盛。

會議在 8 月 3 日上午九時於長春師院報告廳舉行開幕式，由中國文選研究會會長曹道衡教授致開幕詞，長春師範學院院長趙立興教授致歡迎詞，並邀請了省委副書記石宗原、日本岡村繁教授、美國 CLM research Inc. 林中明總裁、韓國林三洙教授講話，最後由長春師範學院《文選》研究所所長趙福海教授匯報籌備工作及說明會議議程。然後合影留念，返回長白山賓館舉行分組討論。會議至八月四日結束，閉幕式又回長春師院舉行，分別由吉林社科院陳復興研究員、台灣中國文化大學洪順隆、北京大學傅剛、日本立命館大學清水凱夫及南京大學周勛初等教授講話總結。

此次的研討會議共分三組，同時在二樓、十樓、十三樓會議室舉行，每組約 28 人，輕鬆之主題式討論改變了過去限定時間的宣讀論文方式，因此活潑的討論範疇除了學者們各人發表的論文外，諸如《文選》的編者問題、選文標準、版本、李善注、五臣注、《文選》與《文心雕龍》之關係等皆成爲主要討論之對象，兩天的研討讓選學的研究更加興旺。爲呈現學者們此次發表之論文主題，特將內容整理歸納如下：

一、《文選》編者與成書年代

按一般傳統看法，都認爲《文選》爲蕭統所編輯，即使不是由蕭統一人完成，也是在他的主持下完成的，但日本學者清水凱夫卻於 1989 年《六朝文學論文集》中闡述了他的新觀點，他說：「《文選》的實質性撰論者不是昭明太子，而是劉孝綽，在《文選》選錄的作品中濃厚地反映著他的意志。」此觀點得到日本學者岡村繁教授之支持，然大陸學者周紀彬、曹道衡、沈玉成、王春茂、屈守元、趙福海、顧農、穆克宏、俞紹初、傅剛、力之等則相繼撰文反駁其說。此次會議有關《文選》編撰問題共二篇，其一乃力之〈關於《古今詩苑英華》的編者問題－兼說無以動搖《文選》爲昭明太子所獨撰說〉，作者堅持認爲劉孝綽編說遠不及昭明太子編說。二爲許逸民〈《文選》編撰年代新說〉，亦主張蕭統曾主其事並總其成。

二、有關蕭統、蕭繹之研究

學術界對蕭統生平之了解，主要是根據姚思廉《梁書・昭明太子傳》和李延壽《南史・昭明太子傳》，然對蕭統之死因、籍貫、甚至文學思想等則予人眾多想像空間，此會議有關蕭統之研究共八篇，蕭繹一篇，其中多蕭統文學觀之研究。1、吳曉峰〈三教合流以儒爲主的文學觀－從蕭統對陶淵明、謝靈運詩歌的認同談起〉，作者認爲三教合流以儒爲主就是蕭統的文學觀，陶淵明、謝靈運的詩歌中體現了他們各自的思想，儒釋道兼容並蓄，而蕭統對他們二人的詩歌則格外推崇，顯示出文學追求的一致性。2、張葆全〈論蕭統的文章價值觀〉，作者指出《文選》體現了蕭統之文章價值觀，包括了使用價值、欣賞價值、教化價值、認識價值。3、張文東〈由《文選》文論選篇看蕭統的文學觀〉，作者就《文選》中文論篇章十一篇，從每篇選文各自的文學用意中見其異同而得知蕭統之文學取向。認爲蕭統之文學觀的中心是儒家正統的「諷喻教化」，蕭統的文學觀是時代的文學觀，其強調典正、性情，但不及怨怒，尤重文采。4、王玫〈論蕭統對建安文學的接受〉，作者從《文選》選錄的建安詩文來看，是肯定建安文學的歷史地位和文學成就的，以此說明了蕭統的文學觀。5、俞紹初〈蕭統及其文學成就述略〉則概述了蕭統的生平思想及其在文學上取得的業績。6、穆克宏〈蕭統研究三題〉則以心喪三年、蜡鵝事件、文體分類等三題，分別論述了《文選》成書年代、蕭統死因、及文體應分三十七類之看法。7、劉建國〈蕭統籍貫考〉對歷來注以蕭統「南蘭陵（今常州武進縣）人」，有關蘭陵郡縣性質、南蘭陵與六朝武進的關係、蕭氏故里即「武進東城里」的具體所在地在何處等問題作了探討。認為蕭統的籍貫應是：鄉貫即祖居地為晉陵郡武進縣之東城里（今鎮江丹陽市東城村）人，戶籍屬僑郡縣南蘭陵。8、王汝梅〈蕭氏父子文學集團的小說思想觀念〉，作者從大量志怪志人作品、人物類型的合傳與獨傳，以及蕭氏父子作家及其影響下的學者、文士的理論著述看，概括出蕭氏父子文學集團的小說思想觀念。其一乃尚未形成完全自覺成熟。其二在一些重要小說理論觀點上有所突破。其三乃處於魏晉小說到唐傳奇的過度時期。9、鐘仕倫〈蕭繹思想體系論〉則探究了蕭繹思想體系，呈現出雜取儒、釋、道而兼涉兵家、墨家、名家、法家、農家學說之長，以成一家之言的特徵。

三、《文選》選詩、選文之標準

關於《文選》選詩、選文之標準，最早注意此一問題者為清代阮元，隨之許多學者在論著中乃就此一問題，展開了熱烈的討論。此次會議相關之論文共計四篇。1、姜維公〈從齊梁文學流派之爭看《文選》之取舍標準〉，作者從

《文選序》及齊梁時文學流派之爭入手，立足史實來剖析《文選》之編選標準。認為其取舍實有其歷史原因及背景，包括文學流派之爭、政局之影響以及個人愛憎之影響，而流派之爭實為影響《文選》編選之根本原因，因政局及個人愛憎而入選或摒棄之作品比例實微。2、宋恪震〈對楊明「事出於沈思義歸乎翰藻」解的附議與異議〉，作者表示對楊明所說的「事出於沈思義歸乎翰藻」的解釋完全附議，而對於「事與義雖有可區別的一面，但其實意思不大。……在實際的場合中並不顯示出截然的分別，駢文句式上下對稱，尤其如此。」的觀點有了異議。認為兩句話所揭示的，與「以能文為本」、「綜輯辭采，錯比文華」一樣，乃是《文選》選文的一般標準，既非狹義的「善於用事，善于用比」所能範圍，更與選文的思想內容了無關涉。3、胡德懷〈論《文選》的實際編撰與選文標準〉，此文分析推斷《文選》是以昭明太子蕭統為首，以劉孝綽、劉勰、陸倕、王筠等人物為中心的文學集團，在天監 14 年（515 年）至大通 3 年（531 年）共同編撰的。而其取舍標準，乃是以文為本，事出於沈思，義歸乎翰藻的篇什。4、丁福林〈從《樂府詩》的選取看蕭統《文選》的選詩標準〉，作者就樂府詩的選取，對傳統的蕭統選詩主要體現儒家思想尊帝王、美教化、厚人倫的觀點提出一些不同的看法。全文從《文選》中《樂府詩》的數量、類型、本身三部分進行分析，說明了編選者的取向。

四、關於李善注、五臣注

針對李善注、五臣注等之探討，過去學者們或評二者之優劣，或從文字、注釋、解題、釋義等分析其成績與特色等。此次會議有關注本問題之研討共五篇，試分述如下：1、韓泉欣〈陸士衡〈文賦〉「課虛無以責有，叩寂寞而求音」李善注平議〉，作者認爲陸氏的文學理論頗受魏晉玄學的影響，〈文賦〉中徵引二句更與玄學的「有無之辨」直接相關。然李善注於此不引《老子》，也不引王弼《老子指略》，卻拿緯書《春秋說題辭》和《淮南子・齊俗訓》裡的兩段話作根據，乃對此略作考辨，覺得由此可窺知魏晉學術思想嬗變之軌跡以及陸氏思想的淵源所自。2、段書偉〈李善注引用韋昭《漢書音義》考〉，作者認爲《文選》李善注中徵引《漢書》舊注頗多，其列舉姓名者16家，韋昭《漢書音義》亦爲徵引，故對李注所引韋昭《漢書音義》略作考察。3、楊明〈《文選》臆札－若干條《文選》舊注的疑問和補充〉，作者主要對《文選》的若干舊注提出疑問或補充。4、顧農〈《文選》中的阮籍－李善注對糾正誤解阮籍及其作品的意義〉，作者認爲阮籍其人及其作品遭到誤解已經很久，要撥亂反正，應從認真研讀《文選》及李善注開始。5、王曉東〈古詩十九首五臣注管窺〉，作者認爲〈古詩十九首〉五臣注雖然存在著妄說微言大義及釋詞不夠確切等瑕疵，但其早期注釋成果，依然值得重視。因此有關五臣注的基本面貌，同李善注的關係，特點及價值，地位與影響等皆為陳述之內容。

五、《文選》版本

有關此次會議論及版本問題者有六篇：1、傅剛〈《文選》版本在明清的存藏和流傳〉，作者分別就明清兩朝民間藏書家庋藏《文選》版本的情況加以介紹。2、岡村繁〈宋代刊本《李善注文選》盜用了五臣注〉，作者把焦點對準那些新發現的宋版諸本的《李善注》和《五臣注》之間所能看見的偷換、重覆現象之上，以此闡明宋代刊本《李善注文選》的校訂態度及特色。3、常思春〈讀北宋本《李善注文選》殘卷〉，作者鑒於北京圖書館藏北宋本《李善注文選》殘卷，一無影印本行世，二未見有對其作校讀的文章出現的情況，乃對此殘卷的版式、存卷的詳細情況、收藏變遷作了介紹，並與《文選》諸傳本作了些比勘研討。4、羅國威〈天津藝術博物館藏《文選集注》殘卷的文獻價值〉，作者舉出《集注》中的許多注語，論證了《集注》在保存《文選鈔》、《文選音訣》以及陸善經注等今已難得見到的舊注方面所體現的文獻價值。5、周勛初〈《文選集注》上的印章考〉，作者考證了《文選集注》上的許多印章來源，對了解《集注》的流傳情況頗有價值。6、劉奉文〈毛晉汲古閣刊本《文選李善注》的評價問題〉，作者認為毛刊《李注》，評價不高然流傳廣泛，對《李注》的傳播有功。一般認為其乃依據宋刻，而四庫館臣懷疑是從六臣本中摘出李善注，未必真見單行本。只有通過細緻的比勘，進行全面的考察、爬梳，才能給予公正的評價。其他如日本橫山弘〈舊鈔本《文選集注》傳存概略〉也屬這一類。

六、《文選》與《文心雕龍》、《玉臺新詠》之關係

關於《文選》與《文心雕龍》之關係，中外學者幾乎一致認爲，《文選》受到《文心雕龍》很大影響，但日本清水凱夫卻認爲兩書在觀點上完全不同，故不受任何影響。此次會議中共三篇。1、清水凱夫〈再論《文選》與《文心雕龍》的影響關係〉，特別以調查數據指出，《文選》所選錄的四百八十篇作品中，大概只有八十五篇可以在《文心雕龍》中看到，其所占比例沒有超過《文選》選錄作品的百分之十八。因而再次說明二者並無影響關係。2、鐘濤〈《文選》與《文心雕龍》「筆」之比較研究〉，作者將《文選》與《文心雕龍》所涉及的詩賦以外的作品統稱爲筆，從兩書「筆」文體、時代範圍、篇目、作家比較，說明二者之關係。3、張亞新〈屬文好爲新變：從《文選》到《玉臺新詠》〉，作者認爲其成書時間前後相距僅短短數年，然兩書面貌卻迥然有別，從中得出兩書編者在文學思想與審美趨向上的差異。

七、名人與選學之關係

對於《文選學》之研究大家，如黃季剛、錢鍾書、駱鴻凱等，皆可謂近代以來學家之壯觀，其所形成之文選黃

氏學、錢氏學、駱氏學，更成為今日學者競相討論之範疇。有關此次會議四篇中，除了論及黃、錢二氏外，亦論及了魯迅、清高宗與《文選》之關係。1、王寧〈論黃季剛先生的選學〉，作者將季剛先生之選學，分小學之選學和文學之選學兩端，針對特色加以評述。2、陳復興〈《文選》錢氏學術〉，作者認為錢鍾書《管錐編》關於《史記會注考證》、《楚辭洪興祖補注》、《全上古三代秦漢三國六朝文》，以及《談藝錄》關於陶淵明等的篇章，所作的考訂、詮釋與評論，則完全屬於文選學的研究範圍。錢氏之創獲，正標誌著現代文選學研究真正嶄新之階段。3、王同策〈魯迅與《昭明文選》〉，作者認為魯迅著述中，除去一般購借閱讀《文選》及相關著作外，也有涉及對《文選》選文標準與具體篇目取舍得失的分析。作者從魯迅論「選」、論《文選》選文、《莊子》與《文選》的論爭等三方面進行研討，肯定魯迅之真知灼見。4、江慶柏〈清高宗與《文選》〉，作者透過分析武進陶湘所輯《故宮殿本書庫現存目》三卷中所收清高宗弘歷關於《文選》的題識四篇，考察了清高宗與《文選》的關係。由四篇題識反映了高宗對《文選》的基本態度，以及文學旨趣。其他如武漢大學王慶元〈阮、章二家關於《文選》選文標準立異的評議〉，勤益技術學院徐華中〈何義門文選學初探〉，鄭州大學徐正英〈文選學與唐代科舉〉等，也是這一系統的論著[1]。

八、《文選》中詩、文之類型研究

有關詩、文類型之研討共計五篇。1、胡大雷〈《文選》詩簡述〉，作者把《文選》詩諸類作一個獨立整體來研究，說明了《文選》詩的分類所體現的文學觀念與當時文學理論《文心雕龍》、《詩品》之關係。2、洪順隆〈《文選》之雜歌、雜詩、雜擬的題材類型研究〉，作者就「雜」的概念、現象、類聚群分的因素、題材類型等幾個角度，加以研析論述。3、李暉〈《文選》與詠史詩〉，作者認爲是《文選》第一次自覺地按題材類型把詠史作爲詩歌重要的一體，從而確立了詠史題材在詩歌中的地位，其情感性、現實性、典型性等藝術表現，對後代詠史詩的發展，無疑起了範本和奠基的作用。4、陳洪〈從《文選》看魏晉贈答詩的演變〉，作者認爲《文選》贈答詩的數量可居各類詩首位，從統計、分析的數字反映了贈答詩本身發展的情況，也體現出《文選》選者的某種觀念。5、郭殿忱、李紅光〈論《文選》之

[1] 第四屆文選學國際學術研討會之論文，已由趙福海、劉琦、吳曉峰主編，長春吉林文史出版社出版，2001 年 6 月。原欲發表之論文與論文集所收略有不同，如勤益技術學院徐華中原擬發表之〈何義門文選學初探〉並未收入論文集中。而鄭州大學徐正英原欲發表〈文選學與唐代科舉〉，論文集中則改爲〈顧炎武與文選學－以《日知錄》爲例〉。

書體〉，作者認爲「書」爲《文選》第三大文體，爲數量上之第三位，質量上之第一流。「書」體散文賴《文選》承傳，故其對唐宋書體散文等均有影響。

九、《文選》中作家、作品之研究

由於《文選》中收入許多作家、作品，因此涉及此類論文者亦不少，計有十二篇。1、朱曉海〈論劉安〈屏風賦〉與《文選》之彌衡〈鸚鵡賦〉〉，作者試圖說明兩篇作品在詠物型態上的特點、差異，以窺《文選》選文之取向。2、劉琦〈《文選》賦中的建築美學〉，作者從「文賦」京都賦中，其追求崇高的美學思想、以和諧爲美的民族審美意識、以繁複配飾爲美的審美觀等三方面探討了《文選》賦中的美學思想。3、程章燦〈讀任昉〈劉先生夫人墓志〉推論早期墓志文體格－讀《文選》札記〉，作者以〈劉先生夫人墓志〉爲基點，綜合謝朓、沈約等著名作家的墓志文，遍考傳世及新出土的南北朝時代的各家墓志文創作，推考早期墓志文的體格特點，證明《文選》之重要價值。4、廖一瑾〈論曹植〈贈白馬王彪詩〉聲情相諧的詩歌美學〉，作者探討〈贈白馬王彪詩〉之聲情相諧技巧，說明此詩早於陸機六、七十年前就達到美學（詩緣情而綺靡）標準了。5、黃水雲〈試論顏延之〈赭白馬賦〉之藝術表現技巧〉，作者就《文選》之選文標準，分析了〈赭白馬賦〉之藝術創作技巧。6、韓格平〈《文選・曹植・送應氏二首》寫作間蠡測〉，作者考證了〈送應氏二首〉作於建安六年至八年，此有助於理解曹植、應瑒二詩悲情的根源所在。7、曹道衡〈望今制奇參古定法－讀《文選》中的幾篇駢文〉，作者特舉《文選》中六篇文章爲例，說明選文往往有題材相像，且後一篇取法前一篇者，然又各具特點，這正是取法前人而又不局限前人的道理。8、李景嶸〈〈答賓戲〉與〈幽通賦〉合觀〉，作者從兩賦之命題、內容思想和觀念，認爲其表露了班固的志向且決定了他言行處世的準則。9、劉志偉〈至慎與佯狂：阮籍人格之迷破解〉，作者從阮籍社會人格、自我人格與魏晉之際知識分子群體的比較中，探討至慎、佯狂的人格之迷。10、佐竹保子〈疾馳之逸民－郭璞〈江賦〉的敘法〉，作者考察了〈江賦〉在漢魏六朝文學史上的特點。11、李萍〈嵇康的〈養生論〉與莊子的〈養生主〉之比較〉，作者從思想內容、表達方法、論證方法、思辯色彩等比較其異同。12、陳延嘉〈《文選》神女形象的原型、塑造及寫作目的〉，作者論述了《文選》〈高唐賦〉、〈神女賦〉中的巫山神女形象，認爲宋玉的寫作目的在於引起襄王對巫山地區楚國邊防重要性的認識，不忘父死於秦的國恨家仇，以重振楚國的雄風。

十、《文選》語言之研究

關於《文選》語言之研究計有三篇。1、易敏〈《文選》揚馬班張賦文用字的若干現象〉，作者考察了司馬相如、揚雄、班固、張衡等賦家主要作品的用字現象，探察這一時期漢賦用字的特點，同時透過《文選》異文的對照，比較幾種版本的用字概況。2、王若江〈《文選》聯綿詞語用類型分析〉，作者進一步對《文選》中聯綿詞的語用類型進行分析，全面分析了聯綿詞這一重要語言現象在《文選》中的使用情況。3、于智榮〈《文選》對時語的保存及今人訓釋問題〉，作者認爲《文選》對當時詞語的存留具有重要的儲存作用，如單純詞、合成詞等必當正確訓釋，如此對正確理解詩文思想內容才有一定價值。

十一、選學研究及其影響與價值

有關選學研究方面之論述及影響，共計八篇。1、王立群〈論 20 世紀的《文選序》研究〉，作者就 20 世紀的「選學」研究曾發生過三次有關《文選序》的研究作一介紹，對於二、三十年代、六十年代、八、九十年代的選學研究，作一頗有意義的回顧和總結。2、趙福海〈「選學妖孽」口號之來龍去脈與反思〉，打倒「桐城謬種」、「選學妖孽」是五四新文化運動時提出的，其對中國文化的傳承與弘揚，已影響達半個多世紀，故而將此口號放在歷史上看，從而認識其來龍去脈。3、游志誠〈《文選》綜合學〉，作者運用新出資料、新見之文選版本、與舊材料之新觀點理解，據實際例證，分析研究發展門徑，歸納文選學全面而綜合性之研究層次。不僅提出了文選分體四十類之新說，亦總結新舊文選學之方法。4、甲斐勝二〈試論《文選序》所體現的《離騷》觀〉，作者以《文選序》對《離騷》的態度爲線索，詳細地說明自己的感覺。5、陳慶元〈從《三謝詩》到

《文選顏鮑謝詩評》－兼論以家族爲中心的選學研究〉，作者認爲宋唐庚從《文選》輯得謝靈運、謝惠連、謝朓詩六十四篇，爲《三謝詩》，其乃一種特殊的文學現象，即《文選》以家族爲中心的文學研究，除了謝氏外，值得關注的還有兩漢的班氏、建安時期的曹氏、應氏，兩晉的陸氏、南朝的王氏，可見以家族爲中心的文學研究，是《文選》研究和中古文學研究的一個重要課題。6、林中明〈《文選》源變舉略－自昭明至桐城、從經典到網路〉，作者從《文選》的源頭，探討人類的用心和意義，申明《詩經》爲中華文化第一部詩歌總集，與對早於《昭明文選》之諸集書之影響，再由此溯流而下，略定其在網路時代的價值和對今後集書的啓發。7、俞慰慈、陳秋萍〈論《文選》對日本江戶初期文壇的影響〉，作者以很少人論及的林羅山《選學》研究爲例，研究《文選》對日本江戶初期文壇的影響，論文共分八個方面考察了此一課題。8、朴三洙〈試論韓國版《古文真寶》〉，《古文真寶》約爲元初編成的詩文選集，其中有不少選文之特色。作者指出了此書之特點與瑕疵。

參、論選學之發展趨勢

第四屆選學會議研討之論文大多從多種不同角度研究了《文選》，可說是琳瑯滿目。而參加會議之學者們，有年僅二十多歲的研究生，亦有高達七十多歲的日本學者，真可謂「群賢畢至，少長咸集。」學者們參與之意願頗高，且能各抒己見，達到切磋琢磨的效果。兩天的會議外，更於八月五日安排了全天的松花江之遊，乘船遊湖，以及湖畔的大魚美食皆令人難以忘懷。選學復興，業績十分可觀；以文會友，英華莫不群集。而有關第五屆文選學國際學術研討會將由中國文選學研究會和鎮江市人民政府聯合主辦，丹陽市人民政府協辦，會議時間暫定於 2002 年 10 月下旬，會議地點擬定於江蘇省鎮江市南山風景區碧榆園，會議期間將組織全體代表參觀鎮江、丹陽及揚州等六朝歷史古蹟和名勝。鎮江不僅是中國歷史文化名城，更是六朝文物薈萃之地，其所轄丹陽市既是齊梁兩朝皇陵之所在，亦是昭明太子之故里，由選學研究會之特地安排，當可明瞭其特殊之意義。因此個人不揣淺陋，擬對選學之發展趨勢，略作論述。

一、研究態度客觀、活躍且內容深廣

有關文選學之研究，近年來明顯的深入、活躍且更加廣泛，研究的領域比以前明顯拓寬，提出的研究課題更有創見，更具啓發性。往昔論文的領域，均不外爲《文選》作者問題，《文選》中所錄作品和評價，和「李善注」「五臣注」以及其他注本等問題的探討。然時至今日，選學研究並不局限於《文選》本身或傳統的注疏考證，而是將《文選》放在中古時期的文化氛圍中加以考察。如傅剛《昭明文選研究》一書，便是從整個漢魏六朝文化，和文學發展的歷史長河中，考察《文選》的出現及其歷史定位，徵引眾多史籍和文學作品，著重體例的考察。其論證上溯先秦，下及隋唐。因此書中各以《文選》編纂背景研究和《文選》的編纂及文本研究爲上下編，舉凡漢魏六朝編撰考論、文體辨析和總集的編纂、齊梁文壇的創作和批評，《文選》的編纂、基本面貌、比較研究和文體論析等，均爲作者論述之範疇[2]。由毛德富《中國大陸文選學研究概述》、游志誠《中國港台地區文選學研究概述》、佐竹保子《日本文選學研究概述》、白承錫《韓國文選學研究概述》、康達維《歐美文選學研究概述》中得知，選學研究課題已趨多樣化。可見，有關《文選》研究，不但論證縝密客觀且內容更是深廣。如周勛初〈文選集注上的印章考〉，幾枚印章，對選學而言實無關大局，但其卻可作爲選學的擴大研究，對私人手藏之《文選》殘卷，無疑提供了更詳細的資料。又如朴三洙〈試論韓國版《古文真寶》〉，有關《古文真寶》之編者未詳，僅因其乃一選本，在選文特色上不見得受《文選》影響，但朴氏仍將選學觸角擴及此，可見《文選》研究範疇是深廣的。

二、研究方法新穎且重視新材料

---

[2] 傅剛《昭明文選研究》（北京中國社會科學出版社，2000 年 1 月）

目前有關《文選》的研究，學者們往往從新發現的材料，和現代科學的文藝觀出發，以嶄新的角度看待《文選》，進而闡明他的體例、性質和價值。如《文選》版本，早期版本僅僅是汲古閣刊的李善注本和覆刊的贛州本六臣注，而後有胡克家以南宋尤袤本詳加校勘，推出了胡刊本李善注。此後人們多以此本爲閱讀參考。而今北宋天聖刊本李善注《文選》殘卷及南宋尤袤刊李善注全帙已在北京圖書館發現，此外，日本所藏《文選集注》殘卷，韓國所藏奎章閣本六家注《文選》，和敦煌發現分藏於法國、俄羅斯、日本等地的《文選》殘卷，皆先後得以影印出版或即將出版。正因新材料之匯注，加之以現代文學意識之介入，使得研究視野不斷拓寬，研究方法日益新穎，終使選學研究進入一個嶄新的時期。

三、研究隊伍擴大且研究著作遞增

回顧 1988 年第一屆《文選》國際學術研討會，出席人數共五十餘人，第二屆、第三屆則增至六十餘人，第四屆則爲八十餘人，出席人數的增加，正顯示《文選》學研究隊伍的擴大，也反映了人們對《文選》的重視。當然，一群魏晉南北朝研究專家亦紛紛轉向《文選》領域，當是《文選》學研究龐大因素之一，此可從 2000 年 7 月底於天津南開大學舉辦之「魏晉南北朝文學與文化國際學術研討會」與會學者中得知。此外有關選學研究著作，亦有不可忽視的進展，觀魏淑琴《中外昭明文選研究論注索引》（吉林文史出版社 1988 年），再閱王慶玫《1990～1994 年文選學研究主要論文索引》[3]，則清楚可見選學著作逐日遞增中。最近如羅國威《敦煌本文選研究》和《敦煌本文選注箋證》、傅剛《昭明文選研究》和《文選版本研究》、胡大雷《文選詩研究》等著作，均深得學者們之好評。此外由鄭州大學古籍研究所規劃一部多卷本《文選學研究集成》亦將陸續問世，正說明選學研究之盛況[4]。

肆、結論

選學是個歷時一千多年的傳統學科，其文化礦藏是挖掘不盡的。因此在振興前人的研究成果上，理當以新思想、新方法加以開掘，從不同角度、不同層面進行全方位的研究，方能開拓選學研究的新局面。《文選》對後世影響是深廣的，選學研究成果是豐碩的，昭明太子蕭統的地位是傑出的。因此蕭統的故里鎮江，也成了歷史文化重地。所謂

---

[3] 中國文選學研究會 鄭州大學古籍整理研究所編《文選學新論》（中州古籍出版社，1997 年 10 月）

[4] 俞紹初，許逸民主編《中外學者文選學論集》上下冊（北京中華書局，1998 年 8 月）

「兩漢文化看徐沛，唐代文化看西安，明清文化看北京。」那麼六朝文化則當以鎮江為歷史文化的巔峰了。第五屆文選學國際學術研討會即將於鎮江召開，屆時必吸引更多海內外選學專家，駐足鎮江，造訪丹陽，齊力為選學研究而努力。期待 2002 年 10 月下旬的國際《文選》研討會，相信國際間的學術交流，必將使選學更加豐碩。

*本文作者現任中國文化大學中國文學系副教授，為洪順隆教授指導學生。

由《異苑》〈竹王祠〉故事論大陸彝族及台灣西拉雅族之「竹」文化信仰

林登順

壹、緒言

東晉末劉宋初，劉敬叔所作志怪筆記小說《異苑》卷五，有一則〈竹王祠〉的故事。其全貌爲：

> 漢武帝時，夜郎竹王神者，名興。初，有女子浣於豚水，見三節大竹流入足間，推之不去。聞其中有號聲，持破之，得一男兒。及長，有才武，遂雄夷獠氏。自立為夜郎侯，以竹為姓。所破之竹，棄之於野，即生成林。王嘗從人止石上，命作羹。從者曰：「無水。」王以劍擊石，泉便湧出。今竹王水及破竹成林並存。後漢使唐蒙開牂牁郡，斬竹王首。夷獠咸訴，以竹王非血氣所生，甚重之，求為立後。太守吳霸以聞帝，封三子為侯。死，配食父廟。今夜郎縣有竹王三郎祠，是其神也。

這則故事是在說明夜郎「竹王神」的起源，包括他的誕生，成長雄夷獠氏、自立爲夜郎侯，棄竹成林，被漢使唐蒙所殺、太守吳霸以聞帝、而立廟成神的經過，在這過程中，可以強烈感受竹王被當地民族崇敬的氛圍。

此外，這則故事，在王國良先生的論著《魏晉南北朝志怪小說研究》中，曾有一段按語：

> 按：本篇取材於常璩《華陽國志》〈南中志〉。其事與《呂氏春秋》〈本味篇〉所載伊尹生自空桑相類似。至若日本民間所流傳桃太郎誕生自大桃子之故事，與竹王傳說極為接近，恐係受中國影響而產生者也。[1]

這一段推論，是依故事主角誕生的類型而加以評述，也由於這個開端，引發了洪順隆教授的興趣，進一步爲文深究。[2]兩位先進已有深入探討，原本無後學置喙之地。但因近來作研究當中，發現有類似故事傳說，所以，從不同

---

[1] 見王國良《魏晉南北朝志怪小說研究》，文史哲出版社，1984年七月初版，p.139。

[2] 洪順隆〈竹王傳說的橫斷面和延長線—由原型、演化、傳播談神話〉，《國立編譯館刊》21卷一期，1992年六月，頁179-207。

的角度特撰一文以就大方。

以上所述之「竹王傳說」故事中，有一重要的情節單元素，就是「竹子」。

竹這種植物，分布在中國極為廣泛，東至台灣、南到海南島、西至西藏納宗以南地區、北到黃河流域，有三十多個屬，三百多個種。在上古名著《山海經・山經》中，除〈南山經〉外，西山經、北山經、東山經及中山經皆有「竹」的記載，言竹之多，達二十一次，可見竹在上古分布之廣、資源之豐。

後來，由於開墾、兵燹、自然災害等因素，「淇水流域的大片竹林到南北朝時已不復存在了；渭河平原及秦嶺北麓的綠竹到明輕時期已顯著衰敗；至於太行山脈南段之中調山等地，到清末時，成片竹林已經難以尋覓」。[3]北方地區的竹林已大部毀損；但在福建、湖南、浙江、四川、江西、安徽、廣東、廣西、雲南、貴州、河南、陝西、江蘇、台灣等十四個地區，卻隨處可見茂密的蒼莽竹海。

而在「竹的故鄉」的竹子，陪伴中華民族祖先歷經了物化到人化的過程，從自然物，逐漸進入人的生活，而被

---

[3] 以上參見古開弼〈從我國北方竹類的歷史分布看「南竹北移」的廣闊前景〉，《農業考古》1987 年第二期。

當作裹腹的食物、生產的工具、生活的用具。據考證距今一萬年前，長江中下游和珠江流域的原始人類就已經開始栽培利用竹類了。[4]而隨著時代的演進，[5]竹從最初的人化，

---

[4] 參見張之恒〈中國原始農業的產生和發展〉，《農業考古》1984年第二期。

[5] 據考古發現，陝西西安半坡遺址（西元前6080至5600年）出土文物中即有竹鼠遺跡，山東歷城龍山文化遺址（西元前2800至2300年）中，也有竹炭和形似竹節的陶器出土，河南殷墟遺址中，不僅有竹鼠遺跡，而且有「竹」、「箒」、「箙」，殷紂王更在淇水沿岸設竹箭園，並有專人管理。

到了西周則有「籬笆工」的職業，並有竹製成的器具，如竿、笈、簞、笄、簏、箕、筵。秦朝則有「渭川千畝竹……其人皆與千戶侯」（《史記‧貨值列傳》）漢朝則設有「司竹長丞」的職官，專門管理竹林。晉朝時，中國已開世界之先，使用竹材造紙。（南京林學院竹類研究室〈關於北方發展竹子的生產問題〉《中國林業科學》1978年第二期）南北朝時期，梁朝管理竹材則由大匠卿負責，北齊是大匠管理，北周則歸司木中大夫。隋朝沿襲北周，在司木中大夫下設專官管理竹材。唐朝時，由於社會經濟穩定，竹材需求大增，將作監內設有專管竹材的官員，司苑內有上林署專司竹木栽培。宋代，將作監的組織更爲擴大，下屬有三十一作，竹作規模龐大。至於金代，據《金史‧食貨志》載：「司竹監歲采入破竹五十萬竿。」可見製作竹材

逐漸深入到文化的層面，並由器物文化向觀念文化擴展，內化、隱化到人的心靈深處，幻化成敬仰、崇拜、祈求的圖騰，也是理想人格的象徵，更是人們寄寓情感、理想以及審美的對象。

而在這種轉化過程，人們爲了演化竹成爲「爲我之物」，就不斷的透過「竹」這個符號，凝聚著民族虔誠的敬仰情感和意識，賦予神密的神性與超自然的偉力。

而就如「竹王傳說」故事所述，竹是這一故事的載體，若缺少這一物件，或改換其它物體，可能就有不同的內涵意義。

此外，在故事中說，竹王即是夜郎侯，夜郎是戰國秦漢時的古國，夜郎國的居民爲何？歷來說法很多，有廣義

之盛。而元朝則實行竹材專賣，由司竹監掌管，《元史》載：「每歲令稅課所官以時采斫，定其價爲三等，易於民間，至是命凡發賣皆給引，每道取工墨一錢；私販者，依刑法治罪。」明朝亦設有竹木坊管理竹木交易，但朝廷專賣則變爲自由買賣。清朝順治元年（西元 1644 年）則置上林苑監正七品衙門內屬四署，林衡署管竹木。（以上參見何明　廖國強《中國竹文化研究》，雲南教育出版社，1994 年七月一版，頁 415。）

的多民族群體，包含族屬多達十五「落種」；[6]有狹義的夜郎族屬，「濮」，乃古夜郎國的主體民族。而「濮」就是今日的「彝」族的先民。[7]因此，如今彝族對於「竹」有著豐富的傳說與崇拜。

在臺灣原住民信仰中，也有竹圖騰的成分，例如台南縣新化鎮開發很早，從西元一六二四年荷蘭入據臺灣時，即有大目降社的聚落。大目降，為平埔族語 TAVOCAN 的音，意為「山林之地」，而居住此地的先住民就是平埔族西拉雅族西拉雅支族。[8]由於此地乃平原進入山區的重要樞紐，物產豐富，人文薈集，尤其靠山的附近，盛產竹子、鳳梨等作物。後來漢人移民至此，與先住民產生一連串的衝突、爭鬥，而有各種傳說。如新化「十八嬈」的繞境傳說，「大使爺（武安尊王）大戰虎頭神」的傳說。尤其後者

---

[6] 參見《太平寰宇記》卷一二0載：「控臨蕃落種，牂柯、昆明、柯蠻、桂州、提拖、蠻蜑、葛僚（仡佬）、沒（麼）夷、巴、佁抽、勃（濮）、新柯、俚人、莫傜（苗）、白虎。」

[7] 參見易謀遠《彝族史要》，社會科學文獻出版社，2000 年五月一版一刷，p.343-356。編譯《彝族源流》第九～十卷，〈液那源〉，貴州民族出版社，1992 年，p. 245-255。

[8] 參見潘英《臺灣平埔族史》，南天書局，1998 年一月初版二刷，p49。

的結束言：「虎神死後，仍然惦記不忘他的族群西拉雅人的生活，而將他的骨頭、牙齒化為竹筍，以供養育，實在感恩。」[9]也是把「竹」當作祖先守護神的化身，而受到當地人的崇敬。

這是巧合？或有深層涵義？頗值得進一步探討。本文即試著透過民間傳說及文化現象，由圖騰、神話、民俗、文獻及文化的角度，說明「竹」帶給民族的文化信仰現象。

貳、竹王傳說之圖騰信仰

在《異苑》的〈竹王祠〉故事中，其基本形態，就是竹生祖先，以竹爲姓的情節。而這一情節就是典型的「圖騰祖先化身信仰」[10]。所謂「圖騰祖先化身信仰」，即相信

---

[9] 參見西拉雅文化協會編輯小組，《西拉雅采竹手札》，台南縣平埔族西拉雅文化協會，1999年七月，p.54。

[10] 「圖騰」（Totem），原爲北美印第安阿爾袞琴部落奧吉布瓦人（Ojibway）語。其它民族也有與圖騰意義相同的名稱；如澳洲有的部落稱「科邦」、「恩蓋蒂」、「穆爾杜」；中國鄂溫克族則稱「嘎布爾」（Karpur）。由於「圖騰」一詞最早出現在歐洲的學術文獻，所以學界把後來發現的所有這種物象，統稱爲「圖

祖先是由圖騰化身的，同時相信祖先也具有化身爲圖騰的能力。後來，隨著對人及自然的認識增多，因此，意識到人與圖騰不可能轉化，但對圖騰的來源亦茫然不解，誤以爲祖先是由圖騰化身而來，故把化身能力賦予圖騰祖先，相信祖先是圖騰的化身。而在故事中，人們相信夜郎侯是由「竹」化身而來，因此，甚重之，而竹王也以「竹」爲姓。

而竹王除了是彝族的先祖，也是夜郎國的開國君王，

騰」。而「圖騰」的定義，由於學者研究的角度不同，所以定義出來的內涵也不盡相同，綜合各類資料來看，它的實體是某種動物、植物、無生物或自然現象。而跟人的關係是什麼？隨著圖騰文化的演變，原始人曾先後產生三種涵義：圖騰是血緣親屬、圖騰是祖先、圖騰是保護神。

大體來說，原始人類把圖騰認作血緣親屬，用父母、祖父母或兄弟姊妹等親屬稱謂稱呼，把自己裝成圖騰模樣，把它當作群體的標志誌。後來開始探求自己的來源，自然的誤把圖騰視爲群體的祖先，以爲群體成員皆是圖騰繁衍而來。但隨著人類思維的進步，不再認爲圖騰能生人，不再相信群體起源於圖騰，但圖騰祖先的觀念已根深蒂故，於是在這基礎上，就產生保護神觀念。以上參見何星亮《中國圖騰文化》，北京中國社會出版社，1996 年四月一版二刷，p.10-12。

爲了強化這層意義，傳說中又加入了英雄事蹟，「所破之竹，棄之於野，即生成林」(乃棄物成林的典型)由圖騰信物，轉化爲保護神的角色「竹林」，竹林可提供裹食所需、生產器具、生活用具、及精神信仰。而以「竹」爲對象，這與彝族生活的自然環境有關，如同前文所述，中國是竹的故鄉，猶其長江以南，氣候溫潤，適於竹子的繁衍，對於竹的聯想也特別豐富，所以，竹破未死，反而繁衍成林，而獲再生，代代相傳護衛著族人。這種圖騰再生神話，就如同「夸父逐日」故事，最後，夸父「道渴而死，棄其杖，尸膏肉所浸，生鄧林，鄧林彌廣數千里焉。」據洪順隆教授的看法，乃是北方巨人族頭人的神話，流傳到南方，被南方竹王傳說所借用(Borrowing)，以塑造夜郎國開國君王的形象而架構的。[11]這推論是合理的，此外，若依「人死化身爲圖騰」的理論看，不管夸父「道渴而死，棄杖成鄧林」，或「破竹，棄之成林。」的架構，都可視爲人和圖騰相互轉化信仰。「竹破」應亡，卻得一男兒而續生(精神)；所棄之破竹應毀，卻成林(實質)。具有通過圖騰而繁殖、生育信仰的轉化意義。

---

[11] 參見同註 2，p.185-186。

參、彝族之「竹」文化崇拜

彝族在中國境內約有六百五十七萬人，主要分布在雲南、四川、貴州等地。[12]誠如前文所述，濮、彝乃同一族源。呂思勉先生說：「**濮，亦作人，又作僰，後稱羅羅，即今彝族。**」[13]而濮人崇拜「竹」是一普遍現象。除了夜郎〈竹王傳說〉「民以竹爲姓」外，《禮記・王制》載：「**屏之遠方，西方曰棘。**」鄭玄注曰：「**棘當僰人。**」此外，明朝曹學佺《蜀中名勝記》認爲：「**僰人者……以棘圍之，故其自字從棘從人。**」而棘就是竹的一種，俗稱「刺竹。」據《酉陽雜俎・木篇》言：「**棘竹，一名笆竹，節皆有刺，數十莖為叢，南夷種之以為城，卒不可攻。**」濮人之所以種棘竹作爲居地的防衛，除了有物質上的作用，由於棘竹有刺，生長茂密，因此，讓人有所聯想，而賦予象徵意義，加以崇拜。由於濮人崇拜竹，視竹爲祖先圖騰，所以，在濮人的活動之地，曾建有不少祭祀竹王的竹王廟或竹郎廟。如《續道藏》引《搜神記》〈竹王條〉說：「**（竹）王即夜郎侯也。廟在施州衛（今湖北恩施）城東南之東間山下……宋崇寧**

---

[12] 參見同註 7《彝族史要》， p.11。

[13] 參見呂思勉《中國民族史》，中國大百科全書出版社，1987 年，p.194。

中賜廟額曰『靈惠』，後其子孫蔓延，崇祀益謹。本朝正祀典，只稱曰夜郎王之神。」諸如此類竹王廟的記載，亦見於雲、貴、川、廣。

至於四川一帶，濮人崇拜竹的遺跡很多。如西昌的邛海（乃因古邛濮人居住而名）的形成，是龍化爲竹救善懲惡所致。[14]另外據《老學庵筆記》卷三載：「筇竹杖蜀中無之，乃出徼外蠻峒。蠻人持至瀘、敘間賣之，一枝才四五錢。以監潤細瘦，九節而直者為上品。」筇竹杖的有名，甚至還遠售印度。[15]可見邛竹在當地是盛產有名之物，帶給當地人不只是物質上的價值，同時也在精神擁有崇敬地位。所以，關於「竹」轉化爲物，助人解難傳說很多，[16]這

---

[14] 參見《攀枝花市故事卷》，四川民族出版社，1990 年，p.181。

[15] 參見《華陽國志・南中志》：「武帝使張騫至大夏國，見邛竹（杖）、蜀布，問所從來，曰：『吾賈人從身毒國得之。』」而《史記・大宛傳》亦有記載此事。

[16] 諸如《邛竹寺》云：「一老者將竹杖插入土中，化爲竹林，人們異之，在旁建了邛竹寺。」（見《雲南群眾文藝》編輯部《雲南民族民間故事選》，1979 年，p.314。）還有〈蘆笙的傳說〉：「羅亞父子落難，遇一異人，其竹杖化爲庭院供羅亞父子避難。」（見四川民研會編《四川民間文學》第二集，1983 年，p.92-94。）

也凝聚了人們對於竹的崇拜意識。此外　梁州（今梁平）也有竹變龍護佑居民，懲罰邪惡的傳說。川南僰人也有竹杖顯靈制服惡龍的傳說以及「騎竹馬」的傳說，還有祭竹公神的習俗。[17]至於川中濮人對於「竹」的崇拜更是虔誠，竹王廟遺跡相當豐富，《蜀中名勝記》嘉定州（今樂山一帶）榮陽縣條說：「**邑東榮川即古道水，河岸有竹王祠，蓋以祀夜郎王者。**」另外，《元豐九域志》增定本卷七，亦載有邛崍縣曾建竹王廟；《寰宇記》卷七五，也言大邑縣建過竹王廟。而濮人開明氏的故治樂山一帶，因爲濮人呼竹爲「夜郎」，所以，曾被稱爲「故夜郎國」，甚至河流也名爲夜郎溪或竹公溪。[18]

以上爲濮人崇拜竹的事例，而今之濮人彝族，對於竹的崇拜，除了繼承濮人以外，更加以衍化發展。如〈彝族祖先來源〉:「**很古以以前，天下發生大洪水，淹沒大地，淹死了天下人類，其中一女孩被洪水沖走，掛在一棵竹子上，被竹王救起來，扶養成人，並與她結婚，傳出彝族，所以竹子也就是彝族的祖先。**」[19]

---

[17] 以上參見羅曲〈濮、彝與竹崇拜文化〉,《民俗曲藝》七二卷七三期，1991 年七～九月，p.88-101。

[18] 以上參見同註 17。

[19] 參見董紹禹、雷宏安《昆明民族民俗和宗教調查・西山區核桃

另外，彝族也有〈阿霹剎洪水和人的祖先〉(路南本)的神話，兄妹因洪水而受竹的搭救、啓示而結婚、懷孕、生子，人類因此得以繁衍。[20]而受竹搭救的彝族始祖，爲了感激救命之恩，每年在祭祀的日子，都要供奉竹子的風俗，依然流傳於彝族的社會。[21]

而居住在廣西的彝族則認爲其祖先是從蘭竹中爆出來的，他貌似猴類，會說話，有一天，他看見一隻形貌似猿的獮子，後來兩情相悅，遂配爲夫妻，他們的子孫就是羅羅(彝族)。[22]

此外，貴州威寧龍街區附近自稱爲「青彝」的彝族，有一傳說：

古時有個在山上耕牧之人，於岩腳邊避雨，見

箐彝族習俗和宗教調查》，雲南民族出版社，1985年。

[20] 參見梁紅譯《洪水泛濫》，雲南民族出版社，1987年，p.46-55。另外，馬學良也有相關的調查，〈雲南土民的神話〉，《西南邊疆》第一二期。

[21] 參見何明、廖國強《竹與雲南民族文化》，雲南人民出版社，1999年五月，一版一刷，p.189-192。

[22] 參見同註3，p.253，引雷金流〈廣西鎭邊縣的羅羅及其圖騰〉，《公餘生活》第三卷第八、九期合刊。

> 幾筒竹子從山洪中漂來，取一筒劃開，內有五個孩子，他如數收養孩子。五人長大之後，一人務農，子孫繁衍成為白彝；一人鑄鐵製鏵口，子孫發展成為紅彝；一人編竹器，子孫發展成為後來的青彝。因為竹子從水中取出時是青色的，故名曰青彝。為紀念老祖先竹子，青彝始終堅持編篾為業，世世代代趕山趕水，哪里有有竹就到哪里編。……由於彝族從竹而生，故死後要裝菩薩兜（用於放靈牌的小竹籮），以讓死者再度變成為竹。[23]

除此之外，大理白族自治州彝族「諾蘇」支系的做法是，畢摩和孝子帶著刀子、炒麵、雞蛋，到山上選好一棵竹子，用炒麵和雞蛋敬獻後，把竹子連根挖起，取下根部一粒米粒大的芽，然後用雪白的羊毛三至五根，將這粒芽捆在一截約五寸長的樹枝中間，便成祖靈。

巍山彝族自治縣馬鞍山鄉的彝族祖靈做法是，由畢摩和孝子從山上砍一截竹根帶回家，畢摩把竹根雕成人形，穿上衣服，再用竹子劃成的篾片編一個小竹籮，然後把穿上衣服的竹根小人放進竹籮，祖靈即製作完成。

---

[23]參見何耀華《中國西南歷史民族學論集》，雲南人民出版社，1988年12月，初版，p.433-440。

宣威縣彝族則在人死後，由親屬取一截與死者長子大拇指長的竹根，用紅綠線（男紅女綠）紮九匝，放入一小布袋，再放入一小篾籮中，畢摩拿著到死者墳邊念經作法，使死者靈魂依附其上，拿回懸掛於供桌後側牆上，即成祖靈。

在廣西隆林、那坡及雲南富寧等縣的彝族，村中有一塊寬二丈以上的空地，中央種「一叢蘭竹」，竹根周圍用石塊圍砌，石塊周圍又圍丈許高的竹柵欄。平時嚴禁砍伐及毀壞。每年農曆四月二十日舉行祭竹大典，由畢摩作法誦經，跳公（領導跳舞的長者）率村中男女跳舞。據說在遠古的一場戰爭中，金竹（蘭竹）掩護了白彝人的帕比（族長、寨主），並由此戰勝敵人。為了不忘救命之恩，就把金竹連根挖回寨子，栽在寨子中央。種竹的空地，彝語謂「的卡」意即「種的場」。因此，他們相信，那叢金竹的榮枯象徵族人的興衰。而婦人要分娩時，她的丈夫或兄弟就砍一根二尺的蘭竹筒，孩子生後，將胎衣胎血放一些進筒裏，塞以芭蕉葉子，拿到種場，吊在蘭竹上，以顯示他們是蘭竹的血裔。[24]

---

[24] 參見何耀華等編《中國各民族原始宗教資料集成・彝族卷》，中國社會科學出版社，1996年八月，p.40，引雷金流〈滇桂之交白羅羅一瞥〉，《旅行雜誌》第十八卷第六期。及徐華龍、吳

另外，雲南澄江松子園的彝族，把「金竹」視爲祖神，並稱其爲「金竹爺爺」。不妊娠之彝族婦女，須前往竹山求子，向金竹拜禱，至夜間而在附近的廟裏投宿。而在家人死後，要用金竹代表靈位，其法是取金竹一枝，內放一點死者的骨灰，外用紅羽紗布或彩色紙包卷。[25]他們認爲彝族源於竹，死後還要再度變成竹。所以，滇、川、黔、桂等地的彝族都有供祭「竹」靈牌的風俗。[26]他們認爲人死只是形體消亡，靈魂依然存在，因此，需爲死者設置靈位，作爲靈魂寄託之處，所以，請畢摩作法祭奠，靈魂就在竹製的靈位中「安神入位」。而各地的竹靈位，雖然形式有所不同，有竹條、竹筒、篾籮籮等，但表示死後仍歸其宗的意義是相同的，這是他們認爲，其祖先源於「竹」的關係。

而彝族的支系撒尼人，每年正月舉行「姆都司瑪𡡛」（意爲送火魔），這天全村男孩聚集在代表「神竿」的長竹竿前，加入送火魔儀式。而神竿的高度要高於一般民房，竹竿上吊一隻活雞，然後由畢摩率領，扛著神竿至每戶人

菊芬《中國民間風俗傳說》，雲南人民出版社，1985年，p.101-104。

[25] 同註24，何耀華等編《中國各民族原始宗教資料集成‧彝族卷》，p.40，引何耀華《中國西南歷史民族學論集》，雲南人民出版社，1988年12月，p.433-440。

[26] 同註21。

家念咒送魔。這一儀式中，竹竿代表著正義、具有超自然力，它能爲全寨每一戶人家驅除瘟疫、邪魔、火魔等不潔之物，乃具有濃厚竹崇拜的神聖意涵。

竹對於彝族的生活上，有什麼實際的作用呢？「竹筒」的使用，可說很古老，在其英雄史詩〈銅鼓王〉傳說[27]中，就有用竹筒裝穀種的記載。竹筒除了可以儲存物品外，象裝水、煮飯皆是很好的器具。此外，「竹筷」的使用可說相當普遍，彝族有一〈思念〉歌：「兩支筷子一小雙，失落一支在長江。郎是一支單獨筷，天天盼妹來成雙。」[28]而雲南山地民族，村寨間距離遙遠，出門趕集常是摸黑出門，披星戴月而歸；甚至農閒的采集狩獵，也要長時間在野外，所以，都普遍使用「竹飯盒」。而在祭祀或歡慶活動中，彝族有「金竹吸鮮酒」的活動，他們把酒置於木桶或甕中，插入二、三尺長的細竹管十餘根，人們圍酒共舞，相與吸竹管共飲。[29]

---

[27] 《銅鼓王——彝族英雄史詩》，雲南人民出版社，1991 年，p.90-92。

[28] 參見同註 21，p.73，引《雲南彝族歌謠集成》，雲南民族出版社，1988 年，p.401。

[29] 參見楊知勇、李子賢、秦家華編《雲南少數民族生活志》，雲南民族出版社，1992 年，p.6。

至於食筍的情形，是一種原始采集生活本能需求的延續，但人們會更深化一種食的文化意涵，峨山彝族「洪水滔天史」曾記載：「洪水氾濫後，樹木都不結果，人類都死光了，只在天邊石崖下剩下篤慕一人，石崖旁有竹和麻。篤慕把竹根當飯吃，後來天上仙女三曬下凡與他結爲夫婦，才繁衍了人類。」[30]以後，彝族均喜食竹筍，並擁有自己獨特的筍菜餚。鎮沅彝族，每逢迎親嫁女，喜歡把筍絲、酸筍、泡筍片當作禮品互相贈送，或作爲訂親禮品。[31]

此外，彝族戴「竹笠」，自古相沿，如明代楚雄彝族「羅舞蠻……男子髻束高頂，戴高深笠，狀如小傘。」清代仍沿用「男子挽髮戴笠。」[32]

另外，以竹爲交通工具也起源很早，「竹溜索」就是一項。古時彝族稱竹（藤）溜索爲「笮」，今彝族語中的橋與「笮」音相近，可說歷史遺跡。所以，他們稱架有竹的江河稱爲「笮（筰）」或「笮水」。後來，他們則自稱爲「笮」，或中原漢人稱這些民族的活動區域爲「笮」。[33]

---

[30] 參見《洪水氾濫》，雲南民族出版社，1987 年，p.42-45。

[31] 參見《鎮沅風情》，雲南民族出版社，1990 年，p.148。

[32] 同註 21，p.78。

[33] 參見《史記・西南夷列傳》、《華陽國志・南中志》。

以上乃是就彝族對於「竹」文化信仰的闡述，竹對於彝族來講，除了具有飲食、器皿、生產工具、交通運輸等物質生活意義外，更具有神聖的圖騰崇拜文化意涵。而這種精神上的文化作用，深深的影響著他們的生活，這種人與自然結合爲一的演進歷程，正是一種文化習俗的涵化過程，而竹在這歷程中，代表著標誌與符號。而這種情形，在台灣南部平埔族的西拉雅族也同樣產生。

肆、西拉雅族之「竹」文化信仰

西拉雅族乃是臺灣原住民平埔族的一支。平埔族族名源於清領時期，確立在日據時代。他們可能來自大陸南方，或南洋群島，大致都有發祥於海洋的傳說，移民臺灣的時間大概稍後於除雅美族的山地各族，但遠早於漢族，而且是分批移民臺灣。平埔族族系極多，學者有分爲八、九、十族，各族來臺的時間亦不一，有數百年或千年前來臺者。所以在漢人大量移民臺灣前，自屏東平原以迄宜蘭平原、台地都有平埔族散布的村落。其中分布在臺南附近的是西拉雅族（包含西拉雅支族、馬卡道支族、四社平埔）的西拉雅支族（即一般所稱西拉雅族）。[34]

由於臺灣台地近山的地方盛產竹子，因此，居住在此地的平埔人，就對「竹」有了更深刻的。而在臺南附近的西拉雅人，甚至有更進一步的崇敬。就如新化口埤部落附近，流傳一則〈武安尊王大戰虎頭山神〉的傳說，其內容據《西拉雅采竹手札・軼事》所記為：

> 大使爺與虎神的纏鬥史：新化武安宮（中正路 273 號）奉祀的「武安尊王」共有三尊，大使爺（張巡）、二使爺（許遠）、三使爺（南霽雲），彼等三人的事蹟中國唐朝玄宗天寶年間的安史之亂，正當安史橫掃中原要染指江南之際，幸得此三人死守荊陽的睢陽，雖然武盡成仁，卻保全江南的富庶，至後唐時，被鑑封為神明。據傳武安宮的廟門正對虎頭，因而衍生出大使爺大戰虎神的軼事，原由是虎神為保祐山區（本土）西拉雅族人的狩獵生活，大使爺是為保祐大目降漢人（外來）的農耕生活，兩者各率眾神歷經長期的奮鬥，結果虎神獲得勝利，最後大使爺嘗盡慘敗的苦痛而向玉皇大帝應允下賜給大使爺一頂黑網罩（亦有稱魁鬼仔面具），罩住頭部後其武功就可增數倍，但是玉皇大帝附帶再三叮嚀，大使

---

[34] 以上參見同註 8，p.13-58。

> 爺不可得意忘形而發出聲音（再等回來時），否面罩就永遠拿不掉。果然大使爺和虎神的最後一次決定性戰役，大使爺擊敗虎神。瞬間，大使爺大為興奮卻忘記玉皇大帝的叮嚀而哈哈大笑，以洩過去戰敗之痛，導致他頭部面罩取不下來，因而傳出大使爺神像戴黑網仔罩（亦有謂戴魁鬼面殼）的故事。反觀虎神死後，仍然惦記不忘他的族群西拉雅族人的生活，而將他的骨頭、牙齒化為竹筍，以供養育，實在值得感恩。這個故事是祖先的口傳不一定真實，但我們可由這個故事反映當年口埤與大目降，西拉雅人與漢人勢力的消長與失落。[35]

從這則故事中，很明顯可看出，這是漢族與平埔族的爭鬥史，而虎神死後的情節，與上文所述〈竹王傳說〉「棄竹成林」或夸父「道渴而死，棄杖成鄧林」，的情節頗爲相似，而其中較特殊是化爲「竹子」，與〈竹王傳說〉使用的媒介要素相同。

---

[35] 參見臺南縣平埔族西拉雅文化協會所編《西拉雅采竹手札》，臺南縣新化鎮口埤長老教會，199 年七月，p.54。這則傳說在新化地區，另有較簡的傳說法，少了虎頭山神死後的事蹟。而口埤附近仍住有眾多的西拉雅族人，由日據時代之舊戶籍資料可看出，其先祖多有被註明「熟蕃」的標示。

由此可見，「竹」對於西拉雅人也是一種圖騰象徵。此外，從西拉雅人最重視的「祀壺崇拜」中，也可以看出「竹子」所代表的重要地位。如祭祀活動中，必要的神聖物件是豬頭殼，而掛豬頭殼的要件就是竹葩（稱為向竹、將軍柱、或向神座）。豬頭殼是部落社會集體記憶的象徵意義（太祖法力），而掛豬頭的竹枝（向竹），更是阿立祖降靈賜法法術（向術）的重要媒介。另外，豬頭殼也象徵太祖的神兵神將，而掛豬頭殼的竹子就是「將軍柱」。這是一種文化信仰的象徵意義。此外，也有報導說祭祀用的花環象徵太祖的頭盔，這些花環在儀式完成後，通常也與豬頭殼一起掛在向竹上，此時向竹的象徵意義又進一步的提昇。依圖騰信仰的說法，此時的「向竹」已具有祖先轉化的意涵。

至於社群的祭祀地點，稱為「公廨」或「公界」或「太祖廟」，通常在每年祭典前臨時搭建，而以竹枝、茅草建築而成。這些神明與兵將的行館，就是以竹為主要構築材料，除了就地取材方便的因素外，竹所具有保衛象徵的意義是相當濃厚。所以，在搭建過程，要由懂得「向術」的「向頭」，隨著每一柱樑的搭建，為之「唱向」（即唱咒語），以祈平安。爾後，男性在祭儀前所獲的的獵物，都將掛在「公廨」的「篙」或「向竹」。而這種秋收後的歲時祭儀，透過

「竹子」的媒介，調和了人與自然及超自然的關係。[36]

另外，竹對於西拉雅人的婚喪禮俗，也有一定作用。如婚姻習俗中，男方送女家的禮物中，富有者可能包括三、四百件的竹編臂環或手鐲；不富者，至少也會送三或四件竹子編的手鐲或臂環。

而對於死的觀念，他們認爲靈魂不滅。所以，當人死後，「他們給他蓋個高起的輕便小屋，圍滿著樹葉，裝飾得很豐盛，插四隻旗子在四個角落上。在小屋裏他們放一碗水，旁邊有一根竹杓用來舀水，因為他們相信死者每天回來洗澡和清洗自己。」這時後，竹杓就起了很大作用，除了有實用意義外，竹具有祖先的象徵，透過它，可以避邪，又能安撫、照顧亡靈。另外，「根據他們的信仰，一條竹子做的特別狹窄的橋橫跨河上，死者的靈魂得要通過過窄橋才能到達他們稱之為 Campum Eliseum 的天堂。」[37]竹橋是引導靈魂歸向天堂的重要物件，竹若是祖先的圖騰，那死後通過祖先而到彼岸天堂的意義，就很符合圖騰的化身信

---

[36] 以上參見潘英海〈祀壺釋疑——從「祀壺之村」到「壺的信仰叢結」〉，《平埔研究論文集》，中研院台灣史研究所籌備處，1995年六月，p.445-474。

[37] 以上參見干治士著　葉春榮譯註〈荷據初期的西拉雅平埔族〉，《臺灣風物》四十四卷三期，1994年，p.207-212。

仰。[38]

另外，在他們以鳥祈雨求豐收的儀式中，竹子也佔著重要角色。當要「開向」作法時，先在公廨建一竹屋，屋上蓋以茅草，接著前後淋水，屋頂中脊左右則各以土作假鳥三隻，鳥身糊以竹模，鳥口則啣著稻草，屋之兩旁排列著射獵器具，然後作向。[39]由此可見，竹屋、竹模在這項儀式中所具有的神聖地位　如無竹屋，一切作向都無法進行；若無竹模包裹鳥形，也只是一件土偶，經糊以竹模，則賦與神格性。

而據《諸羅縣志》載:「結數椽為憩息之所，蔭以竹木；寢食其中，曰田寮。社中擇公所為舍，環堵修竹，敞其前曰公廨。」及〈番俗六考〉載:「未嫁者另居一舍，曰貓鄰。……男女未婚嫁，另起小屋曰籠仔，曰公廨；女住籠仔，男住公廨……女及笄構屋獨居，番童有意者彈嘴琴逗之。……意合，女出而招之同居，曰牽手。」[40]這表示以竹爲圍的住所，是安全且有生殖傳宗的象徵所，類似彝族向金竹叢求子，夜宿竹旁廟中；具有圖騰生育信仰的崇拜意義。

---

[38] 參見同註 10，p.250-256。

[39] 以上參見《安平縣雜記》，臺灣省文獻委員會，1993 年，p.60。

[40] 見《諸羅縣志》第二冊 p.159。《臺海使槎錄》p.103、115、119、130、143、145。

此外，在日常生活中，竹子也是重要物件。如漁、獵工具有標槍、弓箭、竹籠、竹罩、魚簍等。烹煮器具，除鍋釜外就是竹甑、竹筒、籃筐、篾箒，[41]取食也以竹瓢汲食，另外也有竹杯。衣飾方面　則多有竹文飾、竹節帽、貯存衣服的竹枕及盤髮束髮的竹絲線。而在外出時，則帶有竹筒、竹筐或稱爲「霞籃」的竹藍；若遇有溪水，除可涉水而過外，亦備有竹筏。

至於他們娛樂的器具，最普遍的有鼻簫、嘴琴、弓琴、蘆笛四種。而這四種樂器都有「竹」的材質在其中。如鼻簫，據《諸羅縣志》記載：「截竹竅孔如鼻，長者可二尺；通小孔於竹節之首，按於鼻橫吹之，曰鼻簫。」此外，《鳳山縣志》、《番俗采風圖考》、〈番俗六考〉都有類似記載。至於嘴琴，亦名口琴。《諸羅縣志》亦云，它是削竹而成一琴形；而弓琴與之相似，也是削竹爲一弓形嘴琴，再以絲線爲絃。而在夜月更闌時，鼻簫、嘴琴、弓琴都是男子求偶、抒情的的樂器。至於蘆笛，則是以蘆管插於竹節而成的，其音好象滇、黔苗族的蘆笙，悲壯淒惻，也是抒情遣

---

[41] 郁永河《裨海紀遊》p.21：「剖瓠成竹，用代陶瓦，可以挹酒漿，可以脷饋餈」；周鍾瑄《諸羅縣志》第二冊 p.158：「編竹篾爲甑，……或漬米於青筒，刻木取火，燒薪爲炭，置竹筒炭中，頃刻而熟。」；另外黃叔璥《臺海使槎錄》p.95、97、11、124。

感之用。[42]

其它如戰爭、防衛武器也多以竹子製作而成。如弓，是彎竹再密纏以藤而成；箭，則取堅直小竹而成；標槍，則是以竹爲桿，以鐵爲簇製作而成。

就如前面所述，竹對於平埔西拉雅族人，除了在漁獵工具、生活之食、衣、住、行必需品上與竹有密切的關係外，在圖騰信仰上，也與竹有深厚的關聯，透過「竹子」的中介，達到與神明的溝通與護衛，這在文化的意涵上，有著人與自然環境的內在調和意義。

五、結語——「竹」圖騰對民族之媒介作用及文化意義

從以上的論述，我們可以很明顯的看出，「竹」是彝族、西拉雅族都非常崇拜的象徵。因爲竹是有益的物質，竹筍可以食用，竹子的生命力旺盛、繁殖快，所以，人們對它充滿著好的感覺與感情。而在生產力低下的情況下，對人口勞動力的需求非常強烈，因此，竹雖然不如動物那樣與

---

[42] 以上參見同註８，p.292-294。

人相似，但是它的生命強盛和特殊的繁殖形態，卻引起先民的欽慕與聯想，從而把「竹」幻化與神化，當作自己的祖先圖騰，希望自己也具有和竹一樣的生命特質。

而從《異苑・竹王祠》故事情節，到西拉雅族的〈虎神化竹林〉傳說中，「竹」一直是一種象徵，到了日常生活與信仰崇拜，也都一直扮演著象徵符號。對兩族來講，也是相當特殊的共通點，一在大陸西南；一在臺灣南部，居然有如此多的相似點，而其關鍵因子就是「竹」。如果依凌純聲先生在《中國邊疆民族與環太平洋文化》（上）所述的五十種古文化特質加以探析，[43]那麼毫無疑問的「竹」在大陸文化與海洋文化的交融中，佔有相當重要的象徵意義，而其作為共通的文化象徵，就顯而易見了。

竹作為一種文化的象徵符號，除了它的實用價質中所體現的精神內涵外，[44]當作圖騰崇拜與祖先崇拜的象徵符

---

[43] 參見凌純聲《中國邊疆民族與環太平洋文化》（上），聯經出版社，1979 年，p.330。依凌先生書中所述，整個印度尼西亞文化，包含著中國中部和南部。在中國東南沿海的吳越文；在西南內地的濮獠文化，二者合稱越獠文化。在這廣布的諸多土著民族，多數系同語言、同文化。（參見 p.329-329。）

[44] 如以竹建構而成的器具，其造型優美精巧；所製成的樂器竹笙、竹笛、竹琴與演奏聲音，都具有鮮明的特色；甚至於簡陋

號，是相當鮮明的。不管彝族或西拉雅族的祭祀儀式中，竹都是一個重要的圖騰象徵，雖然有各種不同的儀式習俗，但竹作爲一種「原型的符號象徵」是不變的。而這種原型象徵，在文化意義上，乃是最小的單位，而竹在這單位點上滲透到民族的飲食、日常生活用具、生產工具、建築、交通、藝術、宗教、文學甚至於人格等各生活領域，展現其最大的文化氛圍，並突顯出它在大文化範疇中的特色；有別於在中華文化中的其它最小單位；成爲一種普遍性的文化性質，而自己也形成一個文化系統。

【後記】

以上這篇文章，成功大學《宗教與文化》學報已接受刊出，但因本文的撰成，實因閱讀　洪師文章，有感而發，特誌於此，或賡續師志之意、或感銘師恩之情！

＊本文作者現任台南師範學院語文教育系副教授

的漁具，或竹編的浮橋、吊橋、溜索橋、竹筏都是人們的精神文化特徵。

再論賦與詩之關係

梁承德

壹、賦與詩之共同點

賦是由賦詩言志發展而來的。春秋時代，諸侯卿大夫在外交、政治活動中運用詩來表達自己的意圖要求，或者表示禮節，進行應酬，藉以加強相互之間的關係。如《左傳》文公十三年，魯文公歸國途中遇到鄭伯，鄭伯想請魯文公代爲到晉國說情，表示願意重新歸順於晉。魯文公先拒絕，後又同意，雙方交涉全借賦詩。鄭國子家先賦《詩經·小雅·鴻鴈》之首章：「之子於征，劬勞於野。爰及矜人，哀此鰥寡。」意思是說鄭國弱小，希望得到魯文公的幫助，代爲向晉國求情。魯文公賦《詩經·小雅·四月》之首四句：「四月維夏，六月徂暑。先祖匪人，胡寧忍予。」表示行役已超過預期，急於返回，無暇去晉了。子家又賦〈載馳〉之第四章，意思是說小國有急難，懇求大國援助。

於是魯文公又賦〈小雅·采薇〉之第四章，借「豈敢定居，一月三捷。」之義，答應到晉國去爲鄭國進行活動[1]。這顯然是一次外交談判，從這裡可以看出，那時的「賦詩言志」直接關係到外交政治談判上的勝負。所以，《漢書·藝文志·詩賦略序》說：

> 古者諸侯卿大夫交接鄰國，以微言相感，當揖讓之時，必稱詩以諭其志，蓋以別賢不肖而觀盛衰焉。[2]

到戰國時，外交活動中賦詩言志的方式逐漸消失了，但其中的賢人因有失志不平之慨，所以原先賦詩以表意的活動就成了創作活動，於是賦這種文體便正式產生了。而屈原、荀卿是其始創者，《漢書·藝文志·詩賦略序》說：

> 春秋之後，周道寖壞，聘問歌詠不行於列國，學詩之士逸在布衣，而賢人失志之賦作矣。大儒孫卿及楚臣屈原離讒憂國，皆作賦以風，咸有惻隱古詩之義。[3]

---

[1] 見〈文公十三年〉，《春秋左傳正義》卷十九下，台北：藝文印書館，民國 74 年 12 月 p.332-334。

[2] 見〈藝文志〉第十，漢·班固撰《漢書》卷三十，台北：鼎文書局，民國 76 年 4 月版，p.1755-1756。

[3] 同註 2。

可見賦與詩的關係至爲密切，因此，班固才說「賦者古詩之流也。」[4]，劉熙載也說「言情之賦本於風，陳義之賦本於雅，述德之賦本於頌。」[5]

第一、就內容而言，抒情詠物乃詩賦所共有且常見的題材。體物寫志是賦的特點，詠物抒情亦爲詩常寫的內容。因此，詩與賦在描寫對象與表現內容方面的共同性極爲明顯。賦與詩一樣，既有敘事與描寫，且有議論與抒情，內容豐富多采，可以反映社會生活的各方面。可以說，凡詩能寫的內容，賦也能夠照樣寫。若說賦是只描寫帝王貴族生活而爲統治階級歌功頌德的文體，那將是極其片面的說法。

第二，從藝術形式看，「賦」與「詩」之共同的特徵頗多。首先，詩協韻，賦有韻，詩是韻文，賦是韻散均用，用韻地方的規律也大體與詩相通，一般都是隔句用韻，平仄韻可以交替使用。有一韻到底的詩，也有一韻到底的賦，如沈約的〈擬風賦〉。其次，賦與詩在體裁方面有許多交叉。

---

[4] 見〈兩都賦序〉，收於郭少虞編選《中國古代文論選》，台北：木鐸出版社，民國 76 年 7 月版，上冊 p.87。

[5] 見「賦概」，〈藝概〉卷三，清．劉熙載撰，劉立人、陳立和點校《劉熙載集》，上海：華東師範大學出版社，1993 年 3 月版，p.117。

如楚辭，既可單獨稱爲一體，楚辭體或稱騷體，同時它又是詩之一體，也是賦之一體。此外，詩有四言詩，賦亦有四言；詩有五言詩，賦亦有五言；詩有六言詩，賦亦有六言；詩有七言詩，賦亦有七言；詩有雜言詩，賦亦有雜言；而且有的作品從內容到形式都難以分辨其是詩還是賦。如蕭愨〈春賦〉，此賦表達的是惜春的感情，爲詩中一個屢見不鮮的主題，而且形式上也完全由五、七言詩句所組成，雖名之曰賦，但完全可以把它看成一首詩，所以明．馮惟訥《古詩紀》和今人逯欽立《先秦漢魏晉南北朝詩》就均題作〈春日曲水詩〉而收入於該書中[6]，可見詩賦在內容和形式上都有共同點。

第三，從歷代學者的畫界看，大都詩賦混稱，視詩賦爲一個大類，或稱詩爲賦，或稱賦爲詩。漢魏詩人大都詩賦連稱，如劉歆《七略》和班固《漢書．藝文志》就有〈詩賦略〉，曹丕《典論．論文》說「詩賦欲麗」[7]，至晉人陸機

---

[6] 〈北齊詩〉卷二，逯欽立《先秦漢魏晉南北朝詩》，木鐸出版社，民國 72 年 9 月版，p.2280 及〈北齊〉第一，明．馮惟納《古詩紀》卷一百二十，《四庫全書》版，台北：台灣商務印書館，民國 75 年 3 月，p.377。

[7] 見〈典論．論文〉，收於郭少虞編選《中國古代文論選》，台北：木鐸出版社，民國 76 年 7 月版，上冊 p.124。

《文賦》才詩賦分言，曰「詩緣情而綺靡，賦體物而瀏亮」[8]，但還是緊接著說的。《文心雕龍》有〈明詩〉，有〈詮賦〉，《文選》也首列賦，次列詩，詩賦也是緊連著而歸入於有韻之文一類，而與無韻之筆是分爲兩類的。後來，《文苑英華》、《唐文粹》、《宋文鑒》、《元文類》、《明文衡》等皆遵循《文選》的體例而首列賦，次列詩。南宋貞德秀《文章正宗》，還列詩賦爲一類，說明他還是把詩賦看作性質相近的一個大類。至劉熙載《藝概．賦概》更明確指出：「樂章無非詩，詩不皆樂；賦無非詩，詩不皆賦。故樂章，詩之宮商者也；賦，詩之鋪張者也。」[9]這都說明詩賦之密切，賦可稱詩，詩亦可稱賦。

貳、賦與詩之不同點

第一，從產生的時間來說，詩先於賦。詩歌大概在原

[8] 見張少康集釋《文賦集釋》，台北：漢京文化事業有限公司，民國 76 年 2 月版，p.71。

[9] 見「賦概」，〈藝概〉卷三，清．劉熙載撰，劉立人、陳立和點校《劉熙載集》，上海：華東師範大學出版社，1993 年 3 月版，p.118。

始社會時已經產生了，《吳越春秋》所載的相傳爲黃帝時的〈彈歌〉，《禮記・郊特性》所載的相傳爲伊耆氏時的〈蜡辭〉，皆可被認爲遠古時代的作品。而賦產生的時間則要晚得多，《文心雕龍・詮賦》說的「**於是荀況〈禮〉、〈知〉，宋玉〈風〉、〈釣〉，爰錫名號，與詩畫境，六義附庸，蔚成大國。**」[10]，這已經是戰國末年的事了。

第二、從詩賦與音樂的關係來說，詩可以入樂歌唱，而賦則不入樂，只可誦，不可歌。上古時期，詩皆可歌，詩與樂有不可分離的關係。《詩經》裡的詩皆可以誦、歌、弦、舞，即其明證。有些詩仍然入樂歌唱，詩與樂的關係始終是極爲密切的。而賦與音樂的關係則幾乎是絕緣的，有些賦中，特別是騷體賦中，常有「亂曰」、「歌曰」、「重曰」、「倡曰」之類的音樂術語，但這些都是古代樂曲之痕跡，或是對古代樂曲的模仿，而本身早已不歌了。關於這一點，劉熙載說得明白：

> 古人稱不歌而誦謂之賦。雖賦之卒，往往系之以歌，如楚辭亂曰、重曰、少歌曰、倡曰之類皆是也，然此乃古樂章之流，使早用於誦之中，則非體矣。大抵歌憑心，誦憑目。方憑目之際，欲歌焉，庸有暇

---

[10]見〈詮賦〉第八，范文瀾註《文心雕龍註》卷二，台北：學海出版社，民國 80 年 2 月版，p.134。

乎？[11]

第三，從表現手法來看，詩尙含蓄精煉，要講究比興，故篇幅較賦短小；而賦則重鋪敘宏麗，只用「鋪陳其義而直言之」的賦法，故篇幅較詩長大。劉熙載說：

> 賦別於詩者，詩辭情少而聲情多，賦聲情少而辭情多。皇甫士安三都賦序云『昔之為文者，非苟尚辭而已。』正見賦之尚辭，不待言也。[12]

這說的則是詩、賦在「辭」、「聲」上的不同。

＊本文作者現任韓國清州大學中文系教授，為洪順隆教授指導學生。

---

[11]見「賦概」，〈藝概〉卷三，清．劉熙載撰，劉立人、陳立和點校《劉熙載集》，上海：華東師範大學出版社，1993年3月版，p.129。

[12]同註8。

六朝詩歌中之佛教思想風貌

王延蕙

壹、前言

佛教自東漢傳入中國，發展至六朝時期，在一片儒、道會通的玄風中乘勢而起，與儒、道互有論爭與交融，而漸與我國固有思想文化相融合，不但在日趨中國化的過程中爲一般文人所接受，並且也逐漸地深入人民的生活和心靈之中，使得佛教得與儒、道二教鼎足而三，而在中國人的意識中紮根，對我國的文化思想各方面皆產生重大的影響。故在我國佛教的發展史上，六朝實爲極其重要的推展、奠基時期。

宗教是社會意識形態之一，同時也是一種社會文化現象，他伴隨著歷史的演進，不斷地滲入社會文化和現實生活中，對人們的社會生活及思想行爲都有著重大的影響，成爲社會生活（尤其是精神生活）中重要的成分之一。而文學正是透過文字來反映生活的，文學的目的在於傳達思想與表現情感，是將作者的心靈和意識以文字的方式呈現，尤其是詩歌，它更可說是詩人藉以反映情感思想與生活體驗的表達方式之一，所以《尙書·虞書·堯典》說：「詩言志，歌永言。」《史記·滑稽列傳》引孔子語：「書以道事，詩以達意。」詩歌是心靈的投射，它反映出時代的生活思想與社會文化。誠如洪師順隆在〈梁武帝蕭衍作品的宗教風貌〉的序言中說：

> 宗教自發生以來，在其發展的過程上，逐漸滲入歷史文化和現實生活的一切領域，也包括文學領域，主宰著全人類的精神生活和意識，成了生活中的一部分。由於宗教進入了生活，文學又是用語言文字表現生活，成了作家意識的外化。自然地把宗教吸收進去了，宗教也就成了文學所表現的生活內容的一部分。[1]

宗教既深入人類的心靈、融入人民的生活，根深蒂固於人們的意識之中，成爲日常生活中重要的成分，自然也成爲詩歌所要反映的生活思想與社會文化中的一部份了。故由詩歌的研究中，自可呈現宗教在詩人心靈、生活中的風貌。

---

[1] 見洪師順隆：〈梁武帝蕭衍作品的宗教風貌〉，（臺北·《國立編譯館館刊》，民國 86 年 12 月，第 26 卷第 2 期），頁 61～62。

而佛教既在六朝已深入人民的思想與生活，則六朝的詩歌必定反映了佛教影響當代生活的真實風貌。我們由六朝的詩歌中去探尋佛教的蹤跡，觀察詩人透過詩歌作品所展現出來的佛教的多樣風貌，發現佛教對詩歌的影響並不限於佛教詩歌，在一些非宗教的詩歌中，亦可見到佛教的蹤跡。本文所採證詩歌是以目前可見收錄六詩歌最完整文獻——逯欽立輯校之《先秦漢魏晉南北朝詩》[2]爲底本，就思想層次去分析探討六朝中含有佛教語言、意識和思想的詩作，從而概括出整個六朝詩歌中的佛教思想風貌。

貳、六朝詩歌中的三教交融

佛教自傳入中國後，就不斷的與中國傳統文化相交涉，經過初期的迎合依附階段，逐漸與我國固有思想文化相融合，更在六朝一片儒、道會通的玄風中乘勢而起，成爲足以與儒、道鼎足而三的宗教勢力。而就在三教相互衝突排斥的過程中，儒、釋、道三者本身的思想

---

[2] 逯欽立：《先秦漢魏晉南北朝詩》，（北京・中華書局，1995 年 1 月，一版三刷）。爲行文方便，後皆簡稱《逯書》。

內涵也產生不少的衝擊和交流，使三教彼此在不同程度上相互的融合，而展現出豐富的宗教交融風貌。

一、佛、道交融的詩作

佛教在傳入中國之初，是依附在當時盛行的黃老道術之下，才得以傳播和發展的，在當時的奉佛者眼中，佛教只是神仙道術的一種，他們把釋迦牟尼和作爲道家始祖的黃帝、老子相提並論，同列爲祠祀崇拜的對象。至魏晉時期，在當時崇尚玄學的社會風氣影響之下，佛教的發展無論是在佛經翻譯或義理理解方面，都受到老莊道家的影響，而帶有部份的玄學色彩。加上清談之風盛行，名士與僧人的交遊頻繁，這也成爲當時佛學與玄學交融的主要因素之一。這樣的宗教交流表現於詩歌之中，自然也就呈現了佛、道語言相互轉用，玄、佛思想彼此融攝的風貌了。

東晉時士大夫郗超（西元 333～377 年），因受名僧支遁的薰陶而學佛信佛，其〈答傅郎詩六章〉其一云：

> 森森群像，妙歸玄同。原始無滯，孰云質通。
> 悟之斯朗，執焉則封。器乖吹萬，理貫一空。[3]

---

[3] 見《逯書．晉詩．卷十二》，頁888。

詩中說萬物群像皆與道混同一致，同具「空」理。詩主旨在講佛理，所指的道自然是佛道，但郗超卻使用了玄學的語言——「玄同」來說明。玄同意指冥默中與道混同爲一，語出《老子》:「**塞其兌，閉其門，挫其銳，解其紛，和其光，同其塵，是謂玄同。**」玄佛相融攝之跡可見一斑。

東晉穆帝（西元 344～361 年）時士大夫張翼，與僧人竺法頵、康僧淵交遊甚密，彼此互有詩作贈答，在這些詩篇中，亦可見玄佛交融的情形。張翼之詩最早見錄於《廣弘明集》卷三十，題作「陳張君祖」，《詩紀》依其詩作「恬淡雅逸有晉風」，而疑爲晉世之人。逯欽立輯《晉詩．卷十二》時，依《法書要錄》及《世說新語》所載，而將張詩列入晉代。[4]其〈贈沙門竺法頵詩三首〉其三云：

> **邈邈慶成標，峨峨浮雲嶺。峻蓋十二嶽，獨秀閻浮境。丹流環方基，瑤堂臨峭頂。澗滋甘泉液，崖蔚芳芝穎。翹翹羨化倫，眇眇陵巖正。肅拱望妙覺，呼吸晞齡永。苟能夷沖心，所憩靡不淨。萬物可逍遙，何必棲形影。勉尋大乘軌，練神超**

[4] 見《逯書．晉詩．卷十二》，頁 891。

勇猛。[5]

這首詩是張翼爲送沙門竺法頵遠還西山所贈之詩三首中的第三首，主要在讚美竺法頵的智慧和功德，並勸勉他改從大乘菩薩行。「邈邈慶成標」至「崖蔚芳芝穎」八句，在描寫竺法頵所要還歸的居處西山。「閻浮」，閻浮提的簡稱，指人類生活的世界。詩中將西山稱爲人類世界中最美好的樂土：紅色寺牆如流水般環繞著方丈靜室，碧玉般雅致的禪房高踞在峭峰之上，澗溪中流淌著玉液瓊漿，幽谷中奇花穎果蔚然芬芳，勾勒出一幅遠離塵囂、清新寧靜的優美境地，也點明竺法頵遠避人世、自求超脫的修行方式。「翹翹羨化倫」以下四句，則描寫竺法頵的修持情形，棲身於這片美境之中，朝夕與大自然同俯仰、共呼吸，觀想自然萬物的運化變動，進而使內心與自然和諧爲一，成爲真正的方外之人。然而詩人對竺法頵超然世外、獨居山林的修煉方式並不贊同。他認爲小乘的教義在求得個人精神生活的自由，不合佛家慈悲的初衷，而主張行大乘教義，無所謂出世、在世，即無差別地看待世界，求得解脫的關鍵不在嚴格的出家修行生活，而是在於主觀的修養，才能真正通達於佛道。所以他在最後勸勉竺法頵要「勉尋大乘軌，練

---

[5] 見《逯書．晉詩．卷十二》，頁893。

神超勇猛。」詩中不但明白使用語出《莊子》的「逍遙」一詞，且大乘這種「平等一心」、「無所分別」的觀念，與老子的「玄同」、莊子的「齊物」及玄學家主張的「雖在廟堂之上，然心無異於山林之中」的思想亦有其共通與一致之處，玄機和禪理的相互參融，在這首詩裡得到充份的反映。張翼另有一首〈答康僧淵詩〉，也是將玄言與佛理雜揉並舉的：

> …………蔚蔚沙彌眾，粲粲萬心仰。誰不欣大乘，兆定於玄曩。…………眾妙常所晞，維摩余所賞。…………[6]

詩句中的「大乘」自是指大乘佛教，「玄曩」則是指遙遠的曩昔。「眾妙」一詞，語出於《老子・第一章》：「玄之又玄，眾妙之門。」；「維摩」則是《維摩詰經》中的主角維摩詰，他是一位修行大乘佛法的居士，為佛典中現身說法、辯才無礙的代表人物，

再看東晉名僧支道林（名遁），他好談玄理，與當時的名士如王洽、殷浩、許詢、郗超、孫綽等人都過從甚密，《世說新語》中常提及這位沙門，將他形容成一個名僧兼名士的典型。支遁現存詩十七首，以表現佛理

---

[6] 見《逯書・晉詩・卷十二》，頁893～894。

爲主，詩中亦雜有玄言，並間以描述山水景物。如其〈八關齋詩三首〉其三：

> 靖一潛蓬廬，愔愔詠初九。廣漠排林篠，流飆灑隙牖。從容遐想逸，採藥登祟阜。崎嶇升千尋，蕭條臨萬畝。望山樂榮松，瞻澤哀素柳。解帶長陵岥，婆娑清川右。冷風解煩懷，寒泉濯溫手。寥寥神氣暢，欽若盤春藪。達度冥三才，怳忽喪神偶。遊觀同隱丘，愧無連化肘。[7]

「八關齋」，佛家語，即「八關齋戒」，簡稱「八戒」。其內容爲不殺生、不偷盜、不淫慾、不妄語、不飲酒、不眠坐高廣華麗之床、不裝飾打扮及觀聽歌舞、不食非時食。前七項爲「戒」，最後一項爲「齋」，八關齋戒是佛教在家信徒所過的一種宗教修習的生活，不要求終身受持，而是臨時奉行，時間可長可短，最短一晝夜，長則可達數日或數十日。支遁這組〈八關齋詩〉共三首，詩前有序云：

> 間與何驃騎期，當為合八關齋。以十月二十二日，集同意者在吳縣土山墓下，三日清晨為齋始。道士白衣凡二十四人。清和肅穆，莫不靜暢。

---

[7] 見《逯書．晉詩．卷二十》，頁1080。

至四日朝，眾賢各去，余既樂野室之寂，又有掘藥之懷，遂便獨住。於是乃揮手送歸。有望路之想，靜拱虛房，悟外身之真。登山採藥，集巖水之娛，遂援筆染翰，以慰二三之情。[8]

在這第三首詩中，支遁並未言及齋事，他獨自在此幽居數日，優遊於秀麗景物之中，這首詩便是寫他獨住於此的生活。

從「靖一潛蓬廬」到「流飆灑隙牖」四句，寫他在蓬廬居所的生活。「初九」即《周易・乾・初九》:「潛龍勿用。」這裡代指「三玄」之一的《周易》。自「從容遐想逸」至「欽若盤春藪」十二句，言作者沿著崎嶇的山路登山採藥，面對山上的自然景物不禁觸景生情，而在這有「長陵」、「清川」、「泠風」、「寒泉」的山水之間，自然感到神清氣爽、無限舒暢。三才，指天、地、人。《周易・說卦》:「主天之道，曰陰曰陽；立地之道，曰柔曰剛；立人之道，曰仁與義。」連化肘，指連續點化眾生使之悟道而脫離苦海的手段。肘在這裡作動詞用，以肘觸人。最後四句，作者由遊興轉而冥思，進而抒發內心的感歎，可惜自己並沒有點化眾生皆入佛道的能力。支遁在這首詩中，將佛理與玄言摻入山水的吟詠

---

[8] 見《逯書・晉詩・卷二十》，頁 1079。

之中，孫昌武在《佛教與中國文學》一書中說他：

> 把佛理引入文學，用文學形式來表現，他有開創之功。…………他融玄言佛理於山水之中，開模山範水之風，功績是不可滅的。[9]

此詩便是最佳例證之一。其他如康僧淵〈代答張君祖詩〉、支遁〈詠懷詩五首〉其二、其三、王筠〈和皇太子懺悔詩〉等[10]，也都是以說佛理為主，而雜有玄言詞語的詩作。

既有以說佛理為主，而雜以玄言的詩歌，自然也有以道教思想為主，而出現佛家語彙的作品。如楊羲〈十月十五日右英夫人說詩令疏四首〉其三〈西域真人王君常吟詠〉即是一例：

> 形為渡神舟，薄岸當別去。形非神常宅，神非形常載。徘徊生死輪，但苦心猶豫。[11]

---

[9] 見孫昌武：《佛教與中國文學》（臺北．東華書局，民國 78 年 12 月初版），頁 65～66。

[10] 分別見《逯書．晉詩．卷二十》，頁 1075、《逯書．晉詩．卷二十》，頁 1080～1081、《逯書．梁詩．卷二十四》，頁 2014。

[11] 見《逯書．晉詩．卷二十一》，頁 1116。

這是一首討論形、神問題的詩歌。作者以「舟」、「宅」爲喻，說明形、神無法永遠結合不離，如同渡神之舟，「薄岸」自當「別去」，故可知「形非神常宅，神非形常載。」討論至此，關於形神問題，佛道的觀念應該是相同的，即認爲形體會滅而精神不滅。生死輪，即指佛教所說的生死輪迴。道教主張人可藉修真而得道，進而羽化成仙，達到長生不老、永享仙福的境界。而佛教的生死輪迴之說則令人「猶豫」不安，「徘徊」在生死輪迴之間又苦不堪言，故對於佛教的說法不敢苟同。這首詩雖然使用了佛教的語彙，但主要卻是在說明道教優於佛教。

由此可知，佛、道兩教雖然有相通之處，但在某些觀點上則又存在著分歧點，甚而導致兩教間的論爭與抗衡。《老子化胡經》一書即是在佛道相爭的過程中，道教徒爲攻擊佛教而產生的作品。《老子化胡經》以老子入天竺成浮屠之說來證明老子比佛陀更爲優越，所以《老子化胡經》主要是爲了突顯道教的優越性而製作的。《老子化胡經》卷十爲《玄歌》，據逯欽立考證爲北魏太平真君七年（西元四四六年）以後至齊周之間的作品，[12]逯欽立輯《先秦漢魏晉南北朝詩》時，將之歸入

[12] 見《逯書・北魏詩・卷四》，頁 2347。

《北魏詩・卷四》。其中《化胡歌七首》及《老君十六變詞》[13]中皆雜有大量佛教語彙。如《化胡歌七首》其一：

> 我往化胡時，頭載通天威。金紫照虛空，焱焱有光暉。胡王心憤戾，不尊我為師。吾作變通力，要之出神威。麾月使東走，須彌而西頹。足蹹軋巛橋，日月左右迴。天地晝闇昏，星辰乎差馳。眾災競地起，良醫絕不知。胡王心怖怕，叉手向吾啼。作大慈悲教，化之漸微微。落簪去一食，右肩不著衣。男曰憂婆塞，女曰憂婆夷。化胡今賓服，遊神於紫微。

此詩寫老子西去化胡，使胡邦賓服的經過。頭四句寫西去化胡時的威儀；自「胡王心憤戾」至「叉手向吾啼」十四句，寫胡王原不尊信老子，後經老子顯示各種神通，遂使之害怕而信服。最後八句則是寫老子在胡地「作大慈悲教」（即指佛教），使眾胡人漸受感化而信服。憂婆塞、憂婆夷皆爲梵語的音譯，分指受持佛教五戒的在家男子和女子，有親近三寶，奉事如來之義。此詩明顯是以老子西去教化胡人，來顯示道教優於佛教。

---

[13] 分別見《逯書・北魏詩・卷四》，頁 2248～2249、見《逯書・北魏詩・卷四》，頁 2252～2255。

佛道二教經過長期的抗論、消長，自然地走向相互吸收、融匯的道路，當時統治者的崇道奉佛成爲普遍的一種趨勢。而這種現象亦一一的反映在詩歌之中，如沈約〈遊鍾山應西陽王教詩五章〉，就是將佛道思想融鑄於一爐的詩作：

靈山紀地德，地險資岳靈。終南表秦觀，少室邇王城。翠鳳翔淮海，衿帶遶神坰。北阜何其峻，林薄杳葱青。

發地多奇嶺，干雲非一狀。合沓共隱天，參差互相望。鬱律構丹巘，崚嶒起青嶂。勢隨九疑高，氣與三山壯。

即事既多美，臨眺殊復奇。南瞻儲胥觀，西望昆明池。山中咸可悅，賞逐四時移。春光發隴首，秋風生桂枝。

多值息心侶，結架山之足。八解鳴澗流，四禪隱巖曲。窈冥終不見，蕭條無可欲。所願從之遊，寸心於此足。

君王挺逸趣，羽旆臨崇基。白雲隨玉趾，青霞雜桂旗。淹留訪五藥，顧步佇三芝。於焉仰鑣駕。

歲暮以為期。[14]

沈約這首詩寫於二十一歲之時，是他在隨從宋西陽王劉子尚至建康城東郊的鍾山遊覽時所作，也是他詩集中最早的作品。詩人在作品中透露出憧憬隱逸之心，但同時又用佛家語，是一首佛道雜揉的作品。起首四句是描述遊歷鍾山、南山、少室等地的風景特徵。而自「翠鳳翔淮海」至「秋風生桂枝」二十句，則全寫鍾山風景之美秀。「多值息心侶」至「寸心於此足」八句，寫出遊覽鍾山前所生的願望。「八解」、「四禪」皆爲佛家修行語，八解即八解脫，指解脫三界煩惱的八種禪定之法：一至三的三種解脫，屬於色界的修定工夫，是對有色（即外在一切物質及現象）的解脫，一心觀想光明，使貪念無由生起；四至七的四種解脫則屬無色界的修定工夫，在修定時觀想苦、空、無常、無我，使心願意捨棄一切而解脫。八是滅受想定，因人若有眼耳鼻舌身五根，就會領受色聲香味觸五塵，進而生出種種妄想，故要修滅除受想的定功，使一切皆可滅除，所以又叫做滅盡定。四禪則是指四禪定，即四種修之可以至色界四禪天[15]的禪

---

[14] 見《逸書・梁詩・卷六》，頁1632～1633。

[15] 色界諸天分爲四禪，即初禪、二禪、三禪、四禪。在四禪天中，所有內外過禍均無，是諸災不能到達的境界。

定工夫。而其「窈冥終不見，蕭條無可欲」二句，則是用《老子・二十一章》:「道之為物………窈兮冥兮，其中有精。」及第三章:「不見可欲，使民心不亂。」之義。而最後八句，則是以興奮的筆調，描述終於上得鍾山採五藥的喜悅，又希望將來歲暮之時，能隱棲於鍾山終老。詩中所提及的「五藥」、「三芝」，皆與仙藥之服食風氣有關，則又可證明其受到神仙道教的影響。綜上所述可知此詩中使用佛家修行語，並闡揚老子書中之義，且藉仙丹妙藥的追求表現出對神仙道教的崇信，確實是一首鎔佛、道二教思想於一爐的篇什。

北周・庾信〈奉和闡弘二教應詔詩〉一詩，則更是形象地表現了佛、道二教融合的情形。其詩云：

> 五明教已設，三元法復開。魚山將鶴嶺，清梵兩邊來。香煙聚為塔，花雨積成臺。空心論佛性，貞氣辨仙才。露盤高掌滴，風烏平翅迴。無勞問待詔，自識昆明灰。[16]

「五明」，佛教所說的古印度五種學問，即聲明、工巧明、醫方明、因明、內明。據唐玄奘《大唐西域記・印度》載:「七歲以後，漸授五明大論：一曰聲明，釋詁

---

[16] 見《逯書・北周詩・卷二》，頁2362。

訓字、詮目疏別。二曰工巧明，伎術機關，陰陽曆數。三曰醫方明，禁呾閑邪，藥石針艾。四曰因明，考定正邪，研覈真偽。五曰內明，究暢五乘因果妙理。」[17]「三元」，道教稱天、地、水爲三元。「魚山」，《法苑珠林．卷四九》：「（陳思王曹植）嘗遊魚山，忽聞空中梵天之響，清雅哀婉，其聲動心，獨聽良久…………乃摹其聲節，寫為梵唄，撰文製音，傳為後式。梵聲顯世，始於此焉。」[18]後遂用爲詠佛教梵唄的典實。「鶴嶺」，指仙道所居的山嶺。詩的開頭四句，寫北周統治者既奉佛法，又信道教，使得「清梵」皆來。「香煙」兩句寫佛法的高弘，猶如香煙浮而成塔，花雨落而積臺。「空心」兩句先承前說佛，繼而啓後寫道。「露盤」兩句寫天降仙液，國運祥和。最後兩句則指出統治者通達佛道二教之旨，不需垂問臣下，自可領悟一切。庾信這首詩在表現闡弘佛道二教的主旨時，能夠二教兼論，分筆合寫，兼顧二教之義又能有條不紊，深刻的反映出當時統治者對宗教抱持的態度。除上述詩作外，史宗〈詠懷詩〉、

---

[17] 見佛光大辭典編修委員會：《佛光大辭典》（高雄．佛光文化公司，民國86年5月，初版），頁1112，〈五明條〉。

[18] 見漢語大詞典編輯委員會編：《漢語大詞典》（第十二卷），（上海．漢語大詞典出版社，1993年11月，一版一刷），頁1183，〈魚山條〉。

庾信〈喜晴應詔敕自疏韻詩〉等[19]，也是同時將佛道思想融鑄於詩中的作品。

二、佛、儒會通的詩作

雖說六朝正是玄學大暢其風的時期，相對而言儒學就顯得較爲式微，但儒學畢竟爲我國傳統文化中的主流，它對文人士大夫所具有的影響力仍是不容忽視的。正如同佛教思想與道教思想的相互排斥、抗爭而又彼此吸收、融合一樣，佛教以一外來宗教的身份，與中國固有的傳統文化思想——儒家學說之間，也存在著彼此抗爭而又相互會通的關係。而這樣的思想交流，也一一的反映在詩人的作品之中，只是在玄風正熾的當時，純粹佛儒會通的詩作並不多見，但仍可覓得其蹤跡，如梁武帝蕭衍的〈贈逸民詩十二章〉其五、昭明太子蕭統的〈和武帝遊鍾山大愛敬寺詩〉及〈東齋聽講詩〉、江總的〈明慶寺詩〉等[20]，皆屬此類作品。

---

[19] 分別見《逯書・晉詩・卷二十》，頁 1087、《逯書・北周詩・卷二》，頁 2379。

[20] 分別見《逯書・梁詩・卷一》，頁 1526、《逯書・梁詩・卷十四》，頁 1795～1796、《逯書・梁詩・卷十四》，頁 1798、《逯書・陳詩・卷八》，頁 2582～2583。

蕭衍〈贈逸民詩十二章〉其五云：

> 仁者博愛，大士兼撫。慈均春陽，澤若時雨。心忘分別，情無去取。等皆長養，同加嫗煦。譬流趨海，如子歸父。

大士乃佛教對菩薩的通稱，亦專指觀世音菩薩。梁武帝在這首詩中，將儒家仁者的博愛和佛教大士的慈悲等同齊觀，認爲二者不必加以「分別」和「去取」。再看蕭統的〈東齋聽講詩〉：

> 昔聞孔道貴，今覩釋花珍。至理乃悟寂，承稟實能仁。示教雖三徹，妙法信平均。信言一鄙俗，延情方慕真。庶茲袪八倒，冀此遣六塵。良思大車道，方願寶船津。長延永生肇，庶廓諒徐陳。是節朱明季，灼爍治渠新。霏雲出翠嶺，涼風起青蘋。既峪甘露旨，方欲書諸紳。

這首詩雖然是表示東齋聽聞佛法後，對佛教的信服與崇敬，但由「昔聞孔道貴」、「承稟實能仁」二句，不難看出蕭統對於傳統儒家學說仍未捨棄，在其思想觀念中，儒、佛思想是並存的。江總〈明慶寺詩〉云：

> 十五詩書日，六十軒冕年。名山極歷覽，勝地殊留連。幽猙聳絕壁，洞穴瀉飛泉。金河知證果，石室乃安禪。夜梵聞三界，朝香徹九天。山階步

皎月，澗戶聽涼蟬。市朝霑草露，淮海作桑田。
何言望鍾嶺，更復切秦川。

這是首頌揚佛寺的作品，詩中描繪明慶寺的幽深清靜，感歎其爲「安禪」修行的好處所，而自己則身陷塵世無法脫身。詩人於起首二句，述其一生經歷。「十五詩書日」顯然是從《論語·爲政篇》:「吾十有五而志於學。」一語化出，表示詩人早年接受的是儒家的教育。「六十軒冕年」則是寫自己終於取得功名富貴，也說明詩人未能擺脫世俗名祿的羈絆。自「名山極歷覽」至「澗戶聽涼蟬」十句，則是對明慶寺的描述。「金河」，即金流，印度恆河支流尼連禪河的別稱。釋迦牟尼放棄苦行時，曾至此沐浴，淨身後接受牧女乳糜之供養，後至河之對岸畢鉢羅樹下，端坐思惟，而得成正覺。「證果」，即正果，指修習佛道有所領悟。「三界」指欲界、色界、無色界。「九天」，指天空最高處。這幾句詩寫明慶寺位於「名山」，是值得「歷覽」、「留連」的「勝地」，它四周的景色幽靜，猶如「金河」可得「證果」，「石室」正好修行坐禪。佛寺中念誦之聲不絕，供奉香火鼎盛，夜間行於山路石階，寂靜中偶有數聲秋蟬，詩人爲明慶寺描繪出一幅寂靜清幽的景致。而最後「市朝沾草露」四句，詩人感歎人生確如「沾草露」，滄海桑田，轉眼變異速逝，而自己身陷於塵俗之中，只能望「鍾嶺」而興歎，徒有羨慕禪修之情。

三、三教融合的詩作

佛教在兩晉時期乘玄風之盛而得以發展，終而形成與儒、道二教競馳的局勢，至南北朝時，三教間的相互交流與融合更已是無可避免的趨勢。當時的帝王公卿、文人名士，甚至是道人僧徒，大多同時受到儒、釋、道三教思想的影響，尤其是文人士大夫，他們不執著於一個宗教，而是游於三教之間，對於三教採取兼容並蓄的態度，具體的展現了三教融合的思想風貌。而這樣的宗教融合的思想風貌，自然反射於詩人的心靈明鏡——詩歌之中，在六朝的詩歌之中，亦呈現出這樣複雜而多樣的宗教風貌。

如東晉名僧慧遠的〈廬山東林雜詩〉：

> 崇岩吐清氣，幽岫棲神跡。希聲奏群籟，響出山溜滴。有客獨冥遊，徑然忘所適。揮手撫雲門，靈關定足闢。流心叩玄扃，感至理弗隔。孰是騰九霄，不奮沖天翮。妙同趣自均，一悟超三益。[21]

慧遠是一代佛學大師，爲東晉著名的佛教領袖，今僅存此詩傳世，爲我國詩壇上最早描繪廬山勝境的作品。廬山東林即廬山東林寺，是慧遠在江州刺使桓伊護持下建

---

[21] 見《逯書・晉詩・卷二十》，頁1085。

立的著名佛寺，亦成為東晉後期南方佛教的中心。慧遠此詩描寫廬山秀麗的景色，但寫作重點則是在表現自己歸心虛無、超然出世的思想。起首四句描寫廬山景色，通過對「崇岩」、「幽岫」及山中瀑布、澗流的描寫，呈現出廬山秀逸出塵的自然風光。自「有客獨冥遊」至「感至理弗隔」六句，寫冥遊而漸有所悟，詩中雖言「有客」，實是作者自己的影子。而「冥遊」即神遊；玄扃，猶言玄門，即大道之門。他遊山心神不在山水之間，而是遨遊於「靈關」、「玄扃」那樣玄寂虛空的境界，進而對佛理至道有所感悟。「孰是騰九霄」以下四句，寫自己遊山後的感懷，能領悟佛、道至理，即可超凡脫塵，猶如騰身「九霄」之上，而不需沖天長翅；而又說佛道的妙趣相同，有賴自身的體悟，一旦能有所感悟，則勝過再多他人談論。三益語出《論語．季氏》：「益者三友………友直、友諒、友多聞。」這裡則是指自己體悟出的道理遠比他人的談論要來得更加真切。詩人抒寫佛教與玄學的超然出世思想，又雜有儒家語言，可見是一首三教思想融合的詩歌。

再如謝靈運〈臨終詩〉、蕭衍〈會三教詩〉、蕭繹〈和劉尚書侍五明集詩〉、釋智藏〈奉和武帝三教詩〉等[22]，

[22] 分別見《逯書．宋詩．卷七》，頁 1186、《逯書．梁詩．卷一》，頁

也都是六朝詩歌中共用三教語言、融合三教思想的詩歌。蕭衍在〈會三教詩〉中歷敘自己少學儒、後習道，晚年崇信佛教的之事，並認爲三教乃同源一體，詩中不但兼有三教語言，且三教思想融合的形象更是十分明顯。釋智藏的和詩〈奉和武帝三教詩〉也呈現同樣的意象：

> 心源本無二，學理共歸真。四執迷叢藥，六味增苦辛。資緣良雜品，習性不同循。至學隨物化，一道開異津。大士流權濟，訓義乃星陳。周孔尚忠孝，立行肇君親。老氏貴裁欲，存生由外身。出言千里善，芬為窮世珍。理空非即有，三明似未臻。近識封歧路，分鑣疑異塵。安知悟云漸，究極本同倫。我皇體斯會，妙鑒出機神。眷言總歸轡，迴照引生民。顧惟慙宿植，邂逅逢嘉辰。願陪入明解，歲暮有攸因。

作爲一位佛教僧人，釋智藏卻在詩中對梁武帝三教同源之說十分贊同，故曰「心源本無二，學理共歸真。」又說「一道開異津」。他將「大士」、「周孔」、「老氏」並提，將佛教的「流權濟」、儒學的「尙忠孝」、道家

1531～1532、《逯書・梁詩・卷二十五》，頁1038、《逯書・梁詩・卷三十四》，頁2189～2190。

的「貴裁欲」同視爲本源之理，故云「安知悟云漸，究極本同倫。」「我皇體期會」以下則是對武帝融會三教的思想大加讚美奉承，也表現出當時的人們的確同時受到三教思想的影響，就連佛門中的僧人亦對三教思想採取了兼容並蓄的態度。

參、六朝詩歌中的佛教活動反映

本節論文是專就使用佛教語言、表現佛教思想的詩歌加以分析與探討，這些詩歌，有的是宣傳演繹佛理，有的是表現崇佛的思想，還有的是在遊覽佛教建築時興起對佛教的嚮往，皆與佛教活動有關，反映出當時詩人參與佛教諸活動的風貌。現依詩歌內容主題，分爲下列五類探討之。[23]

一、直接宣說佛理的詩歌

這類詩歌直接使用佛教的語言，呈現出宣揚佛教、論述佛理、崇信佛道的主旨，如王齊之的〈念佛三昧詩

[23] 此分類主要參考蔣述卓：〈南朝崇佛文學略論〉（《魏晉南北朝文學論文集》，臺北．文史哲出版社，民國83年11月初版），頁578。

四首〉[24]就是屬於這類的作品。現舉其四爲例：

慨自一生，夙乏惠識。託崇淵人，庶藉冥力。思轉毫功，在深不測。至哉之念，在心西極。

「惠識」即慧識。《壇經》云：「自性心地，以智惠觀照，內外明徹，識自本心，若識本心，即是解脫，既得解脫，即是般若三昧。」詩人自歎「夙乏惠識」，無法「識自本心」，故希求「託崇淵人，庶藉冥力。」希望藉助佛的法力，助自己獲得解脫。最後兩句「至哉之念，在心西極。」更是明白表示出對佛教西方極樂世界的嚮往。張翼〈詠懷詩三首〉其一、〈贈沙門竺法頵詩三首〉其一、其二、鳩摩羅什〈十喻詩〉、廬山諸沙彌〈觀化決疑詩〉、王融〈法樂辭十二章〉其一、〈努力門詩〉、〈迴向門詩〉、蕭衍〈十喻詩〉、劉孝綽〈〈賦詠百論捨罪福詩〉、蕭綱〈和贈逸民應詔詩十二章〉其七、〈賦詠五陰識支詩〉、〈和會三教詩〉、〈水中樓影詩〉、庾肩吾〈八關齋夜賦四城門更作四首〉、何處士〈通士人篇〉、釋亡名〈五苦詩〉、〈五盛陰詩〉、無名釋〈禪暇詩〉等[25]，皆

---

[24] 見《逯書・晉詩・卷十四》，頁939。

[25] 分別見《逯書・晉詩・卷十二》，頁891～892、《逯書・晉詩・卷十二》，頁893、《逯書・晉詩・卷二十》，頁1084、《逯書・晉詩・卷二十》，頁1087、《逯書・齊詩・卷二》，頁1389～1390、《逯書・

屬此類詩歌。舉齊・王融〈法樂辭十二章〉其一爲例：

> 天長命自短，世促道悠悠。禪衢開遠駕，愛海亂輕舟。累塵曾未極，心樹豈能籌。情埃何用洗，正水有清流。

佛教義理是要斷除由生老病死而產生的種種悲愁苦惱，以得到生死的解脫。王融這首詩正是要傳達佛教這種解脫生死痛苦的出世思想。起首四句，寫人生命之短促，塵世之不足戀，唯有依佛法修行，才能遠離生老病死的苦惱，愛恨貪嗔癡的煩擾，得到徹底的解脫。「禪衢」，指禪定修行的法門。「累塵曾未極」以下四句，詩人運用形象的比喻，宣揚佛教「常樂涅槃從實智慧生，實智慧從一心禪定生。」[26]的思想，自淨其心自然能無

齊詩・卷二》，頁1399、《逯書・齊詩・卷二》，頁1400、《逯書・梁詩・卷一》，頁1532～1533、《逯書・梁詩・卷十六》，頁1840、《逯書・梁詩・卷二十一》，頁1928、《逯書・梁詩・卷二十一》，頁1937～1938、《逯書・梁詩・卷二十二》，頁1962、《逯書・梁詩・卷二十二》，頁1967、《逯書・梁詩・卷二十二》，頁1976、《逯書・梁詩・卷二十三》，頁2005～2008、《逯書・陳詩・卷九》，頁2600、《逯書・北周詩・卷六》，頁2433～2434、《逯書・北周詩・卷六》，頁2434～2435、《逯書・隋詩・卷十》，頁2779。

[26] 見《大智度論・卷一七》。

視「累塵」、「情埃」的煩擾，而達到定慧雙修的境界。

再看陳．何處士的〈通士人篇〉：

> 龍宮既入道，鳳闕且辭榮。禪龕八想淨，義窟四塵輕。香蓋法雲起，花燈慧火明。自然忘有著，非止悟無生。

這首詩透過描寫一位了悟佛法真諦的「通士」來宣揚佛理，表達對佛法的崇信和禮贊。「龍宮」，因佛經中菩薩多居於龍宮，如《法華經》四《提婆達多品》：「爾時文殊師利坐千葉蓮花，大如車輪，俱來菩薩亦坐寶蓮花，從於大海娑竭羅龍宮，自然湧出。」故詩人以「龍宮」來比喻通士的禪修處。「鳳闕」，漢代的宮闕名，這裡代指朝廷。起首二句講通士已入佛道，對於功名利祿不放在心上。「八想」，即八妄想，八種虛妄的思想。[27]「四塵」，即佛家所說的色香味觸。「神龕」以下四句，盛讚

[27] 此八種妄想即：一、自性妄想，謂執根塵等法各有體性，不相混濫。二、差別妄想，謂差別無差別之妄想。三、攝受積聚妄想，妄執五蘊和合而成一切眾生。四、我見妄想，於五蘊法中，妄執有我。五、我所妄想，妄執有我身及所受用物之妄想。六、念妄想，妄分別可愛之淨境而緣念不斷。七、不念妄想，妄分別可憎之境，不起緣念。八、念不念俱相違妄想，於念不念愛憎之境，皆違理分別。

通士對佛法澄通徹悟，完全擯除八妄想和四塵。「法雲」、「慧火」皆用以比喻通士已達到智慧洞開的禪悟境界。最後兩句說通士的修行已「忘有著」、「非止悟無生」，而達到禪修工夫的上乘。

二、懺悔之詩與臨終詩

懺悔是指悔謝罪過以請求諒解。懺為梵語懺摩之略譯，及「忍」之義，即請求他人忍罪；悔，追悔、悔過之義，即追悔過去之罪，於佛、菩薩、師長、大眾面前告白道歉，以期達到滅罪的目的。依《四分律羯磨疏》卷四《懺六聚法篇》載，懺悔須具足五緣，即：一、迎請十分之佛菩薩；二、誦經呪；三、自白罪名；四、立誓；五、明證教理。梁簡文帝蕭綱有〈蒙預懺直疏詩〉一首，蕭衍有〈和太子懺悔詩〉，王筠亦有〈奉和皇太子懺悔應詔詩〉及〈和皇太子懺悔詩〉等唱和之作，[28]蕭綱詩寫懺悔修持後得蒙善誘，而能發願遠離世俗的樊籠。蕭衍詩則寫太子行淨身懺悔之禮，除去宿昔罪過的功效。而王筠〈和皇太子懺悔詩〉則云：

---

[28] 以上分別見《逯書・梁詩・卷二十一》，頁 1935、《逯書・梁詩・卷一》，頁 1532、《逯書・梁詩・卷二十四》，頁 2014、《逯書・梁詩・卷二十四》，頁 2014。

習惡歸禮懺，有過稱能改。聖德及群生，唱說信兼採。翹心蕩十惡，邀誠銷五罪。三縛解智門，六塵清法海。超然故無著，逍遙新有待。

這首詩也是寫佛教懺悔修持的功效。自「習惡歸禮懺」至「六塵清法海」八句，寫行懺悔之禮，往昔之罪得以改過，經過懺悔的修持之後，能夠「蕩十惡」、「銷五罪」、解「三縛」、清「六塵」。「十惡」，又名十不善，即殺生、偷盜、邪淫、妄語、惡口、兩舌、貪欲、瞋恚、愚痴等十種作業行爲。「五罪」，即五逆罪，五種極逆於理的罪惡，即殺父、殺母、殺阿羅漢、出佛身之血、破和合之僧。「三縛」，三種纏縛，即貪瞋癡的煩惱。「六塵」，指色、聲、白、味、觸、法等六塵，能污染清淨心靈，使真性無法顯發。最後兩句寫懺悔之功效猶如重新再生，而能夠「超然」、「逍遙」而「有待」。陳・江總亦有〈營涅槃懺塗作詩〉及〈至德二年十一月十二日升德施山齋三宿決罪福懺悔詩〉[29]，亦爲懺悔之詩作.。

臨終詩是詩人在生命終極時面對人生的心境，有的悲歎生命的短促，有的坦然面對生命的終極，有的則抱有悲憤不甘之恨。如陳・智愷〈臨終詩〉云：

[29] 見《逯書・陳・卷八》，頁2505、《逯書・陳・卷八》，頁2584。

千月本難滿，三時理易傾。石火無恆燄，電光非久明。遺文空滿笥，徒然昧後生。泉路方幽噎，寒隴向淒清。一隨朝露盡，唯有夜松聲。[30]

智愷這首臨終之作，在面對生命終極時，除了感歎生命的短促外，同時也宣揚了佛教萬物皆空的思想。「三時」，指三時教，法相宗將釋尊一生所說的經教，判爲三時：第一時教，釋尊成道之初，爲破外道凡夫實我之執而說五蘊法，明我乃五蘊等法假合，若加分析，則但有法而無我，即諸法實有而我爲空無。第二時教，釋尊又爲破小乘眾實法之執，而說一切諸法皆空之理。第三時教，釋尊更爲破除空執和有執，而說解非空非有之中道。法相宗所立之三時教，須依年月循序修行。智愷在開頭四句詩中認爲：人生實在極爲短促，若依三時教循序而漸修，則不待修行至「諸法皆空」之時，生命大限早已來到，所以他說：「千月本難滿，三寺理易傾。」「遺文空滿笥」以下四句，寫生命終極之時，留下文章書籍也只是「徒然昧後生」罷了，在幽暗的黃泉路上，世上的一切榮辱都已湮滅，只餘一人孤身上路。最後二句以「朝露盡」和「夜松聲」比喻生命息而精神則永遠不滅。

---

[30] 見《逯書・陳詩・卷十》，頁2652。

三、佛教齋會、法會及受戒之詩

這類詩歌有的描寫佛教法會儀式、齋會經過或受戒場面，有的則是在法會、齋會後，寫下自身的感悟或心得。關於佛教齋會的詩歌，支遁有〈五月長齋詩〉及〈八關齋詩三首〉，沈約亦有一首〈八關齋詩〉[31]，試看支遁〈八關齋詩三首〉其二：

> 三悔啟前朝，雙懺暨中夕。鳴禽戒朗旦，備禮寢玄役。蕭索庭賓離，飄颻隨風適。踟蹰歧路嵎，揮手謝內析。輕軒馳中田，習習陵電擊。息心投佯步，零零振金策。引領望征人，悵悢孤思積。咄矣形非我，外物固已寂。吟詠歸虛房，守真玩幽賾。雖非一往遊，且以閑自釋。

「三悔」，指佛教的三種懺法，一為作法懺，即向佛前披陳己罪；二為取相懺，即定心而行懺悔之想；三為無生懺，即正心端坐以觀無生之理。自「三悔啓前朝」至「習習陵電擊」十句，寫齋會開始至賓客離去的情形。齋會儀式始於三日清晨，繼於中夕而畢於四日的清晨

---

[31] 分別見《逯書・晉詩・卷二十》，頁1078、《逯書・晉詩・卷二十》，頁1079、《逯書・梁詩・卷六》，頁1639。

[32]，賓主各自表達惜別之情後紛紛離去，「踟躕歧路嵎，揮手謝內析。」寫離別之不捨；「輕軒馳中田，習習陵電擊。」則寫車馬終究遠去。「息心投佯步」至「悵悢孤思積」四句，寫友人離去後引發的孤寂之感及失落之情。「咄矣形非我」至「且以閑自釋」六句，則寫孤身一人靜心歸寂，進而對佛道有所體悟，終而閑釋自得。

有關受戒的詩作有蕭綱〈蒙華林園戒詩〉，及庾肩吾、釋惠令的和詩：〈和太子重雲殿受戒詩〉、〈和受戒詩〉。[33]試觀釋惠令〈和受戒詩〉：

> 泬寥秋氣爽，搖落寒林疎。風散飛廉雀，浪動昆明魚。是日何為盛，證弁奉皇儲。願陪升自在，神通任卷舒。

開頭四句寫重雲殿受戒當日的天氣和四週景物。後四句則寫皇儲受戒場面盛大，及受戒後的「自在」、「神通任舒卷」。

六朝關於佛教法會詩作有支遁〈四月八日讚佛

---

[32] 參見前節〈八關齋詩三首〉其三所引之〈序〉。

[33] 分別見《逯書．梁詩．卷二十一》，頁 1936、《逯書．梁詩．卷二十三》，頁 1988～1989、《逯書．梁詩．卷三十》，頁 2190。

說〉、〈詠八日詩三首〉及蕭統〈開善寺法會詩〉等[34]。以蕭統之詩爲例：

> 栖鳥猶未翔，命駕出山莊。詰屈登馬嶺，迴互入羊腸。稍看原藹藹，漸見岫蒼蒼。落星埋遠樹，新霧起朝陽。陰池宿早雁，寒風催夜霜。茲地信閒寂，清曠惟道場。玉樹琉璃水，羽帳鬱金床。紫柱珊瑚地，神幢明月璫。牽蘿下石磴，攀桂陟松梁。澗斜日欲隱，煙生樓半藏。千祀終何邁，百代歸我皇。神功照不極，睿鏡湛無方。法輪明暗室，慧海渡慈航。塵根久未洗，希霑垂露光。

此詩寫開善寺中的一次法會。自「栖鳥猶未翔」至「寒風催夜霜」十句，寫自己離宮上山的情形，時間的推移，及沿途的景物。自「茲地信閒寂」至「煙生樓半藏」十句則是對「道場」的描寫，寺中建築的莊嚴、器物的精美，以及寺院四週景物的清雅幽靜，描繪出一片超然世外的景象。「千祀終何邁」以下四句轉而歌頌皇帝，在此處則顯得有點離題。而最後的「法輪明暗室，慧海渡慈航。塵根久未洗，希霑垂露光。」四句才是本詩的重點，寫主持法會的高僧如轉大法輪，普渡眾生「慈航」，

---

[34] 分別見《逯書．晉詩．卷二十》，頁 1077、《逯書．晉詩．卷二十》，頁 1078、《逯書．梁詩．卷十四》，頁 1796。

使因「久未洗」而不淨的「塵根」，得「霑垂露」而澄淨。

四、聽講佛經的詩作

六朝詩歌中有關聽講解佛經的詩作不少，尤其大多集中在梁朝，這當然與帝王的提倡大有關係，蕭衍自信奉佛教後就熱衷於舉行法會，並為僧俗講說佛經。士大夫聽講佛經的風氣在當時極為盛行，而這也反映到詩人的作品當中，這些詩歌有的描寫聽講佛經的情形，有的抒發聽解佛經後的心得感想。如：沈約〈和王衛軍解講詩〉：

> 妙輪輟往駕，寶樹未開音。甘露為論演，得一標道心。眇眇玄塗曠，高義總成林。七花屏塵相，八解渥芳襟。[35]

「七花」即七華，喻七覺分，又名七菩提分、七覺支、七等覺支等。是指為五根五力所顯發的七種覺悟。一、擇法菩提分，即以智慧簡擇法的真偽；二、精進菩提分，即以勇猛心力行正法；三、喜菩提分，即心得善法而生歡喜；四、輕安菩提分，即除去身心粗重煩惱，而得到輕快安樂；五、念菩提分，即時刻觀念正法，而令定慧

---

[35] 見《逯書・梁詩・卷七》，頁 1660。

均等；六、定菩提分，即心唯一境而散亂；七、捨菩提分，即捨離一切虛妄的法，而力行正法。至於「八解」，曾於前節細述其義（見本文頁九四），此處不再重述。沈約這首是寫友人王衛軍聽人解經的情景。起首兩句，寫朋友乘車至林下聽講之初尚未有所得，故云「寶樹猶未開」。「甘露爲論演」以下六句則是敘述聽聞講解佛經而有所妙得，正如天降「甘露」法雨，而終悟佛道。「眇眇」二句是盛讚佛法的博大精深。因有七覺分的七種覺悟，才足以辨別塵俗諸法相的真僞，而修習八解脫的八種解脫禪定的工夫，則可洗淨應塵俗之心而修成正道。

除沈詩之外，六朝詩歌中有關聽講佛經的作品尚有：王融〈棲玄寺聽講畢遊邸園七韻應司徒教詩〉、謝朓〈秋夜講解詩〉、陸倕〈和昭明太子鍾山講解詩〉、蕭統〈同泰僧正講詩〉、〈鍾山講解詩〉、〈玄圃講詩〉、〈講席將畢賦三十韻詩依次用〉、蕭子顯〈奉和昭明太子鍾山講解詩〉、劉孝綽〈奉和昭明太子鍾山講解詩〉、劉孝儀〈和昭明太子鍾山講解詩〉、蕭綱〈旦出興業寺講詩〉、〈侍講詩〉等。[36]

---

[36] 以上分別見《逯書．齊詩．卷二》，頁 1395、《逯書．梁詩．卷三》，頁 1435、《逯書．梁詩．卷十三》，頁 1775、《逯書．梁詩．卷十四》，頁 1796～1797、《逯書．梁詩．卷十四》，頁 1797、《逯書．梁詩．

五、遊佛寺及望浮圖詩

這類以遊佛寺、望浮圖爲詩歌內容和主題的詩作，是數量最多的一類，是具佛教語彙、思想的作品中最富有文學性的一部份，蔣述卓認爲這類詩作：

> 它把景物的描寫與佛理的闡釋以及對佛教的崇敬心情很好地結合起來，是南朝山水詩進一步發展的一種標志。因此，它既可以視作崇佛文學作品，也可以視作普通的文學作品。…………它對唐及以後的遊寺塔詩產生了一定的影響，它的開創性貢獻是值得重視的。[37]

這類詩歌數量約佔六朝詩歌中含佛教風貌的詩作的一半，如：蕭衍〈遊鍾山大愛敬山寺詩〉、江淹〈吳中禮佛詩〉、劉孝綽〈東林寺詩〉、蕭綱〈遊光宅寺詩應令詩〉、〈夜望浮圖上相輪絕句詩〉、沈炯〈從遊天中寺應令詩〉、〈同庾中庶肩吾周處士弘讓遊明慶寺詩〉、陰

卷十四》，頁 1797～1798、《逯書．梁詩．卷十四》，頁 1798～1799、《逯書．梁詩．卷十五》，頁 1819、《逯書．梁詩．卷十六》，頁 1829、《逯書．梁詩．卷十九》，頁 1893、《逯書．梁詩．卷二十一》，頁 1936、《逯書．梁詩．卷二十二》，頁 1967。

[37] 同註十九，頁 578～579。

鏗〈開善寺詩〉、徐伯陽〈遊鍾山開善寺詩〉、徐孝克〈仰同令君攝山棲霞寺山房夜坐六韻詩〉、〈何處士〈春日從將軍遊山寺詩〉、江總〈入龍丘巖精舍詩〉、〈明慶對詩〉、〈入攝山棲霞寺詩〉、〈遊攝山棲霞寺詩〉、〈攝山棲霞寺山房坐簡徐祭酒周尙書井同遊群彥詩〉、〈靜臥棲霞寺房望徐祭酒詩〉、蕭慤〈和崔侍中駕經寺詩〉、庾信〈和從駕登雲居寺塔詩〉、盧思道〈從駕經大慈照寺詩〉、楊廣〈謁方山靈巖寺詩〉、姚察〈遊明慶寺詩〉、薛道衡〈展敬上鳳林寺詩〉、諸葛穎〈奉和方山靈巖寺應教詩〉、孔德紹〈登白馬山護明寺詩〉等詩[38]，皆是結合景物描寫

---

[38] 以上分別見《逯書．梁詩．卷一》，頁1531、《逯書．梁詩．卷三》，頁1566、《逯書．梁詩．卷十六》，頁1828、《逯書．梁詩．卷二十一》，頁1936～1937、《逯書．梁詩．卷二十一》，頁1968、《逯書．陳詩．卷一》，頁2447、《逯書．陳詩．卷一》，頁1448、《逯書．陳詩．卷一》，頁2453、《逯書．陳詩．卷二》，頁2470、《逯書．陳詩．卷六》，頁2562、《逯書．陳詩．卷九》，頁2599、《逯書．陳詩．卷八》，頁2582、《逯書．陳詩．卷八》，頁2582～2583、《逯書．陳詩．卷八》，頁2583、《逯書．陳詩．卷八》，頁2584、《逯書．陳詩．卷八》，頁2584、《逯書．陳詩．卷八》，頁2584～2585、《逯書．北齊詩．卷二》，頁2276、《逯書．北周詩．卷二》，頁2364、《逯書．隋詩．三》，頁2669、《逯書．隋詩．卷三》，頁2674、《逯書．隋詩．卷四》，頁2685、《逯書．隋詩．卷五》，頁2704、《逯

與佛理闡釋的詩篇。現以沈炯〈同庾中庶肩吾周處士弘讓遊明慶寺詩〉爲例：

> **鷲嶺三層塔，菴園一講堂。馴鳥逐飯磬，狎獸繞禪床。摘菊山無酒，燃松夜有香。幸得同高勝，於此瑩心王。**[39]

沈炯這首詩寫與友人庾肩吾、周弘讓等人遊佛寺的經過及感想。「鷲嶺」，指靈鷲山，佛說法之處；「菴園」，佛說維摩詰經處，這裡都借指佛地。而「塔」、「講堂」皆爲寺廟中特有的建築：前者是供奉佛骨、收藏佛經的佛教建築；後者則爲寺中講經說法的大堂。詩人在頭二句連用四個佛教詞語，就是在點明遊歷之處乃屬佛門之地。「飯磬」是佛寺中僧人在開飯做爲信號的擊磬聲。「禪床」則指僧人坐禪的地方。這兩句詩寫鳥獸皆馴服地圍繞佛地，似乎也想獲得佛尊的保佑和渡化，頗有普渡眾生的意味。「摘菊」二句呈現出脫離塵俗、怡然自適的心境。「瑩」在詩中作動詞用；「心王」是佛教語，指心的主宰。最後兩句是詩人遊歷佛寺後的感想，認爲有幸能與友人共遊此「高勝」之處，進而澄淨了自己的心靈。

書．隋詩．卷六》，頁 2721～2722。

[39] 見《逯書．陳詩．卷一》，頁 2448。

再看徐伯陽〈遊鍾山開善寺詩〉：

> 聊追鄴城友，躧步出蘭宮。法侶殊人世，天花異俗中。鳥聲不測處，松吟未覺風。此時超愛網，還復洗塵蒙。[40]

鄴城，故址在今河北臨漳縣西南，是曹魏時的政治文化中心，這裡則代指京城。開頭二句詩寫詩人隨著友人離開京城出遊。「法侶」，即僧侶。「天花」，這裡指佛寺中的各種景物。「法侶殊人世」以下四句，寫詩人在佛寺中的所見。「鳥聲不測處，松吟未覺風。」二句透露出「但聞聲響而不見實相」的思想，在描景寫物之中含有至理。最後二句寫詩人的有所感，直陳其悟理，故可超越愛網和塵累，感覺心靜意淨，體悟萬物皆空的道理。隋煬帝楊廣亦有類似詩作，其〈謁方山靈巖寺詩〉云：

> 梵宮既隱隱，靈岫亦沈沈。平郊送晚日，高峰落遠陰。迴旛飛曙嶺，疎鐘響晝林。蟬鳴秋氣近，泉吐石溪深。抗迹禪枝地，發念菩提心。

開頭二句寫靈巖寺的幽深和寂靜。自「平郊送晚日」至「泉吐石溪深」六句，則描繪出靈巖寺爲一適合禪修的所在。「抗迹」指特立獨行；「禪枝地」，指禪修之地，

---

[40] 《逯書・陳詩・卷二》，頁2470。

即靈巖寺；「菩提」，即明辨善惡、覺悟真理的正覺。最後二句詩人就景言志，表示要在這禪修勝處靈巖寺「發念菩提心」。

在這類以遊佛寺、望浮圖為主題的詩歌中，有多首詩作是以群體唱和的形式出現的，如蕭綱〈望同泰寺浮圖詩〉，其唱和之作有王訓〈奉和同泰寺浮圖詩〉、庾肩吾〈詠同泰寺浮圖詩〉、王臺卿〈奉和同泰寺浮圖詩〉等[41]，舉庾肩吾之詩為例：

> 望園臨柰苑，王城對鄴宮。還從飛閣內，遙見崛山中。天衣疑拂石，鳳翅欲凌空。雲甍猶帶雨，蓮井不生桐。盤承雲表露，鈴搖天上風。月出琛含采，天晴幡帶虹。周星疑更落，漢夢似今通。我后情初照，不與伊川同。方應捧馬出，永得離塵蒙。

「崛山」，即印度所說的佛教聖地靈鷲山，這裡則借指同泰寺所在的鍾山。詩歌開頭四句寫自己居於王城，但卻常可自飛閣高樓眺望鍾山及同泰寺的秀麗。「天衣疑

---

[41] 分別見《逯書・梁詩・卷二十一》，頁 1935、《逯書・梁詩・卷九》，頁 1717～1718、《逯書・梁詩・卷二十三》，頁 1989、《逯書・梁詩・卷二十七》，頁 2088。

拂石」至「漢夢似今通」八句，寫遙望同泰寺的景色。詩由塔（浮圖）而寺，由寺寫周圍的好風好景，詩人由上而下、由近及遠地把同泰寺塔和寺廟周圍的景色結合在一起。最後四句，轉而爲對簡文帝的稱讚，說他詠同泰寺之詩猶如漢明帝感夢，有神佛來助，既頌人又公頌佛，不但照應了詩的內容，同時也呈現其寫詩的目的。

蕭綱另有一首〈往虎窟山寺詩〉，同樣有大量唱和之作，也形成了另一個詩歌組群：陸罩〈奉和往虎窟山寺詩〉、鮑至〈奉和往虎窟山寺詩〉、孔燾〈往虎窟山寺詩〉、王臺卿〈奉和往虎窟山寺詩〉、王冏〈奉和往虎窟山寺詩〉等。[42]現以陸罩詩爲例說明：

> 鷄鳴動睟駕，奈苑睠晨遊。朱鑣陵九達，青蓋出層樓。歲華滿芳岫，虹彩被春洲。葆吹臨風遠，旌羽映九斿。喬枝隱修逕，曲澗聚輕流。徘徊花草合，瀏亮鳥聲遒。金盤響清梵，涌塔應鳴桴。慧雲方靡靡，法水正悠悠。實歸徒荷教，信解愧難詶。

---

[42] 以上分別見《逯書．梁詩．卷二十一》，頁1934、《逯書．梁詩．卷十三》，頁1777、《逯書．梁詩．卷二十四》，頁2024、《逯書．梁詩．卷二十六》，頁2076、《逯書．梁詩．卷二十七》，頁2089、《逯書．梁詩．卷二十七》，頁2092。

這首詩以寫景爲主，描寫由皇城到山寺的景色，其中也表現出對佛門寂靜之境的神往。「睟」，天名，九天五爲睟天，這裡詩人是以「睟駕」代指「聖駕」。「柰苑」，即庵羅樹園，佛陀說維摩經的地方，這裡即指虎窟山。開頭四句由動身出城開始寫起，轉眼已離開皇城。「歲華滿芳岫」以下四句，描寫沿途上的物色景象，及君臣興奮的心情。「喬枝隱修逕」以下四句，寫到達虎窟山後所見到的山中景象。「金盤響清梵」以下四句，則由「金盤」清響和「涌塔」寫佛寺的莊嚴。而原本爲一般自然美景的「雲靡靡」、水「悠悠」，被冠上佛教語彙「法」、「慧」後，自然也就進入了佛學的意境。佛教認爲如來如大雲庇祐眾生，而妙法如水則可洗淨心靈。最後二句點明詩作的酬唱之旨，以「實歸」、「信解」稱美簡文帝對佛法的體悟。

在這裡要特別提出的一點是：並非所有遊佛寺、望浮圖之詩皆可歸於此類，其認定標準在於「使用佛教語彙、透露佛教思想」者，所以同樣是遊佛寺詩，若純粹只是寫景，既未透露佛教思想，也不曾使用佛教語言者，皆不能納入此類詩歌範疇。故上述兩詩群實有其他唱和的作品，但僅純粹寫景而不涉及佛教，此處即不予討論。

肆、六朝詩歌中反映之佛教思想

詩歌反映人生，而宗教則是精神生活的重要成分。佛教的東傳，對中國思想與文化皆產生重大影響，並逐漸地融入於中國人的生活之中。體察六朝詩歌，其所蘊含的佛教思想內容是很廣泛的，現僅就影響較深、較大的幾個方面，分別討論之。[43]

一、無常與性空思想

佛陀釋迦牟尼的出家求道，是目睹眾生生老病死、寒暑逼迫、相互殘食等人間慘相，而有感於人生無常，於是發願求證無上菩提正覺，尋求解脫之道，因而產生「諸行無常」、「萬法皆空」的觀念，並隨佛教東來而傳入我國。這樣的觀念，與我國傳統儒家學術講「經」講「常」，認爲天不變則道不變的思想，是大不相同的。

所謂「諸行無常」的「行」，本指遷流不息，佛教認爲世間的一切事物，皆是由因緣和合而生，無時無刻

---

[43] 本節佛教思想內容主要參考洪師順隆：〈初唐賦中的三教忠想風貌〉，（臺北・《華岡文科學報》，民國87年3月，22期）、洪師順隆：，梁武帝作品中的儒佛會通論〉（發表於華梵大學哲學系主辦「儒佛會通學術討論會」）。

不處於變動不居之中，因此稱爲「行」，這是世間諸法的真相。由於「諸行」無時不處於生滅變動之中，所以是「無常」的。無常的「常」即指永恆之意，「無常」並非指偶然，而是指一切皆無永恆的實體，因爲世間諸法遷流變動剎那不停，故無論任何物體都非恆常不變。「無常」是「諸行」的表現，而其實質則爲「空」。佛教講「空」並非一無所有之意，更不是對於客觀現象的視而不見，這個「空」指的是不實在的意思。《金剛經》云：「**一切有為法，如夢幻泡影，如露亦如電。**」佛家以爲事物虛幻不實，沒有質的規定性，即客觀世界亦不具實在性。《般若多羅蜜多心經》說：「**色不異空，空不異色，色即是空，空即是色。**」這裡的「色」是指現象、物質。現象和物質並非不存在，而是處於生滅變動的「無常」之中，故其性質是「空」，這個「空」性並不能獨立存在，而是體現在一切事物現象之中。所以說「色即是空，空即是色」。佛家宣揚「無常」理論的目的，在於教眾生看清世間萬物的真實本相，不要執「無常」爲「常」，爲此產生貪欲，而作執著的追求。

六朝詩歌中反映出「諸行無常」、「萬法皆空」思想的作品不少，如晉朝僧人康僧淵〈代答張君祖詩〉中有這樣的句子：

> 真朴運既判，萬象森已形。精靈感冥會，變化靡不經。[44]

寫世界原本渾渾穆穆，一片混沌，然一旦地、水、火、風等四大和合，則大千世界森羅萬象，各具其形。而人的「精靈」（即指靈魂）也爲冥冥中的力量所操控，時而化解，時而聚合，變化無窮。再看廬山諸沙彌之〈觀化決疑詩〉：

> 謀始創大業，問道叩玄篇。妙唱發幽蒙，觀化悟自然。觀化化已及，尋化無間然。生皆由化化，化化更相纏。宛轉隨化流，漂浪入化淵。五道化為海，孰為知化仙。萬化同歸盡，離化化乃玄。悲哉化中客，焉識化表年。[45]

作者觀世間萬物皆隨因緣流轉，「生皆由化化，化化更相纏」，隨著無止無休的生滅變動，沈沒於大化的淵海，而期能「離化」，超脫生死，最終的目的自是達到涅槃境界。而北周・釋亡名的〈五盛陰詩〉更是從日常生活現象和歷史嗟歎中，體悟出「諸行無常」與「萬法皆空」的佛理。其詩曰：

---

[44] 見《逯書・晉詩・卷二十》，頁 1075。
[45] 見《逯書・晉詩・卷二十》，頁 1087。

先去非長別，後來非久親。新墳將舊塚，相次似魚鱗。茂陵誰辨漢？驪山詎識秦？千年與昨日，一種併成塵。定知今世土，還是昔時人。焉能取他骨，復持埋我身。[46]

「五盛陰」，即五陰，指色、受、想、行、識五種構成世間萬物和人身的要素，又稱五蘊、五眾。廣義而言，五陰包括一切因緣和合的事物，是物質世界和精神世界的總概括；而狹義則指現實的人。佛家認為人不過是五蘊的暫時和合，並無實體可言，是「無常」與性「空」的存有。這首詩由人生「千年與昨日，一種並成塵」的角度出發，闡釋無論古人或今人，都終將歸於空無，逝去的並非永遠逝去，而存在的亦非真實存在，他們都是處於生滅變動的「無常」之中，並無永恆的實體。詩中以漢帝王秦始皇的風流一時，終亦隨時光的流逝而煙消雲散、化為塵土，來說明世間的「無常」與「色空」。其他如王胄〈臥病閩越述淨名意詩〉云：

心路資調伏，於焉念實相。水沫本難摩，乾城空有狀。是生非至理，是我皆虛妄。[47]

---

[46] 見《逯書・北周詩・卷六》，頁頁 2434～2435。

[47] 見《逯書・隋詩・卷五》，頁 1701～1702。

郗超〈答傅郎詩六章〉其一云：

> 森森群像，妙歸玄同。原始無滯，孰云質通。悟之斯朗，執焉則封。器乖吹萬，理貫一空。[48]

皆反映出佛家對世間萬物及人生「諸行無常」、「萬法皆空」的獨特思想。

二、苦諦思想

「苦」是佛教四聖諦之一。諦，即真諦、真理。四聖諦是佛陀爲眾生解釋一切煩惱痛苦的根源，並且指出斷除煩惱妄念、解脫成佛之途徑的有關說法。其內涵包括：苦諦、集諦、滅諦、道諦。其中，苦諦是說明爲什麼需要解脫的道理[49]，亦即人生多苦的真理。佛教認爲：三界眾生、六道輪迴，一切生命與生存的現象，都是「苦」的表現。世間的一切事物皆由因緣和合而產生，所以任何事物不但沒有自我實體可言，在因與緣的時刻變化中，也一直處於變動不居的狀態。眾生身處其中，不能自我主宰，亦得不到自由，只一再遭遇種種無法避免的煩惱痛苦。佛家將這些煩惱分別爲二苦、三苦、四苦、

---

[48] 見《逸書．晉詩．卷十二》，頁888。

[49] 集諦是說明眾生需要解脫什麼的理論；滅諦則是講述怎樣才是解脫的理論；道諦說明的是怎樣才能獲得解脫的修習方法。

八苦乃至一百幾十種苦等諸苦，而最常見的是二苦、四苦及八苦。

「二苦」是指內苦和外苦。《大智度論》云：

> 四百四病為身苦，憂愁嫉妒為心苦，合此二者，謂之內苦。外苦亦有二種，一為惡賊虎狼之苦，二為風雨寒熱之災，合此二者，謂之外苦。

簡言之，內苦是指來自眾生自身生理和心理兩方面的苦惱；外苦則是指來自外界的災禍。所謂「四苦」是指生、老、病、死這四種無法擺脫的痛苦。而「八苦」則是四苦再加上愛別離、怨憎會、求不得、五蘊盛等四苦。[50]

六朝詩人即吸收了佛家的「苦諦」思想，而將之反映在作品中。如蕭衍〈遊鍾山大愛敬山寺詩〉中有：

> 二苦常追隨，三毒自燒然。[51]

三毒，佛教指貪欲、瞋恚、愚癡這三種煩惱。這二句詩是說人生常處於內、外二苦及貪、瞋、癡等三毒的煎熬中。而北周・釋亡名所作〈五苦詩〉，則是寫八苦中的

---

[50] 以上參考胡遂：《中國佛學與文學》，（長沙・岳麓書社，1988 年 4 月，一版一刷），頁 1～4。

[51] 見《逯書・梁詩・卷一》，頁 1531。

生苦、老苦、病苦、死苦、愛別離苦等五苦，闡釋佛教一切皆苦的人生觀，其詩曰：

生　苦

可患身為患，生將憂共生。心神恆獨苦，寵辱橫相驚。朝光非久照，夜燭幾時明。終成一聚土，強覓千年名。

老　苦

少日欣日益，老至苦年侵。紅顏既罷豔，白髮寧久吟。階庭唯仰杖，朝府不勝簪。甘肥與妖麗，徒有壯時心。

病　苦

拔劍平四海，橫戈卻萬夫。一朝床枕上，迴轉仰人扶。壯色隨肌減，呻吟與痛俱。綺羅雖滿目，愁眉獨向隅。

死　苦

可惜淩雲氣，忽隨朝露終。長辭白日下，獨入黃泉中。池臺既已沒，墳隴向應空。唯當松柏裏，千年恆勁風。

愛　離

誰忍心中愛，分為別後思。幾時相握手，嗚噎不能辭。雖言萬里隔，猶有望還期。如何九泉下，更無相見時。[52]

在這組詩中，詩人以人生的自然現象，結合人生的實際生活與情感的種種體驗，來闡釋佛家主張一切皆苦的人生觀。他感歎人生之無常、苦短，以往日的凌雲豪氣與今日的衰老罷豔相比，以生活的物豐奢華和生命的無常短促相對，以這種強烈對比的方式，映襯出生活之苦與人生之苦。詩人用平實無華的語言、貼近生命的事物、飽含情感的筆調，描繪出人生的種種煩惱痛苦。

此外，梁·庾肩吾有〈八關齋夜賦四城門更作四首〉[53]，他是以釋迦牟尼佛仍是太子時，出東、南、西、北四個城門，分別遇見老、病、死及沙門，深深地感覺到人生之苦，而興起出世之念的故事，而作此詩。此詩每一賦韻皆有〈東城門病〉、〈南城門老〉、〈西城門死〉、〈北城門沙門〉等四首詩，共十六首詩。此詩亦收錄於《廣弘明集·卷三十上》中，作者除庾肩吾外，尚有簡文帝蕭綱、徐防、孔燾、諸葛塏、王臺卿、李鏡遠等人。此七人以類似柏梁臺體的方式，輪流作詩兩句，而成四

[52] 見《逯書·北周詩·卷六》，頁 1433～1434。

[53] 見《逯書·梁詩·卷二十三》，頁 2005～2008。

韻、十六首詩。此詩主題皆圍繞老、病、死、沙門四者，闡述對人生衰老、病疾、死亡的無奈，也屬於論述四苦思想的詩作，可爲六朝詩歌中蘊含有「四聖諦」中「苦諦」思想之證。

三、大慈大悲思想

慈悲，是梵文 Maitri-Karuna 的意譯，稱佛、菩薩愛護眾生、給予歡樂叫「慈」；憐憫眾生、拔除苦難叫「悲」。《大智度論》云：「大慈，與一切眾生樂；大悲，拔一切眾生苦。」《涅槃經》曰：「三世諸佛尊，大悲為根本。…………若無大悲者，是則不名佛。」大乘佛教以慈悲爲根本，把大慈大悲放在首位，以普度眾生爲目標，具有面對社會解脫眾生的性質。《大智度經》卷二十引《明罔菩薩經》云：「大悲是一切諸佛菩薩之根本，是般若波羅蜜之母，諸佛之祖母。菩薩以大悲心故得般若波羅蜜，得般若波羅蜜故得作佛。」慈悲，被作爲般若之基礎、修行之契機，使得佛教由個人解脫轉向眾生解脫，將自利與利他並重，成爲深入社會生活、普渡眾生的積極宗教思想。

六朝詩歌中多有涉及「大慈大悲」思想的作品。如張翼〈贈沙門竺法頵詩三首〉其一云：

外物豈大悲，獨往非玄同。[54]

「外物」即超然物外、超脫於塵世之外。「玄同」，語出《老子》，在這裡指悟道的最高境界，齊萬物、泯是非，居於世俗而能永保佛心。詩人詰問竺法顒：個人的超然物外哪裡合乎佛家普渡眾生的慈悲之旨呢？而獨來獨往也違背了佛教混同於世之意。這二句詩指出大乘佛教與小乘佛教的分歧。張翼另一首詩作〈答康僧淵詩〉也有同樣的思想：

> 大慈濟群生，冥感如影響。蔚蔚沙彌眾，粲粲萬心仰。誰不欣大乘，兆定於玄曩。[55]

南齊．蕭子良有〈後湖放生詩〉一首：

> 釋焚曾林下，解細平湖邊。迅翮摶清漢，輕鱗浮紫淵。[56]

「釋焚」應爲「釋梵」，指釋迦牟尼。「放生」的觀念和行爲，正是大慈大悲者令一切眾生皆得安樂的反映。而庾肩吾〈八關齋夜賦四城門更作四首〉第三賦韻．其四

---

[54] 見《逯書．晉詩．卷十二》，頁 893。

[55] 見《逯書．晉詩．卷十二》，頁 893～894。

[56] 見《逯書．齊詩．卷一》，頁 1383。

〈北城門沙門〉[57]中有：「願引三塗眾」一句。「三塗」，指血塗、刀塗、火塗。血塗是畜生道，因畜生常在被殺或互相吞食之處；刀塗是餓鬼道，因餓鬼常在飢餓或刀劍杖逼迫之處；火塗是地獄道，因地獄常在寒冰或猛火燒煎之處。「願引三塗眾」是指願發大慈大悲之心，普渡身在三塗中的眾生。隋煬帝楊廣〈謁方山靈巖寺詩〉云：

抗迹禪枝地，發念菩提心。[58]

「菩提」，即明辨善惡，覺悟真理之正覺。《大日經》曰：「菩提心爲因，大悲爲根本。」可見大慈大悲之心即是菩提心。隋煬帝楊廣作爲一位無道君主，但在靈巖寺禪寂之境的感召下，竟也引發出大慈大悲的菩提心來了。以上諸詩皆反映佛教大慈大悲的思想。

四、修性思想

始成曰修，本有曰性。以修行而得本有之性曰修性。佛教主張一切眾生皆有佛性（指成佛的潛能），都可以成佛。佛是「已覺者」，眾生是「未覺者」，兩者之間的差別，只在「已覺」（悟）與「未覺」（迷）而已。

---

[57] 見《逯書．梁詩．卷二十三》，頁2007。

[58] 見《逯書．隋詩．卷三》，頁2669。

經由修行的工夫，眾生亦可以成佛性，證成佛果。故《壇經》云：

> 善知識，不悟即佛是眾生。一念悟時，眾生是佛。…………故知萬法盡在自心，何不從自心中頓見真如本性。

又曰：

> 若起真正般若觀照，一剎那間，妄念俱滅。若識自性，一悟即至佛也。

支遁〈五月長齋詩〉云：

> 誰謂冥津遐，一悟可以航。[59]

指一悟即可由煩惱痛苦的此岸，越過生死的大海，航向涅槃安樂的彼岸。謝靈運的〈從斤竹澗越嶺溪行詩〉中，亦有闡發類似思想的詩句：

> 觀此遺物慮，一悟得所遣。[60]

再看沈約的〈八關齋詩〉：

---

[59] 見《逯書・晉詩・卷二十》，頁 1078。

[60] 見《逯書・宋詩・卷二》，頁 1166～1167。

> 因戒倦輪飄，習障從塵染。四衢道難闢，八正扉猶掩。得理未易期，失路方佑險。迷塗既已復，豁悟非無漸。[61]

「四衢」即「四道」，是指斷除煩惱、證得真理的四種過程。依此可證得涅槃果，爲一切佛教修習方法的概括。四道者：一爲加行道，又稱方便道，即在無間道之前，爲求斷除煩惱，而行準備之修行。二爲無間道，又稱無礙道，即直接斷除煩惱的修行，由此可以無間地進入解脫道。三即解脫道，指已自煩惱中解脫，證得真理，獲得解脫的修行。四爲勝進道，即在解脫道之後，更進一步行其餘殊勝行，而全然完成解脫。「八正」即指「八正道」，又稱八聖道，是對道諦提出說明，指出八種成佛的途徑：一爲正見，即排除邪念的正確見解；二爲正思，即排除迷妄的正確思慮；三爲正語，即杜絕戲論的正當言語；四爲正業，即合乎戒律的正當行爲；五爲正命，即合乎戒律的正當生活；六爲正精進，即去惡向善，力臻自我完善的努力；七爲正念，即牢記佛教真諦；八爲正定，即專心致志，身靜慮寂的禪定。這八正道又可歸納爲戒、定、慧三學：戒學，即戒律；定學，指修習的工夫；慧學，則爲增進智慧必修的學問。沈約這首〈八

---

[61] 見《逯書・梁詩・卷六》，頁1639。

闕齋詩〉，主要是說自己因爲對佛教戒律的倦怠而飄離正軌法輪，從而沾染了塵世的業障，使得四道之路難以開闢，八正道之門也無法開啓。此後才知道這是離開正道迷失路徑因而遇到了艱險，終而回歸正途，並且豁然了悟到修習佛法要下漸悟的工夫。這首詩是講述修習佛法，因倦怠而離正道，後又迷途知返的體悟之言。「改迷入正」，正是佛教徒修性的目標。庾信〈奉和同泰寺浮圖詩〉最後兩句說：

庶聞八解樂，方遣六塵情。[62]

也是要以「八解脫」去除色塵、聲塵、香塵、味塵、觸塵、法塵等受污染而生的六塵，使真性得以顯發，以達正果。以上諸例，皆爲六朝詩歌中有關修性的主張。

五、其他

在六朝詩歌之中，除上述的四種佛教思想外，亦蘊含其他佛教觀念，如：竺僧度〈答苕華詩〉最後六句，講述的是佛家三世輪迴、因果報應的思想。詩云：

布衣可暖身，誰論飾綾羅。今世雖云樂，當柰後

[62] 見《逯書・北周詩・卷二》，頁2363。

生何？罪福良由己，寧云已恤他？[63]

輪迴乃是因果的演進，而因果則是輪迴的現象。佛家有前世、今世、來世的「三世之說」，並認為眾生今世的托胎而生，是由前世所造的業決定的，故前世的業即為因，今世的生即為果，一定的因必然會產生一定的果，生命依業輪迴，善惡各得其果。而今生的善業與惡業又成為來世的因，決定來世果報的善與惡。佛教所謂的「因果報應」方式有三：一為現報；二為生報；三為後報。凡是今生作、今生受者，謂之「現報」；若是前生作、今生受，今生作、來世受者，謂之「生報」；至於今世行善作惡，要至後世、第三世、第四世、甚至千百年後，方見報應者，則謂之「後報」。竺僧度詩中「布衣可暖身」以下四句，寫布衣暖身、粗食充饑已經足夠，綾羅綢緞則是多餘，若貪求今生一時的舒適享樂，則來生必遭報應苦果。「罪福良由己」二句，則更說明無論罪福皆來自己身所種之因，至於「恤他」——留後傳宗接代之事，則是無法顧及，與己無關的了。詩中充份反映出作者對佛家「三世輪迴」、「因果報應」思想的正信不移。

又王齊之〈念佛三昧詩四首〉其四云：

---

[63] 見《逯書．晉詩．卷二十》，頁1088～1089。

至哉之念，主心西極。[64]

則是透露出作者對西方極樂世界的嚮往之情。

綜上所述，六朝詩歌中，不僅含有直接宣說佛理之詩、懺悔之詩與臨終詩、佛教齋會、法會與受戒之詩、聽講佛經之詩、遊佛寺及望浮圖詩等多種展現佛教思想的篇什，更有佛道交融、佛儒會通及三教融合等呈現複雜而多樣的宗教風貌的作品。而六朝詩歌中亦蘊含無常思想、性空思想、苦諦思想、大慈大悲思想、修性思想、輪迴報應思想與西極之思等佛教思想，其內容之廣泛豐富，可見一斑。由六朝詩歌作品所展現出來的佛教的多樣風貌，可知佛教在六朝確已深入人們的思想與生活，並在詩歌中充份反映出佛教影響當代生活的真實風貌。

＊本文作者現任萬卷樓圖書公司叢書部編輯、復興商工教師，為洪順隆教授指導學生。

---

[64] 見《逯書．晉詩．卷十四》，頁 939。

論《毛詩傳箋通釋》

洪文婷

壹、《毛詩傳箋通釋》之地位與內容

一、《毛詩傳箋通釋》之地位

《毛詩傳箋通釋》是清人馬瑞辰關於《詩經》的著作[1]。

---

[1] 關於《毛詩傳箋通釋》一書，有道光十五年學古堂的初刻本、光緒十四年廣雅書局翻刻本、《皇清經解續編》本、臺灣・中華書局的四部備要本，以及本論文所採用北京中華書局一九八九年三月所出版的點校本；由於初刻本的譌誤甚多，目前已極少流傳，四庫備要本的錯漏又不勝其數，至於廣雅書局本及《皇清經解續編》本，在翻刻時的訂正之處有所不同，所以各自產生一些新的刊誤，存有一些異文，今北京中華書局的點校本，以廣雅書局本爲底本，而以《皇清經解續編》本爲校本，從中補充了一些他書理據，特別是在引書錯誤上盡可能地核校，對於研究《毛詩傳箋通釋》一書，應該較其他版本適合。

在各種《詩經》研究或清代學術的著述裡，有關馬瑞辰的生平介紹，多半沿襲《清史稿》中的記載。《清史稿・列傳二百六十九・儒林三》說：

> 瑞辰，字元伯。嘉慶十五年進士，選翰林院庶吉士。散館，改工部營繕司主事。擢郎中，因事罣誤，發盛京效力。旋賞主事，奏留工部，補員外郎。復坐事發往黑龍江，未幾釋歸。歷主江西白鹿洞、山東嶧山、安徽廬陽書院講席。髮逆陷桐城，眾驚走，賊脅之降，瑞辰大言曰：「吾前翰林院庶吉士、工部都水司員外郎馬瑞辰也！吾命二子團練鄉兵，今仲子死，少子從軍，吾豈降賊者耶？」賊執其髮，爇其背而擁之行。行數里，罵愈厲，遂死，年七十九。……瑞辰勤學著書，耄而不倦。嘗謂：「詩自《齊》、《魯》、《韓》三家既亡，說《詩》者以《毛詩》為最古。據《鄭志》答張逸云：『注《詩》宗毛為主，毛義隱略，則更表明。』是鄭君大旨，本以述毛，其箋《詩》改讀，非盡易《傳》。而《正義》或誤以為毛、鄭異義。又鄭君先從張恭祖受《韓詩》，凡《箋》訓異毛者，多本《韓》說。其答張逸亦云：『如有不同，即下已意。』而《正義》又或誤合《傳》、《箋》為一。《毛詩》用古文，其經字多假借，類皆本於雙聲、疊韻，而《正義》或有未達。」於是，乃撰《毛詩傳箋通釋》三十二卷，以三家辨其異同，

> 以全經明其義例，以古音、古義證其譌互，以雙聲、疊韻別其通借。篤守家法，義據通深。同時長洲陳奐著《毛詩傳疏》，亦為專門之學。由是治《毛詩》者，多推此兩家之書。（卷四百八十九，頁一一〇七七—頁一一〇八）

從這段傳記中，可見馬瑞辰在經學上的成就，主要集中表現於他所撰著的《毛詩傳箋通釋》一書。在清代的《詩經》學上，這部著作的地位相當重要，近世學者多以此書與胡承珙《毛詩後箋》、陳奐《詩毛氏傳疏》鼎足而立，並許爲清嘉慶、道光以來最重要的三部《詩經》注疏。如甘鵬雲《經學源流考》即指出：

> 清初順康時詩家，其宗朱傳者，承宋明之餘波，其崇古義者，追漢唐之舊軌，雍乾以後，沿宋明之說者益微，倡漢唐之風者日以盛……至專究毛鄭一家之詩者，有李黼平作《毛詩紬義》，戴震作《毛鄭詩考正》、《詩經補注》，始一宗漢詁，不雜他家，段玉裁受學戴震，復作《毛詩故訓傳》、《詩經小學》，以訂古經，以還漢舊，允足名家，而馬瑞辰《毛詩傳箋通釋》、胡承珙《詩毛氏後箋》，雖瑜不掩瑕，仍不失為精博。（頁一一〇）

梁啓超《清代學術概論》也認爲：

> 清學……最有功於經學者，則諸經殆皆有新疏

> 也。……其在《詩》，則有陳奐之《詩毛氏傳疏》、馬瑞辰之《毛詩傳箋通釋》、胡承珙之《毛詩後箋》。（頁三六—三七）

在《中國近三百年學術史》中亦說：

> 乾隆間經學全盛，而專治詩者無人，戴東原輩雖草創體例，而沒有完書，到嘉道間，纔先後出現三部名著，一、胡墨莊（承珙）的《毛詩後箋》，二、馬元伯（瑞辰）的《毛詩傳箋通釋》，三、陳碩甫（奐）的《詩毛氏傳疏》，胡、馬皆《毛》、《鄭》並釋，陳則專於毛，胡、馬皆有新解方標專條，無者闕焉，陳氏則純為義疏體，逐字逐句訓釋。（頁二〇五）

近人屈萬里先生對此書尤爲推崇：

> 清代關於詩經的著作很多，卓然可取的也不少。其專主《毛傳》而功力最深的，有胡承珙的《毛詩後箋》和陳奐的《詩毛氏傳疏》。兼申毛鄭，而又不拘守門戶之見的，則有馬瑞辰的《毛詩傳箋通釋》。在清代說詩的專書裡，我認為馬氏此書是一部最好的著作[2]。

[2] 見屈萬里《詩經詮釋》〈敘論〉頁二二。

在胡承珙和陳奐的解經作品中，皆以《毛傳》的說法爲解經的根據，而且絕大部分遵從《傳》訓。屈先生則認爲馬氏此書，兼申毛鄭，而不又不拘守門戶之見。《續修四庫全書提要》也有相同看法：

> 是書名為傳箋通釋，其實不盡從《傳》，亦不盡從《箋》，並不盡從序，中間得失，蓋亦相參。（頁四四七）

而夏傳才在其《詩經研究史概要》一書中，認爲馬瑞辰雖以古文《毛詩》爲主，但因其兼采《三家詩》爲解經參考，所以是「古今文通學」的《詩經》專家。夏先生在考察《詩經》研究的考據學派與《三家詩》遺說的搜集研究時更指出，馬氏在解讀《詩經》的成就主要是在文字訓詁，他說：

> 馬瑞辰是以古文為主、今古文通學的《詩經》專家。他的名著《毛詩傳箋通釋》（三十一卷），以鄭玄《毛詩傳箋》為本，吸取乾嘉考據學的成果，通過對音韻的轉變、字義的引申和假借、名物考古、訓詁、世次、地理等的廣泛考證，對三百〇五篇逐篇疏釋。他著重糾正唐孔穎達《毛詩正義》疏釋的錯誤，也糾正《毛傳》、《鄭箋》的失誤。除了利用乾嘉考據學派的材料，為了求實也像鄭玄一樣，吸取今文《三

> 家詩》可取的疏解，或通過今人考證，提出新的見解，他的成就主要在文字訓詁[3]。

此外，向熹在其《詩經語言研究》中，對《毛詩傳箋通釋》，也有與夏傳才類似的看法：

> 馬氏善于吸取今文三家詩的一些優點，通過切實的考證，廣徵博引，以糾正《傳》《箋》尤其是《孔疏》中的錯誤，提出自己新的見解，也不少超出了前人的水平。對于《詩經》語言研究，這是一部很有參考價值的著作[4]。

綜合三家所云，可見馬瑞辰《毛詩傳箋通釋》的基本立場，主要表現於他對《毛傳》、《鄭箋》和《孔疏》，以及對《毛詩》和《三家詩》的比較和抉擇上。

二、《毛詩傳箋通釋》之內容

---

[3] 見夏傳才《詩經研究史概要》〈考據學派與三家詩遺說的搜集研究〉頁一七九。

[4] 見向熹《詩經語言研究》頁四二。

據馬瑞辰在《毛詩傳箋通釋》(以下簡稱《通釋》)的〈自序〉中所說,《通釋》一書的名稱原爲「毛詩翼注」,後來才改爲「傳箋通釋」。此書卷一題爲〈雜考各說〉,共輯有十九篇短論,可說是一個獨立的部分。在這卷裡,馬瑞辰論述了《詩》觀,毛、鄭與《三家詩》的關係等,歷來有爭議的問題。其實,馬氏在此書卷首所列的七則「例言」之中,已談到這些問題。《毛詩傳箋通釋》七則「例言」的內容引錄如下:

> 一、《詩》自《齊》、《魯》、《韓》三家既亡,說《詩》者以毛、鄭為最古。據《鄭志》答張逸云「注《詩》宗毛為主。毛義隱略,則更表明。」是鄭君大恉,本以述毛,其箋《詩》改讀,非盡易《傳》,而《正義》或誤以為毛、鄭異義。又鄭君先從張恭祖受《韓詩》,凡《箋》訓異毛者多本《韓》說,其答張逸亦云:「如有不同,即下己意。」而《正義》又或誤合《傳》、《箋》為一。瑞辰粗窺二學,有確見其分合異致,為《義疏》所剖析者,各分疏之,故以《傳箋通釋》為名。
>
> 一、《毛詩》用古文,其經字多假借,類皆本於雙聲疊韻,而《正義》或有未達。有可證之經傳者,均各考其源流,不敢妄憑肊見。

一、《三家詩》與《毛詩》各有家法，實為異流同原。凡三家遺說有可與《傳》、《箋》互相證明者，均各廣為引證，剖判是非，以歸一致。

一、《毛詩》經字流傳，不無焉魯。有可即《傳》、《箋》注釋以辨經文譌誤者，鄙見所及，均各分條疏。

一、考證之學，首在以經證經，實事求是。顧取證既同，其說遂有出門之合。瑞辰昔治是經，與郝蘭皋戶部、胡墨莊觀察有針芥之投，說多不謀而合，非彼此或有襲取也。

一、說經最戒雷同。凡涉獵諸家，有先我得者，半皆隨時刪削。間有義歸一是，而取證不同，或引據未周，而說可加證，必先著其為何家之說，再以己說附之。又有積疑既久，偶得一說，昭若發矇，而其書或未廣布，遂兼取而詳之。亦許叔重「博采通人」之意也。

一、是書先列毛、鄭說於前，而唐宋元明諸儒及國初以來各經師之說有較勝漢儒者，亦皆采取，以闢門戶之見。

在這七條例言中，前四條可以合爲一組，談的都是《毛詩》和《三家詩》、《鄭箋》和《三家詩》的異同或關係。後三條則與這些問題無關，只是馬氏《通釋》一書對於治經的一般態度和關於《通釋》內容安排的交代。馬氏對於《三家詩》與《毛詩》及《鄭箋》的關係說明，實攸關他對《詩經》的詮釋方向和對《毛傳》、《鄭箋》、《孔疏》的比較和抉擇。

由〈例言〉知馬瑞辰認爲《毛詩》用古文，《三家詩》多用今文。表面看來，《毛詩》與《三家詩》是各有家法；事實上，他們是異流同源。如《毛傳》把〈王風・中谷有蓷〉裡「啜其泣矣」之「啜」釋爲「泣貌」，馬瑞辰就作了這樣的按語：

> 《韓詩外傳》引作「惙其泣矣」，《毛詩》作啜，即惙之假借。《釋名》：「啜、惙也。心有念，惙然發此聲也。」是啜、惙音義同。《一切經音義》四引《聲類》：「惙、短气貌」又十九引《字林》：「惙、憂也。」短气貌即憂貌，義正相成。（卷七，頁二三八）

馬氏引《韓詩外傳》此語「啜」作「惙」，似與《毛詩》有別。但馬氏隨即指出「啜」字實爲「惙」之假借，而「啜」字之義亦即「惙」字之義，當解爲「短气貌」或「憂貌」，可見《毛詩》與《韓詩》字雖異而源實同。又如《毛傳》解釋〈鄭風・溱洧〉裡「瀏其清矣」之「瀏」爲「深貌」，馬瑞辰又以《文選・南都賦》李《注》引《韓詩內傳》爲證說：

> 《說文》：「瀏、流清貌。」……《文選・南都賦》

李《注》引《韓詩內傳》作漻，云「漻、清貌也」。《莊子・天地篇》「漻乎其清也」李軌《音》讀漻為劉。《廣雅》:「漻、清也。」是劉與漻聲義竝同。《說文》:「漻、清深也。」則深與清義亦相因。(卷八，頁二九一)

《韓詩》「瀏」字作「漻」，與《毛詩》似乎是不同。但馬瑞辰論證「瀏」與「漻」實是聲音相同，意義相因的通借字。這也證明了《毛詩》與《韓詩》用字雖異，而字義實同，可見也是異流同源。

《鄭箋》以解釋《毛傳》爲主要的任務，然而《鄭箋》與《毛傳》的說法並不完全一致。因爲鄭玄先從張恭祖受《韓詩》，所以當他箋《詩》時，出現與《毛傳》不同的現象，往往是採取《韓詩》的解釋而不同意《毛傳》的訓釋。在〈鄭箋多本韓詩考〉一文中，馬瑞辰就舉出許多例證，說明《韓詩》實爲《鄭箋》淵源所自。如〈君子偕老〉「邦之媛也」中的「媛」字：

《傳》:「美女為媛。」

《箋》:「媛者、邦人所依倚以為援助也。」

《傳》、《箋》對「媛」的解釋完全不同，馬瑞辰則依據《釋文》載:「媛、《韓詩》作援，助也。」與《箋》解媛爲「邦人所依倚以爲援助」的意思相同，推證《箋》是依從《韓詩》的解釋[5]。又如〈相鼠〉「人而無止」中的「止」字：

《傳》:「止、所止息也。」

《箋》:「止、容止也。」

馬氏也是據《釋文》引《韓詩》之言「止、節也。無禮節也。」推論《箋》訓「止」爲「容止」是本之《韓詩》[6]。

此外，孔穎達的《毛詩正義》藉由疏解《毛傳》、《鄭箋》而解讀《毛詩》。但每每把《毛傳》、《鄭箋》相異處視爲《鄭箋》申述《傳》意，把《鄭箋》與《毛傳》表面異解而實質相近之處，看成二者相異。因此，馬氏有時分析了《傳》與《箋》的說法，說明二者的不同，指出《正義》誤異爲同的錯謬，如：

(1)〈大雅・崧高〉:「其風肆好」

---

[5] 馬氏對此例的解說，可見於《通釋》〈雜考各說・鄭箋多本韓詩考〉文中，另外在卷五・〈鄘風・君子偕老〉「邦之媛也」句下按語（頁一七八），馬氏也有說明。

[6] 馬氏對此例的解說，可見於《通釋》〈雜考各說・鄭箋多本韓詩考〉文中，另外在卷五・〈鄘風・相鼠〉「人而無止」句下按語（頁一八八），馬氏有較詳細的說明。

《傳》：肆，長也。

《箋》：風切申伯，又使之長行善道。

《正義》：言風切申伯，使之長行善道者，言其善事使之自強也。其詩之意甚美大者，述其善事令更增長，是美大也。

瑞辰按：《說文》：「肆，極陳也。」經傳有專取陳義者，《詩》「或肆之筵」是也；有專取極意者，「其風肆好」與「其詩孔碩」相對成文，「其風」猶言其詩，「肆好」即極好，猶言「孔碩」，古人自有複語耳。肆從長，故《傳》訓為長，與極義近。《廣雅‧釋詁》：「肆，申也。」申亦長也。《箋》讀風為諷，以肆好為使之長行善道，非詩義，亦非《傳》恉也。《正義》合《傳》《箋》為一，失之。（卷二十七，頁九九四）

(2)〈小雅‧車攻〉：「決拾既佽」

《傳》：佽，利也。

《箋》：佽謂手指相次比也。

《正義》：《傳》以佽為利，其義不明，故申而成之。決者於右手大指，所以鉤弦開體。遂著於左臂，所以遂弦。手指相比次而後射得和利，故毛云：佽、利。謂相次然後射利，非訓佽為利也。

瑞辰按：《說文》：「佽，便利也。」引《詩》「決拾既佽」。「一曰遞也。」是佽兼二義，……以《說文》、《漢書》證之，從《傳》訓利為是。至《箋》云「手指相次比」，即《說文》「遞也」之訓，乃別一義。據《周官・司弓矢》鄭司農《注》引《詩》「決拾既次」，後鄭《繕人・注》引亦作「次」，蓋本《三家詩》，故箋《詩》即以次比釋之，《孔疏》誤合《傳》、《箋》為一，且謂《傳》言佽利，謂相次然後射利，非訓佽為利，失之。（卷十八，頁五五五四）

例(1)《毛傳》釋「肆」爲「長」，即是「極」、「好」的意思，《鄭箋》訓「肆好」爲「長行善道」，與《傳》義不同。《正義》卻以爲《傳》、《箋》同義。馬氏分析《傳》、《箋》之義，以糾正《正義》。例(2)《鄭箋》取《三家詩》的說法，與《傳》不同。《正義》又誤合一，以《箋》義解《傳》，馬氏也加以辨明。

鄭玄箋《詩》並沒有與《傳》違異。但《正義》以爲鄭玄不從《傳》訓，與《傳》相異，馬氏亦予以駁斥。如：

(1)〈邶風・式微〉「式微式微」：

《傳》：式、用也。

《箋》：式微式微，微乎微者也。式、發聲也。

《正義》：毛以為黎之臣子責君久居於衛。言君用在此而益微，用此而益微。鄭以式為發聲，本《釋訓》文。

瑞辰按：《箋》以式為發聲，即語詞。竊謂《傳》雖訓式為用，《詩》中言用者亦語詞，猶《爾雅》釋言為我，我亦語詞。《箋》申《傳》，非易《傳》也。服虔《左傳・注》言「君用中國之道微」，《正義》言「君用在此而益微」，竝失之。（卷四，頁一三九）

(2)〈大雅・思齊〉：「小子有造」

《傳》：造、為也。

《箋》：小子、其弟子。子弟皆有所造成。

《正義》：《釋言》言文有為者，謂所習有業，不虛廢也。王肅云：文王性與道合，故周之成人皆有成德，小子未成，皆有所造為進於善也。《箋》以此為助祭所化，……有造成言其終有所成，不謂此時已成也。

瑞辰按：《說文》：「造、就也。」造、就二字並云「成也」。《爾雅・釋言》：「造、為也。」《廣雅・釋詁》為、造二字以疊韻為我。《淮南子・天文訓》「介蟲不為」，《高注》：「不成為介蟲也。」是為即成也。是知《傳》訓造為為，《箋》以成釋之。正是申明《傳》義。〈閔予小子〉詩「遭家不造」，《傳》：「造、為。」

《箋》云：「造、猶成也。」義與此章正同。《正義》以為異義，失之。（卷二十四，頁八三六）

例(1)《傳》釋「式」爲「用」，《鄭箋》解釋「式」字爲發聲詞。表面上看來，《傳》、《箋》並不相同。實際上，「用」也可作語詞，《箋》訓是補充《傳》說，《正義》卻以爲《傳》、《箋》說法不同。馬氏說明《傳》、《箋》意義，以糾正《正義》。例(2)《箋》訓其實也是申論《傳》義，《正義》不察，分別其說，馬氏亦加以辨正。

除此之外，首卷〈雜考各說〉的十九篇短文中，有關「《毛詩》與《三家詩》各有家法，實異流而同源」、「《毛詩》爲古文，其經字多假借。《齊》、《魯》、《韓》用今文，其經字多用正字」的部分，在〈毛詩古文多假借考〉文中，馬氏有作論證說明。而〈鄭箋多本韓詩考〉一文，則是比對《箋》訓與《韓詩》的說法，論證鄭玄箋注《毛傳》，有多處取用《韓詩》的訓解，這也就是《傳》、《箋》異訓的原因之一。

〈詩入樂說〉、〈毛詩訓詁傳名義考〉、〈魯詩無傳辨〉、〈詩譜逸文考〉、〈詩譜次序考〉、〈周南召南考〉、〈二南后妃夫人說〉、〈豳雅豳頌說〉、〈豳非變風說〉、〈王降爲風辨〉、〈王風爲魯詩辨〉、〈邶鄘衛三國考〉、〈毛詩各家義疏名目考〉、〈魏、晉、宋、齊傳詩各家考〉是對歷來有關《詩經》的爭議問題，作個人的考證論述。但這些問題並不涉及對《毛詩》詩義的了解，所以馬瑞辰只在〈雜考各說〉作考證，在卷二以後的詮釋工作中，未再涉及。

〈十五國風次序論〉論述詩歌編排的順序及其意義。〈風雅正變說〉則說明正、變詩的差異。〈詩人義同字變例〉是對詩中用字的例證說明。前兩篇是對於《詩經》內容和功用的說明，後一篇則對《毛詩》用字作舉證說明。此雖跟他詮釋的工作沒有直接的關連，但卻是他對《詩經》的看法論述。

卷二以後依詩篇順序作詮釋，以詮釋詞義爲主，占全書的絕大部分，但也有論及句義、章義或題旨。部分〈國風〉之前有總論，闡明一國之風的共同主題[7]。

雖然《毛詩傳箋通釋》在清代《詩經》學的地位如此重要，但是各家學者都只是肯定馬瑞辰在解讀《詩經》的地位，至於他在通釋方法上的特點以及在語言研究上的貢獻，並沒有多作說明。因此，本文的寫作就嘗試分析《毛詩傳箋通釋》的解讀結果與詮釋方法，來探究馬瑞辰的解經方式和解讀上獨特的成果。

馬瑞辰的詮釋對象包括詞義、句義、篇章旨義，其中對

---

[7] 在《通釋》論述中，有對各國之風的共同主題進行闡述，包括：〈王風〉、〈鄭風〉、〈齊風〉、〈唐風〉、〈秦風〉、〈陳風〉、〈曹風〉。

詞語的解釋占了絕大多數。本文分析馬氏的訓詁方式，就從詞語和章句兩方面來探討：

(一)詞語方面：詞語因性質的不同，在理解上就會遇到不同的困難，第二章就由馬氏訓解詞語的方式，檢討影響理解詞義的因素，此章分由實詞和虛詞兩方面討論。而古書常使用同音、不同形體的文字來記錄同一意義，第三章就分析訓詁和通借的關聯，以探討馬瑞辰解讀經文假借字的方式。

(二)章句方面：馬瑞辰在詮釋過程中，使用了「句法」、「文法」兩個術語，本文第四章將分析這兩個術語的內容意義，以及它們在詮釋工作上的運用。第五章則分析馬氏訓解句義和表達方式的實例，以這兩章看馬氏如何訓解章、句意義，而與訓解詞語有何關聯。

再則，馬氏解讀詩旨以《詩序》爲主，認爲詩旨即《詩序》所述。並且主張「《序》本經文以立訓」[8]，以爲《詩序》是循經文而論，闡發出經文中的聖人之旨。所以馬瑞辰對《詩序》基本上是採取尊重的態度，並且常常以《序》意作爲他解說、判斷的根據。但是，在少數的篇章裏，馬氏不但不從《詩序》的說法，反而加以推翻。本文第六章就

---

[8] 見於〈齊風·還〉《序》下按語（卷九，頁二九五）。

從馬瑞辰對《詩序》的態度，探討他遵從、否決《詩序》的緣由及標準。試由其中，了解馬氏對詩旨的認識，及其與一般維護《詩序》者，對詩旨態度的異同，並對照前幾章討論其詮釋方式的結果，觀察馬瑞辰解讀《詩經》的特色。

馬氏雖說《通釋》主要是在分辨《傳》、《箋》異同，勘正《正義》的說法。實際上，分辨《傳》、《箋》異同，只是此書的初步工作，馬氏這部解經著作還有更積極的目標。他在〈自序〉中說：

> 志存譯聖，冀兼綜乎諸家；論戒鑿空，希折衷於至當。……述鄭兼以述毛，規孔有同規杜。勿敢黨同伐異，勿敢務博矜奇。實事求是，祇期三復乎斯言。

馬瑞辰顯然認為《詩》中有聖人之教，「釋聖」才是他詮釋《詩經》、「通釋毛鄭」的終極目的。馬氏謂其說詩「志存譯聖」，所以他應是以為詩中有聖人之旨，因此他所強調的是詩歌教化功能的用意。在本文第一章第二節，將試由馬氏通釋經義的目的，針對《詩經》與政教功能的關係，作一概括的分析，以說明馬瑞辰對《詩經》的看法。

至於〈自序〉提及「論戒鑿空」、「勿黨同伐異，勿務博矜奇，實事求是」，則是他詮釋《詩經》所秉持的態度。另外，有關他所運用於詮釋工作的方法在〈自序〉中也有述及：

以三家辨其異同，以全經明其義例；以古音古義證其譌互，以雙聲疊韻別其通借。意有省會，復加點竄。

在〈雜考各說・毛詩古文多假借考〉中又說：

說詩者必先通其假借，而經義始明。

「通其假借」為解讀工作的起點，詮釋經義的基礎。「以三家辨其異同」，是對照《毛詩》和《三家詩》。「以全經明其義例」則是綜合全書的用例。「以古音古義證其譌互，以雙聲疊韻別其通借」，則是利用音義關係，勘定文字，詮釋詞義。「意有省會，復加點竄」則是闡發出隱藏於簡單詩句裡的深意。

貳、《毛詩傳箋通釋》之目標

《毛詩傳箋通釋》全書中，對《詩經》裏詩歌的本質，並無詳言，只在〈自序〉裡說：「毛學顯自河間，實詞微而旨遠。」馬瑞辰認為《毛詩》中詩歌是以「微詞」記錄深遠之旨，他在書中雖未論及中孔子刪詩與否的問題，但在〈雜考各說・詩入樂說〉的論證裡，卻存有認為孔子刪詩、訂樂的觀念[9]，由此可知馬氏主張《詩經》是經過孔子刪定的。〈自序〉中又謂通釋的目的在「譯聖」，這裡所謂的「聖」，應是指孔子。所以馬氏對《詩經》的認識，是著重於它的政教功能。這可由他對有關詩歌創作、編詩、讀詩三方面的說明來驗證。

一、詩歌創作

馬瑞辰承襲《尚書》、《詩大序》以來的說法，認爲詩歌是人心志的發抒。在〈詩入樂說〉中說：

> 《虞書》曰：「詩言志，歌永言，聲依永，律和聲。」歌、聲、律皆承詩遞言之。《毛詩序》曰：「在心為志，發言為詩。」又曰：「言之不足，故嗟嘆之；嗟嘆之不足，故永歌之。」此言【詩所由作】。

就發生意義而言，詩歌是詩人心志的表達。雖然《詩經》裏詩歌的創作者不只一人，但不論詩人的身分是王公貴族

[9] 〈詩人入樂說〉：「或疑詩皆可入樂，則詩即爲樂，何以孔子有刪詩、訂樂之殊。不知詩者，載其貞淫正變之詞，樂者，訂其清濁高下之節。」此處馬氏只駁斥懷疑「詩皆可入樂」的說法，對於後面所謂「孔子刪詩、訂樂」仍採肯定的態度。

或一般民眾，所表達的心志都與政教環境的變化有關。馬氏在〈王風總論〉中就說：

> 賢士之進退，朝廷之治亂繫焉。民情之向背，國家之強弱屬焉。〈王風〉為周室東遷以後之詩，誦〈君子于役〉及〈君子陽陽〉二詩，則知君子始而憂禍，繼而招隱，相率而遯於野矣。而小人之讒譖實啟之，此〈采葛〉所由作也。雖國人詠〈丘中〉以思賢而登進之，權屬於上不屬於下，非國人所能思則得之矣。誦〈揚之水〉及〈中谷有蓷〉、〈兔爰〉三詩，則知小民始困兵役，繼遭饑饉，求生而不可得矣。而風俗之淫亂即因之，此〈大車〉所為作也。至王族詠〈葛藟〉以刺王，則同族之親且相棄不能相恤，又不徒不能善撫其民矣。（頁二二七）

國人憂心世局，王族諷刺時政，皆可化爲詩歌而吟詠出來。〈雅〉、〈頌〉之作，本來就與政治有密切關聯。至於多屬民間歌謠的〈風〉體，在馬氏總論各國之風的短文中，對當時各國詩歌共同主題的闡明，也都著重於作品創作時的政教環境及作品所達到的效果，他認爲其中的詩歌皆與政教、風俗有關[10]。所以馬氏在解釋《詩經》裡的詩歌時，

---

[10]十五國國風裡，《通釋》總論各國風者，只有七篇。參見注七。

有關詩歌的創作緣由、創作者的政教環境，自然的成為所必須掌握的參考資料。但創作者的資料不存，對於其政教環境的掌握，馬氏多從詩歌被編排於《詩經》的位置、《詩序》的敘述、經傳記載而推求。

另外，馬氏在〈詩作樂說〉謂：「不知詩者，載其貞淫正變之詞。」在他認為，經過刪定後的《詩經》，其中內容皆與「貞淫正變」有關。他所要闡述的「深遠之旨」、「聖人之意」，即指詩人、定詩者、編詩者透過貞淫正變的內容，所欲傳達的訊息。然而「貞淫正變」雖就詩歌內容說，但是馬氏的說明，則是由作品內容及作者態度、作者透過作品所欲達到的效果來討論的。在〈鄭風總論〉中，馬氏曾謂「淫之言過」[11]。就作品內容言，凡詩歌中所陳述的事情是超過體制節度的，即屬於記載淫亂之詩。就作者言，凡聲之過中者亦是淫，只要作者是藉由作品達到「諷刺」效果者皆屬之。推而知之，「貞」指的是描寫合乎禮制節度、以頌美為目的的作品，反之則為「淫」詩。

《詩經》中〈風〉與〈雅〉並存正、變二種內容。〈風雅正變說〉一文中，馬氏就根據《詩大序》，分論正、變：

> 〈風〉、〈雅〉正變之說，出於《大序》，即以《序》

[11]詳見《通釋》卷八，頁二四九。

> 說推之而自明。《序》云：「〈風〉、風也，教也。」又云：「上以〈風〉化下。」蓋君子之德風，故〈風〉專以化下為正。至云「下以〈風〉刺上」，風，沈重音福鳳反，讀如諷，云：「自下刺上，感動之名，〈變風〉也。」蓋變化下之名為刺上之什，變乎〈風〉之正體，是謂〈變風〉。《序》云：「〈雅〉者，正也，言王政之所由廢興也。」此兼〈雅〉之正變言之。蓋〈雅〉以述其政之美者為正，此刺其政之惡者為變也。……〈風〉、〈雅〉之正變，惟以政教之得失為分。政教誠失，雖作盛時，非正也。政教誠得，雖作於衰時，非變也。

姑且不論其對《大序》的理解是否妥善，可以確定的是，他是以「政教得失」區分正變，政失者，必以刺詩表之；政成者，必以美詩表之。認爲「正」即因政教有所得，以頌美爲目的的詩歌。「變」即因政教有所失，以刺惡爲目的的作品。

馬瑞辰既以爲《詩經》裡的詩歌是對貞淫正變的記錄，由他對貞淫正變的解釋，可知他認爲《詩經》中，不論是〈風〉或〈雅〉、〈頌〉，皆是當時人對當時政教環境有感而發的創作，詩中的表現態度不是頌美就是諷刺。雖然他列舉的詮釋方法著重於掌握詩歌的語文意義，但讀詩的終極目的仍在體會其內容，領會其內容傳達「深遠之旨」的功用。

二、編詩者

馬瑞辰認爲編詩者對於《詩經》中詩歌的編排，尤其是〈國風〉部分，是有其含意的。至於詩歌的排序，他是採取鄭玄《詩譜》的次第。在〈詩譜次序考〉中對《詩譜》的版本有所勘正。而馬氏認爲編詩者賦與《詩經》特殊功能的說法，可於〈十五國風次序論〉一文中得知：

> 竊謂〈國風〉次序，當以所訂〈鄭譜〉為正，周、召、邶、鄘、衛、王、檜、鄭、齊、魏、唐、陳、曹、豳也。其先後次第，非無意義，但不得以一例求之。蓋於二南、邶、鄘、衛、王，可以見殷、周之盛衰焉。二南、周王業所起也。邶、鄘、衛，紂舊都也。王，東遷以後地也。首二南，見周之所以盛，次邶、鄘、衛，見殷之所以亡，次亡，見周之所以始盛而終衰也。於檜、鄭、齊、魏、唐、秦，可以覘春秋之國勢焉。……若夫陳、曹、豳，則又詩之廢興所關焉。陳滅於淫，曹滅於奢，而豳則取於勤儉者也。以陳、曹居〈變風〉之末，見《詩》之所以息，以〈豳風〉居周〈雅〉之先，見《詩》之所以興。至豳之後於陳、曹，則又有反本復古之思焉。大抵十五國之風，其先後皆以國論，不得以一詩之先後為定也。邶、鄘滅於衛，檜滅於鄭，魏滅於唐，皆附乎衛、鄭、唐以見，又以見一國之廢興焉，不得以國之小大為定也。而采之先後，載籍

無徵，其不足以定次序，更無論矣。

由上文可歸結為三點：

1. 〈國風〉的先後是以「國」之先後為定。

2. 排列的順序有意義，意義分成三部分：周、召、邶、鄘、衛、王，可見殷、周之盛衰。檜、鄭、齊、魏、唐、秦，可見春秋之國勢。陳、曹、豳，見詩之廢興。這裡所說「詩之廢興」，是針對「詩教」而言。

3. 豳之居於陳、曹之後，則有反本復古之思。邶、鄘附於衛，檜附於鄭，魏附於唐，則可見一國之廢興。

整體而言，編詩者所賦與《詩經》的意義，仍是對殷、周以降，政治變化、詩教興廢的傳達。馬氏認為這樣的編排方式，所達到的功用與《春秋》是類似的，因而在〈曹風總論〉中云：

> 蓋嘗讀《春秋》及《史記・曹世家》，而知列國之風終於〈曹〉而次于〈檜〉者，非無故也。……〈國風〉以〈曹〉終，蓋猶《春秋》黜曹之義焉。至次〈曹〉於〈檜〉後者，檜滅于鄭，曹滅于宋，皆亡國也。檜君好絜衣服，曹君好奢，其惡又相類，故並列之，以著亡國之風，為有國者戒。大抵國之興以儉勤，而亡以奢泰，興以得人，亡以棄賢。昭好奢而〈蜉蝣〉刺，共拂諫而〈候人〉歌。有國者可

以為鑒矣[12]。

〈雜考各說・豳非變風說〉一文亦云：

〈豳風〉，周公述祖德之詩也。太史因述周人頌公之詩以附其後，意主於美周公，不得以為〈變風〉也。

所以太史因詩歌中對國政風俗的描述，以編排詩歌先後次序，在其編排當中，已定下個人對該國的褒貶之意，而編詩者對各國評定褒貶，則是希望能使後世治國者引以爲鑒。所以「以古爲鑒」應該是編詩者賦與《詩經》的功用，此功用也是結合政教意義而言的。

除了各國詩歌的編排次序有意義外，馬瑞辰認爲同一國內的詩歌排列，乃至對當國詩歌命名，也有其意義。這可由下面三段話得到印證：

(1)〈唐風總論〉:「《詩》不言晉而言唐者，從乎其始封，以有取乎其遺風也。」[13]

(2)〈陳風總論〉:「陳以大姬好巫而民俗化之，巫覡

[12]詳見《通釋》卷十五，頁四三三。

[13]詳見《通釋》卷十一，頁三三五。

競于歌舞；男女雜于遊觀。巫風盛行則淫風必熾，是〈陳風〉首以〈宛丘〉、〈東門之枌〉，言民俗之好巫也；終以〈澤陂〉，刺民俗之好淫也。」[14]

(3)〈大雅·下武〉「下武維周」按語：「編詩者先〈下武〉後〈有聲〉，亦先文德後武功之意。」[15]

第一段話論晉國之風之所以不稱晉而命名為〈唐風〉，是取唐堯之遺風。在第二段與第三段話裡，馬氏由詩歌的編排，說明其中蘊涵的意義。這雖然都是馬氏站在後世讀詩者的立場，對《詩經》所作的推斷，並沒有確據，但他重視《詩經》所具有的政教功能，卻可從當中了解。

三、讀詩者

解讀詩歌的終極目的雖在理解詩中深遠之旨，但是世遠時移，深遠之旨難解，在詮釋的句例中，馬氏曾評價前人的訓解說：

此正詩人立言之妙。……《射義》引《詩》而釋之曰……，蓋【推】詩人立言本意。(〈小雅·賓之初

---

[14]詳見《通釋》卷十三，頁四〇一。

[15]詳見《通釋》卷二十四，頁八六三。

筵〉「以祁爾爵」句下按語。卷二十三，頁七五〇）

今按《正義》引孔晁曰：「《傳》因以行役過時刺怨曠也，故先序家人之情，而以行役者六日不至為過期之喻，非止六日。」【其申毛最得詩人言外之旨】。《箋》以為「五月之日、六月之日」，未若《傳》義為允。（〈小雅・采綠〉「五日為期，六日不詹」句下按語。卷二十三，頁七七六）

詩人創作的心志難以掌握，除因當時的背景難以判定外，也因詩人意旨並非顯而易見，故須「申」之、「推」之。但解詩者如何推求詩人之旨而申言之？除了對創作背景的了解外，語言文字是唯一可依據的。讀詩者解讀作品時，不只了解文字的語言意義，更須讀出語言文字寓含的詩本意，此即詩人「言外之旨」。因此，馬瑞辰在〈唐風・羔裘〉「自我人居居」句下按語說：

此詩「居居」承上「羔裘豹祛」，正當讀為裾裾，言其徒有此盛服也。我，詩人我在位者，謂自我在位之人，皆徒有居居之盛。而不恤其民之意，自可【於言外得之】（卷十一，頁三五〇）

在〈檜風・羔裘〉「羔裘如膏，日出有曜」句下按語亦說：

詩但言羔裘之鮮美，而君之不能自強於政治，正可【於言外得之】。（卷十四，頁四二七）

但言外之意往往是讀詩者最難掌握的部分，尤其是解讀運用比、興的詩歌，對作者表達方式及態度的看法不同，對言外之旨的判斷也會有差別。馬氏認爲讀詩者須讀出詩人意旨，才是解讀《詩經》的終極目的。故馬氏認爲讀詩者須「於言外得之」，由語言脈絡中「深思而自得之」[16]。

就解讀上而言，讀者須仔細查考詩旨，明詩詞言外之意。而就解讀所達到的功能，馬氏於〈秦風總論〉言：「讀詩者可以觀世變矣！」（卷十二，頁三六一），但「觀世變」只是讀詩者誦讀《詩經》可以達到的消極功能。馬氏在〈小雅・正月〉「正月繁霜」按語引用惠周惕《詩說》，從這當中可知他所認爲讀《詩》的積極功用是「以古爲鑒」：

> 訛言興則是非眩，是非眩則邪正淆，邪正淆則讒譖行，讒譖行則禍亂及，必至之勢也。讀《詩》者可以鑒矣！（卷二十，頁五九九）

「觀世變」是指讀詩者經由詩歌了解當時政教的變化，所以作品創作時的政教環境，常是解讀詩歌的重要參考。但

---

[16] 此語見於《通釋》卷五〈鄘風・君子偕老〉裡，「胡然而天也，胡然而帝也」句下按語。馬氏謂此句意指充耳以瑱者宜其塡實如天，摘髮以揥者宜其審諦如帝。句中「胡然」之詞，就有顧名思義的意思，讀詩者深思則可得句中詩意。（頁一七五）

馬氏又在〈雜考各說・風雅正變說〉云：「論時者但即詩之美刺觀之，而不必計其時焉可也。」馬氏似乎並不以爲讀詩須知創作時的時世。而事實上，馬瑞辰的意思應是要讀詩者在讀詩時，著重於詩人由詩歌所傳達的美刺意義，而無須著重創作的時世。否則的話，就跟馬氏詮釋詩歌時，往往推求其時世的做法矛盾。在〈王風總論〉中，馬瑞辰對讀詩以知當時政教因革的說明更爲顯著：

> 賢士之進退，朝廷之治亂繫焉。民情之向背，國家之強若屬焉。〈王風〉為周室東遷以後之詩。誦〈君子于役〉及〈君子陽陽〉二詩，則知君子始而憂禍，繼而招隱，相率而遯於野矣。而小人之讒譖實啟之，此〈采葛〉所由作也。……誦〈揚之水〉及〈中谷有蓷〉、〈兔爰〉三詩，則知小民始困兵役，繼遭饑饉，永生而不可得矣。（卷七，頁二二七）

馬瑞辰由讀詩者的立場，認爲對一般讀詩者而言，讀《詩經》可知古代世變，以此作爲個人出處進退、德性修養的殷鑒。也可引古知今，了解世局的變化。但如果讀詩者的身分是治理國家的人，則從《詩》中，可找到作爲爲政的引戒。〈魏風總論〉說：「治國者可以鑒矣！」（卷十，頁三一七），〈曹風總論〉也說：

> 蓋嘗讀《春秋》及《史記・曹世家》，而知列國之風終以〈曹〉而次于〈檜〉者，非無故也。……〈國

風〉以〈曹〉終，蓋猶《春秋》黜曹之義焉。……檜君好絜衣服，曹君好奢，其惡又相類，故並列之，以著亡國之風，為有國者戒。……有國者可以為鑒矣。（卷十五，頁四三三）

由本節的探討，可見不論是由詩歌創作、詩歌編排或讀詩者的立場來看《詩經》，馬瑞辰都認為與政教有關。《詩經》的創作既與政教、風俗有關。而詩歌的編排，也有垂戒後世的目的。所以讀詩者的責任，就是要從解讀當中得到古人所傳下的訓戒。由此可知馬氏即使在訓釋語言文字，有所新創；但論及內容、詩旨大多涉及政教。對《詩經》的認識，仍是承續先秦以來，認為《詩經》有政教功能的觀念。

*本文作者現任長庚護專共同科教師兼主任，洪順隆教授次女。

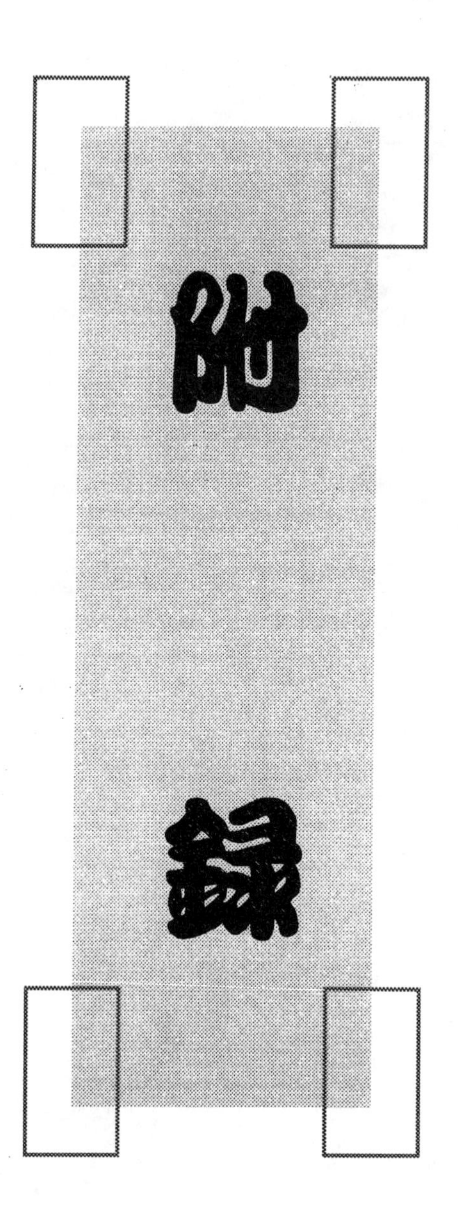

附錄

洪故教授順隆生平事略

洪順隆教授字暢懋，又字繼祖，筆名摩夫、李紅。民國二十三年六月二十五日生於嘉義縣布袋鎮新塭。家世業漁，本為村中大戶，自祖父家道中衰，迄父親已一貧如洗，藜羹縕褐，生活窮厄。母親斷機畫荻，夙夜督教，寒暑不輟。十三歲，父親見背，孺人守節自誓，嘗謂先生曰：「人無懼窮困，所懼者無志。苟有志，終必出人頭地。」先生志之，終身不忘。十六歲，孺人棄世。零丁孤苦，煢煢孑立，賴表舅扶養成人。困知勉行，數十年如一日。

先生少聰慧，喜讀書，富幻想，於文學尤好焉。初中卒業，以家境困窘，乃遠赴屏東，就讀屏東師範學校。幸遇良師，導於聖賢之域，啓以為學之方。涉獵群書，遨遊百子，嘗自謙類淵明之不求甚解，似武侯之觀其大略，然實斐然有成，同儕稱道焉。

師範畢業，服務高雄市內惟國小。以有志窺覽文學殿堂，教學之餘，勤勉向學，考取師大國文系。畢業後，先後於雲林斗六家職、嘉義華南高商服務。然終不忘更上層樓，戮力進取。文化大學碩士班畢業，以成績優良，留校任職講師。

先生雅好文學，尤喜創作，曾以摩夫之名，寫作詩歌，已出版摩夫詩集、銀杏樹的戀歌等。又精於日語，或以本名，或以李紅筆名，從事日文翻譯。

民國五十七年，考取公費留學，前往日本東京大學，進修中國文學博士課程。由於兼通日人漢學研究，在學期間，於日本駒澤大學、東京華僑學校擔任講席。遊學任教東瀛，將近八載。

民國六十四年，歸國擔任母校中國文化大學中文系教職。六十八年取得教授資格。前後擔任歷代文選暨習作、左傳、楚辭、專題研究等課程。先生熱心教學，認真負責，擬訂教學計畫，編製教材，批改習作，備極辛勞，常至不眠不休。每週義務指導學生六朝文學研究小組編輯目錄、選讀六朝文，未嘗間斷，深受學生愛戴。

先生專攻六朝文學，尤以六朝詩爲務，兼及小說、散文。於漢魏唐宋明清文學，皆有所涉獵，並有著作。遍覽中外六朝文學研究論著，通觀齊梁駢儷淵源流變；深悟由題材入觀文苑之途徑，明曉藉比較以通影響之源流。撰成六朝題材詩系統論，引進文類學系統研究法,創新詩歌文體之研究。於宋代文學，對范仲淹作品作全面評注與研析，爲宋初賦學研究，建立基礎，提供範例，有開先河之功。

先生治學嚴謹，研究計畫，屢獲國科會獎助。經常有新作問世，並編纂國際六朝文學研究文獻目錄，年有增益，備受學界重視。嘗曰：「自大學而研究所，專心文學，叩詣六朝；身刺詩圖，口飲帙灰。吟詠詩賦，浸淫文藝。擿漢魏樸茂之實，採齊梁工麗之華。詩苑有得，不妨後生。灞橋獨運，何讓前賢。」。先生向以學術之傳承爲己任，嘗自述其志曰：「夫王沂公平生之志，不在溫飽；曹子桓不朽之事，獨稱文章。詩道之夷數百年，復興之運在今茲。學葛洪之問義，效邢巒之勵節。務熔古今於一爐，合中外以出新。俾立言以傳後世，創新論以俟來諸。仰以報答顧育之父母、教誨之師長，爲斯文之不墜，竭盡綿薄。」

先生學識淵博，氣度滂礴，有讀書人風骨，固無論矣。照顧家庭，疼愛子女，無微不至，雖出國留學，亦未嘗稍有疏忽。曾作「贈吾女禎雯文婷」詩曰：「人人育女希嬌媚，吾子生來有美姿。且莫驕人因自足，嫻嫣淑慧並相宜。」五十七年赴日前夕作「別情」詩曰：「銀翼欲升空，愁氛此際濃。童稚兩幼女，猶不識離衷。」先生關愛子女之情，溢於言表。

夫人蔡芬女士，師專畢業，已自國小教師退休。賢淑高雅，掌理家務，先生得以全心投注教學研究工作者,夫人扶持之功不可滅。育有三女一男，長女禎雯，台北醫學院醫學系畢業，現任高雄長庚紀念醫院復健科主治醫師、兒童復健科主任、長庚大學兼任講師；次女文婷，國立中央大學中文研究所畢業，現任長庚護專國文講師兼共同科主任；長子崇尹，中國醫藥學院醫學系畢業，現爲國泰醫院腎臟科主治醫師；參女倩華，國立中興大學企管研究所畢業，現任台証證券業務襄理。觀夫子女工作認真負責，努力求進，備受同儕讚許，主管倚重者，先生庭訓有以致之也。

民國八十九年十二月二日，先生因細菌感染，在林口長庚紀念醫院住院療養，夫人、子女日夜陪侍。本以康復可期，詎料肝疾復發，病情惡化，於九十年元月廿二日廿二時五十五分溘然仙逝，寧不慟哉！

嗚呼！綜觀先生一生，任教職則克盡職守，認真負責；與人交則存心仁厚,熱忱相待；治學問則戮力奮進，夙夜匪懈；育子女則勉以忠孝，督勵有加，允為一代楷模。嗟乎！年壽有數，脩短由天，而先生之風，典型長存，當可慰情於九泉也。

洪順隆教授重要著作年表

一、期刊論文

出版年月	著述名稱	發表期刊
	有關謝朓詩文注正誤	大陸雜誌 35卷9期
	古中國思想大家——周公	大陸雜誌37卷1、2期合刊
	國父遺教與傳統文化	現代評論98卷
	日本現代詩的流變	自由青年
	川端康成	自由青年
	上官儀	中華百科全書 第2冊
	悼亡詩	中華百科全書 第4冊
	曹植	
	陶庵夢憶	
	祭文	
	詠懷詩	
	楊慎	中華百科全書 第5冊
	傅咸	
	詩人王屑	
	詩比興箋	
	詩藪	
	溫子昇	
	莊子的成長及其時代	
	六馬辨	
1964.08	莊子——古中國的實存主義者	思想與時代 124卷5期

1966.02	楊墨之道與孔子之道（上）	學粹8卷2期
1966.04	楊墨之道與孔子之道（二）	學粹8卷3期
1966.06	楊墨之道與孔子之道（三）	學粹8卷4期
1966.08	楊墨之道與孔子之道（四）	學粹8卷5期
1966.08	尙書趙氏義	大陸雜誌 43卷1期
1973.12	陶淵明の酒を飲む詩其五に就いて	（日本）斯文 70期
1974.10	杜甫代表作品及其思想之探討	中國一周 809期
1978.06	由揚雄「法言」吾子篇論西漢的辭賦	文藝復興93期
1978.07	盛唐三大家——李白、王維、杜甫	中華學術院文學論集 中華學術與現代文化叢書 第二冊
1981.07	由我國書籍的歷史看原始口傳文學的淵遠流長	文藝復興 124期
1981.09	法制史大家——服部宇之吉博士	世界華學季刊 2卷3期
1981.09	押座考	世界華學季刊 2卷4期
1981.12	中國口傳時代文學狀況蠡測	文藝復興 128期
1982.03	談現代詩的欣賞	創新周刊 22卷385期
1982.03	談中國古代散文的發達與楚辭文學的出現	世界華學季刊 3卷1期
1982.04	談現代詩的創作	創新周刊 387期
1982	由謝靈運詩與楚辭的關係看他的表現特色	世界華學季刊 第3卷第2期

1982.06	談兩漢散文（上）	世界華學季刊 3卷2期
1982.09	談兩漢散文（下）	世界華學季刊 3卷3期
1982.06	中國初期文字記載的文學狀態：卜辭銘辭、易經	文藝復興 133期
1982.07	萬葉集試譯二十五首	創新周刊 399期
1982.09	上古時代的散文與詩經總集	文藝復興135期
1982.09	左傳的文學特色	書和人450期
1982.09	詩歌與歷史的關係	大同雜誌
1982.12	中國文學的起源	世界華學季刊 2卷4期
1982.12	談兩漢的詩歌	世界華學季刊 3卷4期
1983.03	評前野教授「中國文學序說」	世界華學季刊 4卷1期
1983.06	〈洛神賦〉創作年代補考	書目季刊 17卷1期
1983.07	排律起源考	大陸雜誌 67卷1期
1983.12	論〈洛神賦〉	華岡文科學報 第15期
1984.01	曹植和他的詩	中華文化復興月刊17卷1期
1984	談「文選」	世界華學季刊 5卷3期
1984.06	中外學者研究「六朝文學」文獻目錄初稿	木鐸10期
1984.06	由詩歌與歷史的關係論傅玄「鼓吹曲辭二十二首」的敘事詩性格	木鐸10期

1986.05	沈宋詩歌在隋唐文學史上的地位	幼獅學誌 19卷1期
1986.09	試論「九章」	簡牘學報12期
1987.02	試論「離騷」	木鐸第11期
1987.10	曹丕C類作品創作時間論考——曹丕文學背景系列研究之二	幼獅學誌 19卷4期
1987.12	曹丕C類作品創作時間論考——曹丕文學背景研究之三	國立編譯館刊 第16卷第2期
1988.03	「九歌」試論	木鐸12期
1988.03	曹丕B類作品創作時間論考——曹丕文學背景研究之五	中華文化復興月刊21卷3期
1988.04	曹丕D類作品創作時間論考——曹丕文學背景研究之六	大陸雜誌 76卷4期
1988.05	曹丕E類作品創作時間論考——曹丕文學背景研究之七	大陸雜誌 76卷5期
1988.05	曹丕C類作品創作時間論考——曹丕文學背景研究之一	華岡文科學報 16期
1989.06	范仲淹的賦與他的文學觀	國立編譯館刊 18卷1期
1988.09	曹丕A類作品創作時間論考——曹丕文學背景系列研究之四	中華文化復興月刊21卷9期
1988.12	曹丕作品創作時間論考——曹丕文學背景系列研究之八	漢學研究 第6卷2期
1989.12	曹丕生平事跡論考(上)	華岡文科學報 17期
1989.12	論洛神形象的襲用與異化——由〈洛神賦〉到明清戲曲小說的脈絡	國立編譯館刊 18卷2期
1990.06	誤把「六甲」當太甲	華風文學24
	淺談唐代傳奇	華風文學
1990.08	論曹丕的出生年代——大陸學者楊栩生「曹丕生年一辨」商榷	大陸雜誌 81卷1期

1991.05	建安風骨領騷壇——曹氏父子文學成就	國文天地 6卷12期
1991.06	明清戲曲小說中の洛神の形象	竹田晃先生退官紀念東文化論叢
1991.11	曹丕生平事跡論考（中）	華岡文科學報 18期
1992	《異苑》の「竹王物語」の 淵源之流布	日本學報12期
1992.06	竹王傳說的橫斷面和延長線——由原型、演化、傳播談神話	國立編譯館刊 21卷1期
1993.02	六朝異類戀愛小說芻論	文化大學中文學報創刊號
1993.07	曹丕生平事跡論考（下）	華岡文科學報 19期
1993.12	論〈洛神賦〉對六朝賦壇的投映	國立編譯館刊 22卷2期
1993.12	漢魏六朝文學叢考	瑞安林景伊教授八十冥誕紀念文集
1994.07	北宋傳奇小說論	文化大學中文學報2期
1995.04	論六朝敘事詩	華岡文科學報 20期
1996.12	六朝詠懷題材詩論	漢學研究 14卷2期
1997.03	漢魏六朝文學叢考・續篇	華岡文科學報 21期
1997.12	梁武帝蕭衍作品的宗教風貌	國立編譯館刊 26卷2期
1998.03	中國小說中「舍己全友」母題的產生與發展	文化大學中文學報4期

1998.03	初唐賦的三教思想風貌	華岡文科學報 22期
1999.02	中外六朝文學研究文獻目錄 1992.7~1997.6（中）	漢學研究通訊 18卷1期
1999.05	中外六朝文學研究文獻目錄 1992.7~1997.6（下）	漢學研究通訊 18卷2期
1999.06	梁武帝作品中的「儒佛會通」論	國立編譯館刊 28卷1期
1999.12	從分類學觀點論《文心雕龍》文體學	華岡文科學報 23期
2000.03	六朝雜歌題材類型論	文化大學中文學報5期
2000.08	六朝詩歌中的七夕民俗意象	國文天地 16卷3期
2000.09	《文選》雜體詩歌文體性質研究	中央研究院中國文哲研究集刊17期
2001.03	六朝雜詩題材類型論	華岡文科學報 第24期
2001.12	六朝雜擬詩題材類型論	國立編譯館館刊第三十卷第一、二期合刊本

二、研討會論文

出版年月	著述名稱	發表單位/刊物
1972.10	謝朓的作品中所表現的危懼感	日本中國學會報26期
1973.02	謝朓作品的祖先投影	日本東方學 79 期
1975.03	六朝題材詩の研究	學位論文
1983.03	六朝の田園詩について	日本中國學會第三十五次會
1989.06	范仲淹的賦與他的文學觀	國范仲淹一千年誕辰國際學術研討會
1990.11	六朝建國史詩試論	魏晉南北朝文學與思想研究會論文集
1991.12	竹王傳說的原始型態演化過程和傳播系統——由《異苑》竹王故事的淵源和傳播談起	第二屆華學研究會議論文集
1992.10	論〈洛神賦〉對六朝賦壇的投映	第二屆國際賦學研討會（香港中文大學）
1993.04	由思維形式和作品主題及題材論六朝詠史篇什的敘事詩性格	魏晉南北朝文學與思想學術研討會論文集（成功大學）
1993.06	論〈洛神賦〉中洛神形象的象徵指向	林尹教授逝世十週年學術論文集
1993.06	沈佺期、宋之問作品中的宗教風貌——初唐佛道思想對沈宋作品的滲透	第二屆國際唐代學術會議論文集（上、下）
1993.06	論六朝敘事詩	魏晉南北朝文學國際研討會論文集（香港中文大學）

1993.06	郁達夫作品中的兩性感情世界	中國現代文學教育國際研討會論文集（文化大學）
1993.08	北宋傳奇小說論	第三十四屆亞洲及北非研究國際學術會議（香港大學）文化大學中文學學報（二）
1994.04	論六朝抒情詩	六朝隋唐文學研討會論文集（中正大學）
1994.05	論左傳對禮的受容	紀念程老夫子旨雲先生百年誕辰學術研討會論文集（台灣師範大學）
1994.05	論六朝民歌所映現的原始阿注婚殘跡	民間文學與中國文化國際學術研討會（文化大學）
1995.07	由《文心雕龍》〈宗經篇〉論經學與文學的關係	1995 文心雕龍國際學術討論會（北京大學、文心雕龍學會）
1995.08	論《文選》詠懷詩——與我的詠懷詩觀比較	1995 文選學國際學術討論會（鄭州大學、文選學會）
1995.12	六朝題材詩系統論	第二屆魏晉南北朝文學國際學術討論會（南京大學）
1996.04	六朝狹義詠懷詩的意象	第三屆魏晉南北朝文學與思想學術研討會（成功大學）

1996.05	六朝祖餞、贈答詩論略	第三屆中國詩學會議論文集——漢魏南北朝詩學（彰化師範大學）
1996.	梁武帝詩賦中的「儒佛會通」論	兩岸學者「儒佛會通」學術討論會（華梵大學）
1996.12	論潘岳賦的經典風貌	第三屆國際辭賦學學術研討會論文集
1997.03.	蕭衍作品中的宗教風貌——以詩歌爲中心	「宗教與詩歌」學術國際會議「中國詩歌與宗教」（香港浸會大學）
1998.03	初唐賦中的道教思想風貌	中正大學中文系「山鳥下聽事，簷花落酒中」——初唐五代文學研討會
1998.05	詠物詩與狹義抒情詩的界限——論王褒〈詠月贈人詩〉與杜甫〈鄜州月夜詩〉的文類性質	第四屆中國詩學會議論文集——唐代詩學一（彰化詩範大學）
1998.08	論六朝祖餞詩群對文類學原理的背離	第三屆魏晉南北朝文學國際學術研討會論文集（東海大學）
1998.10	初唐賦中的儒教思想風貌	第四屆國際賦學研討會論文集（南京大學）
1998.12	六朝贈答詩對文類學原理的背離	第四屆魏晉南北朝學術國際研討會（文化大學）
1999.03	蕭衍的道教情懷	第二屆海峽兩岸道教學術研討會（南華管理學院）

1999.05	《文心雕龍》文類系統新析	讓傳統走向現代——從《文心雕龍》看文學理論發展學術研討會論文集（台灣師範大學）
1999.05	論蕭衍隱逸詩和遊仙詩與道教的關係	南華管理學院宗教文化研究中心主辦
1999.11	論蕭衍的遊仙、隱逸詩與道教信仰	第三屆當代宗教學學術研討會《宗教藝術、傳播與媒介》
1999.12	從分類視點論《文心雕龍》文體學	文心雕龍國際學術研討會（南京師範大學）
2000.04	論劉勰及其《文心雕龍》	中國文心雕龍學會
2000.08	六朝雜擬詩題材類型研究	第五屆魏晉南北朝文學國際學術研討會（天津、南開大學）
2000.09	《文選》〈雜歌〉〈雜詩〉〈雜擬〉文類性質研究	第四屆文選學國際學術研討會（長春師範大學）
2001.03	論《文選》〈詩〉類的文類性質	第四屆魏晉南北朝文學與思想學術研討會（成功大學）

論《文選》〈詩歌・樂府支類〉的文類性質	發表會議待查
《文選》〈雜歌〉〈雜詩〉〈雜擬〉的題材類型研究	
論六朝雜詩的題材類型——以〈古詩〉、〈情詩〉、〈上巳〉、〈七夕〉、〈擣衣〉、〈飲酒〉、〈數詠〉、〈讀……詩〉諸題爲限	
章太炎與左傳	

三、專書論文等著述

(一) 專書論文

出版年月	著述名稱	出版單位
1969.10	謝宣城集校註	台灣中華書局
1978.05	六朝詩論	文津出版社
1979.01	陶淵明の詩歌評註	林白出版社
1979.05	由隱逸到宮體	河洛圖書出版社
1979.07	國風評註(上、下)	林白出版社
1980.07	樂府詩選評註(上、下)	林白出版社
1981.	中外六朝文學研究文獻目錄	漢學研究中心
1982.10	左傳論評選析新編(上、下)	中國文化大學
1983.10	中國文學史論集(一)由口傳時代到漢代	文史哲出版社
1984.07	由隱逸到宮體(再版)	文史哲出版社
1987.04	中外六朝文學研究文獻目錄	文津出版社
1988	曹丕年譜暨作品繫年	商務印書館
1992.06	中國古典散文賞析與研究(合著)	中華文化復興運動總會文藝研究促進委員會編印
1992.06	今註今譯古文觀止(合著 上、下)	黎明文化事業公司
1996.04	范仲淹賦評注	國立編譯館中華叢書
1996.08	中國歷代賦選·唐宋卷(合撰)	江蘇教育出版社
1998.11	中國歷代賦選·明清卷(合撰)	江蘇教育出版社
1998.12	歷代文選——閱讀、鑑賞、習作	五南圖書出版公司
1998.12	抒情與敘事	黎明文化公司
2000.09	辭賦論叢	文津出版社

（二）翻譯作品

出版年月	著述名稱	出版單位
1969.02	現代詩研究	大江出版社
1972.09	中國詩論史	台灣商務印書館
1975.01	西詩探源	台灣商務印書館
1976.05	唐代的詩人們	幼獅文化圖書公司
1977.09	中國思想之研究/儒家思想	幼獅文化圖書公司
1977.12	讀書與人生	志文出版社
1978	事業與人生	志文出版社
1979.07	文學與鑑賞	志文出版社
1980.09	中國文學概論	成文出版社
1981	育兒藝術	林白出版社
1984.06	現代詩探源	文史哲出版社
1986.03	愛情的真相	時報出版社
1986	中國書道史之旅	故鄉出版社
1987.02	少女復仇記（原名：霧的旗）	志文出版社
1987.03	佛學大義	慧炬出版社

（三）詩集

出版年月	著述名稱	出版單位
1960.07	摩夫詩集	文全出版社
1987.08	銀杏樹的戀歌	文史哲出版社

四、國科會研究

（一）研究獎勵

學年度	研究獎勵作品
78	曹丕作品創作時間論考
79	曹丕作品創作時間論考
80	曹丕生平事跡論考
82	論「洛神賦」對六朝賦壇的投映
84	論六朝抒情詩
85	六朝祖餞、贈答詩論略
86	論潘岳賦的經典風貌
87	初唐賦的三教思想風貌
89	《文選》雜體詩歌文體性質研究

（二）研究計畫

年度	計畫名稱
88 年度	六朝雜詩的文類性質研究
89 年度第一期	六朝〈述德〉〈勸勵〉〈獻𠲜〉〈公宴〉〈百一〉〈游宴〉〈行施〉〈軍戎〉〈郊廟〉〈樂府〉〈挽歌〉諸體的文類研究 1/2
89 年度第二期	六朝〈述德〉〈勸勵〉〈獻𠲜〉〈公宴〉〈百一〉〈游宴〉〈行施〉〈軍戎〉〈郊廟〉〈樂府〉〈挽歌〉諸體的文類研究 2/2

文大校訊訪問稿

——中文學系文學組 洪順隆教授

自就讀研究所開始便致力於「六朝文學」研究的洪順隆教授，在學術上的努力成果已獲得國內外學界的肯定。他對於六朝詩歌的題材類型研究，已近完成。這種研究，富有創見性，爲後來研究詩歌題材類型的年輕學者，奠下新基礎，提供將來研究詩歌題材史的人以科學的分類範例。

洪教授就讀研究所時，受教於故考試委員成惕軒教授和當時研究所長故高仲華教授。故成教授是著名的六朝文學研究專家；高教授是國學界泰斗，兩人對洪教授啓發良多；洪教授後來考上公費留學，就讀日本國立東京大學，又受教於日本漢學家已故前野直彬博士和已故京都大學文學博士網祐教授，兩位漢學家都是日本漢學界六朝文學權威，對於洪教授呵護甚殷，訓誨至嚴。長期在師長的督責之下，洪教授養成了嚴謹的治學態度。

洪教授的專門領域雖是六朝詩歌，但他認爲文學是整體的學問，不能孤立看待一種文體，而要把它放在整個文化環境中觀察，因此，研究六朝文學，對於六朝的思想和歷史也不能陌生；研究六朝詩歌，也得對於當時的文學批評和文學理論有透徹的認識；對於當時的散文和小說也應該留意，以了解文體間的題材交流。所以，除了詩歌外，洪教授也有賦、小說、散文諸方面的探討。

洪教授對六朝詩歌題材研究，已建立了抒情和敘事兩大系統，兩系統之下，統率有十七支類。洪教授說他所提出的六朝詩兩系統十七支類的主張，在題材詩分類學上尙屬創舉，有待後學去修整和完備，並且向上追溯，向下尋流。至於小說、散文、文學批評和理論的研究，他認爲只是爲了加深對詩歌的透視。

洪教授自去年由本系所清理原放置中文研究所歷屆學位論文的大典館五樓倉庫，闢爲「六朝文學研究室」，放置他長久以來累積的六朝文學論文和友人贈送的著作，並供中文系所學生課外六朝小組讀書會使用。研究室中的六朝文學資料之豐富，據洪教授說是目前國內最有特色的。由於六朝文學研究小組歷來的努力，洪教授已完成了《中外六朝文學研究文獻目錄》(漢學研究中心出版)，並每年繼續作著目錄的搜集工作，學生可在研究室中，按圖索驥，尋找論文參考資料。

前些時日，在國家圖書館舉辦的「國際漢學學術研討會」，便是在文學院孫同勛院長支持下，由洪教授籌畫進行的，這一件文學院的大事，張董事長和林校長都親臨致賀，並有兩岸及海內外眾多知名學者參加，發表學術論文，場面盛大。這可以說是洪教授在研究和教學之餘，一次學術交流的力作。洪教授說，也在學術研究途上，備嚐坐失機會和現實冷鋒，雖然不能說沒有挫折感，但近年也得到相當多的鼓勵，尤其這次，那麼多中外學者的參與，使他鬆了一口氣。

從事教職二十餘年，所教過的學生不計其數，洪教授在談到對目前學生期望的時候，認爲現在的學生以考慮出路爲前提，因此作學問研究往往急功近利，基本能力的培養稍稍不足，不過思考的敏銳與勇於提出質疑的精神則值得肯定。他希望有志於學術工作的同學，眼光要放遠，基礎要紮實，秉持堅定的毅力，選好適當學術領域，作有深度，有廣度的學術生活，研究漫遊，培養興趣，掌握方法，鍛練能力，誠懇地做事，實事求是，將來必有所成。

各界哀悼文

壹、子女追思文

親愛的爸爸：

二十多年前，您在日本讀書，我們每次給您寫信，一開頭，就是這樣叫您。

當時，我們只知道爸爸是個很會讀書的人，坐飛機到好遠好遠的地方去念書。寒暑假一到，就期待偉大的爸爸回家。我們等在嘉義火車站出口，看到您便高聲呼喊，既高興又驕傲的把您接回家。

爸爸總把我們摟在懷裡，聽我們說著半年來的事情，帶我們到各處玩。好不容易才盼您回來，假期結束，您回日本。離情依依，我躲在家裡，哭得不能自已。哭過半年，您總會再回來。可是，這一次，任我們再如何哭得肝腸寸斷，您都不會再回來了。

爸爸考取公費，才能到日本東京大學留學。在外的生活原本就很緊縮，爲了幫我們買貴重的衣服，讓我們過好一點的日子，您還節衣縮食，省吃簡用，兼課賺錢，把我們打扮得漂亮體面。從小爸爸就讓我們吃好、穿好，用最好的。

爸爸，是您帶著我和姊姊，讀過一篇篇幼學瓊林和三字經。家裡一向書滿爲患。您並不強迫我們也走文學的路子，只是提供我們閱讀的環境。家裡滿是各種兒童讀物、中國古典名著。弟弟小學就讀完全本西遊記、水滸傳、三國演義，對著別人侃侃而談其中的種種。我在小學三年級讀完整部紅樓夢，看過兒女英雄傳、七俠五義等等。爸爸，在我們身上，有些與眾不同的地方，都是您給我們的。

我們四個孩子，都是您親自命名。姊姊從小就聰明伶俐，樣樣成績拿第一，您說她是您生命裡的天使，讓您滿足、歡喜。

弟弟天資聰穎，小時頑皮，讓您頭痛不已，但他的成就令您洋洋得意。代表參加科學展覽，過關斬將，對著教授級委員，自在地陳述著自己作品的構想。即使他弄丟了昂貴的相機，您照樣爲兒子得意。高考及第，論文發表，您沒有不歡天喜地。您更爲他在病榻前，廢寢忘食的照顧，心疼不已。

妹妹一向乖巧，做事仔細，您擔心他瘦弱的身體，負荷不起沈重的壓力。

我的個性最像您，也和您一樣學中國文學。您雖然高興，又怕給我壓力。嘴裡數落，暗地裡，不停關心。爸爸，我們有任何成就，您比看到自己的成績還高興。

現在，姊姊和弟弟在醫院做事，病人、同事，都稱讚他們是盡責認真的好醫生。我在護專教書，兼任行政工作，受到校長的栽培、同事的扶持，學生也給我許多鼓勵。妹妹在證券公司擔任襄理，總是被付予重任。

我們做事的態度，正是受到您治學嚴謹的影響。因爲我們有好的父母，提供我們無憂無慮的家庭，生活雜事都先幫我們處理。自然能專心求學，全力工作。這都因爲我們有個好父親。如果我們有什麼成就，爸爸，這都是您賜予的。沒有您，我們不會有今天的成績。

您把全家福和四個孩子的相片，放在皮夾裡，逢人就提您的四個兒女。因爲，我們就是您的一切。您不要我們賺大錢，只希望我們快樂、成材，做個有用的人。有時我和媽媽上街，替您買件衣服，您總是神情愉快地一再引述別人讚美的話。只是爲您做那麼一點事，就讓您那麼高興，您對我們真是無所求啊！

您掛念媽媽爲家事操勞，心疼姊姊離家工作，心疼我每天早早出門，心疼妹妹爲公務晚歸，心疼弟弟熬夜做事，忙壞身體。爸爸，您把我們捧在手裡，疼在心裡，您說我們是您的命。

在病床前，您說，姊姊和弟弟，是以父女、父子之情來醫治您。又說即使把病治好，不過就是多活幾年。但我們還有長遠的人生，您把我們看得比自己的生命還重要，不忍心我們日以繼夜的看護。可是，爸爸。有爸爸疼，能照顧爸爸，是我們最大的福氣。而今，我們要從何去找回這分福氣。

爸爸的顧家，眾所皆知。平時，除了經常提起新塭的舅公和親戚，也帶我們回鄉下，要我們不忘記自己的來處。爺爺、奶奶很早就不在，又沒有兄弟姐妹。您特別孝順外公、外婆。看待阿姨、舅舅，就如同自己的兄弟姊妹。

教書與研究，是您最大的快樂與成就。您不辭勞苦，做學問嚴謹執著，做事認真負責。三更半夜，還看到您坐在書桌前，查閱資料，振筆急書。家人不忍您如此操勞，要您休息。您總是說，這是我的事業，做到一段落再休息。熬不過您，只好任您勞累，怎知您竟因此積勞成疾。

爸爸，六十幾年的人生太短，三十幾年的父女情緣，包含太多聚少離多的歲月。我們無法不抱怨老天，太早奪走您的生命。但是，您這一生並沒有白過。人家說，我們家的孩子懂事乖巧、知書達禮，是爸爸教我們的。我們有什麼成績，也都是您賜予的。您的著作數十部，發表的論文不計其數。在六朝文學研究上的創見，有承先啓後，不可抹滅的地位。對中文研究的貢獻，是無可否定的成績。

六十八個年頭，您對家庭有著莫大的貢獻，在學術上有著豐碩的成就。

親愛的爸爸，您是我們的驕傲，更是我們學習的榜樣與模範。我們要驕傲的告訴大家，我們是洪順隆教授的孩子，我們的一切，都是爸爸賜予的。我們也要期許自己，奮發上進，做個有成就、有用的人，讓爸爸高興、安心。

我們一定遵照爸爸的話，好好照顧自己，相親相愛，互相合作，早日成家立業。您念念不忘沒能完成的事，我們一定照著您的期望，竭盡所能去完成。我們一定會孝順媽媽、照顧好媽媽，請爸爸放心。爸爸，這一世，只承受您的呵護，來不及孝順、回報您，是我們一生的憾恨。來世，我們還要做一家人，我們還要做您的子女，要爸爸疼惜。也要好好孝順您，照顧您。

現在您要遠行，家人、親友，都來送行，有這麼多人關心，您是不孤單的。親愛的爸爸，您並沒有離開我們，您的生命，將在我們身上延續，您永遠活在我們心裡，永遠是我們最親愛、最敬愛、最驕傲的父親。親愛的爸爸，請您安息。

女　文婷 悼念

貳、中國文化大學師生祭文、輓聯

維

中華民國九十年二月九日，私立中國文化大學中文系主任兼研究所所長羅敬之偕全體同仁，謹以香花素酒之儀，致祭於

洪故教授順隆先生之靈前，並奠以文曰：

嗟我洪公，天賦異稟，齒漸而達，名譟臺瀛。

晉學師大，負笈陽明，再造東國，文學專精。

德高品潔，節堅骨鯁，雍容豁達，道統是從。

披握卷在手，分秒必爭，著述盈樑，遠近蜚聲。

縱遊三代，停睇周乘，左氏楚騷，研深功弘。

復探六朝，鐸旅黌宮，弦歌遠播，弟子嚮風。

正擬新創，亦期從同，天胡不弔，倏爾潛蹤。

歌傳薤露，失我良朋，蒼天無語，雪涕奔湧。

酒奠椒漿，奚止哀痛，惟祈昭格，鑒我微衷。

尚饗。

中國文化大學中文系主任暨全體同仁

洪故順隆夫子吾師千古
誨我不倦桃李正鬱夫子遽爾遠遊左國進論
作育廢寢徒生均倚宮牆驟失歌紘楚騷安聞

中國文化大學中文系全體學生拜輓

隆公夫子千古
窮稽六朝四千載典型永範
裁成華岡八百士教澤長存

中國文化大學中文研所全體研究生拜輓

參、故舊同窗哀悼文、輓聯

順隆兄千古
四十年情誼共探詩文奧秘
三百萬字著述精研古今典籍

弟張健敬輓

敬悉洪先生溘然長逝，不勝痛悼！

洪先生是台灣著名學者，在魏晉南北朝文學研究上成就卓著，近年來又爲促進海峽兩岸學術交流作出很大貢獻。洪先生生前曾到過鄭州，在交往中與我研究所同仁建立了親密的友誼，對他忠厚的品格，精博的學識，印象殊深，洪先生的風采儀容將永遠活在我們心中。在此謹向洪夫人及全家表示誠摯慰問，並敬祈節哀止痛。

鄭州大學古籍研究所　俞紹初　敬啟

驚悉洪順隆先生不幸病逝，無限悲痛。洪先生是海峽兩岸知名學者，成就卓然，爲弘揚祖國優秀傳統文化做出了很大的貢獻，他的仙逝對學術界、教育界是重大損失。謹此致哀，並向蔡女士及其子女表示真摯的慰問。

洪教授出席長春選學會議的大作，收入會議論文選，將於四月出版，屆時奉上，以爲對順隆教授的紀念

致禮

謹節哀

長春師苑學院文選研究所所長趙福海

洪先生的去世，實在太突然，迄今也不願意相信這是事實。他和藹慈祥的音容，他洪鐘振響的聲音，還有他孜孜不倦的研究精神，已經永遠地銘刻在我的心底。接到訃告，真想趕往台灣向先生做最後一別。心情異常複雜，感激之中有傷痛。今後我依然會以各種方式表達對先生的感念之情。

中國社會科學文學研究所劉躍進

驚悉順隆恩師溘然仙逝，深感震悼！先生畢生致力於中國古代文學研究，尤其精於六朝詩歌的分類學研究，碩果累累，著作等身！先生並窮心盡力收集彙編六朝文學研究文獻目錄，其作惠于學林，功莫大焉！先生又熱心於兩岸學術的交流與合作，廣交朋友，提攜後進新秀，其德之高，其望之隆，傳爲文壇佳話！先生的去世爲學術界的重大損失！特致電弔唁，敬奠靈堂，遙祭先生在天之靈！並祈請師母及眾家屬節哀保重。

北京大學中文系博士生張宏

驚聞洪先生爲僊，頓覺五雷鳴耳，福岡的天空亦是哀雨綿綿。爲洪先生送行。深深地爲洪先生的冥福而祈禱。我們的耳邊響起了去年八月長春的文選學會上洪先生洪亮的教誨，我們不會辜負洪先生的遺志，在文選學的研究中，作出新的貢獻。我們遠在東瀛爲洪先生送行。洪順隆老師再見！慢走！希望您在學術的天國裏也能不斷地指導我們。亦請蔡老師暨全家節哀保重。耑此致哀

日本福岡大學 俞慰慈 陳秋萍 頓首再拜

駭悉洪順隆先生遽歸道山，哀痛之至。先生爲異域初學之徒，多方賜教，關切甚殷，使我等體會中國學者的風格。先生笑容永遠在目，保子謹此敬致哀悼。

日本東北大學大學院文學研究科佐竹保子拜上

編後語

洪順隆教授，一生勤奮用功，致力研究，成就斐然，爲學術界所稱道，備受敬佩。

洪教授潛心研究，專攻六朝文學，尤以六朝詩爲務，兼及小說、散文、辭賦。於漢魏唐宋明清文學，皆多所涉獵，並有著作，成果豐碩。研究計畫，屢獲國科會獎助；研究成果，連連獲得獎勵。出版專書數十部，發表論文百餘篇，真可謂著作等身。

其人性格鮮明，誠懇直率，聲如洪鐘，高亢響亮。爲家庭、爲學術研究、爲教學，傾注心力，義無反顧。

洪教授誨人不倦、愛深責切，受業門生無不感銘五內。對後進熱心提攜、於故舊重情重義、對家人體貼照顧，成爲人人念念不忘之人。

於其逝世周年前夕，出版本集，收錄感懷詩文四十篇，論文十五篇。另輯錄洪教授生平事略、重要著作年表、文大校訊訪問洪教授稿、各界哀悼文，以紀念洪教授。

洪教授於〈第二屆魏晉南北朝文學國際學術討論會在南京舉行記感〉云：「六代文華耀玉京，圖書古籍早馳名。

風塵僕僕群英聚，論學談言見摯情。」爲本集取名《論學談言見摯情》之所本。

感謝洪教授親友、同事、同學、學生，以及學界學者提供稿件，使本集內容更爲豐富。

洪順隆教授於去歲元月廿二日遽然去世。學術研究，路途艱辛漫長。洪教授已披荊斬棘，創造坦途於前。吾輩宜如何刻苦勤學，致力研究，以不負洪教授遺願。

編輯委員會謹述　91 年元月

國家圖書館出版品預行編目資料

論學談言見摯情—洪順隆教授逝世周年紀念文集／編委會◎編. --初版 --臺北市：萬卷樓,民 91

ISBN 957－739－378－0 (平裝)

1. 洪順隆－傳記 2. 中國文學－評論

820.7 91000036

論學談言見摯情

—洪順隆教授逝世周年紀念文集

編　　者：編委會 編
發 行 人：許錟輝
責任編輯：李冀燕
出 版 者：萬卷樓圖書有限公司
臺北市羅斯福路二段 41 號 6 樓之 3
電話(02)23216565・23952992
FAX(02)23944113
劃撥帳號 15624015
出版登記證：新聞局局版臺業字第 5655 號
網站網址：http://www.wanjuan.com.tw
E－mail：wanjuan@tpts5.seed.net.tw
經銷代理：紅螞蟻圖書有限公司
臺北市內湖區舊宗路二段 121 巷 28 號 4F
電話(02)27999490
FAX(02)27995284
承印廠商：晟齊實業有限公司
定　　價：540 元
出版日期：民國 91 年 1 月初版

(如有缺頁或破損，請寄回本社更換，謝謝)

ISBN 957－739－378－0